Il cuore oltre l'Oceano

Salvatore Taormina

Il cuore oltre l'Oceano

AC CI PE ET LE GE

LEGAS

Library of Congress Cataloging-in-Publication Data

Taormina, Salvatore, 1940-
   Il cuore oltre l'oceano / Salvatore Taormina.
      p. cm.
   ISBN 1-881901-53-X (pbk.)
   I. Title.
PQ4920.A67C86 2005
853'.92--dc22

                                        2005031004

Acknowledgements
The publisher is grateful to Arba Sicula for a generous grant that in part made the publication of this book possible.

For information and for orders, write to:

Legas

P.O. Box 149   3 Wood Aster Bay
Mineola, New York   Ottawa, Ontario
11501, USA   K2R 1D3 Canada
                        legaspublishing.com

Printed in Canada

Indice

PARTE TERZA, 'Mpaliermu

PARTE QUARTA/ a 'Mierica

"Itala gente dalle molte vite."
Giosuè Carducci

La prova più terribile che possa affrontare un uomo?
Il trapianto da una civiltà a un'altra
Giuseppe Prezzolini

Ma il purista non s'adonti

Introduzione

NON È SOLO una tenera, contrastata "love story" anni Novanta, inverosimile se non assurda in tempi così permissivi. È anche la saga di una famiglia siciliana emigrata. Una delle tante. Qualche volta amara, come tutte le storie di gente che fugge dalla propria terra. I personaggi principali però non sono fuggiti. Loro no. Sono Luciano Moriga e Vera Verasca. Appartengono a ceti diversi. La fiction fa da filo conduttore alla loro vicenda, animata da co-protagonisti qualche volta esagerati fino all'esasperazione per sovrapporsi a testimonianze raccolte dall'autore.

In questo racconto, costruito grazie a un paziente gioco a incastri, Luciano è un giovane atipico. Orfano di madre, non fa parte della schiera dei mammoni italiani che si fa campare dopo la laurea. Oltre a essere un bel "figo", è un giornalista radiotelevisivo in carriera. Vera, figlia di un operaio, è la ragazza che ama da una vita. È stupenda. Seppure prigioniera di genitori gelosi e possessivi, come capitava nella Sicilia dei tempi andati, ha frequentato il liceo linguistico ed è riuscita a diplomarsi. Innamorata pazza del suo ragazzo, è costretta a partire per gli Usa nei panni di emigrante, assieme ai genitori e al più giovane dei suoi fratelli. Ne fa una tragedia.

Dopo tre anni di bollette telefoniche catastrofiche, Luciano decide di volare a New York per raggiungere e sposare il suo primo amore. Non immagina che la lunga vacanza finirà per trasformarsi in un soggiorno allucinante. In America, subisce infatti le angherie di un suocero all'antica, testardo, sospettoso, invadente. Nel suo ostracismo, ora strisciante ora palese ma sempre rozzo e grossolano, Rocco Verasca costringe il genero a svolgere un lavoro manuale con levatacce antilucane e orari di lavoro da schiavi.

9

Stordito da questo trattamento, Luciano prende coscienza di vivere un'altra esperienza spaventosa, questa volta tra italiani che bene o male conservano le abitudini del Bel paese e tra italoamericani che dell'Italia hanno invece ricordi sbiaditi. E molti di loro neanche questi. Morale: per sopravvivere, è costretto a imparare un ibrido di inglese e di italiano, uno slang di cui sconosceva l'esistenza.

Esasperato dalle disavventure quotidiane, trova in Joe Verasca un amico leale. Sembra un paradosso, ma questo Joe è il fratello siculo-americano del suocero. Il "vecchio" non gli lesina consigli, ma una domenica non riesce a evitare l'irreparabile. Dopo avere sopportato continue vessazioni, Luciano reagisce infatti con collera all'ennesima prevaricazione del padre della sua ragazza e, dopo una furibonda lite, decide di tornare in Italia. La sua tormentata "love story" sembra finita. E il suocero, convinto di essersi finalmente liberato del giovane, accelera i tempi per dare in sposa Vera al figlio di un ricco businessman italoamericano. Quindi il colpo di scena finale.

Il titolo

"Il cuore oltre l'Oceano" non rispecchia solo la vicenda che vede protagonisti Vera e Luciano. Se il cuore di quest'ultimo si perde dapprima sulla sponda americana, dove vive la ragazza che adora, e poi nel mare della sua Sicilia, dove vuole vivere assieme a lei, il cuore di gran parte degli emigrati - parte integrante del romanzo - si trova sull' altra sponda dell'Oceano, cioè in Italia.

Quando andarono via per fare fortuna, da una parte avevano la voglia insaziabile di adeguarsi ai ritmi di un Paese ultramoderno, la necessità di aggrapparsi, anche con le unghie, a una realtà scomoda e vivere da americani, per non soccombere; dall' altra, provavano la sensazione, piacevole nella mente, zuccherosa nel cuore, di rimanere sempre, disperatamente italiani. Come dire: nel processo evolutivo della condizione di emigrato, chi aveva lasciato il Bel paese anche per fame, aveva scoperto, dopo tanto tempo, di non essere né carne né pesce. "Né 'talianu né 'miricanu".

La parlata

DICE una massima sicula: «Ciò che è scritto, leggere si vuole.»

Infatti l'inglese, per i poveri emigrati di una volta, rimaneva una lingua bizzarra, fatta di suoni gutturali, difficile da assimilare perché anche le vocali erano un rompicapo, la "a" che si pronuncia "ei", la "e" invece "i" e la "i" infine "ai". E allora i vocaboli anglofoni di uso comune, i paisà li memorizzavano per mischiarli al dialetto della terra natìa. Avevano trovato un modo per capirsi e per sopravvivere in un Paese immenso. Nacque così uno slang, definito frettolosamente "italiese", parlato nelle case, tramandato per generazioni e, attraverso gli anni, arricchito di non meno singolari e divertenti "neologismi". Si rivelò un idioma provvidenziale. Una sorta di mutuo soccorso per la gente sbarcata in terra americana con il cuore gonfio di speranza e la paura negli occhi. Al contrario, i figli degli immigrati nati in Nord America, attraverso gli anni si esprimevano nel buon inglese imparato a scuola: molti di loro conseguivano la laurea e coloro che non erano né medici né avvocati cominciavano a lavorare nelle aziende, nelle industrie, persino negli uffici federali. Il denaro guadagnato era di un solo colore, il verde del dollaro. La famosa parlata ascoltata da bambini era divenuta un pallido ricordo. Era appunto "l'italiese", ritenuto un'abbreviazione di italo-inglese. Ma tale termine, che in Italia comprende anche una serie di strafalcioni ortografici, non ha nulla da spartire con le due lingue. Per l'autore la parlata ascoltata è un americano imbastardito con il siciliano o con il dialetto di altre regioni. E anziché "italiese", ritiene opportuno definire "usapaisà" il modo di esprimersi di larga parte di immigrati.

Per quanto riguarda i co-protagonisti del romanzo è opportuno ricordare che gli aspiranti deputati sono personaggi irreali, esagerati - come dicevamo all'inizio - fino all'esasperazione. Fuori dalla "fiction," gli italiani degli USA che si interessano oggi di politica sono di ben altro spessore umano e culturale.

TALVOLTA è uno spasso udire il linguaggio degli immigrati in cui si dibatte il povero Luciano.

L' "usapaisà" non è di casa sulla Park Avenue, arteria frequentata da italiani di passaggio, ovvero da imprenditori, managers, politici o da semplici, facoltosi turisti, tanto meno è orecchiabile sulla Fifty Avenue, dove Armani, i Versace, le sorelle Fendi e Ferragamo - solo per fare alcuni nomi - sciolgono i loro inni al made in Italy. Tale idioma regna invece a Brooklyn, nel Bronx, a Staten Island, nel Queens, nella stessa Manhattan, giù a Little Italy soprattutto, nel New Jersey. E negli stati - Connecticut, Pennsylvania, Massachusettes, Florida, per citarne alcuni - dove la presenza italiana è più massiccia.

E non c'è soltanto il verbo *faticare* che induce a sorridere. C'è *u ruffu, a giobba, u sellu, u pelu* e *u cottu di mìnca*.

Oltre all' "usapaisà", i lettori s'imbatteranno in molti vocaboli del dialetto siciliano. Non è stata una forzatura, ma una necessità scrivere spesso in dialetto. E per un motivo molto semplice: era la parlata che l'autore ha ascoltato dai co-protagonisti della vicenda. Perché complicarsi la vita nel tradurre in italiano frasi e dialoghi con il rischio di impoverire, svirilizzare o peggio stravolgere il significato di un colloquio e di una semplice battuta?

Talune espressioni palermitane, infine, si sono rivelate necessarie per dare un'accezione e un senso più efficace a una formula, a un certo modo di pronunciare una frase, a una colorita battuta e per fare capire meglio lo stato d'animo dei protagonisti.

Il purista non s'adonti dunque per questa licenza. Esclamazioni siciliane come "mizzica" (in italiano "capperi"), per citarne una, sono infatti incluse dallo Zingarelli 2006 nella lingua italiana. E nemmeno per le sfumature verghiane a cui si richiama talvolta l'autore, il quale non è riuscito a reprimere la tentazione di fare il verso al protagonista del romanzo: in alcuni frangenti, il suo Luciano, con la timidezza persino bigotta che lo contraddistingue, sembra talvolta un personaggio sbarcato da un altro mondo o, quanto meno, nato e vissuto nei primi anni del Novecento. Coloro che riterranno incomprensibili i vocaboli dialettali potranno ricorrere a un glossario siciliano-italiano inserito a fine testo. I termini dell' "usapaisà", invece, sono stati scritti di proposito in corsivo e la loro traduzione è simultanea. Ai lettori non rimane che sfogliare il volume. Avranno anche modo di conoscere una parte ignota del pianeta chiamato America.

Salvatore Taormina

PARTE PRIMA, Mpaliermu

Capitolo I

Così lontana così vicina

VILLABELLA e la Sicilia facevano parte delle fantasticherie di Luciano Moriga, ma erano lontane, sotto le nuvole. E il desiderio di rivedere Vera era così intenso da estranearsi da tutto ciò che lo circondava. Finalmente, a New York avrebbe potuto riabbracciare la ragazza della sua vita. Erano trascorsi tre anni. Tre anni senza vederla. Lunghi tre secoli. Si sentiva un po' Matusalemme.

Il viso di Vera era identico a quello delle ultime foto? L'immagine più recente risaliva a otto mesi prima. Che pigra. Sembrava non le importasse nulla se il suo Luciano, in Italia, tentava di comporre il puzzle del suo bellissimo volto. Però, questo sì, sapeva scrivergli lettere molto dolci. E al telefono lo ascoltava in silenzio per sussurrargli poi le frasi più tenere.

Ora che se ne stava in eretico abbandono, non degnò di uno sguardo la hostess con il suo carrello di vivande. Durante il volo, tra i pensieri che si affastellavano nella mente del giovane c'era una certezza: sarebbe toccato a lui, non più a Rocco Verasca, il suocero - l'uomo che aveva costretto la figlia a partire per gli Stati Uniti - imprimere una svolta decisiva al destino. Chiarita con lui una certa questione, avrebbe fatto di tutto per condurre all'altare il suo amore. Non erano pochi i tre mesi di aspettativa scippati a Paolo Zimmatore, suo caporedattore a "Radioteleisolad'oro". Sì, voleva sposare Vera. Doveva.

Adolescenza e pudore

L'AZZURRO del cielo e le sconfinate distese di nuvole, candide come bambagia, così nivee e spumeggianti da riassaporare il gelato di limone divorato da bambino, lo aiutarono a ripercorrere, assieme alla sua "love-story", adolescenza e anni della maturità. Richiuse giornali, settimanali, mise "off" la cuffia collegata all'impianto stereo del Boeing e sprofondò nel suo mondo. Si era così impratichito del mestiere di cronista da controllare con rigore maniacale fatti e notizie che, giorno dopo giorno, fluivano nelle sue mani. Ma nel mucchio trovava spesso un evento impossibile da scandagliare. E se provava, azzardando un'analisi, vedeva il tentativo fallire. Si trattava di una storia paradossale, molto intima. E visto che questa storia se la portava anche a letto, finiva per non prendere sonno. Nessuno era riuscito a togliergli dalla mente di amare Vera prima ancora che nascesse.

La ricordò bambina con il suo viso dolce, il nasino allegramente all'insù, il taglio degli occhi fantastico e misterioso, la pelle dorata come quella delle contadine, lo sguardo intrigante, i capelli castani con riflessi biondi che la mamma annodava in una treccia. Già si guardavano in quel modo che fa sentire male, ma lui era ancora uno sbarbatello e lei na criatura. Sebbene adolescente, Luciano possedeva un senso innato del pudore. Si chiedeva, ad esempio, perché avrebbe dovuto sostenere lo sguardo di una bimba di otto anni. Cercava di pensare ad altro, ma lei abitava lontano un isolato, così se la trovava sempre davanti, la Vera, con i suoi sorrisi maliziosi e i suoi rossori. Quella storia la riteneva assurda, talvolta lo infastidiva. A 15 anni aveva altri interessi, lui. Non doveva, non poteva perdere tempo con una picciridda che gli faceva gli occhi dolci.

Paure e languori

SULL'AEREO che lo trasportava a New York, ora se ne stava con la faccia persa tra le nuvole oppure osservava in modo superficiale gli altri viaggiatori con volti senza nome. Chissà se erano emigrati che tornavano negli Usa dopo una vacanza o turisti con tanta voglia d'America. Avrebbe potuto trovare una risposta: accanto a lui, sedeva una giovane che non stava un attimo ferma, neanche con la cintura allacciata. Aveva un trucco pesante per i gusti di Luciano. Attaccare bottone sarebbe stato facile, ma allentò il nodo della cravatta, controllò con una mano il cofanetto con dentro un tesoro di anello per la sua Vera, fece scivolare lo schienale e preferì immergersi nei ricordi.

Cominciò a passare a setaccio un altro segmento della sua "love story", e con essa, i suoi venti anni, i primi esami universitari. Vera, la più piccola di quattro sorelle, in quei giorni di anni ne contava già tredici. Aveva le forme acerbe, aspre dell'adolescenza, ma era pronto a scommettere che si sarebbe trovata quanto prima con un corpo fantastico.

Era il seno che suscitava in lui smanie. Lo conteneva già a fatica nella maglietta. Nell'ammirarlo gli pareva di avere in bocca il sapore dei gianduiotti. Che pazza idea baciarla dove i capezzoli prepotenti, affilati come punte di fioretto, perforavano quasi la T-shirt. Era giunto il momento di provare, con il giusto dosaggio. Perché sfuggire ancora i suoi sguardi? Non regalarle un sorriso, come lei aveva fatto senza speranza da bambina?

Non resisteva alla tentazione, ma preferiva frenare. In testa, aveva un girotondo di scrupoli, ma anche una giostra di paure. Se prima aveva fatto di tutto per ignorarla, ora che Vera si era fatta ragazzina, e meritevole d'attenzione, non sapeva da dove cominciare.

Qualcosa gli impediva di essere spigliato, di trovare la necessaria determinazione. Se il divario di sette anni di età in una coppia adulta, ad esempio di 27 e di 20, lo considerava irrilevante, il gap, se una bambina di anni ne conta otto e il ragazzo quindici, come quando lui sfuggiva i suoi sguardi, o dieci e lui diciassette, o tredici e lui venti, ebbene, tale gap lo giudicava non solo incolmabile, ma mostruoso. Attribuiva la timidezza a una sorta di divario generazionale. Ne era convinto: nessuno avrebbe potuto dargli torto.

Uno sbirro tra i piedi

ERA una storia d'amore generata da sguardi timorosi, incerti, forgiata da sospiri svenevoli, modellata e plasmata da smanie e struggimenti. Non era mai riuscito a scoprire - e nemmeno ora che volava a New York trovava una risposta - dove, come, quando, perché Vera aveva incendiato la sua esistenza.

Da ragazzo, più considerava la ragazza parte di sé, più avvertiva ai piedi due ceppi che gli impedivano di compiere qualsiasi movimento. E ora che stava spicando, eccome spicava, a picciridda era guardata cû l'occhi e i ggigghia. Mamma Rosina e papà Rocco erano priàti nel vedere quel bocciolo divenire un bellissimo fiore. Non le avevano imposto quel nome perché nata il giorno in cui inizia la Primavera? Puru i frati la taliavanu ammirati. Enzo, soprattutto. Il quale eseguiva alla lettera gli ordini impartitigli dal padre, e da riassumere in una frase: "Non la devi fari catamiari". Sì, il legame di Rocco Verasca con la figlia aveva qualcosa di morboso, se non di patologico. Vera non poteva letteralmente muoversi.

Enzo, ligio al dovere, accentuò la sorveglianza allorché la sorellina cominciò a frequentare il liceo linguistico: non solo la seguiva e la scortava, ma non ci pensava due volte a pedinarla. Tra uno sbirro e lui, non c'era differenza. Il cognatino gli stava sulle palle. Aveva lo sguardo truce. Mostrava un contegno così intimidatorio da annullare in Luciano quel po' di audacia che gli avrebbe consentito, ora che Vera si era fatta così "bbona" da fargli perdere la testa, di tentare un pudico abbordaggio.

Il fidanzamento in casa

«VERA, chi fai?, tràsi», sollecitava la madre. Più che altro era un comando. E lei, prima di serrare ubbidiente le imposte, dava l'ultima sbirciatina al suo amore, il quale non sapeva più come sarebbe andata a finire quella storia e se ne stava a tampasiari tutto il santo giorno davanti al balcone della ragazza. La quale avvampava e basta.

«A picciridda avi a testa sbintata,» si lagnava Rocco.

«Ti sbagli, cosa seria è,» rispondeva con tono conciliante Rosina, «e poi...»

15

«Poi cosa?»

«Nun ti scurdàri che Luciano ragazzo a posto è. Educatu, ddilicenti, cànusci a bbona crianza e fa sagrifizi pi studiari. U pani dî libbra veni, e iddu u sapi. Per non pallare dei Moriga. Ggenti bbrava, bbava, bbava, molto bbava.»

Sbavava nel parlare dei Moriga. Il marito se ne stava seduto, gomiti sul tavolo, le membra grevi di sonno, a tistiari. E quando finiva di alzare e abbassare il capo, in segno di dubbio, se non di disapprovazione, continuava a lagnarsi che «l'ultimo a sapere le cose della casa» era lui, e non si stancava di ringraziare u Signuri di avergli dato na mugghieri «sempri nfurmata di tuttu.»

Rosina però faceva carte false per fare ragionare a so maritu, chi tistardu comu un mulu piddaveru era. «Non devi farti il sangue marcio se ti dico che sai picca di Vera. Te ne stai tutto il santo giorno fuori a guadagnarti il pane o per cercare un lavoro meno precario, e ppi-cchistu sei da ammirari. In queste situazioni, però, è la madre che assume un ruolo importante. E nun sulu picchì sapi talìari câ cuda di l'occhi a figghia. Dimmi, na picciotta a cu ddumanna cunsigghi? È la madre la consigliera della famiglia. Vera ha avuto modo di aprire il suo animo. So quanto vuole bene a Luciano, il quale, per nostra fortuna, ha la testa sulle spalle. Frequenta l'Università e travagghia. Dove lo trovi un iènnaru con queste qualità? Dimmi, dove lo trovi ai giorni d'oggi?»

«Luciano deve compiere 24 anni e nostra figlia ne ha 16. Dammi retta: è presto per certe cose.»

«Scusa Rocco, ma...»

«Chi scusa e scusa...», la interruppe.

«Ti dicevo,» riprese Rosina «il giorno che mi hai costretto a scappare, non avevo forse 15 anni? A quei tempi, avevi gli scrupoli di adesso?»

Rocco non osò replicare. Era così inquieto e turbato che la moglie ebbe l'impressione che stesse cominciando a santiari, come al solito. L'amore per la figlia era così profondo e radicato da non concepire che a 16 anni, s'avìa a fari zzita cu ddu picciottu, doppu avìricci bbabbiatu da quando di anni ne aveva addirittura ottu.

LA HOSTESS avvicinò il carrello, mise sul ripiano della poltrona il piatto di roast-beef e una bottiglietta di minerale, ma Luciano era come se si trovasse in un'altra dimensione. Adesso riaffiorava nella sua mente una data importante.

Aveva già compiuto 24 anni quando Alfonso, suo padre, giunto di proposito dalla Svizzera, decise di "spiegare" il matrimonio, insieme con Luigina, la figlia, e Francesco, il genero. Nel vedere Luciano a casa sua, a Vera veniva da piangere: tanta era l'eccitazione per il fidanzamento ufficiale che da due giorni non aveva toccato cibo. Rocco e Rosina Verasca fecero accomodare i Moriga nella sala da pranzo. Davanti a na nguantera di cosa duci, ai bicchierini di rosoliu e alle tazze fumanti di caffè dovevano parlare di cose serie. La zona rimase però "off limit" ai due innamorati, i quali attesero l'esito del "summit" in un'altra càmmara, assieme a Enzo, Gianna, Saro, Giovannino, Concetta e Piera, tutti i frati di Vera. Rocco era convinto che nessuno ascoltasse il colloquio con i Moriga, invece erano tutti appiccicati a una porta per catturare ogni parola.

A Francesco premette chiarire subito un concetto: «Mio cognato studia per laurearsi e da quattro anni lavora in una televisione privata. Lo stipendio è buono, ma spera di essere assunto alla Rai. Sarebbe una fortuna.»

«Un figlio come lui è il sogno di tutti i genitori,» intervenne a questo punto Alfonso Moriga. Come se i genitori di Vera non sapessero nulla di Luciano, e fossero anche all'oscuro della tragedia che si era abbattuta tanti anni prima sui Moriga, il papà di Luciano, chissà perché, cominciò a riesumare le sue disgrazie, partendo addirittura dall'olocausto familiare.

«Se Caterina, la mia seconda moglie, fosse viva,» sussurrò con un viso segnato ancora dalla tristezza e dalla rassegnazione, «sarebbe orgogliosa di suo figlio. È un ragazzo serio, intelligente, preparato, affettuoso. È difficile trovare giovani che abbiano il culto della famiglia come lui. Ho avuto mia figlia Luigina da Ester, la prima moglie, scomparsa in un incidente stradale; Luciano, che è figlio di Caterina, deceduta durante il parto, è legato a Luigina da un affetto profondo. È stata lei a fargli da mammina fin dai primi mesi di vita, e Luciano considera Francesco non un cognato, ma un fratello più grande con cui confidarsi. Con me, invece, beh... dovete sapere che non c'è domenica che mio figlio non mi chiami a Lugano e io ricambio la telefonata ogni giovedì. Ci raccontiamo tutto con estrema sincerità. Vera ha trovato un giovane eccezionale e voi, un genero d'oro. Come noi riteniamo vostra figlia una ragazza unica al mondo.»

«Va bene, ma per quanto riguarda il matrimonio, prima la 'laura', poi se ne palla,» sentenziò Rocco, il quale, senza rendersene conto, aveva fatto la parodia del grande Totò. «Casa mia comunque è aperta,» aggiunse. «La domenica e per le feste comandate potrà vèniri a manciari da noi, così i picciotti avranno modo di conoscere il loro carattere, pregi, difetti, di scoprire se si vogliono davvero bene e di pallare del loro futuro.»

QUELLA frase non si prestava a equivoci: durante l'àutri iorna dâ simana, Rocco non voleva Luciano tra le palle.

«La lontananza fa gràpiri l'occhi,» ammonì infatti il futuro suocero. «I giovani prima dimostrano entusiasmo, poi si accorgono che la vita non è tutta rrose e çiuri.»

Conclusa la frase, fece cenno alla moglie di aprire la porta. E mentre dall'altra parte Vera, i suoi fratelli e Luciano si sparpagliavano per non fare capire di avere udito ogni parola, Rosina eseguì l'ordine con gesto solenne. A questo punto, come se fossero stati risucchiati da una calamita gigante, tutti si strinsero attorno ai due picciotti. Gli abbracci si sprecarono. Saro, Enzu e Giovannino tornarono dalla cucina con un altro vassoio stracolmo di bbabbà, mentre le sorelle mostrarono raggianti una torta di caffè e panna acquistata in una pasticceria dalle parti del Politeama e due bottiglie di spumante, fredde al punto giusto.

Luciano si avvicinò finalmente a Vera. Erano finiti i tempi in cui ci lassàva l'occhi. Adesso, avrebbe avuto modo di sfiorarle un braccio, stringerle una mano, di accarezzarla, di darle una vasata, macari. Intanto, tirò fuori il dono tradizionale. Vera lanciò un'occhiata di stupore ai genitori, poi aprì il cofanetto. Dentro, c'era un anello di oro bianco con 16 brillantini attorno, gli anni della ragazza. Di valore, elegante. Era così felice che si sentiva scoppiare il petto.

«Vedrai, un giorno ti regalerò un diamante grosso così, ma questo avrà sempre un valore inestimabile,» le sussurrò baciandola sulla guancia. «Non lo togliere mai.»

Vera, stravolta, aveva capito una parola sì e l'altra no, ma era certa di una cosa: lei e Luciano non erano più clandestini dell'amore.

Rocco decise di fare un brindisi. «Alla salute di questa compagnia,» esclamò «viva Palermo e Santa Rosalia.»

Cosa c'entrasse la Santuzza con il fidanzamento nessuno lo capì, ma i bicchieri tintinnarono. Prima che arrivassero i Moriga, Rocco Verasca era al quarto bicchiere di vino e adesso, dopo la terza coppa di spumante, aveva una certa luminosità negli occhi. Sembrava già bastonato dall'alcool tanto è vero che si rifece vivo con una frase maligna: «È grande amore? Chissà. Intanto, avranno modo di gràpriri l'occhi.»

L'atto di richiamo

LUCIANO e Vera, invece, gli occhi li avevano bene aperti. E sei mesi dopo, quando giunse a Villabella la busta dell'Ins, l'Immigration & Naturalization Services, con l'atto di richiamo di zio Joseph, non fu per tutti un giorno di festa.

A partire sarebbero stati Rocco, la moglie, Vera e Enzo, il minore dei maschi perché i figli più grandi avevano famiglia. Sarebbero potuti partiri pâ

18

'Mierica, e solo se ne avessero avuto voglia, in futuro, da turisti. Luigi e Michele, invece, si trovavano a Nuova Iorca da due anni. Si erano fatti puru zziti. Con due 'mericane. Buona cosa.

«E Luciano?» chiese Vera risentita «quando partirà Luciano?»

Rocco si aspettava la domanda, ma pronunciata a timpulata, gli fece uno strano effetto. Riprese a sorseggiare il vino che gli portavano da Partinico e, con aria di santone, prima citò il detto "cû tiempu e a pagghia maturano i zorbi", poi anticipò il «che significa?» della figlia scendendo nei dettagli. «Innanzitutto, siete zziti in casa da sei mesi. Luciano, quindi, fa parte a metà della famiglia. Secondo motivo, siccome non fa parte della famiglia non può rientrare nell'atto di richiamo di tuo zio Joseph, che Dio lo benedica. Quando me frati avviò le pratiche, il tuo Luciano lo conoscevi appena e l'atto di richiamo è valido per discendenti e collaterali, non per estranei che un giorno, forse, faranno parte della famiglia. Mi sono spiegato?»

Si era fatto capire, eccome. Ma non finì di pronunciare il vocabolo "estranei" che vide a figghia accussì nguttumata da non fare caso alla conclusione infida della frase, cioè "un giorno, forsi."

Affranta, Vera scaricò la tensione in singhiozzi.

«Non fare così, sei tesa come una corda di violino. Si sistemerà ogni cosa, vedrai,» l'incoraggiò Rosina. «È passato tanto tempo da quando zio Joseph presentò le pratiche per il richiamo e ora che tuo padre e to frati Enzo travagghianu a cottimu, questi documenti sono una benedizione del Signore.»

Accarezzò le mani della figlia e concluse: «Sei grande, dovresti capire certe cose.»

«Le capisco,» rispose Vera con tono sommesso.

Rocco si alzò per dare conforto a picciridda: «Non faccio io i liggi 'miricani,» disse cercando di essere persuasivo. La esortò a mangiare un po' di minestra.

«E Luciano?» ripeté la ragazza.

Non si rassegnava, voleva risposte meno vaghe, le pretendeva.

Rocco e Rosina si taliarono nelle palle degli occhi.

«Lascia che Luciano prenda la laurea, intanto vediamo cosa accadrà in America alla nostra famìgghia,» rispose accorata la mamma.

Il padre assentì: «Hai pronunciato parole sante. Sai bene i sacrifici che abbiamo fatto in questi anni pi mèttiri a pignata e pi arricògghiri i picciuli pû viàggiu. Se mi consenti, la dignità ha un prezzo: non ho voluto chi fussi me frati a mettersi sulle spalle questa spesa: lo dobbiamo ancora ringraziare per averci tirato fora dalla mmerda.»

La ragazza abbassò il capo. Aveva gli occhi rossi e serrava i pugni.

«Vedremo cosa accadrà,» proseguì Rocco. «Siete giovani e il tempo è dalla vostra parte. Avremo modo di organizzare la nostra vita. Sarà difficile per la lingua, ma questo sarà un problema mio e di tua madre non certo di giovani come te e Enzo. Imparerete presto, come Luigi e Michele, i quali si fanno un mazzo così per farsi avanti in un grande Paese. Il tuo Luciano verrà a trovarci da turista e avrete modo di decidere cosa fare. Ricorda a figghia: doppu menzannotti, non comincia mai una nuttata. Agghiurnari dovrà. Nel momento in cui lasceremo Villabella significa che la nostra mezzanotte sarà passata e che ci attende un nuovo giorno. Il discorso vale anche per te. Dimmi una cosa, ma devi essere sincera: si ti mariti a 'Mierica non è meglio che a Villabella?»

Non appena il padre accennò al matrimonio, Vera regalò un sorriso alla madre, ma sapeva che avrebbe dovuto lottare. Luciano, infatti, di emigrare, non voleva sentirne. «La nostra terra è questa,» le aveva ripetuto una decina di volte «costruiremo casa e famiglia a Villabella.»

Un distacco disperato

QUANTI ricordi sotto quella distesa di nuvole. Erano trascorse le prime ore di viaggio, ma Luciano non aveva appetito: si era limitato ad assaggiare un pezzetto di carne e a guardare, con malcelato sospetto, una porzione di dolce. Arrivò il momento della proiezione di un film con sonoro in cuffia, ma preferì soffermarsi sui momenti più significativi della sua storia con Vera. Come il giorno della partenza dei Verasca pâ 'Mierica.

L'attesa era stata spasmodica, stressante. La sera prima, erano venuti parenti e amici per i saluti, gli auguri, i regalini e per una mangiata pantagruelica nella povera ma dignitosa casa di Villabella. La signora Rosina era uscita dalla cucina distrutta.

«Non preoccupatevi, dormirete nell'ariupranu,» ripetevano i parenti.

Appena figghi, zzìi, cucini e picciriddi, dopo gli ultimi abbracci e baci, se ne tornarono nelle loro case, c'era da dare l'ùrtima sistemata ê valìgge, e mèttiri dintra, stipate come erano, le ultime cose, anche le più insensate. L'aereo per Roma sarebbe dovuto partire alle sei della matinata. E siccome un'ora prima dovevano trovarsi a Punta Raisi, e alle due di notte tutti e quattro i Verasca avevano l'occhi sicchi per il nervoso, il riposo notturno andò a farsi fottere. Sistemate borse e valigie agnuni, s'appinnicaru vistuti. Dopo un'urata e mezza, s'arrispigghiaru con un violento attacco di emicrania, così maligno e crudele che, per farlo passare, l'unico rimedio era battersi la testa contro il muro.

Il tempo di bere tre tazze di caffè a testa e quel martire di Luciano era sotto casa, pronto a svegliare, incazzatissimo, mezzo rione con il clacson.

Prima che venissero sistimati i bagagli anche nell'auto di Saro, Rosina cacciò un urlo così disumano che un gatto, terrorizzato, schizzò da un cassonetto di immondizie. Dal balcone aveva rivolto soltanto una domanda al marito: «Roocco, si ntamatu? I passaporta, i documenti, i biglietti. Tutto hai?»

«Tutto Rosina, tutto ho,» aveva risposto spazientito.

L'unico che non prestava attenzione a cosa avessero da urlare quei due, era Luciano. Era atterrito dalla prospettiva di dovere lasciare Vera. Distrutto dalla tensione, condusse la carovana all'aeroporto. Erano tutti morti di sonno, ma silenziosi, grazie a Dio.

Ritirate le carte d'imbarco, Luciano salutò suoceri e cognato. Avrebbe voluto stringere a sé Vera, baciarla, sussurrarle le frasi più tenere. Lo sbirro giovane ebbe la sensibilità di girarsi dall'altra parte per discutere con la madre, al contrario di Rocco, il quale perforò un'ultima volta il genero con pupille risentite e pungenti. Gli aveva fatto a niativa anche nel momento dell'addio: Luciano e Vera erano sgomenti e Rosina, commossa, se ne uscì con un «non c'è mortu senza cantu e nun c'è zzìta senza chiantu.»

Vera aveva gli occhi gonfi. Il mento era identico a quello di una picciridda che s'accinge a far'u cucchjaru dopo una sgridata ingiusta. La baciò sulle guance con una tenerezza struggente, disperata. Poi, la strinse a sé.

Per la prima volta, aveva mandato a fare in culo il signor Rocco Verasca.

PARTE SECONDA, a 'Mierica

Capitolo II

Prima nottata: Long Island

VERA lo aveva relazionato su tutto. In tre anni, aveva registrato nella mente anche i sospiri di papà e mamma e riferito a Luciano tutto ciò che accadeva in famiglia. Non tralasciava sfumature, emozioni, particolari divertenti. Si era poi dimostrata così pignola nel descrivere il loro arrivo negli Usa, e i primi giorni di vita a Brooklyn, che Luciano finì per memorizzarli. Aveva l'impressione di leggere brani di sceneggiatura.

Esempio: giunti al Kennedy, raccontava Vera nelle lettere, "volò un'ora per sbrigare le formalità di rito negli uffici dell'Immigration, dove presero a tutti le impronte digitali".

Nessuno dei Verasca tradiva la condizione di immigrato. Tutti vestivano in modo dignitoso e discutevano senza alzare la voce. Giunti nel settore arrivi, si ritrovarono però al centro di una baraonda: viaggiatori e funzionari dello scalo non riuscivano a capire cosa stesse accadendo e se non era il caso di chiamare magari un paio di ambulanze. Le grida di gioia di Luigi e Michele nel rivedere genitori, fratello e sorella furono laceranti. Rocco focalizzò l'attenzione su un uomo: riconosciuto Joseph, cominciò a sbirticchiàrisi in modo osceno. Dopo essere andato incontro a so frati con mezza panza che gli traballava, ai baci e agli abbracci fece seguire ululati. La gente era convinta di assistere a una commedia dell'assurdo, protagonisti un pugno di pazzi.

Rocco non vedeva il fratello da quarant'anni. E l'incontro apparve straziante. Vera s'accorse che si rrassimigghiàvanu. Suo padre era un po' più basso, ma a 56 anni aveva tutti i capelli, sale e pepe alle tempie: se non avesse messo la pancetta di disoccupato, avrebbe avuto un aspetto giovanile. Zio Joseph era più anziano di dieci anni ma identico di stazza. Stessa faccia piena, segnata dal sole. Di capelli ne aveva un po' meno, però erano bianchi, con riflessi argentei.

Nel rievocare episodi della gioventù, pronunciarono frasi che solo loro capivano. Rosina, invece, abbracciò con slancio Sarah, la cognata acquisita, e anche Vera andò incontro, con gesto affettuoso, a questa zia conosciuta grazie a qualche foto. Soltanto che, come la mamma un attimo prima, venne presa in contropiede: nessuno le aveva spiegato che gli americani, nel salutarsi, si danno un bacio, e non due, come in Italia. Così, quando si fece avanti per porgere l'altra guancia, zia Sarah aveva già fatto un passo indietro e Vera rimase bloccata nel tipico atteggiamento delle "belle statuine".

Usciti dall'aeroporto, presero posto con parte dei bagagli in un'auto di almeno otto metri. Vera sbirciò alle spalle e vide a poca distanza la macchina di Luigi e Michele, gli altri fratelli. A bordo, avevano le zzìte. Bellocce. Una, Ashley, bionda e pienotta; l'altra, Miriam, bruna "mescizzata". Si erano presentate ai suoceri con estrema timidezza. Sulla Cadillac, rimasero mezz'ora. Usciti dall'autostrada, Joseph infilò un viale in cui incrociarono uno "school bus". Dopo dieci minuti, l'auto entrò nel vialetto di una casa che in Italia chiamano villa, distante da altre abitazioni, anch'esse unifamiliari, con prati stile Wembley.

Erano in una zona esclusiva del Long Island. Regnava solo il verde. Per Joseph, 40 anni d'America, cittadino statunitense, Rocco aveva sguardi di ammirazione. Gli parlò della famiglia, dei figli rimasti a Palermo, dei tre nipotini. Gli chiese se Luigi e Michele, nei due anni trascorsi negli Usa, erano riusciti a inserirsi nel tessuto sociale e se si fossero comportati in modo irreprensibile. Ebbe risposte così lusinghiere da inorgoglirsi: Michele era divenuto da poco manager in un ristorante mentre Luigi stava per fare carriera, come fotografo "free lance", nelle case di moda sulla Settima Avenue.

Rosina e Sarah erano sedute dietro. Anche se la moglie di Rocco non sapeva una sillaba d'inglese e Sarah spiccicava qualche vocabolo siciliano, già provavano a discutere fitto fitto come due amiche.

GIUNTI a casa, Vera conobbe un esercito di cugini. Sorrideva a tutti, ma non capiva un'acca di ciò che dicevano. Se non bastasse, aveva le smanie. «Deve telefonare,» tagliò corto il padre, il quale, durante il viaggio, non aveva fatto altro che tistiare, sconsolato nel guardare a figghia assittata agnuni, sula sula, pallida, gli occhi arrossati. Con quella camicetta scura, poi, pareva in gramaglie. Aveva trascorso le nove ore di volo ad ascoltare un tape con i brani più struggenti di Baglioni. Si sentiva il "passerotto". E lui era lontano, ancora sulla piazzola di Punta Raisi, a cercare inutilmente con lo sguardo una puntina di aereo. Era rimasto per un'ora in aeroporto, con le lacrime agli occhi, freddo come il marmo. Sembrava il monumento al Milite Ignoto.

Joseph fece cenno a Rebecca, una delle figlie, di portare alla cuginetta il cordless.

«Macché grattacieli, non ne ho visto neanche mezzo,» esclamò Vera. «Ti ho pensato tutto il tempo e ora sono morta di sonno. Mi addormenterei in piedi, come i cavalli.»

Non finì la frase che, con fare timido, educato, chiese allo zio se poteva fornire a Luciano il numero di telefono.

«*Sciuua*,» rispose Joseph con sorriso paterno. L'osservò perplessa. La prima cosa che le venne in mente, nel sentire la risposta, cioè *sciuua*, fu il dolcino imbottito di crema gialla, u pìcculu sciù, leccornia tutta palermitana. Zio Joseph, invece, le aveva risposto con un affettuoso «sicuro».

"*Sciuuà*", scritto "sure", era il secondo vocabolo ascoltato nel Nuovo Mondo. Il primo era stato «*Ahi*», in aeroporto, tra gente sconosciuta, esclamazione risentita nel momento in cui s'imbatté nella simpatica tribù dei cugini d'America, più cresciuti di lei. Si chiedeva perché, nel salutarla, ripetessero «*ahi*», «*ahi*», «*ahi.*»

Presto, si rese conto che "ahi" era l'esatta pronuncia di «hi», «ciao». Tutti, nel salutarla, le rivolgevano un «Hi, how are you?» ovvero «Ahi, àuar iù?», «ciao, come stai?»

Papà Rocco aveva occhi soltanto per la casa. Infatti, cominciò a sgranare dei «minchia» di meraviglia. Si aggirava sbalordito per le stanze, assieme a Rosina, timido, rispettoso, assorto anima e corpo, come se stesse visitando estasiato la Cappella Sistina. Rimase con la bocca spalancata davanti a un lampadario di cristallo, clamoroso, di valore inestimabile. Una scala bianco country e giallo canarino conduceva al piano superiore, dove si trovavano camere da letto e bagni. Sulla destra, trionfava un set di divani color crema, in cui si sprofondava. Ogni cinque secondi, Rocco tirava per un braccio la moglie: era sufficiente che si guardassero nelle palle degli occhi per mmintariari ogni rricchizza, per formulare domande e ottenere mute risposte.

«Minchia, chi casa!» esclamò ancora una volta di fronte a una finestra-cinemascope che dava sul prato. Si fermò alluccutu davanti a un caminetto. Troneggiava in una parete di colore bianco rustico del living room. Rimase così assorto nel contemplarlo con occhi sbarrati da dare l'impressione che stesse pregando davanti a un altare. Dal turbamento che tradiva il suo viso, come la sudorazione improvvisa, sembrava che fosse stato colpito dalla sindrome di Stendhal. Non potevano, Rocco e Rosina, stupita anche lei dalla bellezza di quella dimora, non pensare all'appartamento lasciato a Villabella: decoroso lo era, questo sì, ma adesso che si aggiravano in quella splendida casa, provarono la sensazione di avere abitato da una vita una latrina di tre càmmare per quattro persone, Rocco, Rosina, Enzo, 24 anni suonati, e Vera, la più piccola della nidiata, nata per sbaglio ma la più bella delle sorelle.

Tanta poi era la soggezione di camminare sul marmo, o sul parquet passato a lucido, protetti da splendidi tappeti, che si aggiravano per la casa scantati, ora a passi lenti, ora a gambe divaricate. Buttavano i piedi come se l'unica preoccupazione fosse quella di non scafazzari l'ova. Rosina, dalla meditazione, sembrò passare d'un tratto a uno stato di trance: era rimasta rapita dalla funzionalità della cucina, immensa, bianca avorio, grande quanto un salone. Non c'era utensile fuori posto: bastava pigiare un pulsante perché piatti e posate comparissero da un'anta dei cabinet, gli armadietti. Era sufficiente sfiorare una leva perché spuntasse la dish-washer. Il frigorifero era così grande che cominciò a contemplarlo come se si trovasse davanti al teatro Massimo illuminato. Nel ricordare la cucina lasciata a Villabella, prese coscienza di trovarsi anima e corpo a 'Mierica.

Anche Vera era disorientata dallo splendore della casa, ma pensava ad altro. Intanto, si era resa conto che le nozioni di inglese formale memorizzate prima della partenza, come "Good morning Ms Sarah, nice to meet you", ovvero "buon giorno, signora Sarah, piacere di conoscerla", oppure "don't bother" per rispondere ad Angel, la più giovane delle cugine, la quale le aveva offerto un drink, erano fuori luogo, superflue, standardizzate. E nel rivolgersi per la prima volta a zio Joseph con un «How Are You?», non si sentì rispondere «fain, and iù?», scritto "fine and you?", cioè "bene e tu?", come sentiva ripetere alle cugine, e come aveva letto nelle guide di viaggio, ma con un «menzu e menzu, niputedda mia.»

Non c'era bisogno d'interprete.

ALLE SEI del pomeriggio, quattro ore dopo il loro arrivo a New York, nel vedere gli americani mettersi a tavola, Rocco, Rosina, Enzo e Vera si sentirono pigghiati dî turchi. «Che si fa?» chiesero.

«Comu chi si fa?» rispose Joseph. «Il dinner, il dinner si fa. Si mancia. Non ditemi che non avete pitittu.»

«A quest'ora?»

Rocco guardò moglie e figli: avevano le facce bianche come un lenzuolo. Mentre i picciotti 'miricani riempirono i piatti con un miscuglio di ortaggi, Joseph si preoccupò di togliere gli ospiti dall'imbarazzo. «U sacciu, siete stunati per il cambio del fusu orariu, ma a 'Mierica si cena a quest'ora. Tardu tardu alle sei e mezza. Vi abituerete. Prendete un boccone, doppu, se avete sonno, acchianati nelle vostre càmmare. Abbiamo aggiunto un letto per Vera. Enzo dormirà nella stanza di David. Dopotutto, hanno la stessa età. Dumani matina sarete belli e riposati.»

Non finì la frase che Sarah e Rebecca, una delle figlie, misero davanti ai parenti 'taliani dei piatti giganti con una ventina di pannocchie nane, chiamate baby-corn, ognuna non più lunga del dito mignolo di un picciriddu. E assieme alle pullanchelline, servirono una decina di cherry tomato, più piccoli delle palline da ping pong, ma lontani parenti, proprio lontani, dei pomodori di Pachino. Il piatto ovale venne poi arricchito da peperoni gialli e rossi tagliati a fette, da olive bianche imbottite di salsa piccante, e da cetrioli tagliati a fette, o interi.

Rosina, nel vedere u citrolu nel piatto, sanu sanu, divenne gialla come la cera vergine. Prima abbuccò di menzu latu, poi cadde dalla sedia. A chiummu.

«Acitu, acitu, pigghiati aciiitu,» urlò Rocco.

«Mamà, mamà,» strepitarono i figghi.

Enzo, perso per perso, cominciò a pigghiari a matri a timpulati. I cugini americani guardarono inorriditi i ceffoni ricevuti dalla zia da poco conosciuta e si chiesero di quale colpe la donna si fosse macchiata per meritare una punizione così terribile. Solo dopo, dedussero che era ridotta in quelle pietose condizioni a causa dello stress legato alla partenza dall'Italia e per la stanchezza accumulata durante il viaggio. Cosa volesse intendere poi Rocco con la parola "acitu" lo aveva capito solo Joseph: Sarah e figli avrebbero dovuto ascoltare il vocabolo «viniga», scritto "vinegar".

Dopo cinque minuti, per fortuna, Rosina cominciò a rinsanvire: con l'aceto, maritu e figghi le avevano fatto anche lo shampoo. Infatti, s'arrispigghiò câ sciucamanu bbiancu e nìuru in testa. Era una stoffa di spugna, a quadratini come u kefiah. Pareva a soru di Arafat.

«Allergica ô citrolu è, non potevate saperlo,» spiegò Vera.

Gli americani, sbalorditi per il casino scoppiato, poco mancava che assistessero a un altro fuori programma: Sarah, convinta che la cognata accusasse brividi, le appoggiò premurosa un pullover sulle spalle. Non aveva capito che, in piena menopausa, le stavano pi acchianàri i quaranati.

Benché stravolta, Rosina tirò fuori tutto l'orgoglio di donna e un self-control eccezionale: vero è che, a causa delle caldane, impietose, una dietro l'altra, atroci da sentire bruciare il cervello, avrebbe voluto spugghiàrisi nuda, però ebbe la forza di mostrarsi impassibile alle sofferenze, stoica addirittura, e di sorridere. Nonostante la grande prova di dignità, il rossore in faccia non era riuscito a nasconderlo, quello no, né il sudore che imperlava la fronte.

Tornata in sé, guardò con sospetto il piatto di penne con il sugo. Tutti i figli di Joseph avevano già appizzatu le forchette, come dannati, alcuni con la mano manca, e i Verasca 'taliani notarono che i parenti 'miricani, oltre che essere mancini, avevano un rapporto con le posate quanto meno singolare: infatti, nel catturare le penne sul piatto sembrava stessero pugnalando cocchidunu.

Rosina provò con il primo boccone, appena tre penne. «Bbona, bbona è,» commentò come per dire «bbrava bbrava» a Sarah che le aveva cucinate. Rimase invece paralizzata, la bocca storta da un lato, poi dall'altro. Per non fare una seconda malafiura, cominciò a masticare piano, sempri cchiù adàçiu, offrendo le penne macari alla Madonna come penitenza dei peccati. In vita sua, non aveva mai mangiato una fitinzìa simile. Ebbe l'impressione che il condimento sapesse di niente, poi lo trovò scipito, infine sentì in bocca un sapore di rràncitu. «È buonissima,» balbettò «ma sono stanca, non mi sento bene. Se permettete, vorrei andare a riposare.»

Rocco, Enzo e Vera, per non fari una malaparti, avevano ingoiato rassegnati una seconda forchettata. La salsa era più aspra di una spremuta di limone senza zucchero. Mentre Enzo attaccò bottone con Martha, una delle cugine, Rocco e Vera approfittarono dell'iniziativa di Rosina per accompagnarla, e scomparire anche loro, macari.

ERANO le 7:30 di sera. Non fecero caso né allo stile barocco della càmmara degli ospiti, né alla bbalata di camposanto su un comò disadorno, né ai tendaggi simili ai sipari della Scala di Milano, né al letto matrimoniale tardo Vittoriano. Senza lavarsi le mani e sciacquarsi la bocca, caddero in un sonno a-cchiummu.

S'arrispigghiaru alle quattro della matinata, frischi e rripusati, ma in casa c'era un silenzio cosmico. Dovevano andare a turno nel bagno attiguo alla càmmara da letto, grande quanto tutta la casa lasciata a Villabella, e poco mancò che si consumasse una traggèdia.

Per prima, partì Rosina perché sentiva scoppiare la vescica. Cercò l'interruttore, ma non sapeva in quale parte del muro si trovasse. E non ricordava neanche di esseri a *'Mierica*. Bastava battere le mani, come si fa a teatro, e il bagno si sarebbe illuminato.

Invece, cû l'occhi ancora mpiccicati di sonnu, puntò nella penombra verso il cesso senza accorgersi del baratro che stava per aprirsi sotto ai suoi piedi: era la vasca-jacuzzi, clamorosa, sei metri per sei. Fortuna che, anziché vulari all'ànciluni, e sfracellarsi sul fondo, appizzò sulla maiolica i talloni. Grazie a questo intuito, da tradurre in una botta di culu favolosa, scivolò a fondo vasca come se ai piedi avesse lo skate-board. Tanto è vero che, a velocità inaudita, tentò la risalita dalla parte opposta, e fino a bordo vasca, in posizione sempre eretta. A questo punto, scivolò indietro, con i talloni appicciati ancora supra u lippu e, suo malgrado, fece una spaccata olimpica senza emettere un lamento. Per lo scantazzu, si era lasciata andare. Nel senso che, tracimando, si ritrovò a nuotare in un fiume di pipì. Per ripescarla, figlia e marito, impiegarono mezz'ora.

Alle cinque, i Verasca si resero conto di non avere toccato cibo da due giorni. Nel bar-frigo, oltre a un contenitore di latte liofilizzato, a una bottiglia di minerale, e al pane per toast, c'erano due citrioli. Rocco, senza chiedersi a cosa servissero i citrioli nella camera da letto, chiuse lo sportello con una carcagnata.

Rimasero seduti che parevano sonnambuli, con le membra rigide per i morsi della fame. In un angolo, notarono un televisore di 60 pollici. Non potevano mai immaginare che in tutta la casa ce ne fossero una decina, di televisori, uno per ogni càmmara, e uno, appena di 20 pollici, era situato nella nicchia ricavata tra le mattonelle amaranto del bagno, di fronte alla voragine dello jacuzzi.

Il televisore davanti al letto era invece mostruoso. Vera lo mise "on" e, fino alle sette del mattino, fece zapping per 120 canali senza capire un tubo di ciò che dicevano. Finalmente udirono la voce baritonale di Joseph, seguita da un trambusto: nipoti e cugini si preparavano per andare a *faticari*.

«Scinniti, u *brecfesto* è pronto.»

I tre Verasca si guardarono stralunati.

«Scinniti, si mancia,» li esortò Joseph.

Vera capì. Era il momento di consumare il breakfast. A tavola c'era il ben di Dio e tutti i *'miricani* erano tornati ai loro posti con le mani armate. Sulla tavola c'erano anche quattro cannate di latte e altre tre di spremuta di arance. I croissant facevano un profumo da fare svenire, ma Rosina, nel timore che in mezzo al croissant spuntasse un citrolu, agì con la massima cautela.

I cugini d'America parlavano l'inglese a velocità così inaudita che si capivano soltanto loro. Prima attaccarono con una sorta di ciambella su cui rovesciarono un liquido denso e bruno, simile allo zucchero caramellato. Rocco, Rosina, Enzo e Vera se la trovarono sul piatto e chiesero a Sarah cosa fosse.

«È la *panchecca*,» svelò Joseph. «Manciàti, manciàti,» li esortò versando il liquido vischioso sui loro piatti.

«Questo è "maepol scirup",» spiegò Martha. Lessero l'etichetta sul contenitore, diceva "maple syrup" però ne sapevano meno di prima. L'intervento di Sarah si rivelò provvidenziale. «È il succo ricavato dalla corteccia degli aceri,» cercò di fare capire con il suo inglese sicilianizzato. Rocco guardò la cognata in modo strambo mentre Vera cercò di svelare l'arcano: «Papà, è un liquido ricavato dagli alberi. Questo che hai sul piatto è una specie di succu di rracina.»

Aveva dato l'idea. A Rocco toccò fare da cavia e cominciò a ruminare con un boccone dolciastro. Moglie e figli lo imitarono. Erano a metà portata e Joseph mise davanti agli ospiti altri quattro piatti con due uova a occhio di bue, un etto di patatine a porzione e almeno cento grammi di bacon, la ventrasca di maiale affumicata, cotta alla piastra e tagliata a fettine. Era come sottoporsi a una flebo di trigliceridi allo stato puro da un braccio e a un'altra di colesterolo cattivo, però autentico, dall'altro. Divorarono tre fette di pane con burro e marmellata, i croissant e bevvero due bicchieri di latte e quattro di aranciata a testa.

«Se non ci portano all'ospedale con una bbotta d'àcitu ora, non ci andremo più,» commentò Vera. Ancora dovevano prendere il coffee. Rocco, convinto che gliene portassero uno ristretto, come quello che al bar "Arànciu" di Villabella fanno arrispigghiari i morti, si ritrovò davanti una tazza di cappuccino colma di urina fumante. Il fratello allungò la brodaglia con il latte e invitò cognata e nipoti a seguire l'esempio. Mentre Rocco rifiutò disgustato il liquido bollente spacciato per caffè, Rosina volle provare. Si bruciò u cannarozzu. Per spegnere l'incendio, le fecero bere a garganella un bicchiere di succo d'arancia gelata, ma due cubetti di ghiaccio le andarono di traverso. Dopo pochi minuti, i Verasca 'taliani cominciarono a cambiare di colore. Non c'era fronte che non fosse imperlata. Tutti e quattro avvertirono, sinistro, il rumore di vudedda ncudduriati: a distanza dai due ai tre minuti, i Verasca 'miricani videro scappare gli ospiti verso i bagni, come pazzi.

La prima notte d'America era bell'e passata. Così la prima matinata. Nel pomeriggio, Joseph dirottò i congiunti in un appartamento preso in affitto, già arredato. I Verasca conobbero così l'immenso quartiere di Bensonhurst, dove il dialetto palermitano era parlato sia dagli ultimi immigrati sia da coloro che avevano preso la cittadinanza ed erano diventati 'miricani quattordici carati.

Nella zona della Diciottesima Avenue, cominciò per gli ultimi Verasca il sogno americano. Tre giorni dopo, Rocco e Enzo erano già al lavoro in una compagnia di costruzioni. A distanza di qualche mese, dopo che Martha e Rebecca le avevano insegnato l'inglese come Dio comanda, e al termine delle lezioni d'informatica impartitele dal cugino David, Vera venne assunta come operatrice in un'agenzia di viaggi sulla 86.esima strada. A Rosina, toccò la croce di governare la casa, come a Villabella. Dopo un mese, in casa Verasca arrivò la prima bolletta del telefono: 940 dollari e 26 centesimi. Erano le chiamate intercontinentali fatte ammucciuni da Vera a Luciano. Rocco prima aggiarnò, poi santiannu come un disperato, si avventò sulla figlia per trasformare la treccia in corda. Si era messo in testa d'impiccarla alla ringhiera della scala. Trattenuto da Enzo, si limitò a scagliarle l'apparecchio telefonico.

Un anno dopo, integrati nel tessuto paisà, Joe fece il secondo grosso regalo al fratello: un prestito a tasso zero, da versare come down payment, cioè come anticipo, per l'acquisto di una casetta bifamiliare. Tradotto in dollari, facevano ventimila. Rimasero a Bensonhurst, i Verasca. Era divenuta la loro terra promessa.

L'offisa all'onorevole

DOPO nove ore di viaggio, ai microfoni del sistema audio del Boeing, il comandante attaccò con la tradizionale frase di commiato: l'aereo sarebbe atterrato entro un quarto d'ora; i viaggiatori avrebbero trovato bel tempo. L'attesa di tre anni, lunga, insulsa, stava per finire. Tra poco, avrebbe potuto riabbracciare Vera, ma il pensiero di rivedere anche il suocero mise Luciano di pessimo umore. Eppure, prima o poi, avrebbe dovuto affrontare questo galantuomo specchiato.

Rocco non gli andava giù. Si era dimostrato ostile, da sempre, a questa "love story" al punto da suscitare nell'animo di Luciano un sentimento chiamato rancore. E i rapporti finirono per deteriorarsi il giorno in cui lo intravide a Villabella, dopo due anni e mezzo d'America. Luciano aveva trovato il coraggio di non salutarlo. Ora, prima di parlare di nozze, non gli restava che turarsi il naso, e provare a ricucire lo strappo. Ma se avesse saputo in che considerazione il suocero lo tenesse, avrebbe scoperto che i tre mesi da trascorrere con Vera sarebbero stati un inferno.

«UNA disgrazia, Lucianu na disgrazia è,» aveva infatti tuonato Rocco giusto il giorno prima. E nel pronunciare la frase, aveva scaraventato sul tavolo un pugno così violento da tramortire un montone del North Dakota: se la signora Rosina non si fosse distesa in un tuffo prodigioso sulla destra, roba da fare saltare in aria San Siro, la bottiglia si sarebbe frantumata in chissà quanti pezzi. Peccato che non seppe ripetere la prodezza con il bicchiere: il "White Zinfandel" della California si rovesciò fino all'ultima goccia sui pantaloni nuovi del marito, il quale stava per perdere il lume dagli occhi.

«Zzittu, ché ti sentono supra. Disgraziato zzittuti, se no ddu ddibbusciatu di Pinu Squillante e dda zzòccula di so muggheri si mangeranno una gallina per la soddisfazione.»

«Di traversu gli deve andare a addina. Di traversu. A iddu, a ddu misiràbbili comunista di Marchisano e a ddu fitusu chi fici mpazziri a me figghia. Mpaliemmu se la voli purtari. U capisci o no? Io, futuro onorevoli, candidato a Monticicoria, che non viene salutato dal futuro genero. È un gran vastasu. Si misi in testa di futtirisi a me figghia davanti all'occhi, ma come è vero Ddiu, gli strappo i vudedda, gli strappo, glieli attorciglio al collo e lo impicco a questa trava. Mi ddumannu chi mìnchia sta venendo a fare a 'Mierica. Cosa vuole? A Vera? Con quale coraggio potrà presentarsi doppu che mi mancò di rispetto. Era suo dovere, davanti ai paisani, salutarmi.»

«Zzittuti, non gridare ché i muri hanno orecchie e sentono. La notizia a Marchisano arriverà distorta, macari gli riferiranno che parliamo di politica e si mangerà una cassata dalla soddisfazione: nessuno gli toglierà dalla mente che, siccome sei nato disgraziato, sarà lui a vincere le "lizioni",» fece notare Rosina con tono angosciato.

Le elezioni erano quelle degli 'taliani all'estero. E Rocky Verasca, candidato della "Trinacria d'America", lista di centro-destra, anzi più destra che di centro, la più forte di New York, sbavava rabbia per la jattura che l'aveva colpito, responsabile Luciano, con il suo atteggiamento di stronzo, nel momento in cui tutto sembrava volgere a proprio favore nella sfida lanciatagli da Calogero Marchisano, progressista incazzatu, figura di assoluto prestigio di "Unità d'Oltre Oceano", lista molto più di sinistra che di centro.

Se l'avesse avuto tra le mani, di Luciano Moriga avrebbe fatto minnitta, avrebbe fatto, poco ma sicuro. L'affronto di non salutarlo, di lanciargli uno sguardo glaciale, proprio di sfida, nel momento in cui lui rispondeva al saluto della gente di Villabella, era un'onta da lavare. Eccome, se non andava lavata. A nulla sarebbero valse implorazioni, preghiere e pianti di sua figghia, la quale non aveva avuto il coraggio di dire all'amore suo di onorare il suocero o, quanto meno, di rispettare il prossimo, come insegnano i Comandamenti.

Il teatrale saluto ai paisani, dopo due anni e mezzo d'America, era stato interpretato da Luciano come la più grottesca delle simulazioni di un guitto nato. Una pisciata fora du rrinali. Una rappresentazione delle umane miserie. L'indifferenza mostrata nel rivedere il suocero, e peggio ancora il sorriso sarcastico, a mo' di sfottò, indirizzatogli, aveva messo di primo moto tutti i Verasca.

«A cu voli pigghiari pû culu?,» ripeteva alla moglie. Aveva puntato il dito accusatore contro Vera, rea di essersi lasciata andare a qualche confidenza di troppo. Paonazzo, mani alle tempie, la testa china sul tavolo, continuava a ripetere la litania del «Moriga mi ha rotto le pallea». Se fosse rimasto un altro minuto in casa, con la rabbia che gli bolliva dentro, sarebbero volate le sedie. Mentre Rosina passava il ferro, l'osservò coi pugni ai fianchi, come se dovesse arringare dal balcone di Palazzo Venezia. Dopo mezz'ora, uscì di casa con la camicia bianca stirata e si diresse al club, anzi al "clobbo", ma al contrario delle altre sere, non aveva voglia di giocare né a scupa, né a bbrìscula tanto meno a trissetti.

L'arrivo di Luciano, insomma, gli aveva attuppatu u pitittu. Meno male che per strada nessuno gli passava vicino perché se l'avessero visto parlare da solo, mentre sgranava il rosario di imprecazioni, l'avrebbero preso per pazzo. Nelle orecchie, aveva sempre la voce di Rosina. «Colpa tua,» gli aveva gridato prima che uscisse di casa. «Ti è piacuto tornare pi na simana all'Italia, ti è piaciuto incontrare i paisani che hanno parenti a Nuova Iorca per rraccògghiri voti pi lizioni?, ti è piaciuto tutto questo?, ti è piaciuto? Adesso te la prendi in quel posto lì.»

E se tentava di contraddirla, si sentiva ripetere: «No, maritu miu, se ti risciacqui la coscienza t'accorgerai che hai torto. Pi aviri cchiù voti di Marchisanu, erano sufficienti i rraccumannazzioni di to frati. Non ti bastavano? Hai voluto fare di testa tua. Volevi dimostrare a tutti i paisani che, dopo due anni e mezzo d'America, eri diventato ricco. Non è vero? Se non partivi, avresti evitato di incontrare Luciano. Cosa t'aspettavi? Tuttu sapi ddu picciottu. Tuttu. E non mi dire che hai la coscienza tranquilla.»

Quella frase era un disco che gli girava in testa. E se Rosina avesse avuto ragione?

Nel ripresentarsi a Villabella da *'miricanu*, e conoscere anche l'altra faccia di Luciano, quella di disonorato, Rocco aveva scelto il vestito delle grandi occasioni, grigio-perla con il gilè, pagato due anni prima 90mila pinni di ficatu in un negozio di Corsu Vittoriu Mmanueli, di fronte â trasuta dâ Vucciria, quella senza scale e senza Ecce Homo. A 'Mierica, il completo grigio l'aveva tirato dall'armadio nelle grandi occasioni, una volta che era stato invitato a un battesimo, un'altra volta a una Prima Comunione, poi una sera che si recò a Radio City Hall, tuttu mpupatu, per assistere allo show di Liza Minnelli e ancora ai party della "Trinacria d'America".

Quando l'indossò di domenica, nella chiesa di Sant'Ata, con i capelli impomatati, e poi nell'ora della passeggiata sulla via principale di Villabella, aveva l'aspetto di un gangster della Chicago Anni '20. La gente rimase a bocca aperta nell'ammirare la catena d'oro di trecento grammi che gli penzolava sul petto peloso e sulla camicia senza cravatta. Non contento, ne teneva un'altra, di catena, attaccata all'orologio da taschino. E nel mettere fra le labbra il sigaro "Te-Amo", mostrava gonfio d'orgoglio l'anello di 14 carati con pietra nera. Ma i paisà guardavano con stupore soprattutto il vestito grigio perla, di sicuro "made in Usa" perché «soltanto attori come *Gregori Pecco o Gheri Grentu*» l'avrebbero indossato con tanta disinvoltura.

«Chissà quanti grattacieli avrà costruito,» si chiedevano i paisani.

«Hai visto?» commentavano, «hai visto come si fa fortuna a 'Mierica?»

«Dove abita?» chiese Agostino, il figlio del farmacista.

«In una villa,» risposero i bene informati.

E mentre camminava in modo solenne, come se ogni passo fosse scandito dalla marcia trionfale dell'Aida, la gente continuava ad azzardare una tesi dietro l'altra. «Che villa e villa, in un castello vive. Possiede una piscina grande quantu u lagu dâ chiana, nel garage tiene la fuoriserie, e va in giro câ limousine guidata dall'autista.»

E siccome le voci si rincorrevano incontrollate, i paesani finirono per dare numeri che Rocco avrebbe voluto giocare al Lotto.

«Ha quattro ville.»

«Quattro? No, sedici.»

«Ha costruito dieci grattacieli.»

«Deci? Ma chi dici?, quaranta.»

Lui, mister Rocky, come voleva che lo chiamassero, e correggeva la dizione in "Rachì", con l'accento sulla "i", scoppiava di maligna soddisfazione perché parenti, amici e politici locali, lo consideravano il "re di Nuova Iorca" e si erano fatta di lui l'immagine del paesano, Dio lo deve proteggere, che aveva fatto fortuna tempu u nenti e non faceva che contare, giorno e notti, casci e casci di tòllari. Ma il vero "re di Nuova Iorca" era il fratello Joseph, del quale solo i vecchi di Villabella avevano un ricordo oramai sbiadito.

D'un tratto, tra la folla, Rocky si vide fissare da Luciano con occhi di ghiaccio. Il giovane tistiò sulla grottesca opulenza ostentata dal suocero e scomparve dalla piazza. Fu propro un vìdiri e sbìdiri, ma Rocco si fissò la scena in testa e giurò a se stesso che non avrebbe perdonato l'affronto ricevuto.

Intanto, donna Amalia, l'ostetrica, aveva tirato per l'omero Paolina, la figlia da marito, più brutta del peccato mortale, e la fece rintronare con un grido lacerante: «Hai visto Rocco Verasca?, l'hai visto?» le urlò in un orecchio, così forte da farla diventare pure sorda. «A sira, quannu s'assittavano a manciari, tutti i Verasca si liccàvano una sarda salata cu un pezzu di pani e quando se ne scapparono da Villabella, padre e figli erano con le pezze nel culo. Ora miliardari sono. Non solo si sono arricchiti come porci, ma commare Nunzia ha saputo che uno dei figli, Luigi, fa il fotografo per le attrici di Ollivùd. Luigi sì che sarebbe stato per te un buon partito,» sospirò la donna. «Si scimunita, scimunita sei: iddu è a *Mierica*, cioè mparaddisu e tu ti nnamurasti dû picciottu dû varbieri.»

Se Rocky Verasca avesse immaginato le conseguenze della ricchezza simulata, si sarebbe fatto il segno della croce con la mano sinistra anche davanti al parroco di Sant'Ata, il quale, visto che il paese era in strada, come quando c'è la processione della patrona, corse trafelato tra la folla, con il camice e la stola addosso, il cingolo slacciato, la cotta tra le mani e lo zucchetto mezzo storto, per fare festa a Rocky l'amiricanu nella speranza di ricevere una cospicua limosina per i poveri della parrocchia.

Ma a Brooklyn, il salario del futuro onorevole Verasca era quello di carpentiere in prova: ogni simana, con le tasse pagate, riusciva a mettere in tasca una *scecca* (già chiamava così l'assegno) di 614 dollari e 99 cents al netto delle tasse e quannu veniva u mmernu e il lavoro nel settore delle costruzioni andava a rilento, doveva cambiare mestiere. Non abitava né una villa né un grattacielo, ma cinque càmmare di una casetta a due famiglie, acquistata con una sorta di regalìa di Joseph, versata come anticipo - un santo in terra per davvero questo fratello - e con rate mensili di 1,400.00 dollari da versare per vent'anni. E se a fine mese riusciva a mettere insieme la somma per pagare il mutuo, doveva ringraziare Pinu Squillante, il quale aveva preso in affitto, nzèmmula a dda strafalària di so mugghieri, alle due figlie e al cane, le quattro stanze al piano di sopra.

IL RICORDO del viaggio in Italia Rocky se lo portò al *clobbo* e a forza di rivangare l'esperienza, trovava in ogni zolla di memoria un affronto.

«Scupa! E sono quattro,» gridò trionfante Attilio il calzolaio. Aniello, che si era tuffato nello scopone con Rocco, se ne uscì invece con un "santodiavolone" da fare tremare i muri. Buttò le carte in aria per la rabbia e gridò: «Compare Rocco, *uò appi?* Cosa le è preso? Male si senti? È la quarta scopa che si fa fare. Se deve pensare a suo genero, è un conto, e da me ha tutta la solidarietà, se deve giocare a scupuni, vada a darsi una rinfrescata perché così non può continuare. Già ci ho rimesso "deci tòllari".»

Risate stridule s'infransero contro le pareti del locale.

«Forse non avrei dovuto giocare. Compare Aniello, mi dispiace.»

Rocco si trascinò nel retrobar dove altri paisà giocavano a biliardo. Trovò posto su una panca, imbronciato, per seguire l'appassionante derby d'Italia a boccetta, tra Binirittu, un interista che aveva deciso di pagare venti dollari al parroco per una messa di benedizione alla squadra del cuore, e Costanzo, juventino come tutti i varbieri italiani d'America. Inseguendo con lo sguardo il pallino, Rocco continuava però a ripetere a fil di labbra la stessa frase: «A me figghia voli? I pila dû culu ci scippu, unu pi unu.»

Capitolo III

E conobbe il senguiscio

AL KENNEDY, Luciano non era atteso né da un esercito di parenti né dalle fanfare. Rocco e Enzo non avrebbero rinunciato alla giornata di lavoro neanche se li avessero presi a scupittati e alle 7 del mattino erano già a *faticari*. Michele, invece, aveva trascinato Vera all'agenzia di viaggi; le avevano dimostrato una quarantina di volte, l'inutilità di scombussolare la giornata: avrebbe potuto rivedere il suo Luciano di sera, a cena.

A rivolgere il rituale "Welcome", il "benvenuto", pensò zio Joseph, il quale aveva una mezza matinata libera da impegni. Aveva in testa l'immagine di Luciano perché la nipote, la sera prima, lo aveva costretto a mettersi in tasca una foto. Ma per essere sicuro di non sbagliare, fece come gli autisti dei car-service o delle limousine che prelevano negli aeroporti persone importanti per condurle in alberghi di lusso prenotati: scrisse il cognome del giovane su un cartoncino e attese, nel settore arrivi, che qualcuno si facesse vivo.

I nomi sui cartelli che penzolavano sul petto di alcuni cristiani suscitarono in Luciano giustificata meraviglia. Un tale ne portava uno con la scritta "Torres". Su un altro, lesse niente meno "Mister Ciminna". Qualcuno era in attesa di "Mrs. Hickey". Mentre spingeva il carrello con le due valigie, ebbe modo di passare in rassegna altri autisti in attesa dei loro clienti. Aveva da poco notato un "Mr. Jones", un semplice "Eric", una "Mrs. Harvin Brady". Gli parve uno spettacolo mesto. Quanti individui stavano per approdare in posti ignoti, tra persone cui non importava nulla di loro? Uomini e donne, senza amici, senza parenti, senza affetti, si apprestavano a trascorrere da soli una o più notti in lussuose ma asettiche camere d'albergo. D'improvviso, gli si parò davanti un uomo corpulento, che lo squadrava dalla testa ai piedi. Aspettava "Mr. Moriga". Luciano abbozzò un sorriso.

«Bbongiornu, sono Joe, lo zio di Vera, piacere di conoscerti.»

«Ne sono onorato, come sta?»

Strinse una mano paffuta.

«Okay. Okay. Hai fatto buon viaggio? Finalmente ho conosciuto questo Luciano,» esclamò.

«Non sa quante volte sua nipote mi ha parlato di lei.»

«Piddaveru? Ora iamu ô garage a *sparcari u carru*, avògghia di parrari,» disse soddisfatto. Luciano non capì cosa intendesse pi *sparcari u carru*. Preferì non formulare domande, ma a Joseph non sfuggì l'atteggiamento perplesso del giovane.

«Tengo il *carro parcatu* in garage, qui all'aeroporto. Acchianamu cû l'*elivituri*.»

Luciano intuì cosa intendesse per *elivituri* nel momento in cui si trovò in ascensore. Aveva pensato a un montacarichi: come capire, visto che in inglese ascensore si scrive "elevator" e si pronuncia "eliveita"? Il *carru* era invece il "car", come gli anglosassoni chiamano l'auto.

Ora, erano diretti nella casa che, tre anni prima, aveva ospitato fratello, cognata, Enzo e Vera quando arrivarono a New York. Tre anni. Durante quelle nove ore e passa di aereo, Luciano li aveva setacciati mese dopo mese. Si era dannato pure l'anima al pensiero di essere rimasto lontano tutto questo tempo dalla creatura che amava.

Per la prima volta si trovò a bordo di un'auto americana. Spaziosa come era, provò la sensazione di non essere sceso dall'aereo. Fece un paragone, fu inevitabile, con le macchine che circolano in Italia, le meno costose. Si rese conto dalla stazza, dalla robustezza, dalle rifiniture e da come molleggiava la Cadillac, che le utilitarie, strette e alte, talune orrende nel design, erano da considerare scatolette di sardine pronte a trasformarsi in palle di lamiera al primo incidente.

Il vocione di Joe Verasca lo riportò sulla Cadillac. «Picchì stai mutu? La vedrai, la vedrai,» profetizzò ridacchiando. Non aveva pronunciato il nome della nipote, ma Luciano ebbe un fremito, come quando da ragazzo, imbattendosi in Vera, non riusciva a spiccicare una sola parola.

«Sai che sei da nvìdiari? Soprattutto di questi tempi.»

«Io don't understand,» replicò incuriosito.

«Bbravu, parri *'miricanu*.»

«Magari. Il mio è un inglese scolastico, ma ho imparato qualche frase per sopravvivere negli Usa.»

Notò una prima differenza, non più fisica, tra Joseph Verasca e il fratello. Se esaminava la parlata di Rocco, vissuto sempre in Sicilia, doveva dedurre che la cosiddetta "r" moscia non era un vizietto linguistico di italiani appartenenti ad altre regioni: infatti, se doveva pronunciare il nome della capitale della Sicilia, il suocero diceva "mpaliemmu" e se invitava qualcuno a dire la sua, se ne usciva con un "puoi pallare."

Joseph, al contrario, la lettera "elle" l'aboliva completamente e, al tempo stesso, raddoppiava la "erre". Parla, insomma, diventava "parra".

«Imparerai tutte le cose che non ti hanno insegnato a scuola. Sei giovane, ti sarà facile,» osservò Joseph.

«Lo spero. Piuttosto, perché sarei da invidiare?»

«Per tre motivi,» precisò, mettendogli davanti agli occhi indice, medio e anulare. «Hai na bbedda *gherlafrend*; doppu, è pazza dî tia; terzu, e chista è a qualità cchiù mpurtanti, è onesta.»

Se non fossero state per le caratteristiche legate al medio e all'anulare, non avrebbe capito che, con *gherlafrend*, Verasca si riferiva a so zzita (da girl, pronunzia "gheal", e friend, pronuncia "frend"). Non ebbe il tempo di ringraziare, che Joe aggiunse: «Dammi ascolto, ti parra un uomo che ha fatto partorire anche figlie femmine: sei fortunato. Dico di più: sarei onorato di avere Vera come figghia. È una picciotta da amare tutta la vita, alla quale non bisogna fare mancare nenti. Capisci?»

«Sono qui per questo motivo,» precisò Luciano.

«Bbravu, bbravu» lo incensò abbordando la curva che immetteva al boulevard di casa.

«Ora conoscerai Sarah, mia moglie, e alcuni dei miei figli, anzi tutte le femmine. Hanno finito di *faticari* e sono tornate a casa. Avrai modo di riposare, fari *u sciauar* e, vistu chi si addiiunu, potrai farti un *senguiscio*. Tra dui-tri urati, iiamu nzèmmula a truvari a Vera. Andremo anche a un dinner dance. Sei contento?»

Rispose «sì», distratto, con un lieve cenno del capo. Intanto, era sorpreso per la disinvoltura con cui Joseph Verasca passava dall'italiano al siciliano e per il modo con cui infarciva lingua americana e dialetto siculo con vocaboli sconosciuti e comunque astrusi: aveva intuito cosa intendesse per *senguiscio*, il sandwich, ma il vocabolo *sciauar* lo disorientò. Tanto meno, riusciva a comprendere perché Verasca sostituisse il verbo lavorare con *faticari*, come se tutte e tre le figlie si guadagnassero da vivere in una cava di pietre.

«Sei contento di essiri a 'Mierica?» ripeté Verasca mentre l'auto scivolava lungo il drive way. Questa volta, rispose con un sì bisbigliato. Era stanco per le ore di volo, deluso e nirvusu per non avere trovato Vera in aeroporto. Il desiderio di rivederla era così forte da avvertire un senso di angoscia, se non di panico. Ad attenderli davanti alla casa c'era Sarah e le figlie, Rebecca, Martha e Angel, tre belle donne.

Anche Luciano, come tre anni prima i suoceri, rimase a guardare rapito la casa del Verasca-zio. Soffermò lo sguardo sulla porta verde country con i batacchi di ottone tirati a lucido. Le vetrate, immense, spalancavano la casa sul giardino. L'interno era molto luminoso. Rimase sorpreso dalla mole dei divani, di un bianco pastoso, così ampi da sembrare letti a due piazze. Si adagiò su una poltrona, colossale anch'essa. Gli parve di sprofondare. Sapeva che Joseph Verasca fosse benestante, ma una villa così era proprio hollywoodiana. Per raggiungere il favoloso living room con il caminetto di pietra rossa, passarono dalla biblioteca, ricca di libri, di quadri, di mobili antichi, di divani, anch'essi solenni. Avvertì, in quell'ambiente spazioso, la purezza del silenzio. Gli parve simile a quello delle chiese, comunque dei luoghi sacri.

Il sandwich che la signora Sarah mise sul tavolo, assieme a una soda con ice, aveva dimensioni inaudite. Era un filone di 50 centimetri imbottito di un salame sconosciuto, pomodoro, cipolle, lattuca, majonese, formaggio giallo, il popolare American Cheese Yellow, e quattro fettine di cetriolo. Si spaventò. Non sapeva come fare per addentarlo né da dove cominciare. Sarah tagliò il pane a metà con un coltellaccio, come se dovessero essere in due a consumare il *senguiscio*. Invece, quel ben di Dio era stato preparato soltanto per Luciano, il quale aveva difficoltà a tenere metà di quel pane imbottito in tutte e due le mani.

«Non posso mangiarlo tutto. Come faccio? Poi, è roba pesante.»

«Pisanti? Non ti ho chiesto di mèttiri u *senguiscio* ncoddu,» osservò Verasca. «Mancia, mancia...,» lo esortò.

Lo conosceva da un'ora e si era reso conto che era diverso dal fratello. Il modo di esprimersi, lo rendeva simpatico. Di Rocco non aveva il carattere scostante, introverso, rude. Forse, erano stati quarant'anni d'America a renderlo disponibile al dialogo. Oppure era un uomo abituato a giudicare le vicende della vita da altra angolatura. Chissà.

«Vera deve essere cunfurtata»

MENTRE provava a addentare la preda, Verasca lo invitò a proseguire lunch e colloquio in giardino. «Potremo parrari del più e del meno. Del tuo travàgghiu, ad esempio. Chi fai mpalermu?», gli chiese mettendosi a proprio agio sui morbidissimi cuscini del dining set in ferro battuto. Lasciava intendere che del giovane non sapesse nulla. Lo fece sedere davanti a sé e lo esortò a rispondere.

«Faccio il mio mestiere. Scrivo, presento gente in tivù, intervisto, leggo le news.»

Luciano posò il piatto sul tavolo di vetro per versare nel bicchiere un po' di soda. «Sono cronista,» precisò. «Posso disporre di un giorno libero alla settimana, però mi tocca rimanere all'erta perché possono maturare avvenimenti talmente gravi da essere chiamato al lavoro nel giorno libero. Palermo è una città calda, lei mi capisce, sa bene a cosa mi riferisco.»

«Travagghi puru chî sbirri?» chiese di botto Joseph Verasca. Gli parve una provocazione. Era la classica domanda che fa andare il boccone di traverso. «In che senso?» replicò senza palesare il minimo disagio.

«Nel senso che hai capito.»

«Devo farle presente che nel mio lavoro, prima di sapere scrivere e parlare, bisogna essere persone per bene. Poi, è indispensabile tenere le public-relation. Le notizie vere, di solito, si ottengono dai canali ufficiali, le informazioni si attingono da fonti ufficiose. Le prime si possono diramare o pubblicare, le seconde sono da controllare almeno tre volte, con il massimo rigore, e non è detto che debbano e possano essere rese note. Importante, per un cronista, è rimanere aggiornato, ascoltare la verità da due campane. In altre parole dove lo toccano, deve suonare. Si dice così, no?»

Verasca non aveva distolto un attimo lo sguardo dal giovane. Gli fece cenno di proseguire con un gesto della mano.

«In altre parole, bisogna avere rapporti cordiali con tutti. Non di rado, il lavoro mi consente di avvicinare un magistrato, un graduato dell'Arma, un primario di ospedale, il questore, un uomo politico e, capita pure, un "don" o un "boss", come li chiamate qui. Ebbene, è opportuno tenere un rapporto preferenziale, non soltanto con il giudice, ma con l'ufficiale giudiziario o con l'usciere; se chiedo un'informazione a un colonnello dei carabinieri, vale la pena ascoltare, sullo stesso argomento, un appuntato; se discuto con un primario, preferisco fare parlare anche un'infermiere; se mi reco dal commissario, ascolto il parere di un poliziotto; e se capita di intervistare un deputato, appago la tentazione di sentire il suo autista; stessa cosa se mi trovo di fronte a un mafioso: in quest'ultimo caso, ritengo opportuno registrare le confidenze del ladro di quartiere o di un cane sciolto. Nel mio mestiere, si deve avere una conoscenza dei fatti a 360 gradi. Così, se matura un episodio di cronaca, un giornalista sa su quale terreno muoversi, cosa scrivere, cosa attribuire ad altri, come dosare una notizia per non rimediare smentite, figuracce, querele. Deve agire con equilibrio e onestà. Soprattutto non deve tradire la fiducia della persona dalla quale riceve determinate confidenze.»

«Ti sei spiegato bene,» commentò Verasca scandendo le parole. Aveva assunto una voce monotona, quasi soffocante. «Dimmi, ma sei contento di tutto questo?»

«Si riferisce al mio lavoro?»

«E a cosa?»

«Certo che lo sono. Comunque spero di migliorare.»

«E sei venuto in America per migliorare?» chiese scrutando il giovane.

«Sono a New York perché qui vive una parte di me. Della mia anima. Come resisto a non vederla, a non sapere dove si trovi, cosa faccia, non so proprio. C'è da impazzire.»

«Proprio vero, la luntananza non cunsuma amuri,» commentò.

«Nel nostro caso, l'ha cementato.»

«Hai deciso di vèniri a New York, mi è parso di capire, perché non farai mancare nulla a mia nipote. Oppure ho sentito male?»

«Ha sentito bene, mister Verasca. Voglio sposare Vera.»

«Tu sai che ha bisogno di essere *cunfurtata*?»

«*Cunfurtata*? Non capisco,» replicò spostando il piatto. Non era riuscito a mandare giù un quarto di sandwich ed era sazio. Nello stomaco, non c'era posto per un pezzetto di mollica. Bevve un po' di soda per rischiarare la gola e ripeté il termine *"cunfurtata"*. Tradiva una certa preoccupazione. «Mi dica, Vera ha problemi? C'è qualcosa che non sappia? Non sta bene? Ci siamo sentiti due sere fa e non ho notato nulla di strano.»

Era disorientato più dal fatto che bisognava consolare Vera e non dalla domanda maligna formulatagli poco prima da Joe Verasca, se cioè nel lavoro aveva a che fare con gli sbirri. La parola *cunfurtata*, insomma, lo aveva messo sulle spine. «Potrei sapere?»

Per fortuna, il silenzio di Joe non nascondeva cattive notizie. «Intendevo dire che, in futuro, a picciotta dovrà vivere come oggi. Non le dovrà mancare nulla. Né una casa, né la *furnitura*, né le comodità.»

Finalmente riuscì a cogliere il significato del verbo. Verasca non voleva ricordargli che sarebbe stato opportuno rimanere vicino, affettuosamente, a una persona reduce da un grosso dispiacere, oppure da una malattia o peggio da un lutto: utilizzando lo slang american-italian, aveva trasformato il sostantivo "comfort" nel verbo confortare, quindi nel suo siculo-american, aveva storpiato il vocabolo in *cunfurtari*. U scantu, intanto, Lucianu se l'era preso. E bbonu.

«Per *furnitura* cosa intende?» chiese a questo punto. Ecco l'altro termine che lo aveva lasciato confuso.

«Come chiami stanza da pranzo, salotto e càmmara da letto nuovi?»

«Già,» bisbigliò. Il vocabolo inglese "furniture", durante il soggiorno a New York, avrebbe potuto leggerlo nelle insegne dei negozi di mobili. Comunque, non aveva più la lucidità necessaria per interpretare le sortite linguistiche dell'uomo con cui parlava. Stentava a stargli dietro.

U pullu e a pulla

«DAI, susiti,» fece lo zio di Vera. «Ti mostrerò il giardino. Quattro passi, doppu manciari, fanno sempre bene.»

Non erano quattro, né quaranta, i passi da compiere per fargli conoscere il terreno attorno al castello che si ostinava a chiamare casa, circondato da un prato da golf che era un inno alla perfezione, da alberi altissimi, abeti e aceri soprattutto. In fondo alla tenuta, il bosco sembrava impenetrabile.

«Darreri c'è *u pullu*,» fece a un tratto Joe.

«*U pullu*?»

«Sì, *u pullu*.»

Joe vide il giovane pensieroso.

«Non mi credi? O pensi che non sono in condizione di farimi *u pullu* a casa mia?»

Luciano Moriga stunò. «Ma è proprio *pullu*?»

«Che cosa allora?»

Dopo una decina di secondi di silenzio, Verasca chiarì il concetto. «Ho capito... ho capito,» ripeté dandosi una manata in fronte, «se sei perplesso, c'è una ragione. Per voi, *all'Italia*, è femminile. Per farmi capire avrei dovuto dire *a pulla*.»

Luciano arrisatò. Cercò di guardare dietro alla casa, ma abbacinato dal sole, non capì a quale *pulla* l'uomo si riferisse. «Ma è *pullu* o *pulla*?»

«Come preferisci.»

Cacciò l'idea che nella casa di Joseph Verasca ci fosse un ermafrodito o qualche viados. Non udiva nemmeno canti di galli e chiocciare di galline, che sarebbero stati una stonatura nella fantastica dimora in cui si trovava. I conigli selvatici invece no, erano proprio adatti all'ambiente, e ne aveva visto una decina correre in fondo al prato. Comunque, non aveva ancora afferrato il significato di *pulla* e avrebbe dovuto rispondere qualcosa.

«È bella?», azzardò.

«Non è una *pulla* olimpica, ma è larga. Almeno una ventina di pirsuna, tutte nzèmmula, possono andarci.»

Era sconvolto. Si chiese a quale bbuttana mister Verasca si riferisse. D'improvviso, risentì il vocione dell'uomo: «L'annu passatu puru Vera vinni ccà a natari.»

Il nome di Vera accostato alla *pulla* lo fece trasalire, ma il tormentone durò poco. Nell'attimo in cui Verasca si fermò davanti alla sua *pulla*, capì di essere scivolato in un madornale equivoco. Mister Joe, comunque, si spiegava proprio come un libro chiuso. Per indicare ciò che aveva fatto costruire sul terreno adiacente alla casa, non doveva sicilianizzare il sostantivo "pool", pronuncia "pul" né con *pullo* - che nell'italiese è la dizione esatta - né con *pulla*. E se, da buon americano, avesse detto "swimming pool", pronuncia "suiminpu:l", traduzione letterale "piscina" - avrebbe evitato a Luciano, dopo *u cunfortu*, il secondo scantazzu della giornata.

«Mi parlava di Vera. Veniva a nuotare qui?»

«Astati passata. Quest'anno, due o tre volte, di sàbatu o di dumìnica, nzèmmula a Enzu. Hanno familiarizzato con i miei figli. I cucini si vonnu beni, vanno d'accordo. Avrai modo di conoscerli. A proposito, se vorrai venire a fare una bella natata nâ *pulla*, sarai il benvenuto.»

«Con piacere,» rispose Luciano. Il fatto che Vera non gli avesse raccontato nulla di quei week end trascorsi in piscina lo turbò. Perché - si chiese - se parlavano al telefono un giorno sì e l'altro no?

Joe lo prese sottobraccio e s'incamminarono per gli spazi verdi dietro alla villa, come due amici. Luciano, che aveva meditato sullo splendore della casa, ora ne ammirò lo sfarzo dall'esterno. Chissà a quanto ammontava il valore. Nel pensare a certe cifre, avvertì un capogiro. Si pose una domanda: per vivere in questo posto, e in modo così agiato, quanto avrà guadagnato Joseph Verasca nella vita? Avvertì un senso di benessere psicologico. Dopo averlo prelevato al Kennedy, lo zio di Vera lo aveva ospitato per un paio d'ore e gli aveva fatto conoscere parte della famiglia. Moglie e figlie erano state poi carine, e non soltanto per avergli preparato un sandwich che neanche Polifemo sarebbe riuscito a digerire. Insomma, prima Verasca lo aveva messo a proprio agio, poi lo aveva ascoltato con pazienza. Non gli mancava certo il senso dell'ospitalità. La conclusione che Luciano trasse fu una sola. E alquanto banale: "Joe è ricco sfondato". Non era serrato in questioni immobiliari, ma ben presto capì che la casa, compreso il ben di Dio che c'era dentro, valeva più di quattro milioni di dollari, forse cinque o sei, visto che il terreno, come estensione, era paragonabile a due campi da football messi insieme.

Se il patriarca dei Verasca non lo avesse preso a simpatia, non avrebbe appoggiato, in modo paterno, un braccio sulla sua spalla. Un gesto affettuoso che il fratello non aveva mai osato compiere. Chissà, Joe avrebbe potuto aiutarlo a rammendare il famoso strappo con il suocero e a sbloccare il problema del matrimonio.

«Senta, mister Verasca.»

«Dimmi.»

«Io sono qui per Vera.»

«U sacciu.»

«Sono pazzo di Vera.»

«E idda di tia. Sacciu puru chistu.»

Tirò dalla tasca dei pantaloni il cofanetto che gli aveva fatto compagnia in aereo, lo aprì, e mostrò a Joseph Verasca l'anello che si era portato da Palermo. «Se l'ha visto in anteprima, non è un caso: so bene che manterrà il segreto; e siccome mi è costato un occhio, ho voluto dimostrare che le mie intenzioni verso sua nipote sono serie. Le dispiace custodirlo? Quando sarà il momento, me lo restituirà. Ho paura di perderlo o di essere derubato.»

Fece una pausa e aggiunse: «Mi creda, non sono venuto negli Usa per capriccio. Sono tre anni che soffro lontano dalla mia ragazza.»

«È un bellissimo ddiamanti,» commentò Joseph Verasca, «ma anello a parte, tu a Vera la vuoi bene piddaveru. E idda è pazza di tia.»

«La voglio sposare.»

«So anche questo e sacciu pure che mia nipote ha fatto una buona scelta.»

«La ringrazio, però, deve sapere che voglio vivere con Vera a Villabella, la mia terra. È in Sicilia il mio lavoro.»

«Mi stai chiedendo di sciarriàrimi cu me frati? Non è da te.»

«Non fraintenda, non è questo che chiedo. Però, una sua parola potrebbe smuovere la montagna. So che i suoi consigli non passano inascoltati e un suo intervento potrebbe farci felici. Ci provi. Mi accorgo di avere parlato più con lei in due ore che con suo fratello in quasi quattro anni.»

«Rocco non ha tutti i torti,» rispose con tono pacato. «A lui piace essere pratico.»

Luciano lo seguiva in silenzio.

«Ebbene,» proseguì «poco fa mi hai detto che non farai mancare niente a Vera. In che senso? Che stile di vita vuoi condurre cu to mugghieri?»

«Dignitoso. Sono giovane, non potrò che migliorare.»

«Non ne dubito. Dopo tre anni, la tua fretta è comprensibile, ma rispondi con sincerità: con lo stipendio che prendi, sei in grado di campare una famiglia?»

«Perché non dovrei riuscirci?»

«Vorresti riuscirci. È diverso. Arriveranno i picciriddi e ti attenderanno grossi sacrifici perché hai un appartamento ancora da pagare. Vera non merita di ritornare a una vita di stenti, come tre anni fa a Villabella.»

«Potrei fare straordinari, collaborare con alcuni giornali.»

Joe Verasca accolse la frase con una smorfia. «Pi vèniri a 'Mierica, ti sei messo in aspettativa, non è così? Presumo che il posto è bello e conservato.»

«Per tre mesi, voglio stare accanto a Vera.»

«Allora,» concluse «non c'è occasione migliore di provare come e quanto potrebbe guadagnare in America un giovane come te, che si è messo in testa di *faticari*.»

Gli batté una mano sulla spalla e lo invitò a camminare. «Ascolta il mio consiglio, *fatica* ccà. Vedi comu va, poi ne riparleremo.»

Luciano abbassò il capo. Non aveva scelta. Sarebbero dovuti trascorrere tre mesi. Intanto, desiderava solo una cosa: rivedere Vera.

Capitolo IV

Un certo Maicol corteggia Vera

MENTRE la Cadillac filava lungo la Belt Parkway, Luciano pensò a un particolare nient'affatto trascurabile: sebbene lo conoscesse solo da poche ore, Joseph Verasca gli aveva offerto un'altra prova di grande sensibilità. Con il fratello, al telefono, era stato esplicito: sarebbe passato da Vincent D'Amico perché avrebbe dovuto fare qualcosa all'agginzìa di viaggi e, visto che si trovava sul posto, avrebbe pensato a riaccompagnare Vera a casa. «Vi risparmio la fatica di vèniri a pigghiari a picciotta. Piuttosto, fatevi trovare pronti. In un'orata e mezza, dovrei farcela.»

Sull'arrivo di Luciano, era stato poi vago quanto sbrigativo. In lingua italiana, il discorso si sarebbe potuto sintetizzare: «È arrivato, sta bene, abbiamo fatto quattro chiacchiere.»

Non aveva accennato che si stava cunnùcennu u picciottu all'agginzìa, evitando di addentrarsi in una discussione, condita di consigli, buona solo a fargli pèrdiri tiempu e pacenzia. Luciano lo apprezzò in silenzio per la perspicacia mostrata e ne approfittò per affrontare un problema che, negli ultimi mesi, gli aveva tolto il sonno.

«Devo farle una domanda che potrà sembrare oziosa, banale, stravagante, ma dal mio punto di vista opportuna.»

«Parra,» lo incoraggiò Joe.

«Suo fratello è contento che Vera sposi me?»

Tirò un profondo sospiro e aggiunse: «Vede, mister Verasca, a proposito, posso chiamarla mister Verasca?»

«Chiamami zio Joe o uncle Joe, all'amiricana, se preferisci.»

«Grazie. Inutile ripeterle che Vera fa parte della mia vita e che non riesco a immaginare un'altra donna al mio fianco. La voglio in moglie, ma mio suocero... ecco, ho il fondato sospetto che suo fratello non sia d'accordo.»

«Capisco, ma devi comprendere che lui è un uomo all'antica: avrà i suoi difetti, ma dà importanza ai valori della famiglia. Come rispetta, vuole essere rispettato. Dovresti trattarlo con riguardo. Se faccio un appuntu, non devi prendertela.»

Luciano spense la sigaretta. «Quale sarebbe questa osservazione?»

«Ora che sei a Nuova Iorca, se hai qualcosa in sospeso con tuo suocero, parlagli. Avrai modo di chiarire una questione che, a buona ragione, lui tiene aperta.»

«In che senso?» domandò con lo sguardo perso sul Verrazzano, il ponte tra Brooklyn e Staten Island.

«In che senso mi chiedi? Rocco è offeso. Lo sai bene.»

Imboccando lo svincolo per Bensonhurst, aggiunse: «E non dire che i vostri rapporti sono ottimi. Sbaglieresti nei miei confronti.»

«Si riferisce all'episodio di mesi fa, quando tornò per una settimana a Villabella?»

«Esatto. Quella volta hai commesso l'errore di non salutarlo; doppu, ti sei preso beffa di lui.»

«Discuterò con suo fratello, ma prima vorrei affrontare l'argomento con lei.»

«Parra.»

«Poc'anzi, ha detto che mio suocero è un uomo all'antica, che tiene ai valori della famiglia. Non è così?»

«Yeah.»

«Se mi permette, sono d'accordo solo in parte,» azzardò.

Si sentiva nel giusto, non aveva nulla cui rimproverarsi.

«In che senso?»

«È un uomo all'antica, forse troppo. Non credo, comunque, che rispetti tutti i componenti della sua famiglia.»

La frase, pronunciata con particolare cadenza, fece arrisatari Joe. Il quale accostò l'auto a filo di marciapiede e fissò Luciano con un'espressione insolita.

«Metti in dubbio l'importanza che mio fratello dà alla famiglia?»

«Mi riferisco ai valori della famiglia,» precisò Luciano. Verasca ebbe conferma di avere a che fare con un giovane determinato. Escludeva che fosse uno di quei tipi che non pesano le parole.

«Aspetto una risposta.»

«Senta, zio Joe. Quando mia sorella, assieme a Francesco, suo marito, e a mio padre decisero di parlare con i genitori di Vera, dall'incontro scaturì, come si dice da noi, il fidanzamento in casa. Brindammo ed ebbi modo di dare un pegno d'amore, roba di poco conto, alla ragazza che amo da una vita. Suo fratello mi concesse il permesso di frequentare la sua casa ogni domenica. Qualche volta, anche il sabato, ho pranzato e cenato da lui. A me bastava per sentirmi un Verasca, di fare parte della famiglia, la mia nuova famiglia. Anche se non ho mai avuto la possibilità di rimanere da solo con Vera, in questi tre anni ho rimpianto quei giorni.»

«Normale,» commentò Joe.

«Diciamo che lo sia. Anche se...» precisò Luciano «baciare la propria ragazza, ai giorni d'oggi non è un fatto scandaloso.»

«Trovo giusto anche questo.»

«In quei giorni, ritenni doveroso accentuare il mio impegno negli studi e nel lavoro. Dopo la laurea in scienze politiche, ottenni l'abilitazione professionale in giornalismo, traguardo importante, non solo per lo scatto di stipendio. Poc'anzi, mi ha chiesto se sarò in grado di non fare mancare nulla a Vera. Ho risposto di sì, ma credo di non essere stato convincente. Non potrò mai disporre di una casa fantastica come la sua, ma un appartamento sono riuscito ad acquistarlo, questo sì, dignitoso pure. Oggi è arredato, pronto per essere abitato da me e da mia moglie. Tutto ciò, nonostante Vera sia stata costretta a seguire i genitori in America. Mi dica: è normale non vedere la propria ragazza per tre anni?»

Joe Verasca stava per rimettere in moto, ma Luciano fece cenno di non avere concluso il suo discorso. «Abbi pazienza, quanto sto per dirle è importante, vedrà.»

«Ok, parra.»

«In questi ultimi tre anni, non c'è stato giorno che non abbia lavorato con il pensiero rivolto al futuro di Vera e suo fratello era a conoscenza dei miei sacrifici.»

«E con questo?»

«I problemi,» riprese Luciano «sono iniziati il giorno in cui cominciò a parlare di un certo *Maicol*.»

A Joe Verasca attisaru aricchi.

«Conosce questo *Maicol*?»

«Un cristiano che si chiama *Maicol* lo conosco, e ha quasi la mia età. Come fa di cognome?»

«È figlio di un ristoratore, un certo Carru, cioè Carlo, boss del business, padrone di cinque ristoranti, tre a Manhattan e due a Brooklyn, avviatissimi. Le ho dato qualche traccia?»

«Si tratta di Carru Murriali?»

«Ecco, Murriali come Monreale,» lo corresse Luciano.

«Brava persona, mio carissimo amico, ottima famiglia.»

«Non lo metto in dubbio.»

«Che ha fatto suo figlio *Maicol*?»

«Per fortuna nulla di irreparabile. Mi risulta che suo fratello, assieme a moglie e figli, un giorno si recò a pranzare in uno dei ristoranti di Monreale e *Maicol* non nascose una certa ammirazione per Vera.»

«È normale. Tu non hai cognizione di quanto sia bbedda. Anche un orvu, si la talìa, riacquista la luce degli occhi. La vedrai, la vedrai,» aggiunse.

«La ringrazio. È strano, però, che sull'ammirazione mostrata da estranei, suo fratello, come suol dirsi, abbia abbagnato il pane.»

«Che vuoi dire?», fece Joe canciannu di culuri. Era tanticchia tramutatu.

«Anziché ringhiare, come ha fatto ogni volta che mi sono avvicinato a Vera, mio suocero nei confronti di *Maicol* si è dimostrato meno... diciamo meno protettivo. Se non bastasse, ha rivolto alla figlia frasi di apprezzamento per il giovane. Le porto alcuni esempi: "È degno figlio di suo padre. Ha il business nel sangue. A questa età, amministra già un grande ristorante". Mi risulta, tra l'altro, che per il Valentine Day mandò un fascio di rose a Vera. E cosa c'entri Vera nel rispetto che il giovane afferma di nutrire verso suo fratello, non so.»

Joe Verasca seguiva il discorso senza intervenire.

«Questo *Maicol* è tutto sorrisi e premure. È stato il primo a presentarsi in casa di mio suocero, non ricordo in occasione di quale ricorrenza, una volta che suo fratello invitò a cena i genitori. A questo punto, comincia un lavoro ambiguo di delegittimazione verso il genero, il quale, in Italia, nel frattempo non fa che lavorare e a mettere denaro da parte per le nozze. Ho parlato di ambiguità perché il signor Rocco non fa che lodare la famiglia Monreale, come se fosse l'unica meritevole di rispetto. Ripete alla figlia che *Maicol* è un giovane nato negli Usa, benestante fin dalla nascita, con un conto in banca con molti zeri. Le parla dei ristoranti, afferma che ogni locale incassa dai 3.000 ai 4.000 dollari al giorno, che moltiplicati per cinque, fanno dai quindicimila ai ventimila. E nonostante Vera mostri disinteresse verso queste faccende, fa di tutto per renderlo a lei simpatico. Stanca di questi ritornelli, una volta sbottò. Gli rispose che *Maicol*, 'con quei capelli impomatati, ha un aspetto low class, un modo di fare untuoso e che i baffetti sul viso scarno e pallido lo rendono orribile'. 'E se fosse bello,' aggiunse per disarmarlo 'non m'importerebbe nulla e le sue attenzioni mi provocano il voltastomaco."»

«Nel sentire queste parole, mio suocero avrebbe dovuto fare un esame di coscienza, e desistere. Invece, come se la figlia non avesse nessuno a cui volere bene, le fa notare che *Maicol* ha un patrimonio che si aggira sul milione di dollari, che possiede una Corvette rossa e un fuoristrada da 40 mila dollari. Insomma, non la smette di tesserne lodi e fare paragoni senza tuttavia pronunciare il mio nome. Ferita nell'orgoglio, Vera comincia a raccontarmi quanto le accade. Mi ha detto che se il padre non fosse stato così insistente, non mi avrebbe riferito nulla per non farmi del male e avrebbe pensato da sola, a risolvere tutto. Ha trovato un po' di conforto nella madre ma, a quanto mi risulta, anche mia suocera è vittima del marito.»

Finì di esporre il problema con flemma, scandendo ogni parola per evitare malintesi. «Mi dica, zio Joe, era a conoscenza di questo tracchìggiu?»

«No. Ma parra... parra,» lo esortò Verasca.

«Diciamo che ho finito. Mi dà torto se non salutai suo fratello quella volta che tornò a Villabella? Cosa avrei dovuto fargli? La festa? Al mio posto lei come si sarebbe comportato? Sarebbe andato incontro a lui per abbracciarlo? Oppure...»

"O gli avrebbe sputato in faccia", stava per aggiungere. Si tenne però sulle sue: aveva notato, dalla smorfia fatta in viso da Joe Verasca, di avere colpito nel segno e che, sul piano morale, la sputazzata al signor Rocco era arrivata addosso lo stesso.

Joe rimise in moto.

«Scusi se le ho fatto perdere tempo, ma ho creduto opportuno raccontarle i fatti, così come sono avvenuti.»

«E hai fatto bene, hai fatto,» si sentì rispondere.

«Ora mi trovo a New York per riabbracciare Vera e per parlare una volta per tutte con il padre.»

«E hai fatto bene,» ripeté Joe Verasca.

«Parto pâ Zuela»

LUCIANO era frastornato sia per l'evolversi della situazione sia perché Vera oramai era lontana una decina di minuti. Ma a stordirlo era stato soprattutto il rumore di ferraglia sull'Ottantaseiesima strada. C'era un fracasso d'inferno. Già aveva trovato curioso il fatto che sopra l'arteria ci fosse una sopraelevata in ferro e acciaio, ma adesso che sulla sua testa tornò a sfrecciare un convoglio della subway dovette attupparisi arìcchi per non diventare surdu. Roba da rimanere intontito dopo le nove ore di aereo, le altre due trascorse nella villa irreale del Long Island e la discussione in auto con Joe Verasca.

Il casino lasciava indifferenti i passanti, segno che convivevano con il fragore provocato dal metrò, i venditori ambulanti, soprattutto. Notò un andirivieni dagli uffici, dai negozi, dalle banche, aperte fino a pomeriggio inoltrato. Numerose le massaie. Alcune avevano qualcosa in comune con quelle che in Italia affollano i mercati alle dieci del mattino. Ebbe un flash-back. Ecco dove aveva visto qualcosa di simile, in un film con Gene Hakeman. L'attore, interpretava la parte di un poliziotto che, in un mattino gelido e nevoso, dava la caccia a una banda di spacciatori, prima per strada, poi nei vagoni di un treno della subway, proprio sulla sopraelevata.

Joe Verasca lo distolse dai ricordi. «Arrivamu, arrivamu,» ripeté a cantilena. «Ora *parcu*. Tu stai nel *carro*. Non dirò a Vera che sei qui. La farò uscire con un pretesto. Deciderai tu cosa fare. Io starò dentro una decina di minuti perché Vincent D'Amico mi deve staccare un ticket pâ *Zuela*. Domani parto, mancherò due giorni.»

Luciano rimase sorpreso. «Dove ha detto che andrà?»

«Â *Zuela*.»

«Cos'è?»

51

«Come cos'è?»

«Voglio dire, dove si trova?»

«Hai u còcciu a littra e nun sai dov'è â *Zuela*? La conosci Caracas? Sai dove si trova?»

«In Venezuela?».

«Visto che lo sai?»

Zuela era l'ultimo vocabolo dello slang american-sicilian che si era visto spiattellare. Si era imbattuto nel *senguiscio* che aveva paura di addentare, nello *sciauar* che non sapeva cosa fosse, nella frase "adesso *parco*" e per intuizione capì che Joe Verasca si apprestava a parcheggiare l'auto, da "to park", infinito del verbo posteggiare con la variante *sparcare* se un cristiano o una cristiana risale in auto per andare via. Ora, era finito â *Zuela*. Di come Verasca aveva pronunciato il vocabolo, gli era venuta in mente la popolazione sudafricana degli zulu, e non uno degli stati caraibici. Avrebbe potuto trarre spunto della parlata degli emigrati in un Paese anglosassone per allestire un programma televisivo. Sì, doveva parlarne a Zimmatore. Intanto, sarebbe stato opportuno prendere appunti.

«In questi due giorni, comunque, puoi venire a casa mia quando vorrai,» aggiunse Joe, distogliendolo dalle sue riflessioni. «Prendi accordi con mia figlia Eingel, la quale va e viene da Brooklyn perché *fatica* ô spitali. Purtroppo a simana chi trasi devo ripartire ancora per due giorni. Pî l'aiu l'ova.»

Luciano strabuzzò gli occhi.

«Perché mi guardi così?»

«Mi ha detto che dovrà partire per le uova?»

«Quali uova?»

«È stato lei a parlarne, proprio ora.»

«Che hai capito? Ti ho detto che la settimana prossima dovrò andare per due giorni in Iowa.»

«Mi scusi.»

Ricordò d'un tratto che lo stato nord-americano dove Joe sarebbe dovuto andare per business, era lo Iowa, che si pronuncia "Aiouva". Ma il malinteso era giustificabile. Dopo *Zuela*, erano spuntate le uova. Sì, doveva cominciare a prendere appunti. E discutere con Paolo Zimmatore.

Nati per amarsi, senza fiatare

NEL MOMENTO in cui Joe scese dall'auto, Luciano avvertì i sudori. Pochi minuti e Vera sarebbe uscita dall'agenzia. La ricordò ragazzina, in un vicolo della vecchia Palermo, mentre si recava a scuola. E anche ora, avvertì dei tonfi al petto. Si sovrapposero nella mente i tre anni trascorsi lontano da lei, le lettere, le telefonate. Quante. Se avesse messo da parte il denaro speso in trentasei mesi per le chiamate intercontinentali, avrebbe racimolato la somma da versare come anticipo per una villa a mare.

L'appartamento l'aveva comunque acquistato, indebitandosi, questo sì, ma grazie a Dio, finora era riuscito a pagare il mutuo, rata dopo rata. Aveva provveduto anche all'arredo. Mobili solidi, di gusto, funzionali, sacrifici pazzeschi. Però dormiva spesso dalla sorella. In quel nido, dove oramai non mancava proprio nulla, si riprometteva di vivere assieme a Vera.

Ora che si trovava a New York, non riusciva però a sciogliere il più stupido dei dilemmi, se scendere dall'auto per andare incontro alla sua ragazza o attendere il momento opportuno dietro ai vetri scuri della Cadillac. La verità buffa era una sola: non sapeva cosa fare. Giusto come gli accadeva da ragazzo. Provò ad accendere una sigaretta, ma aveva un tale nervoso da battere i denti. Erano passati altri treni della subway, uno ogni tre minuti, tutti sulla sua testa, da e per Manhattan, e quel fracasso finì per rintronarlo del tutto.

Era così imbranato, e con lo sguardo perso sull'insegna "Liberty Travel" illuminata già dai neon, da notare con la coda dell'occhio una donna dirigersi con passo svelto all'estremità del marciapiede per mettere delle monete nel parking meter. Ne venne subito attratto. Era favolosa. Indossava un abito di lino nero e portava la gonna due dita sopra le ginocchia. Ne ammirò le gambe. Sode, perfette, esaltate dai tacchi a spillo. Nel tornare indietro, forse perché distratta dal rumore di una frenata, girò un attimo il viso e, dal profilo, lui riconobbe Vera. Sentì il sangue ribollire. A distanza di tre anni, la dolce, piccola adolescente che piangeva a Punta Raisi era divenuta una stangona dalla bellezza sconvolgente.

Anziché balzare fuori dall'auto, Luciano pigiò un pulsante e il vetro del finestrino si abbassò lentamente. Poi, con un nodo in gola, la voce roca, trovò chissà come la forza e il coraggio di pronunciare una breve frase.

«Ciao, amore mio, come stai?»

Vera sbirciò nell'auto, portò le mani al viso ed emise un grido soffocato, «Oh my God, my God, Dio mio.»

Solo ora Luciano schizzò dall'auto per rimanere immobile davanti a lei, bloccata dall'emozione. Sembrava che fossero tornati i giorni di Villabella, quando restavano senza fiato nella stradicciuola che percorrevano, lui per tornare a casa, lei per recarsi a scuola, di pomeriggio. Adesso, trovandosela di fronte, col petto prepotente e gli occhi neri che brillavano di febbre, non sapeva cosa fare. Intuì, da come Vera lo guardava, che provava le stesse emozioni. Era irreale nella sua semplicità. Il sangue le avvampò le guance e il mascara cominciò a scivolare sul viso. Le lacrime sembrava luccicassero sulla pelle dorata. Sentiva il petto in tumulto.

«Zio Joe mi ha detto di averti lasciato a casa a riposare perché stanco del viaggio,» ebbe la forza di sussurrare.

«Invece sono qui. Hai soltanto questo da dirmi?»

«E tu?»

«Rispondi prima tu.»

Si mordeva le labbra e Luciano si accorse che stava per far'u cucchjaru, come la triste mattina dell'addio, a Punta Raisi. Si avvicinarono con mosse impercettibili. Gli piaceva la Vera con gli occhi di carbone e la grazia del Signore che aveva addosso. Come se non gli piaceva. «Quante volte ho sognato questo momento,» si limitò a dire con un filo di voce.

«E io... io ti amo,» sussurrò lei. «Ti amo, ti amo, ti amo.»

Era così vicina, da sentire la punta del seno adagiarsi sul torace. Cresciuta come era, e sopra quei tacchi, aveva quasi la stessa altezza di Luciano. Tre anni prima, doveva abbassare un po' il capo per darle un bacio, ora le loro labbra erano divise da un niente. E scottavano. Si sfiorarono le mani, intrecciarono le dita, la baciò sulla guancia con il cuore che gli squagliava.

"Cosa ho fatto per meritarti?," si chiese in silenzio. Non appena accostò la bocca sulle labbra piene di Vera, attorno a loro il mondo cominciò a scomparire. Erano nati per amarsi senza parlare. Senza fiatare.

Vera si cacciò i capelli dietro le orecchie.

«Cosa ne hai fatto della treccia?» chiese con tono severo.

Rivide sul viso della ragazza gli improvvisi rossori.

«L'altro ieri me l'hanno tagliata,» mormorò «mi sono fatta bella per te.»

Non finì la frase e rivide lo sguardo di una volta, quando nel giardino di Villabella, lui diventava monello e le infilava le zaghere tra i capelli che componevano la treccia che si divertiva poi a tirare.

«Ero convinta che non ti importasse nulla. Scusami.»

Si accarezzarono l'interno dei polsi, come facevano una volta. La baciò sulla guancia, di nuovo sulle labbra.

«My honey, I love you,» gli sussurrò in un orecchio. Quelle parole li sentì scendere in fondo al cuore, proprio come gocce di miele.

Joe Verasca aveva promesso di uscire dopo dieci minuti, ma attraverso i vetri della "Liberty Travel", preferì osservare i due ragazzi, come se non volesse disturbarli.

«Lo conosci?» gli chiese Vincent D'Amico.

«Da un paio d'ore. Sono bastate per leggere nel suo animo.»

«Chi è?»

«Un italiano, il ragazzo di mia nipote. Sono protagonisti di una 'love story" dal sapore antico, tenera da commuovere.»

Osservarono Vera mentre appoggiava il capo sulla spalla di Luciano. Notarono i suoi smarrimenti, ma non potevano udire cosa dicesse.

«Non mi lasciare più, non mi lasciare,» tornò a sussurrargli mentre lui le cingeva i fianchi. Sembrava un'implorazione.

«Nemmeno un attimo amore, puoi contarci. Te lo giuro.»

Finì la frase e le labbra di Luciano erano sul collo della ragazza.

«Mi sembra un miracolo. Ho paura di svegliarmi.»

Le accarezzò ancora le guance, le sopracciglia.

«Sì, sei tu amore, sei tu. Non è un sogno.»

Gli gettò di nuovo le braccia al collo. Non avevano bisogno di dire altro. La gente, indaffarata, talvolta scansava gli ostacoli, altre volte li spingeva, ma loro due, labbra sulle labbra, sembravano appartenere a un'altra dimensione. Il loro bacio divenne infinito. E nel cielo, illuminato dagli ultimi raggi di sole, già s'intravedeva la più bella luna che Dio potesse regalare.

Capitolo V

L'odore di femmina

«NON ti ho mai vista così felice,» le disse uncle Joe.

«Il merito è tuo. Mi hai fatto una sorpresa bellissima.»

Gli regalò un bacione sulla guancia. Il vecchio era di buon umore, contento di avere i due picciotti nella sua auto. D'un tratto, Vera girò il capo. «Che fai laggiù?» mormorò. Attraverso il vetro del finestrino, Luciano scorse il riverbero dell'ultima banda di sole. Rimase estasiato nel vedere filtrare e adagiarsi sul volto del suo amore i bagliori, oramai tenui, di un infinito tramonto rosso arancio. No, non era più la ragazzina di Villabella. Aveva una mano di donna, la Vera. Carnosa. Morbida. Anche lei voleva stargli vicino, sentirne il respiro, il profumo della pelle. Fece un balzo e si accucciò. Aveva desiderio di coccole, di tenerezza.

«Torna a sedere accanto a me,» le intimò lo zio, con tono di affettuoso rimprovero. Prima di ubbidire, cercò le labbra di Luciano. Avrebbe voluto prenderle a morsi, piano piano. «I miss you, mi manchi,» gli sussurrò in un orecchio. Nel tornare al suo posto, con un balzo da cerbiatta, non fece caso alla gonna di lino: andò su, mostrando tutte le cosce, fino alle mutandine. Luciano sentì il sangue salire in testa. Veniva da ridere nel guardargli le orecchie: le aveva rosso vermiglio. Ebbe anche un flash-back, il secondo in meno di un'ora: nelle favolose gambe di Vera aveva notato la stessa prorompente sensualità sprigionata da una leggendaria mondina del neorealismo italiano, la Silvana Mangano nel "Riso amaro" di De Sanctis. Che dire poi del seno? Ci appizzò gli occhi, ci appizzò. Era bello. Pieno pieno.

Era la prima volta che ammirava Vera in una posizione provocante. Attimi prima, nel sentirla parlare in un inglese che sembrava la lingua madre, era rimasto intontito nell'ascoltare "I miss you". Essere desiderato da una donna fantastica, gli provocava un'eccitazione straordinaria. Mai aveva osato pensare alle sue nudità tanto meno era passata nella sua mente l'idea di fare sesso con lei. Si era innamorato di un volto. E più ne ammirava i lineamenti, più ne rimaneva incantato. Aveva amato quella creatura con un candore fuori da ogni logica, ma ora che aveva conosciuto l'odore di femmina, non ci stava più di testa. Era come se, anziché saltare da un sedile all'altro della Cadillac, Vera fosse sbucata dal tepore delle sue lenzuola, dal suo letto caldo, da poco disfatto. Avrebbe voluto accarezzarle per la prima volta le gambe. Era eccitatissimo. E lei aveva tanta voglia di farsele toccare. Lo intuì dal modo con cui lo guardava. Senza rendersene conto, si era ritrovato in una situazione scabrosa: Joe Verasca non meritava un torto simile. Guardò oltre il finestrino, cercò di rincorrere altri pensieri. Poco dopo, l'auto si fermò. Erano arrivati. Finalmente. E, suo malgrado, tirò un sospiro di sollievo.

«Bbonasira» rispose Rocco

«IO E VERA trasemu, tu stai nel *carro*. Anzi, mettiti accanto a me,» ordinò Joe. Dopo venti minuti, comparvero in cinque. Vera indossava un abito diverso, blu notte, semplice, elegante. Anche il capo di mamma Rosina era sobrio. Nella penombra, intravide la sagoma del suocero con il famoso vestito grigio. A modo suo era impeccabile. Enzo andò incontro al cognato con un sorriso, lo salutò all'americana, con un "give me five" e abbracciandolo aggiunse «You're welcome.»

Luciano lo avrebbe voluto tarare il "You're welcome". Enzo era tale e quale il padre. Una carogna. Notò che vestiva casual. Lui invece indossava il vestito del viaggio. E non sapeva dove era diretto con i Verasca.

«Come sta?» chiese alla suocera.

«Grazie a Dio tiriamo avanti.»

E regalandogli una carezza, aggiunse: «E tu? Ti vedo bene. Hai fatto buon viaggio? Tutto ok?»

«Qualche vuoto d'aria, ma è stato un volo piacevole.»

A questo punto, Luciano si rivolse al "grande nemico", il quale non aveva smesso un attimo di fissarlo.

«Contento di rivederla,» azzardò, porgendogli la mano. Era l'unica cosa che non avrebbe dovuto dire. Rocco aveva il diritto di pensare a una provocazione. Infatti, aggiarniò. Rispose al saluto dopo avere rivolto un'occhiata al fratello.

«Bbonasira,» disse con voce grave.

Luciano non riusciva a capacitarsi se il depositario dei più alti valori della famiglia provasse imbarazzo, se covasse risentimento o se controllasse a stento la rabbia. Appariva comunque sorpreso, se non disorientato, dalla disinvoltura mostrata dal genero.

«Bbonasira,» ripeté Rocco, abbuttato. Il tono non si prestava a equivoci: il padre di Vera non si rassegnava al fatto che, a distanza di tre anni, ddu picciottu si era ficcato di nuovo nâ famìgghia comu un chiovu.

Presero posto nâ *Cadillacca*. Enzu e Lucianu accanto a Joe, Vera darreri, mmenzu â mamà e ô papà i quali parevanu due carrabbinera doppu aviri ammanittatu na picciotta. Superati un paio di isolati, la *Cadillacca parcò* davanti al "Cotillon Terrace", sontuoso locale anche per banchetti: scale di marmo, buon arredamento, tanti specchi, una sala immensa, luci rosse, blu e bianche che pazziavano sul soffitto e sulla pista da ballo. Dalle note soffuse dell'orchestrina intenta a far prove, e da come alcuni giovani provavano alcuni passi di danza, alla maniera di John Travolta, ebbe l'impressione di trovarsi nel locale della "Febbre del sabato sera".

Incinta a Montecicoria

ROCCO e... Rocky non si erano mai fatti pregare davanti a tavula cunzata. Nel senso che a 'Mierica, il papà di Vera aveva mantenuto le abitudini confermandosi un'ottima forchetta. Le spigole, rraccumannate per Joe, e giunte di mattina dû Partuallu, cioè dal Portogallo, mettevano l'acquolina. Joe fece compagnia al fratello con onore. Rosina, siccome non voleva appesantirsi, ordinò sosizza. Vera cominciò a fari a schinfignusa e lasciò a metà l'appetitoso branzino. Se c'era una cosa che voleva manciàrisi era Luciano. Il quale sembrava indifferente a questa sorta di schiticchio made in Usa.

Era in pieno "jet-lag": dalla stanchezza era passato alla sonnolenza e ora a un senso di stordimento per il rapido cambiamento di fuso orario. Se fosse stato possibile, avrebbe pagato cento dollari per salutare tutti e andarsene a dormire. Ma dove? A parte questo particolare, era ospite di Joe e sgarbi non poteva farne. Assaggiò un po' di nzalata, poi attaccò con il pesce che, a poco a poco, scomparve dal piatto.

Incupito, e cu vuccuni in vucca, Rocky Verasca elargì un'occhiata di sprezzo a Calogero Marchisano, suo nemico giurato, ma non poté fare a meno di rivolgergli un cenno di benvenuto. C'erano altri politici, alcuni dei quali candidati alle *lizioni*. I progressisti facevano capannello al loro leader. La faccia ossuta di Marchisano metteva in risalto il nasaccio aquilino. Era calvo. I pochi capelli, neri, lucidi di gel, li portava appicciccati alle tempie. Lo sguardo era sfuggente. Sfoggiava un vestito fumo di Londra e una cravatta rossa: con il garofano all'occhiello, come se non volesse rinnegare il retaggio socialista, sembrava però sul punto di abbanniari a tunnina nsanguliata ancora di mattanza. I simpatizzanti di centrodestra, andavano invece a ossequiare il futuro deputato - o senaturi?, boh, Luciano non l'aveva ancora capito - Rackì, mpaiatu nel famigerato vestito grigio con gilet. Aveva un fisico imponente, le gote rosse e un faccione salutivo. Con quella capigliatura folta e scombinata era però una via di mezzo tra bohemién e susuta di lettu.

Senza che nessuno glielo chiedesse, l'onorevole Rocco Verasca sedette a capotavola, forse per dominare la situazione. Da come azzannò una delle coscette di pollo servite come antipasto, e da come si leccò poi le dita, proprio senza ritegno, assunse il piglio di un imperatore dell'antica Roma. Gli mancava la tonaca bianca e la corona d'alloro in testa.

Un tale, candidato indipendente, cani sciotu, non era stato invitato e se ne stava seduto su uno scalino, davanti alla porta di vetro che immetteva nel salone. Si mise sull'attenti, come tutti gli altri, nel momento in cui il complesso attaccò con gli inni nazionali. Echeggiarono le note di "The Star-Spangled Banner", ascoltate con religioso silenzio e una mano sul cuore, poi quelle di "Fratelli d'Italia" e nessuno, a questo punto, sapeva quale parte del corpo era opportuno toccarsi.

Giusto dopo l'inno 'taliano, si aprì una disputa tra presunti fascisti e presunti comunisti. Attaccò Rocky: «La prima cosa che faccio a Montecicoria,» disse «sarà quella di abolire questo dolore di panza, e per un semplice motivo: al contrario dell'inno 'miricanu, e di tutti gli altri inni, compresi quelli delle tribù africane, nessuno ne capisce un cazzo.»

«Invece apprezzarlo si deve. E per apprezzarlo bisogna avere un minimo di cultura,» rimbeccò con una punta di veleno Marchisano. Aveva una faccia sul grigio-giallo, carica di livore. Cominciò a sorseggiare il rosso. Per darsi un contegno, teneva il dito mignolo teso: dava l'impressione di essersi fratturata la falangetta.

«Cultura? E allora mi dica: chi è il signor Scipio? E per quale motivo dovrei mettere la mano sul cuore? Per la sua bella faccia oppure per avere l'elmo? Mi vuole dire che cosa è quest'elmo?» domandò il molto onorevole Rocco. Marchisano lo guardò con sufficienza e Verasca s'inalberò. «Chi mìnchia è ai nostri giorni quest'elmo, me lo vuole dire? Vede che non sa rispondere? Perché vi fate avanti?»

«Ci facciamo avanti per ristabilire la verità dei fatti,» ribatté Calogiru Marchisano. «Goffredo Mameli, se lo vuole sapere, 'taliano autentico era, figlio di un comandante di navi. E sua madre era così bella da fare innamorare Giuseppe Mazzini.»

«Così lei dice? E agli italiani d'oggi che cosa interessa questo?,» incalzò Rocky Verasca. «Onorevole collega, mi dica, che significa che avi incinta la testa.»

«Cinta. No, incinta, cinta,» lo corresse Marchisano dondolando il capo.

«Che cinta e incinta. L'unica cinta che conosco è a currìa di me càusi,» sbottò Rocky. «E a chioma chi è schiava di Roma? Che voleva dire Mameli? E voi a chi volete darla a bere? A cui? Le parole dell'inno nazionale devono essere semplici, toccanti, devono sgorgare dal cuore, soprattutto le devono capire tutti. A Montecicoria proporrò una liggi per il "m'abbuccu" o per le "racazze di Trieste." »

«Onorevole Verasca, Nabucco si chiama, Nabucco no "m'abbuccu". E Montecicoria non esiste. Il palazzo della Cammara è "Monte Citorio", e si scrive staccato. No "Montecicoria". Dove vuole andare?»

«A Roma, dove non andrà lei. Mi dica: a cu vuole porgere la chioma? Si taliassi o spècchiu, si taliassi. Non vede che è tignusu? Oppure, oppure... lei schiavo di Roma è? Ora capisco. Con chi è ammanigghiatu?, mi rrispunnissi.

U sacciu cu cui. Fate fottere da ridere voi communisti *'taliani*. Mi chiedo cosa ci state a fare in un paese libero come l'America. Gli infiltrati? A sputare sul piatto dove mangiate dopo che con i tòllari vi avete accattato carru e casa? A inquinare? A fare i sovversivi? Andate *all'Italia*, andate.»

«Sarà che dobbiamo andare *all'Italia*, ma lei prima di parlare di Mameli dovrebbe sciacquarsi la bocca. Lui sì che era un patriota, quella del signor Goffredo Mameli è poesia d'amore e di guerra. Mameli combatté a fianco di Garibaldi e morì per una ferita alla gamba un mese prima di compiere 22 anni.»

«E sunnu dui,» lo interruppe Rocky Verasca nell'apprendere della ferita alla gamba.

«Ma Garibaldi non morì a 22 anni,» precisò Marchisano. «E Mameli il suo inno lo ha scritto per l'Italia. E "Fratelli d'Italia", si metta il cuore in pace, rimarrà il nostro inno.»

Luciano era come se partecipasse a un'altra festa: parlava con Vera piano piano, aveva tante cose da dirle, ma intuendo che il suocero si sciarriava per l'inno nazionale, attisò âricchi. Cercò di memorizzare qualche frase, ma presto lasciò perdere Rocco e quel signore con cui litigava per dedicarsi al suo amore. Aveva tre anni da raccontarle.

Una nìura chi parra 'talianu

LUCIANO trovò strano che alla festa non vi fosse Sarah, la moglie di zio Joe. Chiese perché.

«Non guida l'auto e, di solito, non va ai dinner-dance. Nel tardo pomeriggio, poi, rincasano i figli dal lavoro. Ho una caterva di cugini, li conoscerai. Devi considerare che zio Joe è venuto a prenderti in aeroporto e, per alcune ore, è stato impegnato con te. Non avrebbe avuto tempo di tornare a casa e portare qui zia Sarah.»

Dopo gli inni nazionali, la festa proseguì in un'atmosfera di letizia italo-americana. Allo "Cotillon Terrace" di Brooklyn - 75 dollari per un posto a tavola, oltre 400 coperti - molti diventarono tristi nell'ascoltare le note di "U surdatu nnamuratu", di "Zappatore" e di "Guapparia". La canzone italiana più moderna fino a quel momento proposta al pubblico era stata un successo degli Anni '60, "Parole". Quindi, inattesa, choccante, arrivò la doccia gelata: sulla pista comparve una nera, di quelle che non sembrano cristiane, stratosferica, e tutti rimasero come statue.

«Una nìura ccà? Chi ci fa?», balbettò Piddu Lalumina, uno al quale era rimasta la forza di parlare. «Chi ci fa?», si chiesero dai tavoli coloro che riprendevano colore in faccia.

Luciano non aveva capito per quale motivo la gente era cambiata d'umore. Gli spiegarono che nel mega quartiere di Bensonhurst di afro-american per le strade non ne camminano, e se per sbaglio e pi disgrazia qualcuno ha la sventura di capitarci, per il resto della vita non commetterà più tale errore. Non aveva importanza se quella donna si chiamasse Vanessa Clyde. Nessuno capì nome e cognome e appena la splendida show-girl informò la platea di avere lavorato alla televisione italiana, ecco arrivare la seconda doccia gelata della serata.

«Una nìura chi parra *'talianu*? Sono immigrato da 37 anni e non ho mai visto una cosa simile,» sbottò l'ex manovale Tony Alfonsi. «Una nìura chi palla *'taliano*. Inaudito è.»

Era davvero inaudito. Sembrava che la festa dovesse mettersi male, ma la pesantezza degli sguardi finì per attenuarsi e trasformarsi in diffidenza. Cantò, tutta composta, Vanessa Clyde, e nessuno osò applaudire. Allora, ancheggiando, attaccò un samba scatenato - «che sfacciata!», esclamò madame Connie, al secolo Concetta Amendolia - invitando il pubblico non soltanto a cantare assieme a lei, ma anche a ballare. Seguirono dieci interminabili minuti di samba, tanto per riscaldare gli animi, quindi la show-girl si esibì in una danza sfrenata per frantumare in mille pezzi il granito dell'intolleranza etnica. Finché, all'ultima implorazione - «vi prego, venite a fare quattro salti con me!» - quasi tutti non fecero più caso al colore della pelle e invasero la pista. Anche Piddu Lalumina, il più integralista dei siculo-miricani, parve convertirsi e, assieme agli altri, accaldato, la camicia per metà fuori dai pantaloni, azzardò la Lambada con la Nunzia di 176 chili. Vanessa Clyde, dopo avere abbattuto ogni remora razziale, non si era resa conto di essere passata alla storia come la prima donna "afro" applaudita dagli italiani di Brooklyn. Tant'è che si mise in testa di fare risuscitare anche i morti.

Le "girl" di Brooklyn, rigorosamente italo-americane, capelli ricci a cascate sulle spalle, dettero vita, assieme ai loro "boyfriend" a balli ora scatenati, come "Jive Bunny Medley" e "Long Tall Sally" di Little Richard, "Jailhouse Rock" di Elvis Presley e "Ooby Dooby" di Creedence, ora lentissimi, come "Night and day" di Frank Sinatra e due struggenti brani napoletani, "Reginella" e "Anema 'e core". Non appena l'orchestrina attaccò "Nun è peccato", Vera gettò le braccia al collo di Luciano. Le loro gambe facevano un movimento impercettibile. Più che mai, la danza era un pretesto per consentire a due giovani di rimanere appiccicati l'uno all'altra. Mamma Rosina, stretta al marito, fece in modo di avvicinarsi alla coppia e di tirare per il gomito la figlia. Le cacciò negli occhi uno sguardo che diceva: «Scollati, tuo padre sta per fare un casino del demonio.»

«Ballare è come fare all'amore»

IL DINNER-DANCE si concluse alle due del mattino. Joe accompagnò Rocco e famiglia a casa, quindi puntò per il Long Island. La Cadillac entrò nel drive way alle 3:05. Luciano era distrutto.

«Mister Verasca, posso fare la doccia?»

«Cosa vuoi fare?»

«La doccia.»

«Che cos'è?»

«Mi vorrei lavare,» spiegò, mimando il flusso dell'acqua.

«Ah, la doccia. Avevo dimenticato come si dice *all'Italia*. Quarant'anni d'America sono quarant'anni. È lo *sciauar* che vuoi fare? Cosa ti ho detto appena sei arrivato?»

Chiese con faccia sconsolata. «Perché? Lo *sciauar* è la doccia?»

«Precisamente.»

Si dette una manata sulla fronte. Doccia si scrive "shower" e si pronuncia "sciauea". Avrebbe dovuto fare mente locale allo *sciauar*.

Joe lo accompagnò al piano superiore per mostrargli la stanza. Gli parve la suite più lussuosa del Plaza, anche per la zona bathroom con doccia e jacuzzi, dove la suocera, tre anni prima, aveva rischiato di sfracellarsi.

«In ogni càmmara da letto c'è un bagno,» precisò orgoglioso. «Questa è la più grande, dedicata agli ospiti di riguardo. Fai come se fossi a casa tua. Lavati e riposa.»

«Sono confuso,» si limitò ad osservare.

S'ARRISPIGGHIÒ doppu l'una del pomeriggio convinto che fossero le otto del mattino, di trovarsi a Palermo e di essere stato chiamato da Zimmatore per andare a travagghiari. Per allentare il cerchio di ferro alla testa provocato dal fuso orario, passò mezz'ora, il tempo di rendersi conto di essere anima, carne e ossa in America, di avere dormito in una camera da letto che solo Paperon de' Paperoni avrebbe potuto permettersi e di avere conosciuto una donna straordinaria, la ragazzina che adorava da una vita. Avrebbe voluto stinnicchiarsi tanticchia, a pinzari, ma il desiderio di rivedere Vera era più forte. "Chissà dove si trova a quest'ora?" si chiese. "Ma al lavoro, no?"

Perché perdeva tempo a chiederselo? Quanto era stata dolce alla festa. Quante belle parole gli aveva sussurrato. Gli venne in mente una frase della suocera: «Siete la coppia più bella del mondo,» si era lasciata scappare, aggiustannusi u tuppu davanti ô spècchiu. Infatti, nemmeno Luciano scherzava. Era un bbeddu picciottu *'talianu*, daccussì figo che le "girl" in minigonna e con i capelli lucidi di laminetor, avrebbero voluto ballare con lui, magari. Ma Vera, ggilusa, se l'era mangiato con gli occhi tutta la sera il suo Luciano.

63

Gli vennero in mente alcune frasi sussurrate durante il dinner-dance. «Ho una voglia pazza di estranearmi dal mondo e vivere con te. Per te. Hai capito oppure no?»

«E io no?» aveva risposto Vera «Io no?»

«Se ti appiccichi a me, ho solo voglia di fare l'amore.»

«È la prima volta che siamo così vicini, ti rendi conto?»

«Lo so.»

«Per riprovare le stesse emozioni, dovremo tornare a ballare.»

«Cosa provi?»

«È come se avessi fatto l'amore,» gli confessò con un filo di voce.

In auto, poi, era stata dolcissima. «Mi manchi, hai capito che mi manchi? È da tre anni che sognavo questo momento. Ti ho sentito eccitato mentre ballavi. Mi tremavano le gambe.»

«Usciamo qualche volta?»

«Quando? Per andare dove? Non sai che vita faccio? Sono in prigione. Peggio che a Villabella.»

«E io cosa sono venuto a fare qui?»

«A farmi perdere la testa.»

«E a liberarti. Dirò a tuo padre che voglio sposarti. E subito.»

Capitolo VI

Angel: ragazza da evitare

LA TENTAZIONE di andare a trovarla sull'86esima strada era grande, ma ora che lo strappo con il suocero stava per essere ricucito, decise di stare con i piedi in una sola scarpa. Joe, la sera prima, aveva avuto modo di ammonirlo: «Evita di andare all'agginzìa, hai capito?, evita. Mio fratello potrebbe contrariarsi. Vedrai Vera a casa. E non ti preoccupare: suo padre, o qualcuno dei suoi fratelli, andrà a prelevarla al lavoro. Come ogni sera.»

Sotto la doccia, ricordò alcuni particolari del dinner-dance, e anche la cordialità mostrata dalla suocera. Il marito no, se ne era uscito con un asettico "bbonasira". Una parola che tradiva l'insofferenza covata da tempo. Comunque, l'aveva salutato. Non aveva potuto farne a meno.

Dopo dieci minuti indossò jeans e T-shirt e scese le scale per raggiungere il living-room. Venne accolto dal saluto affettuoso più che cordiale di Sarah Klein in Verasca e da una delle figlie, Angel, anzi Eingel, come tutti la chiamavano. Chiese di zio Joe. Rimase sorpreso e dispiaciuto nel sapere che era partito.

«Hai dimenticato?», fece Sarah. «È in Venezuela per business. Tornerà dopodomani. Mi ha detto che potrai andare da Rosy e Rocky. Ma se preferisci rimanere qui, fai come credi. Sei il benvenuto. Intanto, mangia qualcosa,» gli disse, sempre in inglese. Fece strada nella zona dinet, che era il prolungamento di un'immensa cucina con pavimento in coccio e piattaforma di cottura al centro del locale. Attraverso i vetri, a ridosso di quattro maestosi abeti blu, Luciano scorse la famosa *pulla*.

«Cosa mangiate voi al mattino?»

«Non è mattino. È trascorso anche il lunch-time,» rispose Sarah con un sorriso.

«Mam daea Lusiaeno coffi,» intervenne Angel. Aveva tentato una frase in italiano. Luciano era diventato Lusiaeno.

«Preferisci un sandwich?»

«No,» rispose terrorizzato. «Datemi ciò che mangiate al mattino.»

«Come vuoi.»

«Mam, fasio io» mormorò Angel. Aprì il frigo e cominciò ad armeggiare ai fornelli. In pochi minuti servì un piatto di scrambled-eggs, un tentativo di frittata infarcita di bacon. Come drink, succo d'arancia.

Luciano, intanto, era rimasto sorpreso da uno show disneyano. Attraverso i vetri, aveva notato due squirrel rincorrersi sul bordo della veranda.

«In Italia come li chiamate?» chiese Angel. «Una volta l'ho chiesto a mio padre. Rispose di avere conosciuto queste bestiole negli Usa, quarant'anni fa, perché dove era nato, e dove era vissuto da giovane, non ne aveva visto nemmeno uno.»

«Ma in molte regioni d'Italia esistono e si chiamano scoiattoli.»

«Che significa?»

«Deriva dal greco. Se ricordo bene, il nome è legato al fatto che si tratta di una bestiola che si fa ombra con la coda.»

«Non capire. Fa ombra con coda?»

«Evidentemente è una posizione che assume quando mangia noccioline,» chiarì Luciano.

«I don't understand.»

«Shade, cioè ombra, in greco fa skiá mentre ourá significa tail, cioè coda. Chissà, poi, chi inventò il termine scoiattolo.»

«Conosci la lingua greca?»

«L'ho studiata a scuola. Si tratta del greco antico.»

«Quale altra lingua parli?»

«Il francese, molto meglio dell'inglese con cui stiamo dialogando.»

«Ma non è male il tuo inglese,» osservò Sarah.

«E per quanto riguarda gli squirrel, mio fratello "Gei Gei", che fa ricerche sull'Alzheimer, li tiene in laboratorio sotto osservazione perché sarebbero animali senza memoria,» svelò Angel.

«Senza memoria?»

«Se dai loro noccioline o del pane raffermo corrono a nasconderlo, ma dopo un po' non ricordano dove lo hanno messo. E a forza di cercare, finiscono per devastare con le zampette aiuole e piante. Soffrirebbero di una forma di Alzheimer dai primi mesi di vita. Forse mio fratello farà la scoperta del secolo.»

Anche Luciano sorrise. Consumata la colazione, Sarah e Angel lo videro organizzare la sua prima giornata a New York. Il chiodo fisso era Vera. Doveva procedere con cautela: meglio recarsi dai suoceri, come gli era stato suggerito. «C'è qualche bus nei dintorni o è meglio chiamare un taxi?» chiese.

«La fermata del bus per Brooklyn e Manhattan si trova a un miglio di distanza. Avrai modo d'imparare un'altra volta,» rispose Sarah. «Giusto nel pomeriggio, Eingel inizierà il turno in ospedale. Rocky e Rosy abitano da quelle parti, ti darà passaggio in auto.»

«È molto gentile, signora. Anche Eingel è carina con me. Non so come ringraziarvi.»

«Capita che Eingel vada al lavoro. Ci vediamo questa sera.»

Quel passaggio rallegrò Luciano. Sulla Belt Parkway, sentì mancare il respiro, come il pomeriggio precedente, nell'ammirare il Verrazzano Bridge.

Spettacolare. Immenso. Si scandalizzò nel leggere su un'insegna autostradale il nome del primo italiano sbarcato nella baia di New York con una sola "zeta". «Tu non sei stata in Sicilia, non potrai capire, ma questo bridge se mi lascia incantato, al tempo stesso mi riempie di rabbia,» disse. «Nella mia isola devono costruire un ponte come questo da sessant'anni, ma litigano sul progetto, su come dovrebbe essere costruito, e da chi.»

«Abiti in un'isola?»

Teneva il volante dell'auto sportiva a braccia tese. Luciano sbirciò il tachimetro: 75 miglia, oltre 120 Kmh. Le chiese di rallentare. Anziché ascoltarlo, Angel ripropose, sempre in inglese, la domanda: «Dimmi, sei nato in un'isola?»

«Non conosci la Sicilia? Ma se vi è nato tuo padre!»

Gettò la sigaretta fuori dallo spyder e respirò a pieni polmoni. Era la prima volta che sentiva la brezza dell'Oceano sul viso.

«So che tu e Vera vi volete bene da quando eravate bambini.»

«Tu non hai il boyfriend?»

Angel rimase in silenzio poi, con un filo di voce e una scrollata di spalle confessò: «Tra me e Matthew è tutto finito. Da un anno.»

Lasciata l'autostrada, si trovarono a Bay Ridge. Poco dopo, risalirono per Bensonhurst.

«Ieri ti ho atteso fino a notte.»

«Mi dispiace, sono rientrato dopo le tre del mattino.»

«Ti ho sentito. E ti ho sognato: mi trovavo nella camera dove dormivi ed entravo nel tuo letto.»

Se fosse stato lui a guidare l'auto, nel sentire la frase sarebbe finito contro un palo. La giudicò graziosa con i capelli a caschetto. I tratti del viso gli ricordavano anche Gianna, una delle cognate lasciate a Villabella. Non erano cugine? I jeans ne esaltavano le forme, ma preferì guardarla solo in viso.

«Se vuoi sapere come è andata, sappi che abbiamo fatto sesso. Immagina se decidessimo di provare. È impossibile, so bene,» sospirò. Luciano rimase di ghiaccio. «Un bacione,» riprese Angel «sì, un bacione invece te lo dò.»

Appiccicò le labbra sulla guancia sinistra del "cuginetto" e nascose di nuovo il viso dietro gli occhialoni da sole. «Adesso giù. Sei arrivato,» disse, indicando con lo sguardo la casa di zio Rocky. Era stordito.

«Don't worry, argomento chiuso. Ti chiederai se non fosse stato meglio tenere per me il segreto. Forse hai ragione, ma non ci sono riuscita. Vorrà dire che conosceremo in due questo desiderio: io, Eingel, e tu, Lusiaeno. Dimentica ogni cosa. È già tardi, i miei malati mi reclamano. Bye, bye.»

Era inebetito. Eingel faceva tutto da sola: si poneva anche le domande più scabrose, per fornire a se stessa le risposte.

«Dimenticavo,» aggiunse mentre Luciano era già fuori dall'auto «Mom dice che se uncle Rocky dovesse fare storie per ospitarti, potrai tornare da noi. In tal caso, prendi il car-service e raggiungimi entro mezzanotte al 'King Hospital'. Andremo via insieme. Bye Lusiaeno.»

Era sconvolto dal fare disinibito di Angel. "Se non mi voglio mettere nei guai, è da evitare," promise a se stesso. E ancora stordito, tuppuliò alla porta dû sòggiru.

To bidet or not bidet?

TROVÒ visite. Mentre Rocco sembrava pigliato dai turchi, Rosina invocava la Bbeddamatri santissima. Il marito le aveva provate tutte per spiegare ô *plammeru*, cioè al "plumber", pronuncia "plame", l'idraulico, cosa avrebbe dovuto montare nel bagno ora che lo spazio ricavato da un armadio a muro era bell'e pronto. Gli aveva fatto un gesto con le mani, indice e pollice dritti, le altre dita chiuse. Il viso paonazzo, cominciò di nuovo a mimare una cosa rotonda, sempre più larga, come per dire "te lo faccio così". Rosina aveva la faccia mortificata. A Rocky rimaneva l'ultima possibilità per fare capire all'operaio *'miricanu* il lavoro che avrebbe dovuto svolgere. Così, si sedette sulla tazza del gabinetto con tutti i pantaloni e fece segno ô *plammeru* che ne voleva un'altra, di tazza, da mettere accanto a quella esistente, però con i rubinetti «with hot and cold water», cioè con l'acqua calda e fredda. E per farsi capire meglio, tirò dall'involucro una saponetta nuova e si cominciò a toccare davanti e di dietro, di dietro e di davanti, come se volesse insaponarsi.

Luciano taliò u sòggiru sbalordito. Gli veniva di sganasciarsi, come all'operaio, ma riuscì a mantenere un contegno distaccato. "Questa però me la devo scrivere," pensò. Ecco un'altra conferma: avrebbe dovuto sfruttare l'esperienza americana per raccontare - anche se non sapeva ancora in che modo - le vicende più strane in cui si era imbattuto e quelle in cui sarebbe rimasto coinvolto.

Intanto, u *plammeru* che, per la sola consulenza si era messo in tasca sittanta dollari sani sani, cominciò a guardare Rocco come se avesse a che fare con un pazzo. Infine chiese: «One more?». Ovvero: «Devo montarne un altro?»

Senza aspettare la risposta, cominciò a sorridere soddisfatto, convinto che nel buco segnato con la matita rossa, e in cui avrebbe dovuto scavare, c'era da sistemare un altro "toilette seat", praticamente u rretré, un'altra tazza di cesso. Invece non aveva capito un tubo di bidet. E continuò a non capire dopo che Rocky, con santa pazienza, cominciò a tracciare su un foglio di carta bianca il disegno di ciò che voleva, natiche di chissà chi comprese. Nulla da fare: per Bob, u *plammeru*, il bidet rimaneva un oggetto misterioso. «Sir, I don't understand,» mormorò rassegnato.

No, il cretino non era l'operaio. La verità era sola una: mister Rocky Verasca non aveva ancora capito che pochi americani conoscono il bidet. Non solo: ammesso e non concesso che qualcuno ne avesse avuto notizia, non si faceva sfuggire l'occasione di parlarne con disprezzo. Insomma, nei tre anni trascorsi in America, Rocco non si era accorto di vivere con un popolo che si lava dalla testa ai piedi una volta al giorno, e macari due, ma sotto lo "shower", al contrario di una parte, per fortuna esigua, di italiani, che preferisce invece pulirsi a spezzoni, prima la faccia, poi le ascelle, quindi i piedi, infine, se è il caso, quelle parti lì nel bbidè. E visto che non aveva ancora scoperto questa mania *'miricana* dell'igiene, nel congedare l'idraulico, e nel salutare i sittanta tòllari per la consulenza, rifilò o *plammeru* un «va lavati» che era tutto un controsenso.

«What?» si sentì rispondere.

«Nulla, have a nice day.»

Una casetta modesta quanto decorosa, quella dei Verasca, ma incompiuta. Un dramma per Rocco, il quale non sapeva come soddisfare le esigenze della moglie che voleva a tutti i costi un'America con il bbidè. Centinaia di migliaia di dollari spesi per la casa della vecchiaia, a Brooklyn, senza avere la possibilità di potersi rinfrescare quelle parti alla bisogna. Ne avevano fatto una tragedia. Il pensiero andò a un nipote, u cchiù granni dei figli di Joe, medico, biologo e ricercatore al "Presbyterian Hospital", che per Rocco e Rosina, prima che Vera svelasse loro l'arcano, era una struttura dove curano la presbèopia, il disturbo senile dell'occhio.

Questo benedetto nipote, insomma, avrebbe potuto avvertire uncle and aunt, cioè zio e zia, che in America, il coso chiamato bbidè se lo potevano scordare.

Perché, poi, dare la colpa a "Gei Gei"? Rocco e Rosina, in tre anni, non avevano avuto modo di constatare che nei bagni esistenti nella favolosa casa di Joe, non c'era l'ombra di un bidet? Sarah, Martha, Rebecca e Angel non si facevano lo *sciauar*? E Vera non si era abituata a fare come zia e cugine e si trovava benissimo? Luciano aveva fatto sforzi sovrumani per non sbellicàrsi di fronte alla ignobile esibizione del suocero, ma l'argomento bidet non gli parve poi così futile.

Giusto pochi giorni prima, infatti, aveva avuto conferma che il famoso attrezzo non fa parte del consumismo statunitense. A svelargli la realtà, prima che in aereo decidesse di chiudere quotidiani e settimanali per pensare a Vera, era stato un incredibile articolo di Thomas DiBacco del "Washington Post", il quotidiano che fece saltare Nixon dalla Casa Bianca. Luciano aveva acquistato il giornale, assieme a "Newsweek", al "New Yorker" e al "New York Times", a Fiumicino un'ora prima di partire per gli Usa. E nel leggere le prime righe del lungo pezzo di costume, rimase sorpreso nel constatare che, dal "Watergate" di Bob Woodward e di Carl Bernstein, il famoso quotidiano era scivolato nel bidet.

DiBacco, da sempre in prima linea nella battaglia per il progresso civile degli Usa, questa volta aveva rivolto l'attenzione su un oggetto sanitario molto diffuso in Europa per riproporlo ai lettori in chiave shakesperiana. Ovvero: "To bidet or not bidet? That is the question."

L'opinionista aveva ricordato che gli americani guardano il coso «alla stregua di un terribile oggetto di tortura medioevale,» ma ne riconosceva la praticità, tanto è vero - sottolineava - che all'estero, il bidet si trova nelle case e negli hotel. Luciano era rimasto sorpreso della descrizione del pezzo sanitario, ricca persino di risvolti storici: infatti, l'articolo ricordava come Napoleone e i suoi uomini, durante l'epoca delle lunghe cavalcate da un capo all'altro del Vecchio Continente, avevano l'assoluta necessità di «dare refrigerio a quelle parti del corpo rimaste per giorni a contatto con la sella.»

Thomas DiBacco non escludeva l'ipotesi che l'odiato bidet potesse diffondersi anche negli Usa, ma la "rivoluzione culturale" - avvertiva - era destinata a essere «lenta e sofferta» perché «i tentativi di introdurre il bidet nell'uso comune» erano sempre falliti per un pregiudizio puritano: gli anglo-americani, infatti, «hanno sempre associato l'igiene intima alla prostituzione» e le donne considerano «offensivo e mortificante avere un simile accessorio in casa.»

Non aveva mancato di citare una certa Christine, general manager di una multinazionale, la quale, rientrando da Parigi, confessò a un'amica di essersi seduta su quella mostruosità «soltanto per fare pipì.»

Nâ canna o nâ botte?

LUCIANO promise ai futuri suoceri che sarebbe tornato tra un'ora. In attesa di Vera, preferiva fare quattro passi e, visto che nessuno lo conosceva, avrebbe potuto sorridere liberamente per la sceneggiata del bidet. Desiderava anche scoprire la Diciottesima Avenue, dare uno sguardo alle vetrine e, perché no?, consumare uno spuntino in un locale caratteristico. Prima mpinciù in uno store di articoli da regalo, attratto dalle canzoni napoletane inondate sulla strada da un altoparlante a tutto volume. Avrebbe potuto scommetterci: dai vertici della hit parade "brucculina" nessuno era in grado di rimuovere Mario Merola e Nino D'Angelo.

Vendevano ogni cosa in questo negozio: servizi di piatti e di bicchieri per i regali di nozze alla *braida*, che non era la moglie dell'ex centravanti del Varese e del Palermo, ma la sposa (da "bride", pronuncia "braid") anche vasi di ogni misura e colore, vassoi, lampade stilizzate, nonché cassette e cd giunti con l'ultimo aereo da Forcella, assieme alla solita pila di giornali e di settimanali, da "Il Mattino" alla "Gazzetta dello Sport", da "Gente" a "Panorama". Puntò lo sguardo sui soprammobili e sui gadget più strani: tra questi, i fatidici corni rossi, dalle misure più bizzarre, patriotticamente abbelliti con un nastrino tricolore e un altro a stelle e strisce.

Mezz'ora dopo, Luciano aveva uno sguardo da beato. Seduto al tavolo di una focacceria "Palermitan-style", non sapeva se ordinare mezzu pani cû panelle e cazzilli fumanti, oppuru pani c'a mèusa. Optò per quest'ultima prelibatezza picchì stava pi svèniri pû çiàuru. Anzi, era allupatu. Dal cinquantino che tagliava il morbidissimo pan-focaccia darreri u bbancuni, gli arrivò la domanda di rito: «Schietta o maritata?»

«Maritata, però ci mittissi puru tantìcchia di caciu.»

Ritenne inevitabile rispondere ô vastiddaru in dialetto. Ed era tacitu chi pi caciu intendesse caciocavallo, ma a schegge, tagliato a listarelle sottili sottili.

Siccome Luciano taliava l'arredamento del locale, la gente che entrava e usciva, e giocava a nzirtari se i paisà fossero emigrati da Caltanissetta o da Catania, da Enna o da Trapani, da Ragusa o da Gela, da Palermo, da Agrigento o da Messina, non si accorse come u cinquantino aveva cunzatu u pani. Nel cafuddari u primu muzzicuni, s'addunò chì a vastedda era orfana di purmuni. Nessuno lo aveva informato che i liggi 'miricani vietano la macellazione e l'importazione di polmone bovino. Per quanto riguarda u scannaruzzatu, poi, mancu a parrarinni. Non ce n'era traccia in tutta America. Rimase di merda. Con la faccia di chi vede frantumare a terra, in mille pezzi, un vassoio di cristallo di Boemia o una statuetta di Capodimonte.

Manciari a méusa schitta schitta gli faceva uno strano effetto così decise di accompagnare il panino con una birra 'miricana. La ordinò.

«Nâ canna o nâ botte? Comu a vuoi?» si sentì ddumannari ancora dal cinquantinu darreri u bbancuni. Stunò. Poi, cuminciò a taliari u vastiddaru cu l'occhi spiritati. L'uomo, credendo chi fussi surdu o che avesse rivolto la domanda a un germanese (gli immigrati anziché l'aggettivo "tedesco", usano dire germanese dall'inglese German, nda) mostrò al cliente in una mano la birra in lattina e nell'altra la birra in bottiglia. Luciano fece cenno che preferiva la seconda. S'assittò, a stuppò e s'immerse nelle riflessioni. "Che voleva dire? A canna? A botte? Ma chi lingua parra?"

Mangiava con un'espressione rapita e, per non imbrattarle di unto, sfogliò con ogni precauzione le paginette del mini dizionario che portava con sé per i casi d'emergenza. Questo, mìnchia se non lo era. Bevve quattro dita di birra e lesse. Lattina si traduceva "can", pronuncia "kæn", dunque in italiese, pinsò, "canna". E allora per botte, gli sembrò ovvio, doveva intendere "bottiglia" e

71

no vutti. Sfogliò, taliò, annurvò: la traduzione di bottiglia era infatti "bottle", con pronuncia " 'botl ".

Nessuno avrebbe fatto caso al giovane che addentava u pani c'a mèusa, ma Luciano finì per essere notato da tutti perché, tra un boccone e l'altro, non solo assumeva l'espressione di ebete, ma non teneva per sé le risatine di soddisfazione. Pensava infatti al bbidè, al sòggiru, alla faccia mortificata della sòggira, a quella stralunata del *plammeru* e ora alla *canna*. A proposito: dapprincipio, gli era parso che il cinquantino siculo, l'avesse invitato a farisi a marijuana dopo mangiato.

Intanto, il caciocavallo lo aveva ritenuto buono; così, ordinò nàutra schietta perché aveva trovato sapore nella milza bollita, tagliata a fettine sottili e impregnata di sugna bollente; poi ancora na maritata, dunque con la ricotta, perché fresca lo era davvero la ricotta, ma questa volta in modo tradizionale, cioè senza cacio; si fece nàutra *canna* e tornato in strada, gli bastarono quattro passi e tre erutti per digerire tutto.

Al bar Vesuvio consumò finalmente un caffè che sognava da tre giorni, cioè come dicono a 'Mierica, un espresso. Il guaio è che gli immigrati, per forza di abitudine, ripetono "espresso" quelle volte che si recano *all'Italia* per le vacanze e si vedono guardare strano dal barista.

Non contento, Luciano ordinò un altro caffè e accese una sigaretta. Era pronto per tornare da Rocco, che considerava la croce della sua esistenza. Per giunta, u sòggiru era ncazzato per il famoso bbidè. Capitava male, molto male, ma scrollò le spalle come per dire "me ne fotto". "Se è ncazzatu, scinni da quel posto lì e se la fa a piedi."

Capitolo VII

«Vera virgini è»

A ROCKY erano bastati pochi anni per imparare idiomi e sfumature dell'americano sicilianizzato. Certe sue frasi erano un programma. Come quando aveva voglia di sentire figghi e niputi a Villabella e ripeteva che avrebbe dovuto «telefonare *all'Italia*» o che aveva «chiamato cincu minuti prima, sempri *all'Italia*,» e tutti stavano bene, grazie a Dio. Perché Rocco e gli italiani del Queens, del Bronx, di Brooklyn e di Staten Island, non usavano l'espressione «in Italia»? L'orrendo moto a luogo, buttato a conclusione della frase, senza che nessuno la completasse in modo corretto, con lo stato in luogo, Luciano non riusciva a digerirlo. Il ventaglio di espressioni dischiuso da Rocco nel primo discorso rivolto in terra *'miricana* a quel chiodo rribbucato del genero, fu poi esilarante.

«Sono contento che Vera è innamorata di un racazzo con la testa sulle spalle,» esordì. Mentiva in modo spudorato. Sprofondato nella poltrona, continuò a vomitare una menzogna dietro l'altra e a tessere lodi per un giovane del quale preferiva non sentire parlare. «Hai avuto pacenzia, ma ora devi fornire una prova concreta dell'amore che ti lega a me figghia. Vuoi stari vicino alla racazza che vuoi bene?, ok,» esclamò cafuddannu una manata di incoraggiamento sulle ginocchia del suo interlocutore. «Però,» e Luciano a questo punto s'intisi agghiacciari i vini, «devi pensare al futuro.»

«Come vedi,» continuò rischiarando la voce «ccà *faticamu* tutti. Anche Vera, la quale avi na *giobba* d'oru n'agginzìa di viàggi e porta a casa una *scecca* di tutto rispetto. Se vuoi un consiglio, sfarda a *tichetta* di ritornu *all'Italia*. Sfardala. E levati dâ testa di fari u ggiornalista mpalemmu. Se vuoi fari furtuna e vivere con dignità, ccà devi stare, a *'Mierica*.»

Lo sguardo di Luciano era di un pallato da càmmara mortuaria, ma dentro sembrava l'Etna prima di un'eruzione. Il suocero riattaccò dopo una breve pausa: «Devi *faticari* comu a nostra famigghìa. Quannu ti mettirai a cuntari i bbeddi picciuli, e pi picciuli pallo di tòllari, avrai fatto il callo sia nelle mani che in testa. Sai quantu guadagna ora me figlio? Sì, pallo di Enzu. Ogni vennerdì si porta i so setticentu pezza puliti puliti. Sai quantu fannu *all'Italia*? Quasi un miliuni e menzu. Stacci a pinzari: quannè chi potrai vuscari un miliuni e menzu di liri a simana *all'Italia*? Mancu si travagghi in quattru tilivisioni.»

Faticari, giobba e scecca. Rocco Verasca si era già rivelato un depositario di vocaboli astrusi. E in faticare, impiego e assegno bancario, sembrava racchiusa la filosofia di vita dell'on. Rachì.

«Quale sarebbe il futuro che dovrei programmare?» chiese rispettoso. In realtà, pensava alle disgrazie che stavano per piombargli addosso e sentiva raggelare la schiena.

«Intanto, non ti devi catamiari da *Nuova Iorca*. A Brooklyn la gente mi rispetta, ho intrapreso la carriera pulitica e mi hanno eletto nella Gida, il Gruppo Italiani d'America. Ma il mio obiettivo, come saprai, è Roma. Appena il governo *'taliano* vara la liggi del voto all'estero, parto per *Montecicoria*. Piuttosto, che ne pensi di un suocero ddiputatu? Tu e Vera potreste trarne vantaggi. Da onurevuli, avrò cocchicosa da dire puru nelle multirrazionali, dove non si accettano rraccumannazioni picchì gli Stati Uniti premiano la gente più capace, i suoi figghi migliori.»

Luciano Moriga non sapeva se piangere nel constatare il baratro in cui era precipitato per rincorrere Vera all'altro capo del mondo o se ridere di fronte a quella sciagura di suocero. Frenata l'ira che gli ribolliva dentro, preferì assecondare Rocco nel suo delirio.

«Certo che la politica è importante,» osservò Luciano. Era la prima cazzata venutagli in mente. E il suocero, soddisfatto, versò nei bicchieri del vino rosso.

«Alla tua salute.»

«Alla sua, a quella di sua moglie, di Vera e della famiglia.»

Rocco appoggiò la mano su quella di Luciano e accompagnò il gesto con una raccomandazione: «Se non condividi quanto sto per dirti, è bene che *palli* ora.»

«Sono stato attento, signor Verasca. Il suo discorso non fa una piega, ma vorrei approfondire alcune cose. Posso parlare?»

«Devi e in tutta tranquillità, racazzo mio. Devi chiarire ogni equivoco.»

«A parte il fatto che non riesco a capire perché gli Italiani all'estero, cioè coloro che lavorano negli Usa, che mangiano negli Usa, che pagano le tasse negli Usa perché in possesso di green card o che votano negli Usa perché hanno ottenuto la cittadinanza americana, debbano votare anche in Italia, a parte questo particolare, non del tutto trascurabile, mi chiedo quali benefici potrà dare a me e a Vera la politica. Poi mi pongo un'altra domanda: è certo che sarà eletto deputato?»

«Sacciu a cosa pensi. Marchisanu le stesse mie ambizioni ha, però io mi chiamo Rocky Verasca e so quel che faccio. Marchisano cu è? Nuddu, nuddu mpastatu cu nenti. Un sindacalista dal linguaggio forbìto, ma in pulitica sapiri pallare, non è tutto. Occorrono spaddi quatrati e ciriveddu. Qui, non è come *all'Italia*. Di opirai comunisti non ne vedi. Sai che fine fece Marchisano l'anno passato, alle votazioni per la Gida? Lo sai? Io ebbi il triplo dei suoi voti. Tanta era la ddilusioni che, coloro i quali gli avevano dato la preferenza, l'indomani delle *lizioni*, nel vederlo per strada, nemmeno lo salutarono. Vedrai, vedrai: se sarà appruvata a liggi dell'onurevuli Miccu Trimagghia, è fatta.»

«Tra qualche anno, per assistere alla sua vittoria, dovrei trovarmi ancora qui. Ecco l'altro argomento che vorrei affrontare.»

«Picchì, non ci vuoi stare? Non ti piace l'America?»

Aveva le gote rosse di vino. Più che parlare, brontolava.

«Mi piace,» mentì Luciano «ma non è questo il punto.»

«Quale sarebbe allora il punto?»

Il giovane cercò di mettere insieme le sue doti persuasive. «Per sposare Vera, è necessario vivere per sempre qui?»

«Indispensabile è,» si sentì rispondere in modo perentorio.

«Non avrei alternative?»

«Per carità, sei libero di fare ciò che vuoi. Il tuo attaccamento a Vera è lodevole. Questi tre anni senza vederla sono stati una garanzia di serietà.»

«Così dice?»

«Sì. Hai dimostrato di essere un uomo.»

Avrebbe voluto chiedergli quale opinione avesse di lui prima che lo considerasse un uomo, ma riuscì a controllarsi. «La ringrazio, ma le sarei grato se mi spiegasse il motivo per cui, sapendo che amo sua figlia da una vita, ha permesso a un giovane di nome *Maicol* di corteggiare Vera,» cafuddò d'un tratto.

Nell'ascoltare quel nome, Rocco si tramutò. Luciano aveva scelto il momento giusto per lanciare l'atto d'accusa. «E visto che ci siamo,» incalzò, «mi può dire perché mesi fa, a Villabella, avrei dovuto salutarla?»

Rocco cominciò ad agitare l'indice della mano destra come per dire «non è la verità, ascoltami, non è tutta la verità.»

«E allora?»

Deglutì secco. «*Maicol* è figlio di Callo Murriali, fraterno amico mio e di Joe,» gracchiò. «Ci rispettiamo e abbiamo modo di frequentarci. Né io né mia moglie però siamo orvi. Pi San Valentino, *Maicol* regalò a Vera delle rose e, dopo questo episodio, ritenemmo opportuno intervenire: il giorno dopo, infatti, pallammo con Callo e con la sua signora. E tutti e due capirono che il figlio avrebbe dovuto togliersi dalla testa Vera. Cosa che avvenne.»

«Ti giuro, e lo faccio davanti a Maria Santissima, la verità è solo questa,» intervenne accaldata Rosina. «Da quel giorno, *Maicol* non ha più rivolto lo sguardo a nostra figghia. Bbongiornu, bbonasira e basta. Con la famiglia, siamo rimasti però in buoni rapporti, anzi meglio di prima.»

«Mi risulta però che questo *Maicol* è sempre davanti a Vera.»

La suocera, per tutta risposta, chiuse un pugno e batté le nocche sul tavolo per dare un tono solenne alle parole che si apprestava a pronunciare.

«*Maicol* non vede più Vera da settimane,» precisò. E nel picchiare con le nocche, come se stesse per bussare forte a una porta, ripeté: «Levati dalla testa ogni idea malsana. Me figghia virgini è.»

Un altro pugno sul tavolo, e ancora: «Me figghia virgini è.»

Poi un altro colpo, più forte, prima di proseguire la litanìa: «Comu è veru Iìddiu, Vera virgini è, virgini è, virgini è. Te ne accorgerai la notte delle nozze,» precisò tantìcchia affruntàta. Fece il giuramento davanti all'immagine di Santa Rosalia, ma Luciano, a proposito del "virgini è", ebbe a mprissioni, tutt'altro che vaga, che a sòggira avesse finito di reclamizzare una marca di olio d'oliva.

Uno sporco ricatto

«VOGLIO sposare Vera,» rilanciò Luciano, tre giorni dopo.

A Rocco gelò il sangue. «D'accordo, ma né io né mia moglie meritiamo il castigo di non vedere più nostra figghia.»

«Però...» proseguì «confidiamo nella tua cùmprinzioni. Sei un racazzo ddilicenti, quindi devi aviri rispetto dei nostri sentimenti. Come si fa a perdere na criatura? Le nozze non sarebbero una festa, ma un dolore: Vera se ne tornerebbe *all'Italia* e non avremmo la gioia di canusciri i nostri niputi. Non ci vogghiu mancu pinzari,» implorò con occhi furbi e il viso tirato dalla disperazione.

Luciano continuò a masticare amaro. «Senta,» obiettò «io rispetto i vostri sentimenti, comprendo il vostro stato d'animo, ma sono giovane e non sono fatto per l'America.»

«Sbagli. Giusto perché hai ventisette anni sunati, potrai rrinèsciri e fari furtuna. L'America per i giovani è, non per i vecchi come noi. Se con l'aiuto di me frati, ho fatto questo passo, c'è un motivo, dare un avvenire ai figli. Ti sembra cosa da poco?»

Rocco aveva taciuto di essere scappato da Villabella perché disoccupato, un mese sì e l'altro no, e di avere messo in croce il fratello con la storia del richiamo. Nella situazione precaria in cui si trovava, l'unica cosa da fare, era cambiare non solo città o stato, ma addirittura continente.

«D'accordo, siete dei genitori che ogni figlio vorrebbe avere, ma se un matrimonio cambia la vita, non deve costringere un giovane a cancellare di colpo il suo passato, le radici, la cultura, gli affetti, la carriera. È un pedaggio inaccettabile.»

Rocco ebbe anche il coraggio di sorridere. «Che cazzate dici?» sbottò. «Di quale passato palli? Di presente, devi pallare. E il presente è Vera. E poi, cosa intendi pi cultura? Quella lasciata a Villabella? Di quali affetti palli? To matri muriu quannu nascisti e to patri *fatica* alla Svizzera ùnnici misi all'anno.

Sono questi che hai trovato a *Nuova Iorca* i tuoi nuovi effetti o affetti: Vera e la sua famiglia. Non dimenticare che ti abbiamo accolto a braccia aperte. Infine di quale carriera palli? Alla tilivisioni di Villabella? Lavoro lo chiami questo? Se ti toccherà aspettare un misi per avere quattru sordi, quale avviniri potrai offrire a Vera? Ccà ti pagano ogni simana quantu potresti guadagnare in un misi *all'Italia.*»

Luciano se ne stava a sciruppàrisi il suocero, il quale rincarò la dose portando un esempio terra terra. «Hai pensato al valore del tòllaro? Vediamo. Pi casu, ti trovi milli liri nâ sacchetta?»

«Mi chiede se ho mille lire?»

Frugò le tasche. Aveva solo monete, una decina di banconote da un dollaro, altre di taglio più grosso nel portafogli. «No, mi dispiace.»

«Fa nenti. Ti porto lo stesso l'esempio. Sai che valore hanno in Italia milli tòllari? Quasi ddui miliuna e quattrucentumila liri.»

«Certo. Rappresentano una bella somma.»

«Allura, per capire a 'Mierica e la sua potenza economica, devi fare un raffronto tra milli liri e milli tòllari. Con questi ultimi na famìgghia *'taliana* composta da patri, matri e ddui picciriddi, riesce a campare un misi o un santo cristiano si può concedere una bella vacanza. Cu milli liri, invece, si può accattari, assai assai, mezzu coppu di càlia e simenza.»

«D'accordo, ma io ho una laurea, sono giornalista professionista, ho acquistato un appartamento e poi, sì... se avrò un po' di fortuna potrò essere assunto alla Rai.»

Rocco, stanco e illividito, guardò Luciano come se avesse sentito ripetere una sciocchezza dietro l'altra. Giunse a una conclusione che non osò esternare: "Secunnu mia, u zzitu di me figghia è cretinu".

«Chi prufissioni e prucissioni. È da quattru anni chi assicuti questo posto. Mancu li rraccumannazioni ci possono. Sai comu si dici? Scupetta chi nun spara a primu corpu, va iittata. Chi carriera sarebbe u ggiurnalista? Intricarisi dei fatti degli altri? No, no, non sono visti bene. Poi, nella vita, saresti esperto in nenti, capisci?, in nenti. Con l'aggravante che saresti sempre sutta patruni. Sulu a 'Mierica potrai diventare boss di te stesso, e non esseri cumannatu. Capisci?»

Anche Rocco aveva imparato a diri "capisci". Come se il Padre Eterno avesse messo il cervello solo nella sua scatola cranica e tutti gli altri fossero deficienti. Avrebbe voluto troncare quel discorso dell'assurdo e riscattarsi dalle offese gratuite. Il suocero si era persino preso la libertà di nzultarlo, dicennu che era rraccumannatu. Sì, lo scenario era sgombro da dubbi. La verità, schitta schitta, era una sola: la famiglia di Vera aveva ordito ai suoi danni una congiura.

Da giornalista a giardiniere nel Niùggiorsi

«MI HA FATTO capire,» riattaccò con voce da sincope, «che potrei sposare Vera se rimarrò in America. Non è così?»

«Visto l'errore? Né io, né la mia famiglia vogliamo importi qualcosa. La scelta spetta a te, in piena libertà.»

Ora aveva la conferma: era vittima di un ricatto. Avrebbe voluto gridare il suo rancore a un uomo chiuso nel guscio delle sue demenziali ambizioni politiche, del suo egoismo, della sua ignoranza.

«Siccome amiamo Vera e rispettiamo i suoi sentimenti,» riattaccò «ci siamo preoccupati di ospitarti nel migliore dei modi. Abbiamo fatto il possibile affinché ti trovassi a tuo agio, e di tutto questo devi essere riconoscente a mio fratello. Lui è uomo buono, se decide di fare un'opera di bene, la fa con tutto il cuore,» rivelò.

In lingua italiana era questo il senso del suo discorso.

«Quale sarebbe quest'opera di bene?» balbettò Luciano.

«Non credi che la domanda potrebbe essere offensiva? È meglio passare al secondo argomento, il tuo avvenire.»

Luciano lo guardò stralunato. Avrebbe voluto Vera dietro a una porta, ad ascoltare le nefandezze sciorinate dal padre. Rocco gli versò da bere, ma rifiutò. Non escluse che la colpa del lungo sproloquio era da attribuire all'alcool. Sentiva a un metro di distanza che aveva bevuto.

«Gradisci una tazza di caffè, un tè, una soda, una birra?» fece Rosina premurosa.

«No, signora, grazie.»

«Vuoi un biscotto?» insistette.

«No, grazie,» rispose guardando sospettoso il vassoio. Sapeva che uno solo di quei biscottoni, tre volte quelli normali, conteneva tante di quelle calorie da farlo sopravvivere anche al Polo Nord.

«Preferisci allora un bicchierino di anisetta, di maraschino?»

«Non faccio complimenti, la ringrazio,» ripeté. Anche la suocera, adesso, stava per rompergli le palle. L'unica cosa che avrebbe voluto bere era un tazzone di camomilla, ma non osò fare tale richiesta.

«E allora?»

«Curioso sei? Significa che hai già fatto la tua scelta. Joe ne era certo e sarà felice: ha fatto bene a prendere a cuore il tuo caso.»

«Davvero?»

La faccenda lo interessava sempre più.

«Il tuo problema è la carta virdi,» rivelò Rocco come se Luciano non ci avesse mai pensato. «Da turista a *Mierica* non puoi *faticari*, tanto meno nelle costruzioni. Troppi problemi. Quelli assicurativi e dell'*Unioni*, innanzitutto.»

Si trovò alle prese con un altro ostacolo linguistico. Ripeté in mente *unioni* una decina di volte. Tra le ipotesi azzardate, quella che il suocero volesse rigirare il coltello nella piaga del matrimonio con Vera.

«Si tratta del sindacato *'miricanu,*» invece precisò. «Ogni tipo di *giobba* è regolato dai sindacati, che si chiamano "Union". Puoi essere coperto, dall'insurance, se puoi disporre di un numero di *sorcio sicuro*, che si può avere se si dispone della *carta virdi*. È un circolo viziusu.»

Nel sentire la storia del *sorcio sicuro*, stunò. Quando intuì di cosa si trattava, cioè del numero di "social security" - pronuncia "sousial si'kjueriti" - consegnato da Washington a ogni americano che esce dall'utero, per riprenderselo, il numero, nell'attimo in cui il disgraziato chiude per sempre gli occhi, per poco non scoppiò a ridergli in faccia.

Rocco tirò un lungo sospiro, quindi riprese il discorso. «Pinsavu di portarti nel cantiere dove faticamu ccamadora, *'o Stanailen*, ma è impossibile.»

Credette che Steit Ailend, come aveva chiamato da sempre l'isola di Staten Island, fosse una pronunzia corretta, ma si rese conto di vivere in un ambiente dove avrebbe dovuto imparare da Rocco. Per non parlare poi del «pinsavu di portarti nel cantiere edile». Evidentemente, l'onorevoli sòggiru lo aveva scambiato per un sacco di cemento.

«Diceva che è impossibile,» fece notare tra i denti. Era di un umore nero seppia.

«E sai perché? Si ddu curnutu di Marchisanu si squara cocchicosa è capace di chiamare l'*Immigrescion* e fare un'infamità. Ccamadora - ripeté - potrai *faticari* in una compagnia di *lendischep* nel *Niùggiorsi*. Frank Mondello è n'amicu, si è messo subitu a disposizioni.»

A Luciano, il vocabolo *faticari*, anziché "lavorare", provocava a livello epidermico una tale irritazione da sentire il bisogno di grattarsi dalla testa ai piedi; se non bastasse, per guadagnarsi da vivere negli Usa avrebbe dovuto svolgere un mestiere sconosciuto.

«Scusi, signor Verasca, cosa è il *lendischep*.»

«Ragione hai. Ddoppu pochi iorna, non puoi conoscere la lingua. Farai il giardiniere. Dovrai tagliare l'erba e abbivirari i çiura davanti alle case. In questo settore, qualche abusivo si trova. Vi *fatica*, di sgarru, gente che viene dall'America del surdo, racazzi della tua età, più giovani macari, di razza ispanica, non in regola con il permesso di lavoro. È difficile che l'*Immigrescion* faccia indagini perché nel *lendischep* gli irregolari si contano supra i iidita di una mano. *Giobba* accettabile è. Frank Mondello ti darà 400 *pezza* a simana. Così, potrai pagare a *rrènnita* dell'appartamento e mettere da parte un po' di denaro. Della cena non ti preoccupare, verrai a manciari a casa nostra.»

Fece fatica a soffocare un'altra clamorosa risata nell'udire *America del surdo* anziché *America del Sud*, ma una domanda all'amato suocero la dovette formulare. «E *Niùggiorsi*? Mi tolga una curiosità, cos'è il *Niùggiorsi*?»

«*Niùggiorsi* è u statu chi confina cu *Nuova Iorca*.»

«Il New Jersey?»

«Esattu, u *Niùggiorsi*.»

Oltre al significato di *lendischep* e di *Niùggiorsi*, Luciano aveva scoperto il mestiere che il suocero voleva fargli svolgere. Da giornalista lo aveva riciclato in giardiniere.

«Tu mi hai rotto le palle»

«SENTA, signor Rocco, dopo la discussione dell'altra volta, vorrei fare qualche domanda,» fece notare quattro giorni dopo. «C'è qualcosa che non ho capito per via della lingua che parlate.»

Era giunto alla conclusione che la calma, che poi era una maniera di fari u fissa, era la tattica migliore per non procurare fratture con la famiglia di Vera, insomma per tirare avanti. Se lo doveva lliffari, cioè lisciare questa razza di suocero. Adularlo oltre ogni limite.

«Palla. Cosa vuoi sapere?»

La prima risposta fu il brontolio di un temporale in arrivo, seguito da un fulmine e da un tuono così apocalittico che la casa sembrò tremare. Su Brooklyn era arrivato il primo thunderstorm d'estate.

«Austu e rriustu è-ccapu di mmernu,» sentenziò l'onorevole Rocco. Non finì di pronunciare il detto siculo, che uno scoppio terrificante davanti alla finestra, per poco non l'accecò. Dalla cucina si udì un grido di terrore. Era Rosina. Spuntò come una bbadda allazzata e, a mani giunte, occhi al soffitto, attaccò una cantilena imparata da bambina che era soprattutto un lamento. «Tronu tronu vattinni arrassu, chista è a casa di sant'Ignaziu, sant'Ignaziu e san Simuni, chista è a casa di nostru Signuri, àuta quantu è àuta la curuna di Maria santissima.»

Il marito la guardò con aria sconsolata. «Non fare così, calmati, tra poco passerà.»

Non conclude la frase che s'astutaru lampadàri, tilivisuri, frigorìfaru, arie condizionate e anche i luci dell'altarino allestito sotto la riproduzione dell'Ultima Cena, incastrata in una cornice larga, tutta dorata, che definire orrenda era poco; l'avevano appizzata a una parete del dining room, o latu dâ cucina, dove la vita dei Verasca trascorreva frenetica ventiquattr'ore su ventiquattro.

«Bbeddamatri santissima,» esclamò Rosina. E siccome le luci a madonne e santi non le faceva mai mancare, tornò di corsa dalla cucina tenendo le due cocche del grembiule, colmo come fosse un cesto, tutto pieno di lumini, candele e immaginette sacre. Tutti in casa li aveva i santi considerati in Sicilia alla stregua di antidoti contro le avversità della vita.

Continuò a *truniari* in modo spaventoso. Le raffiche di vento sembrava che dovessero scoperchiare la casa. A voce bassa, Rosina recitò litanie che solo lei capiva continuando a sgranare la corona del rosario che, fino allora, aveva tenuto attorcigliata tra le dita. Se si fosse trovata a Villabella, per fare placare quell'ira di Dio, avrebbe gettato dalla finestra una pietra di santa Rosalia, ma era l'unica cosa che non si era portata in America. Il lumino alla Santuzza però l'aveva acceso, quello sì, in un contenitore di vetro, alto quanto un bicchiere per l'acqua. Tra tre-quattro settimane, a Brooklyn, sarebbe cominciata l'annuale festa della patrona di Palermo, giusto lungo la Diciottesima Avenue o Cristoforo Colombo Boulevard, come l'avevano da poco ribattezzata e, da un marciapiede all'altro, come tradizione, c'erano già centinaia di archi, pronti per essere illuminati. Ora, il ventaccio li faceva andare su e giù, come altalene impazzite, e c'era il rischio che precipitassero sulle auto in sosta o sulle case.

Rocco si *cunnuciù* Luciano verso la *càmmara* da letto, dove le finestre si affacciavano nel retro della casa. Guardò in giardino e cacciò un urlo disumano. «Rosinaaa, Rosinaaa, a *rracina finiu*.»

Tutto il pergolato era stato divelto e spazzato via. Dei grappoli di uva, "una meraviglia" dicevano tutti, non c'era più traccia. La moglie, davanti allo scempio, ebbe soltanto la forza di mettersi le mani ai capelli. «Gesù e Maria, a *rracina*. Gesù e Maria, a *rracina*. Gesù e Maria, a *rracina finiu*.»

Aveva ripetuto la frase tre volte, quanto aveva previsto Luciano. Rocco, invece, se ne era uscito con un "bbuttanazza Eva" da fare tremare le pareti. Due anni aveva lavorato, due anni, paziente paziente, per costruire una tettoia di *pàmpini*. E ora, generosa di *rracina* com'era, da ricordargli quella di Villabella, provò una fitta al cuore. La pianta *figghiava* grappoli così copiosi che marito e moglie si erano ripromessi una vendemmia casalinga. Invece, a causa dello storm, ogni cosa era finita a *bbuttani*. Non ci sarebbe stato più un centimetro di ombra nell'aia per godersi d'estate il fresco, assieme alla famiglia, durante i barbecue del "Memorial Day", del "Fourth of July" e del "Labor Day".

Tornò nel tinello *ffunciatu*, immerso in un silenzio cupo, da lutto stretto. Si era dimenticato della presenza di Luciano, il quale non sapeva più che pesci pigliare con quel vento da 70 miglia e il mare che veniva dal cielo. Mentre cercava di dare coraggio al suocero per la disgrazia della *rracina*, rimase come paralizzato per un *lampu* da fine del mondo seguito da una *scupittata* talmente fragorosa e lacerante che c'era da morire sul colpo. Rosina non ebbe il tempo di riattaccare con la litania di sant'Ignaziu. Rocco, infatti, lanciò un urlo così atroce e selvaggio da raggiungere le nuvolacce da Venerdì Santo che oscuravano

Bensonhurst. Ebbe un sussulto, poi cominciò a dimenarsi come un ossesso. Pareva piddavveru indemoniato.

«Madonna santa, chi hai?» gridò scantata la moglie. Trasalì nel guardarlo in faccia. Era convinta che fosse stato colpito da un attacco epilettico e cominciò a urlare come una pazza. Rocco aveva gli occhi invetrati da fare paura e tremava come un dannato per sferrare poi calci orbi sotto il tavolo. La bocca schiumava, non la smetteva di dimenarsi.

«Madonna mia, chi hai?» riprese Rosina, in preda all'angoscia. E lui, con la bocca sempre storta, non riusciva né ad alzarsi né a fare capire qualcosa. Lanciava solo ululati. Luciano si chinò sotto il tavolo per vedere che cosa fosse successo e non pensò due volte a sfilarsi una scarpa per scagliarla sulla schiena di Puppi, il gatto. Che, per la saetta e lo spavento provocato dal tuono, si era aggrappato con le unghia di acciaio a una gamba del padrone. Rocco cercava di liberarsi dall'aggressione, ma a causa dei movimenti, le unghie della bestiola penetravano come lame nelle carni già martoriate. Per il colpo di scarpa, Puppi lasciò la presa e scomparve come un furetto in un angolo remoto della casa. Nelle zampe erano rimasti brandelli di carne del disgraziato.

Rocco finalmente trovò la forza di susirisi, santiannu. «Per anni ho dato da mangiare a un nemico, ora l'ammazzu.»

Le bestemmie vomitate, mentre stringeva stinco e polpaccio, erano orripilanti. Dalle labbra sporche di bava emetteva lamenti cupi. Non aveva il coraggio di guardare la gamba destra: la parte inferiore dei pantaloni sembrava venuta fuori dal paper-shredder, la macchina che riduce a strisce e rende illegibili fogli e documenti o da quella che trasforma la carta da riciclare in pittiddi, cioè in coriandoli per Carnevale.

Nel sollevare i pezzi di stoffa, Luciano si rese conto che i graffi erano profondi e che la gamba del suocero era ridotta a uno strazio: il sangue zampillava da una parte e scorreva a rivoli dall'altra. La moglie non sapeva se darisi ancora timpulati o soccorrere il marito. Spuntò dal bagno con una boccetta di plastica colore marrone. Sull'etichetta, c'era scritto "Peroxide". Non ebbe il tempo di togliere il tappo che il marito, con una manata, le fece volare dalle mani il flacone.

«Non ti preoccupare,» esclamò nella speranza di calmarlo «non è spiritu, ma acqua ossigenata. Non brucia, serve per disinfettare.»

La gamba, però, era da affidare, e presto, a un'équipe di microchirurgia vascolare. Quando il "Peroxide" cominciò a scivolare sulle ferite, il viso di Rocco, da rosso Maranello divenne più bianco di un abito da sposa, infine giallo come la citronella. Luciano non sapeva come comportarsi. Aveva trovato tutto buffo: dalla sceneggiata di una settimana prima con il *plammeru* per il bbidè, ai discorsi da carogna costretto ad ascoltare, dalla rracina andata alla malora per finire ai çiunnuna dû attu. E ora che gli venne spontaneo ridere nel guardare la faccia di pazzo dannato del suocero, il deputato la pigliò in criminale, anzi come un'offesa al suo onore. Tenendo la caviglia con una mano, il ginocchio con l'altra, uscì al naturale. «Mi hai rotto i coglioni. Li conosci i coglioni?»

«Zzittuti, che stai dicendo?», implorò la moglie. Nell'ascoltare quelle parolacce, Rosina sentì salire una schiuma calda in gola. A Lucianu, invece, arrìzzaru i carni: per il senso di ribellione provato, avvertì anche un fermento allo stomaco. Ancora un po' e si sarebbe lanzatu in faccia al suocero.

«Sì, mi hai rotto le palle,» continuò Rocco Verasca. «È da anni che me le scassi. Ora basta. Ciò che dovevo ancora dirti, lo saprai in due minuti.»

Per mettere mani al portafogli, fece una smorfia. Tirò fuori un piccolo involucro di carta e lo scaraventò sul tavolo. «Tieni, è roba tua.»

«Mia? Cos'è?»

«La chiave.»

«Quale chiave?»

«La chiave dell'appartamento. Dopo la *giobba*, ti abbiamo fatto trovare la casa. Daccussì, non rompi più quelle cose che sai e ti metterai a *faticari*. Senza travagghiu, missa non se ne canta e Vera, *forgherebari*, te la potrai scordari. E pi sempri,» rincarò la dose agitando la mano dietro alla nuca, come per dire "bbonanotti", alla palermitana.

«Talìa bbonu,» aggiunse. «Chista è a chiavi dâ porta. Sulla carta c'è ndirizzu e u nummaru dû telefunu. È del tuo padrone di casa, si chiama Carramusa. Prima di tràsiri, telefona, daccussì acchianati nzèmmula. Ad avvisarlo pinsò Joe. Capisci? Volevamo iiricci tutti, io, to sòggira, Vera, me frati, ma gràzzi a tìa s'abbruçiaru i cazzilli. Ora stoccati i ammi e vatinni a travagghiari.»

Mentre Rosina si ritirò in cucina, a singhiozzare e a parlare con i santi, Luciano girò le spalle a Rocco per avviarsi a piccoli passi verso la porta. L'aprì senza richiuderla. Così taciturno, lo sguardo basso, sembrava un cane vastuniatu oppure un cristianu che andava a procurarsi, tranquillo tranquillo, una pistola per svuotare l'intero caricatore sulla fronte di quella mmerda di sòggiru. Il quale, senza che glielo chiedesse nessuno, finalmente si era tolto a viletta.

Oramai venivano giù solo spruzzi di pioggia. Davanti al cancello, ad aspettare Vera, c'era proprio un cani vastuniato. «Che hai?»

«Niente. Tuo padre, piuttosto...».

Non sapeva come spiegare quanto era successo. «Meno male che siete tornati,» si limitò a dire.

«Perché? Why?» risposero Enzo e Vera.

«Il gatto gli ha graffiato una gamba. E in modo brutto.»

E a suo cognato rivolse una raccomandazione: «È bene che sia un medico a controllarlo, e al più presto. Accompagnatelo in ospedale.»

Enzo si diresse per primo alla porta seguito da Vera, che rallentò i passi.

«E tu? Tu che fai?, dove vai?» chiese con tono accorato.

«Tornerò questa sera. Anche se tuo padre vuole che pernotti ancora da voi chiudendomi a doppia mandata nel 'beisment.»

Il 'beisment era il basement, seminterrato, cantina, in italiese *bbasamentu*. Rocco, temendo che di notte Luciano salisse come un ladro nella càmmara di Vera, aveva provveduto a cambiare la serratura. Anzi, il *lacco*. Ma visto che sprangava la porta, non era un sequestro di persona?

Capitolo VIII

Mondello e Contorni

«TU DOVE sei nato?,» s'informò Frank Mondello.

«A Palermo.»

«Ma a Palemmo Palemmo?»

«A Villabella.»

«Bene, allora sei di Palemmo Palemmo.»

«Faccia lei.»

Si chiese perché Mondello gli desse del tu, e se lo ritenesse un suo diritto perché gli dava un pezzo di pane con cui sfamarsi. Un'altra domanda l'arrovellava: per quale motivo, il boss voleva conoscere la città natale? Non era il primo. Il dato anagrafico faceva parte del ventaglio di curiosità schiuso da Joseph Verasca il pomeriggio in cui lo prelevò all'aeroporto. «Dove sei nato?»

La stessa domanda che ora gli rivolgeva Frank Mondello. Come se Vera, in tre anni, non avesse mai parlato allo zio del suo Luciano!

«A Palermo,» rispose quel giorno.

«Palermu Palermu?»

«No, a Villabella.»

«Puru io a Villabella nascivu.»

E anche Sarah se ne era uscita con la fatidica richiesta.

«A Palermo,» rispose anche quella volta Luciano.

«Hai detto Peilemo Peilemo? Mai stata in questa città.»

La domanda di Sarah Verasca aveva però lo stesso significato di quella formulata dagli statunitensi ogni volta che parlano di "New York, New York", frase che trovi anche in uno dei brani più popolari di Frank Sinatra o sulle buste delle lettere spedite a Manhattan. Questo a New York. Ma Palermo si prestava a equivoci? "La Manhattan di Palermo dove mìnchia era?," si chiese "ô Capu, a 'Bbaddarò, oppuru a scinnuta di Maccarrunara?". Dedusse che l'interrogativo in cui spesso s'imbatteva, se proposto da palermitani, oltre che ozioso fosse stupido. Più di una volta, poi, sentendo parlare di un certo mister Contorni, si chiedeva chi fosse. Ma siccome Luciano era un picciottu che si faceva i cazzi suoi, non aveva capito che i dipendenti si riferissero proprio a Frank Mondello, chiamato dai paisà della diaspora sicula, anche "Ciccio". Ebbe modo di sapere perché il datore di lavoro veniva chiamato così da un'impiegata della ditta, la quale usava tale termine giusto in assenza del boss. Non si trattava del secondo cognome di Mondello, ma di una vera e propria nciùria.

«Dove sei nata?» aveva infatti chiesto l'uomo alla signora Evelina prima di assumerla.

«A Palermo,» lei aveva risposto con modi gentili.

«Ma a Palemmo Palemmo?»

«A Brancaccio,» precisò quel giorno la ragioniera, perplessa sull'utilità del quesito visto che avrebbe dovuto occuparsi dei libri contabili.

«Allora non sei di Palemmo! Nei contorni sei nata,» replicò Frank Mondello con gli occhi che brillavano di arguzia. «Anch'io dei contorni di Palemmo sono.»

Quel "contorni", al posto di "dintorni", fece epoca. Al punto che quel marchiano errore superò i muri perimetrali della ditta di landscaping, invase Brooklyn e rimase appiccicato sulle carni del disgraziato. Luciano lavorò con mister Contorni i primi cincu iorna, il tempo di guadagnarsi il sospirato salario, 400 dollari. A fini simana, Mondello gli contò le banconote una per una nelle mani, con la faccia di chi si ritrova il morto in casa. Desiderava non rivedere più il giovane. Macari pi sempri. Invece, sarebbe stato meglio non farsi il sangue marcio e prepararsi a sopportare la croce con cristiana rassegnazione.

Frank Mondello era un siciliano di schiatta antica, però né normanna né araba. Nel senso che era da catalogare nella lista degli esemplari nani. Si era talmente abbronzato per avere lavorato da una vita sotto il sole con un mastodontico taglia erba e altri costosissimi aggeggi di giardinaggio tra le mani, da essere scambiato, lui che era di carnagione olivastra, pi un cristiano malatu di ficatu o per un tunisino rachitico: un metro e cinquanta, tacchi compresi. Aveva capelli corvini, ricci, lucidi: non era l'alba, che spalmava sul capo un intruglio di gel. Ma siccome poi *faticava* dieci ore sotto il sole per rendere meravigliose le ville della Bergen County, nel New Jersey, anzi nel *Niùggiorsi*, a causa del caldo atroce, dell'umidità al cento per cento e del sudore, si ritrovava nzivatu di ògghiu dalla testa fino alle ascelle. Però, questo sì, aveva il merito di essersi fatto un mazzo così e la fortuna accumulata in venticinque anni d'America era piddaveru benedetta dal Signore.

Per Luciano Moriga, la prima settimana di lavoro si rivelò un'esperienza allucinante. Intanto, non aveva parte del corpo non indolenzita: sveglia alle cinque del mattino, mezz'ora di coma controllato con tre tazze di caffè invece di una flebo, provvidenziale per digerire sosizza e vrùocculi di rape preparati la sera prima da Rosina, e per ristabilire una parvenza di metabolismo. Niente doccia: la faceva la sera precedente, al rientro dal lavoro, ché era un Cristo di pietà a vederlo, e se si fosse buttato sul letto per morto, con addosso la polvere mpastata di sudore, avrebbe fatto diventare uno scempio le lenzuola da poco acquistate. Invece, si presentava a cena da Vera pulito pulito. E cû cori cuntentu. Soprattutto il venerdì sera, dopo la paga. A tavola, se ne stavano accussì ncutti

da avere difficoltà a prendere il cibo dal piatto. Neppure un bbàçiu sulla guancia
però le poteva dare, e sì che avrebbe voluto vasarisilla tutta la sua Vera. Bruciava
dal desiderio di stringerla a sé, di toccarla tutta, munciuniarla, e lei, che bolliva
dentro, sperava di essiri mungiuta dal suo Luciano, senza gli sguardi torvi dei
carrabbinera, i quali finivano per astutari a tutti e due ogni ardore.

U rumino, "U tui" e Voghera-Bari

ORAMAI era entrato nel sistema. Il lunedì mattina, alle 6 meno un
quarto, spaccava il secondo come gli orologi svizzeri di una volta, mister
Contorni cominciava a cafuddari le prime martellate in testa con il clacson.
Luciano, gli scalini li scendeva a quattro a quattro, gli occhi mpiccicati di
sonno, se no quello stronzo di nano assittato alla guida del furgone pieno di
deportati ispanici, meno alti di lui, avrebbe svegliato mezza Brooklyn. Perché
anche Mondello chiamasse Niùggiorsi il New Jersey, era poi un mistero. Bontà
sua, il signor Frank o il signor Ciccio, non sapeva più come chiamare il boss
e temeva che, prima o poi, gli scappasse un mister Contorni, gli aveva
consegnato un paio di sneakers per giardinaggio e di jeans così consunti che
di "denim" non c'era più traccia. Se quei jeans scoloriti li avesse acquistati in
Italia, sarebbero costati almeno mezzo milione di lire.

Aveva già trascorso la terza settimana a caricare e scaricare macchine e
utensili dal van, simile a quello in cui vengono legati i cavalli da corsa per
essere trasportati da un ippodromo all'altro. E a lavoro finito, doveva rimettere
giù tutti gli attrezzi di giardinaggio perché Contorni, dovendo fare il giro dei
parrusciani, si fermava ogni cento metri davanti alla sontuosa villa di un altro
cliente. E siccome il lavoro di carico e scarico lo coinvolgeva una decina di
volte al giorno, una sera si ritrovò le mani con le stigmate. Frank Mondello gli
insegnò come manovrare il taglia erba, chiamato *mascina*, dall'inglese "machine". Luciano si rese conto che, in America, la maggior parte degli utensili
viene chiamata *mascin*, anche se ogni oggetto ha un nome ben preciso. E prese
coscienza di una terribile realtà: i suggerimenti forniti dal datore di lavoro
tradivano un'applicazione maniacale del mestiere. «Devi avere i polsi fermi, i
pusa forti, capisci? E fari accussì: prima chistu latu, eppoi l'àutru, u capisci?»

Mondello rimase a sorvegliarlo un paio di minuti e bloccò il lavoro.
«Accura, picchì mi spuogghi u gressu.» Se per *gressu* non c'erano problemi, per
spuogghi non intendeva spogliare. Aveva trasformato in italiese il verbo "to
spoil", che significa danneggiare o rovinare qualcosa.

«No, non ci siamo, no, no, Maria Santissima, non hai capito nenti,» ripeté
dondolando il capo sconsolato. «È proprio vero, bisogna aviri l'arti nel sangue,»
aggiunse, incensandosi. «Facciamo così,» continuò con il tono di chi volesse
fargli un favore «prova con l'electric blower.»

Luciano si rivide tra le piaghe delle mani un fucile mitragliatore, simile a quello che Arnold Schwarzenegger imbracciava in "Terminator". Subito dopo, gli venne ordinato di infilare a mò di zainetto il motore dello sfiatatore da 500 cavalli. Mpaiatu in quel modo, non seppe resistere alla tentazione di osservare la propria immagine nello specchietto esterno del *trucco*. Gli parve di essere un dromedario. Nell'azionare il potente sfiatatoio, ebbe l'impressione di avere in mano non l' "electric blower" che arrunzava erba e foglie, ma l'arma che i soldati americani maneggiavano sugli aerei in Vietnam, pronta a vomitare il napalm. Per l'effetto del sole che gli martellava in testa, immaginò di scorgere, inseguiti dalle fiamme, Rocco Verasca, poi un giovane. Poteva essere, perché no?, Michael Monreale. Non conosceva chi aveva osato fare la corte a Vera, ma se l'avesse avuto davanti, l' "electric blower" glielo avrebbe scaricato in testa, fino a fargliela diventare una ficazzana. Poco ma sicuro.

«Se hai finito, cògghi u *graessu* e mettilo dintra u *pelu*,» gli raccomandò Mondello mostrandogli un enorme contenitore di plastica. «Dobbiamo andare a scaricare. Capisci?»

Non solo non aveva capito nulla, ma dimenticò pure la raccomandazione del boss. Era a torso nudo. Alle due pomeridiane, sotto un sole di brace, 100 gradi F., un tasso di umidità al 98 per cento, non ce la faceva a respirare. Dal giornalismo al giardinaggio il passo era stato breve. Con l'aggravante di sentirsi dire di «non capire un cazzu.»

Di sera, però, si recava a casa di Vera dopo una doccia di mezz'ora e non le faceva intendere di essere distrutto. «Hai visto come rigenera il lavoro?» commentava il suocero. Una frase da cui poteva trasparire l'intenzione di vuliri ammuttari u sceccu nâ muntata, una sibillina provocazione, ma questa volta non intravide ombra di malizia nelle parole del nemico. Rocky ne ammirava il fisico asciutto, i bicipiti possenti, le spalle larghe, bruciate dal sole. Vera, invece, se lo mangiava con gli occhi il suo Luciano e doveva reprimere la tentazione di toccargli in un certo modo i muscoli delle braccia.

«Ti piace la casa?» gli chiese il suocero, visto che Luciano aveva dato dimostrazione di essersi ambientato.

«Mi piace,» rispose.

«Ti pareva che fosse un *rumino*, non è vero?»

«Che cosa?»

«Un *rumino*.»

«Non capisco.»

«Come parlo? Arabo? Non è un appartamento di un room, cioè di una piccola càmmara. Te ne abbiamo fatto trovare tre di càmmare da letto, più il 'living room" e il "dining room". A questo prezzo cosa volevi? Appena 625 tòllari al mese. Un miracolo di mio fratello Joe fu.»

«È una bella casa,» ribadì Luciano. Il quale aveva finalmente capito che il famoso *rumino* non era un lumino da accendere a uno degli altarini allestito dalla suocera, ma il diminutivo di "room", cioè, una stanza se di dimensioni ridotte.

«Potrebbe essere la vostra casa,» osò il suocero, guardando la figlia. «Già, vedremo come va con il lavoro,» obiettò Luciano. Cercava di sviare il discorso per fargliene un altro. «Posso portare Vera alle Meadowlands? C'è il concerto degli "U2" e ho acquistato due biglietti. A mezzanotte saremo a casa.»

Era il momento magico di Vox Bono e degli "Iù Tiù", non solo nella Big Apple, ma in tutto il mondo, soprattutto con il brano "I still haven't found what I'm looking for". Vera sbiancò. Eppure, l'aveva avvertito che sarebbe stato tempo perso. Figuriamoci se il concerto degli "U2", suo padre non lo ritenesse tabù.

«Non hai capito? Potete stare soli dopo che vi sarete sposati. Invece del concerto, che a me sconcerta pure, non è megghiu iiri ô cinematografo? Però, dumanissira. Tutti nzèmmula. U dui, *forgherebari*,» decretò. Il silenzio di Luciano si rivelò più efficace di qualsiasi commento. A parte l'ignoranza in fatto di personaggi dello spettacolo, gli "U2" scambiati per "u dui", il bus che attraversa Palermo sulla tratta Notarbartolo-Policlinico, il termine *forgherebari*, ascoltato più volte, lo faceva impazzire. Era convinto che il suocero si riferisse a una insolita partita, Voghera-Bari, e ne soppesò l'insipienza anche nelle questioni di calcio: il Bari era in B e non avrebbe mai potuto giocare con il Voghera. In soccorso, arrivò Vera. Spiegò a Luciano che la cittadina del Pavese non c'entrava nulla perché *Forghera* era il vocabolo storpiato di una frase inglese, "Forget about it", traduzione "dimentica ciò", in siciliano "scordatillu", in italiese "*forgherabari*". Commento di Luciano: «Oltre alla "erre", tuo padre ha anche la "effe" moscia.

Il Festino di Brooklyn

A SIRA appressu, doppumanciari, patruni Rocco si fici vèniri un attacco di emicrania. Risultato: Vera e Luciano u cinima si lu pottiru scurdàri. E mancu quìnnici iorna doppu poterono andarci perché a Brooklyn, quel sabato, c'era una santa da venerare e i Verasca brothers avevano fatto la loro parte tanto da essere additati, come ogni anno, i fedeli più devoti e riconoscenti di Santa Rosalia. Non appena il carro si fermò, e i musicanti tolsero dalle labbra i loro strumenti, e il paggetto la smise di battere sul tamburo, il momento si fece solenne: Joe si arrampicò sulla vara su cui troneggiava la statua e attaccò con gli spilli cinque biglietti da cento dollari sul manto della Santuzza tra gli applausi della gente. Luciano si rese conto che, nell'immensa colonia d'Italia

89

che è Bensonhurst, la statua lignea di Santa Rosalia, quella che a Monte Pellegrino domina l'ingresso della grotta, il viso così struggente da togliere il respiro, la crozza in una mano, il crocifisso nell'altra, la ruota d'auto accanto e le altre decine di ex voto tutte attorno, rimane nel cuore dei vecchi paisà.

L'aria era impregnata dal fumo dell'olio sul fuoco, delle salsicce alla brace e dall'odore di fritto. Taluni venditori facevano affari d'oro perché le bancarelle di pizza e di spìnciuni, di arancini e di zzèppuli, di panelle e di cazzilli erano prese d'assalto. Con i suoi colori e gli archi illuminati, le vene della Palermo oltre Oceano pulsavano passioni antiche, assieme a trigliceridi e colesterolo. Luciano ebbe la sensazione che la Brooklyn del Festino che si celebra dal 25 agosto al 4 settembre di ogni anno, fosse uscita dalle mani di Mario Puzo. Durante la processione, in prima fila, assieme a notabili e politici in attesa di vincere li *lizioni*, c'era la banda musicale, che si esibì dopo la messa, celebrata alle 5 pomeridiane nella chiesa della Santuzza, sulla quattordicesima Avenue e la 63.esima strada.

Per immergersi nel chiassoso happening si doveva attendere però sera, perché la Cristoforo Colombo boulevard, dalla 68esima alla 75esima Street, s'illuminava a giorno. Avrebbe voluto prendere nota di ogni cosa, scrivere un pezzo di colore, ma le piaghe delle mani avevano bisogno di rimarginare. Così, anziché appoggiarle sulla tastiera del notebook, affidò le sue dita a Vera. Era da una sera che si toccavano. Era eccitata nel sentire la pressione delle nocche di Luciano sulla coscia e poi era lei, stringendo le dita del suo ragazzo, ad accarezzargli la gamba. Dietro, ma solo di qualche metro, c'erano papà Rocco e mamma Rosina, alla testa di un'altra processione, quella dei Verasca, con Enzo e Kelly, la picciotta con la quale il cognatino più giovane si era messo a bbabbiari, e in seconda fila, Luigi e Michele assieme alle zzite americane, Miriam e Ashley.

Il tricolore allegrava. Di fronte al "Milleluci", l'unico bar in cui i paisà non giocano a carte, famoso per i gelati a pezzi, come la fragola imbottita, era un tripudio di colori e di sapori. C'erano i chioschi dei giochi che piacciono ai bambini e, sul palco, si alternavano orchestrine e cantanti. Dovevano eleggere anche la miss dell'estate, naturalmente *'miricana* figlia di *'taliani*. I Verasca si fermarono davanti al baraccone del tiro a segno, della pesca al pesciolino e dello zucchero filato, di ogni colore. Luciano rimase incuriosito dall'incedere caratteristico dei "guido" - una vera e propria nciùria - i giovani italoamericani, riconoscibili dai capelli corti e lucidi di gel, dai baffetti, dai braccialetti e dalle collane d'oro, uno status symbol, assieme al *carro*, che non deve costare meno di 40mila dollari. E ogni "guido" era accompagnato dalla "guidette", cioè la *gherla*, truccata in modo non certo leggero, anch'essa con i capelli lucidi però lunghi e ricci che scivolavano sulle spalle. Qualcuna era bellina, ma Vera -

benché non vestisse e non si truccasse come le coetanee italo-americane - dava punti a tutte. E Brooklyn era lì ad ammirarla mentre aveva occhi soltanto per il suo Luciano. Per sapere quanto i due giovani si desiderassero, bastava osservare i loro sguardi, i giuochi delle dita.

L'unico a non vedere, per fortuna, era Rocco, ancora menzu sciancatu per i graffi ricevuti da Puppi, ma pomposo nel suo vestito grigio, preso a ricambiare saluti e promesse agli elettori.

Tornarono a casa che erano le due del mattino. Vera teneva tra le braccia un orsacchiotto di pelouche, grosso così, vinto da Luciano al tiro a segno.

«È possibile parlare senza che nessuno ci senta?» le chiese.

«È la cosa che desidero di più, ma vedi come siamo legati?»

«Facciamo così: lunedì non vado a lavorare e, per il lunch-time vengo in agenzia a trovarti.»

«Tu sei uscito pazzo. Non ti rischiare.»

«Sì, pazzo. Quattordici anni fa sono uscito pazzo, quando ti ho visto per la prima volta. E anziché finire in un manicomio sono ancora libero. Non vedi che vita faccio? Quanto deve durare questa farsa? Quanto tempo ancora? Dimmi.»

Vera non poté rispondergli. Il più anziano dei carabinieri era dietro alle loro spalle e stava a grugnire perché Luciano aveva osato mettere una braccio sulla spalla della figlia. Che stronzo di suocero. Tutto di un pezzo, tutto all'antica. Fuori dal mondo.

Ha giocato tre numeri al Lotto

IL POMERIGGIO del giorno dopo, a messa, Luciano vide Rocco Verasca che sbirciava ai lati dell'altare e scrivere appunti su un foglietto.

«Che fa tuo padre? Campagna elettorale anche in chiesa? O conta i fedeli che entrano?»

«No,» rispose Vera.

«Allora cosa scrive?»

«Copia quei numeri laggiù,» spiegò con un filo di voce. Gli indicò con lo sguardo due tabelle su cui erano segnati delle cifre: si riferivano agli inni e ai canti sacri previsti quella domenica dal rito liturgico.

«Questa volta se li è annotati con ritardo.»

«In che senso? Se li rilegge a casa?»

«Macché. Sono i tre numeri che gioca al Lotto.»

Mancò poco che Luciano scoppiasse in una risata clamorosa nel mezzo della predica.

91

«Leggi. C'è il 720, il 594, il 320, il 722. Ogni settimana i numeri sono ovviamente diversi e ogni volta i cantori, come hanno fatto poco fa quei due, accompagnano la funzione religiosa con il contenuto dei messaggi sacri.»

«E il Lotto cosa ha di sacro?» osservò Luciano indignato.

«Giunti in America,» bisbigliò «abbiamo ripreso l'abitudine di andare in chiesa. Mio padre non sapeva il significato di quei numeri e non resistette alla tentazione di giocarseli al "pick 3", il sabato e la domenica, giorno delle messe. La prima volta azzeccò uno dei numeri con tre cifre che aveva copiato, non so quale.»

«Vinse?»

«Seicento dollari.»

«E ci riprova...»

«Ha pizzicato tre o quattro volte in questi anni.»

«Si rende conto che tutto quanto sa di blasfemo.»

«Glielo abbiamo fatto notare, e più di una volta. Anche padre Saverio non ha mancato di redarguirlo. Sai cosa gli ha risposto? Che non fa peccato perché, se vince, fa elemosina ai poveri.»

La spiegazione non convinse Luciano, che sentì riemergere la rigorosa educazione gesuita ricevuta da ragazzo al Gonzaga. Se non bastasse il vizio del suocero, si scandalizzò nel vedere alcune donne sull'altare impartire il sacramento della Comunione. «Ecco,» disse con tono duro ma sempre a bassa voce, come lo aveva invitato a parlare Vera, «questa è una delle cose della tua America che mi fanno rabbrividire.»

«Non possiamo continuare il discorso fuori?»

La richiesta aveva il tono di un ordine.

«Ok, ma l'ostia adesso vado a prenderla dal sacerdote.»

Tornarono sull'argomento per strada. «Ti rendi conto che quasi tutti stavano a sentirti?»

«Ma se parlavo con un filo di voce.»

«Credi tu. Per giunta, ti esprimevi in italiano e sai bene che a Bensonhurst vivono più italiani che americani.»

«Mi auguro che le donne non confessino al posto del sacerdote.»

«Ma la Comunione la impartiscono, hanno una delega.»

«Una delega? E da chi l'hanno avuta? Dal Papa?»

«Non so, ma per impartire il sacramento, o per fare bere ai fedeli il vino dal calice, significa che hanno ricevuto l'autorizzazione. Piuttosto, ti sembra un modo corretto di esprimerti? È la prima volta che te ne vieni fuori con questi argomenti. Ti vedo nervoso, insofferente. Hai dormito male ieri notte?»

«Nonostante tutto ho dormito bene,» replicò secco. Ovvio che, il "nonostante", si riferiva alla condizioni di disagio cui era costretto a vivere per inseguire lei in America.

«Allora cerca di mantenerti calmo.»

Era il primo battibecco della loro lunga "love story".

«Sono calmo, ma non devi dare per buono tutto quanto ti raccontano.»

«In che senso?»

«Se dico che una data cosa è sbagliata, devi avere la cortesia, non dico di credermi a occhi chiusi, ma di ascoltarmi.»

«Quale sarebbe la cosa sbagliata? Sentiamo, quale sarebbe?»

«Hai visto quegli uomini e quelle donne sull'altare?»

«E con questo?»

«Come sarebbe a dire "e con questo?" Ti sembra normale? Sai bene che le donne non possono aprire il tabernacolo e prendere la pisside con la stessa disinvoltura con cui nelle loro case aprono il frigorifero per tirare fuori la bottiglia dell'acqua minerale o una formetta di burro. Il sacerdote, nel compiere tale gesto, non solo è in pieno raccoglimento spirituale, ma si è sempre inginocchiato. Mi chiedo perché a talune donne è consentito di non osservare le regole cristiane e cattoliche più elementari. Hai visto la baldracca di settant'anni con il completo verde sull'altare? L'hai vista? Prima ha aperto il tabernacolo senza genuflettersi, poi ha preso le ostie da una pisside per riversarle in un'altra.»

«Ebbene?»

«Ebbene, mi chiedi? Hai notato come maneggiava le ostie? Sembrava che stesse rimescolando l'insalata con le mani o che tagliasse cipolle.»

Era scatenato. E Vera non sapeva cosa rispondere. Anche perché venne distolta dalla voce di suo padre. «Cosa avranno di cuntarisi quei due con tanta animosità? Non hanno avuto tutto il santo giorno a disposizione per pallare?» fece osservare a Rosina.

«Ghimmi pasta stop e water go»

USCITI dalla chiesa, fecero a piedi quattro isolati verso la Diciottesima Avenue che era un brulicare di gente. Rosina rallentò il passo, incuriosita dagli articoli esposti nelle vetrine. Si fermò davanti a un negozio di calzature. «Belle, a te piacciono?» chiese al marito mentre guardava un modello di scarpe.

«Devono stare comode a te,» la incoraggiò.

Varcò la soglia dello store a passo lento cercando di giustificare la spesa pazza che stava per compiere. «Provale e accattamu,» si sentì rispondere. Nel negozio entrò anche la processione dei Verasca. La commessa, convinta di dovere vendere almeno dieci paia di scarpe, si precipitò verso la comitiva.

Parlò per tutti papà Rocky. «Mi fa vedere quelle scarpe per mia moglie nel *windex*.»

«Excuse me?» esclamò l'impiegata. Vera si precipitò a correggere e a tradurre in inglese. Suo padre aveva scambiato il window, la vetrina, per il *windex*, il liquido per lavare i vetri. Tornati in strada, la Rosina fece tappa alle "Cose d'Italia" perché ricordò che avrebbe dovuto acquistare un colapasta. Non volle essere aiutata da nessuno, ma nel momento cruciale dimenticò che l'utensile, in inglese, si chiama "colander" e si rivolse alla commessa con un pratico «*Ghimmi pasta stop e water go*», cioè "dammi quella cosa che ferma la pasta e manda via l'acqua."

«What?» sentì chiedere. Rimediò sempre Vera e l'impiegata impacchettò il "colander". Luciano, di nascosto, tirò dalla tasca taccuino e biro: "*Windex and Ghimmi pasta stop e water go*", annotò. E visto che c'era, incluse nel "memo" i numeri dei canti liturgici che il suocero giocava al Lotto.

Capitolo IX

Pezza supra pezza

IL *"WINDEX"* di padrone Rocco e la *"pasta stop and water go"* di donna Rosina erano le ultime "perle" raccolte da Luciano in terra americana. La prima gli era stata donata da zio Joe il pomeriggio in cui lo informò che avrebbe dovuto *cunfurtari* Vera. Aveva pronunciato la frase con tanto fervore da fargli prendere un solenne scantazzu. Sempre zio Joe, gli aveva anche spiegato cos'era l'*elevatore* e cosa intendesse per *furnitura*. Insomma, non passava giorno che Luciano non si chiedesse che razza di slang era costretto ad ascoltare e non imparasse vocaboli inediti e curiosi. Nella torrida estate newyorchese apprese, tra l'altro, che un isolato rimane la *blocca*, da "block". E dopo cena, pi risaccari, si possono fare quattro passi *around*, cioè attorno alla *blocca*. S'imbatté nel *lacco*: gli immigrati chiamano così la serratura o il catenaccio: da "lock", pronuncia "lac". Ma, se devono chiudere una porta, trasformano il vocabolo nell'infinito *allaccare*, verbo che il suocero conosceva bene: nei primi giorni d'America, di notte, non *allaccava* Luciano nel *basamento*?

A tavola, si rese conto che al *fisciu* (da "fish", pesce) alcuni preferiscono la *stecca* (da "steak", bistecca, pronunzia "steic"). Imparò un neologismo, croccante croccante: *arrassare*. Esempio: «Mom,» (pronuncia "mam") esclama terrorizzata la ragazzina, «mi hanno *arrassata*». Bisogna fare mente locale, gli spiegarono, al "sexual harassment", la molestia sessuale. Non era da escludere che la bimba, superato lo choc iniziale, scendesse in pruriginosi particolari. Esempio: «Mi toccò l'*asso* e a *bresta*.»

L'asso non era né di cuori né di fiori. Si riferiva al fondoschiena, letteralmente "culo", da "ass". Per *bresta* intendeva invece il seno, da "breast".

Scoprì che il *piatto* non si mette a tavola perché, nell'italiese, *piatto* è la targa dell'auto, da "plate", pronunzia "pleit". Era stato Frank Mondello a confezionargli il vocabolo, una di quelle poche mattine che aveva messo a terra il piede giusto. «Per tre mesi me frati non verrà con noi nel *Niùggiorsi*,» gli annunciò con voce malinconica.

«È andato in vacanza in Italia?»

«Che vacanza e vacanza. Nel Bronx si trova. A fari i *piatti*.»

«A fare i piatti? Non comprendo.»

«*I piatti dei carri*,» precisò Frank Mondello.

«Cioè?»

«Come chiamate *all'Italia* la lamiera dove ci sono scritti i numeri ddarreri o *carru*?»

«Si riferisce alle targhe?»

95

«Che strano modo avete di chiamare le cose *all'Italia*,» esclamò.

«Allora, preferisce il lavoro in officina a quello di landscaping?»

«No, *carzaratu* è. Non sai che i carzarati *faticanu*? Per guadagnarsi il posto letto, e pi *manciari*, fa i *piatti* per la *motoveicol*, comu l'àutri carzarati. Capisci? Come chiamate la Motor Vehicle *all'Italia*? Sai cos'è? L'ufficio dove registrano i *carri*.»

«Motorizzazione?»

«*Aronò*. Se lo dici tu.»

Giusto in quell'occasione seppe che l'*aronò*, frase ascoltata di frequente, era la pronuncia italiese di "I don't know", cioè "io non lo so".

Luciano provava fastidio a sapere i fatti degli altri, così evitò di chiedere per quale motivo Serafino Mondello fosse finito in carcere. Dedusse che il reato di cui si era macchiato di fronte alla legge *'miricana* era sicuramente una minchiata: non c'era il boia di mezzo, e se doveva scontare appena tre mesi di galera, voleva dire che non aveva né *arrubbatu*, né rapinato, né violentato tanto meno ammazzatu. Tra le altre cose, apprese da Contorni che il piatto utilizzato pi *manciari*, si chiama anche *disciu*, da "dish". E se la tavola non è cunzata a modo, è facile sèntiri «*ghimmi a fuorca*.»

Di fronte a «*ghimmi a fuorca*», provò un brivido alla schiena. Altro che boia incappucciato attorno al *desco*. Visto che conosceva buona parte dei vocaboli inglesi, avrebbe dovuto andare per deduzione. Non aveva già sentito pronunciare a Rosina *ghimmi pasta*? Ebbene, *ghimmi a fuorca* ha la radice in "give me", cioè dammi. E "fork" significa forchetta. Stessa analisi avrebbe dovuto fare se gli avessero chiesto, a *tavula cunzata*, e quasi sempre a-ccazzu di cani, *ghimmi u naiffu*. Era pigrizia mentale la mancata ricerca dell'etimo. Visto che conosceva il significato di *ghimmi*, anziché meditare su un quadro naif, dipinto macari sul litorale di Sferracavallo, avrebbe dovuto risalire al vocabolo "knife", pronuncia "nàif", coltello. Per giorni, invece, *ghimmi u naiffu* rimase un'espressione araba.

Nei primi giorni d'America, ebbe modo di rendersi conto che la *pezza* era la banconota da un dollaro. Aveva sentito pronunciare il vocabolo a zio Joe, e al suocero. Ed entrambe le volte, era rimasto a guardarli *alluccutu*.

«Quanti *pezza* ti duna Mondello?», si era sentito chiedere una volta durante la processione di Santa Rosalia. Guardò Joe senza parole: "che vuole dire?" si chiese "mi ha preso per uno chi accatta e vinni rrobbi vècchi?"

«Quanti *pezza* ti duna Mondello?» insistette allora Joe, sfregando pollice e indice, alla maniera degli italiani quando parlano di denaro.

«Quattrocento.»

Lo vide *tistiari*. «Vediamo se potrà arrivare a 500. Io ci provo. Sono sicuro che si metterà la faccia di disperato come s'avissi a purtari u mortu a cacari,» commentò davanti a santa Rosalia, «ma a niativa non me la farà. Cinquecento pezza vanno bene. In meno di dui simani, avrai la casa pagata e il resto lo potrai sarbàri.»

In quell'occasione, Luciano seppe pure che molti immigrati hanno cercato di mettere «una *pezza* supra all'àutra.»

«Per avere menu prioccupazioni nâ vicchiàia,» precisò il patriarca. Sorrise. Un po' per l'espressione "si porta u mortu a cacari", un po' per l'accortezza degli immigrati di mettere "una pezza supra l'àutra", ovvero di risparmiare e trascorrere una terza età il più possibile serena. In quanti, sbattuti in un paese sconosciuto a causa della fame, dei debiti, della paura di chissà cosa, hanno fatto di tutto per cancellare passato e origini? Però, dopo una vita in America, l'Italia è rimasta nei loro cuori. Se è vero che erano scappati con le pezze in culo, dopo anni si ritrovano nelle tasche altre *pezze*, con il colore del dollaro. E con i risparmi accumulati, tornano nella terra dove erano nati per dimostrare di essere riusciti a vincere. Ecco perché la banconota da un dollaro in America è un culto. Pensò all'epopea dei nonni dei paisà a Ellis Island. Gli spiccioli che si erano portati dall'Italia, li chiamavano *scudi*. Una volta sentì pronunciare *scudi* anziché lire, a Jane, statunitense come il padre, ma nipote di un napoletano. Era convinta che nel paese da dove il nonno proveniva, circolassero ancora queste monete perché di scudi, ovviamente, aveva sentito parlare in famiglia per tanti anni. Luciano credette di avere a che fare con la quintessenza dell'ignoranza, ma quando gli dissero che questa Jane era docente di letteratura inglese in una famosa università del Bronx, rimase sbalordito.

A bega, u pelu e i cacarocci

UNA SERA, Luciano stava per uscire fuori di testa a causa del solito, dannato Italian-English. Il padrone di casa, nel congedarsi, gli aveva rivolto una raccomandazione: «Non dimenticare di mèttiri a *bega* intra u *pelu* e di portarlo nella *iarda*. Dumani matina u pigghianu.»

Giorni prima, anche Frank Mondello se ne era venuto fuori con la *bega* e u *pelu* e l'aveva mandato al diavolo. Ma ora che a riproporre quei vocaboli era stato Anthony Carramusa, si allarmò al punto da non riuscire a ricordare chi sarebbe dovuto venire, e quando, a prendere la *bega* o il *pelu*. Sfogliò, con scarsa fortuna, dizionari italiani e inglesi. E durante il dormiveglia, era inevitabile, finì per precipitare nella *iarda*. La mattina dopo, provò a raccontare l' "incubo" del *pelu*, ma per farsi capire avrebbe dovuto dire *naitti mera*, da "nightmare".

Sere dopo, quando il padrone di casa tornò a fargli visita e gli consegnò - che era trascorso più di un mese - la copia del contratto di affitto bell'e firmato, notò che guardava sconsolato il contenitore dell'immondizia. Era stracolmo. «Perché non hai ascoltato i miei consigli? Perché?, perché?, perché?» ripeté accorato. Sembrava che stesse per piangere un cane morto. «Cominciamo male, molto male, Luciano. Vedrai che arriveranno i *cacarocci.*»

Il tono era di un secco rimprovero. Luciano corrugò la fronte. «Ho fatto qualcosa che non va?»

«E me lo chiedi? Talìa,» rispose, indicandogli la pattumiera. Dalla smorfia di Carramusa rammentò di essere rimasto sordo ai suoi suggerimenti. Per *bega*, il padrone di casa non intendeva fastidio oppure bisticcio, ma il sacchetto di plastica, da "bag", pronuncia "beg", quindi *bega*, plurale *beghe*; sempre nell'italiese, u *pelu* non era un pelo del corpo, ma il contenitore dell'immondizia, dall'anglosassone "pail", pronuncia "peil". E con *iarda*, che si scrive con la "i" greca, "yard", Anthony Carramusa non si riferiva all'unità di misura inglese, ma al "cortile" o, come nel caso in cui Luciano si era visto coinvolgere, al giardinetto. Aveva sentito pronunciare questo vocabolo anche a zio Joe, quando discussero nella tenuta attorno alla casa il pomeriggio del *pullo* e della *pulla*. Ma c'era una piccola differenza: la *iarda* del patriarca gli ricordava i poderi di Mazzarò.

Dopo la paziente traduzione di Vera al telefono, gli tornò tutto chiaro. «Grazie amore,» le sussurrò «adesso buona notte.»

Gli aveva spiegato che avrebbe dovuto deporre il sacchetto nel cassonetto dell'immondizia, in giardino, così gli addetti alla raccolta dei rifiuti, la mattina dopo, avrebbero versato il contenuto nella betoniera. Si era dimenticato però di chiederle cosa Carramusa intendesse per *cacarocci*. Non volle disturbarla un'altra volta, così provò a chiamare zio Joe.

«Sono le 11 di sera, mi scusi se telefono...»

«Successi cocchicosa?»

«Ho un piccolo problema, solo lei potrà risolverlo.»

«Parra.»

«Cosa sono i *cacarocci*?»

Udì Joe ridere e poi tossire, tossire e ridere. E in modo così convulso che qualcosa dovette andargli di traverso. Superata la crisi, rischiarò la voce e svelò il mistero. «Sunnu scravàgghi, anzi scravàgghieddi.»

«Intende dire scarafaggi?»

«Non intendo dire. Sunnu!» ribatté tantìcchia contrariato. «U scravàgghiu è chiddu di *saizza midium*: ci sunnu i scravàgghi di città e i scravàgghi di campagna. Poi c'è u scravàggliazzu, che è quello di *saizza larga*, granni granni, chi fa schifu sulu a taliallu; infine, c'è a *saizza smollo* che sunnu scravàgghi nichi nichi, cioè i scravàgghieddi, i famusi manciapani, che si nutrono di bbrìçiuli soprattutto se non si avi u versu di scunzari a tavula doppu u dinner e di nun cògghiri i pizzudda di muddica chi finiscinu nterra. Purtroppo,» concluse Joe «i *cacarocci* infestano tutte le case di *Nuova Iorca*. Scupa e pulizzìa. Se ho capito, hai visite. Good night.»

Dopo una ricerca nei dizionari, riuscì a trovare cosa zio Joe intendesse per *saizza*, misura, da "size", pronuncia "saiz", nell'italiese *sàizza*, la stessa indicata nei capi di abbigliamento. Si riferiva alla dimensione dell'insetto. Infatti, con "small", pronuncia "smool", traduzione "piccolo", intendeva i *cacarocci* o *cacaroccioli*; per *largi*, dall'inglese large, non c'era bisogno di consultare vocabolari; per *midium* intendeva "misura media", da "medium". A Luciano, non rimase che tuffarsi di nuovo nei vocabolari per scoprire la radice di *cacarocci* o *cacaroccioli* come pronunciava zio Joe, azzardando il vezzeggiativo come se, anziché di scravàgghieddi, stesse parlando di picciriddi bbiunni con gli occhi celesti. Luciano odiava ripetere le parole a pappagallo, così, dopo una ricerca epocale, riuscì a trovare la radice del vocabolo, "roach", abbreviazione di "cockroach", pronuncia "cakroush", in sicul-american *cacarocci*.

Genoa-Bologna, una partita tra salami

EBBE conferma dell'importanza dell'*Italian-English* una domenica mattina, prima di raggiungere casa di Vera e andare in carovana alla missa di menziornu, che era cantata e durava dui urate. Siccome erano appena le dieci, decise di esplorare una salumeria '*taliana* aperta sette giorni su sette, lontana due *blocchi* da casa. Ammirò un trionfo di squisitezze: il parmigiano aveva un colore dorato, se lo sentiva sciogliere in bocca, e il prosciutto San Daniele gli metteva addirittura le smanie. Possibile che, lontano dall'Italia solo da poche settimane, avesse questi rimpianti? Nei primi giorni d'America, per il lunch, era andato avanti con sandwich imbottiti di salami; e al mattino, prima che Contorni arrivasse, mandava giù i cheerios, il famoso impiastro di fibre, di miele e di latte. Gli andavano di traverso al primo colpo di clacson.

Quando in salumeria credette che era giunto il suo turno, meditava su una frase di Joe. «Questo è il paese dei tre "senza"» gli aveva svelato, «cibo senza sapore, fiori senza odore, donne senza onore.»

I fiori aveva avuto modo di odorarli e il patriarca aveva ragione: neanche le rose profumavano; delle donne non sapeva quasi nulla, però sua figlia Angel, ecco, Angel disinibita lo era, e anche sgallettata; dei sapori, infine, non sapeva cosa dire, ma i prodotti caseari erano '*taliani* genuini e sentiva l'acquolina in bocca. Sopra il bancone di vendita, notò una targa di plastica di almeno un metro quadrato. Era la lista di ogni leccornia, con relativo prezzo per libbra. Nel dare uno sguardo all'elenco degli insaccati, lesse *"Genoa"* e *"Bologna"*. Rievocò le sfide in serie A tra due gloriose squadre in rossoblù, ma prese coscienza che negli Usa *Genoa* e *Bologna*, non erano squadre di calcio, ma due tipi di salumi. E se per il Genoa non c'erano problemi, se avesse chiesto mezzo pound, anzi menzu *puntu* o *ponte* di Bologna, non lo avrebbero capito. La pronuncia esatta, tutta da imparare, era "Boloni". Stava per fare la sua ordinazione quando una donna bassina, obesa e popolana, dai cinquanta ai settant'anni di età, capelli di un biondo improbabile, una maschera di trucco, gli si parò davanti con un perentorio: «Tu stai in *laina*.»

Se la gentile signora non avesse accompagnato la frase con un gesto, starebbe ancora a chiedersi cosa intedesse per *laina*. Pensò alla nonna paterna, intenta a sferruzzare davanti a una finestra di Villabella, ma grazie a un altro cartello capì l'equivoco in cui si era cacciato. Lesse "To stand in line". Traduzione: sosta in linea, mettiti in coda. "Stand", che significa "sostare", non poteva non essere che *stai*, e "line", pronuncia "lain", non poteva non diventare *laina*. Per «tu stai in *laina*» - quel "tu" con cui gli si rivolgeva gente sconosciuta poi non lo sopportava, ma tutti gli davano del "tu" e doveva abituarsi a dare del "tu" anche lui, e presto - insomma quel «tu stai in *laina*» aveva un solo significato: «Rispetta il turno.»

«Ghimmi u cuore di Emma»

MENTRE si rallegrava di avere risolto, da bravo autodidatta, la questione della *laina*, compiacendosi di avere assimilato sia la "lezione sul *pelo*" impartitagli da Vera sia quella sui *"cacarocci"* con zio Joe in cattedra, la sua attenzione venne distolta da una voce stridula che farfugliava una frase da acchiappare subito. Ad esclamare «*ghimmi un core di Emma,*» era stata un'altra donna, questa volta autentica quarantina. Come se stesse assistendo a un film dell'orrore, Luciano rivide nonna Emma, questa volta distesa sul banco di vendita, mentre il macellaio si accingeva a praticare sul corpo esanime della vecchia, la laparatomia.

«*Ghimmi un ponte di Emma*», gracchiò invece un sissantino. La voce non gli giungeva nuova. Sì, era quella di Carramusa, l'avvocato delle cause perse, come aveva bollato il padrone di casa con la mazzetta di dollari che tirava di continuo dalla tasca, l'anello d'oro con la pietra nera e il brillantino in uno degli angoli, bracciale e catenona al collo, anche d'oro, come il Rolex.

«Che piacere rivederla. Come sta?», chiese Luciano.

«Menzu e menzu», rispose l'avvocato.

«*Cuore, ponte, emma...* che significa, mister Anthony?»

«Paisà, come è possibile? Dopo più di un mese che vivi qui non hai imparato nulla?» rispose con malcelato stupore. Per virtù dello Spirito Santo, Luciano avrebbe dovuto sapere che *emma* non era un nome di donna, ma che con questo vocabolo storpiano "ham", pronuncia "hem", il prosciutto cotto; avrebbe dovuto imparare che il *cuore* non era quello della nonna, poveretta, ma il "quarter", pronuncia "kuoter", traduzione "un quarto"; doveva mettersi in testa che *punto* e *ponte* erano la stessa cosa e che il *ponte*, quindi, non era quello di Brooklyn, ma la traduzione che fanno di "pound", pronunzia "paund", l'unità di misura di peso romana, sinonimo di libbra, presa para para e fatta propria dagli anglosassoni. Lui, l'avvocato, faceva sempre le cose in grande: di *emma* non ne voleva un *cuore*, ma un *ponte*. Luciano non aveva alternative: dopo la terribile prova di ignoranza, avrebbe dovuto accentuare volontà, impegno e imparare al più presto lo slang American-Italian.

Intanto, nel discutere con Carramusa, anche quella mattina avvertì un giramento di testa perché non sapeva da che parte guardarlo. Il poveretto era affetto da una forma - atipica, sul piano empirico - di strabismo, il difetto provocato dalla deviazione degli assi oculari. Solo che Carramusa aveva una quadrupla biforcazione, nel senso che ogni occhio andava per i cazzi suoi, uno a manu ddritta e l'altro a manu manca e ogni pupilla invertiva i movimenti nel giro di dieci secondi.

Nel rivolgergli la parola, ritenne opportuno fissarlo nell'occhio momentaneamente fermo, ma appena notò che la pupilla cominciava ad abbuccare verso l'esterno, passò a fissarlo nell'altro occhio, che intanto si era coricato sul naso, cioè nella posizione in cui lo tiene una persona affetta da strabismo normale. Tentativo inutile: subito, spostò lo sguardo sul precedente occhio perché quello su cui aveva puntato l'attenzione, aveva percorso nel frattempo i suoi 180 gradi scomparendo dall'orbita. Nonostante giramenti di testa e sconcerto, intuì che Carramusa avrebbe dovuto provvedere a delle piccole riparazioni al *ruffu* dell'appartamento, cioè al tetto, da "roof", pronuncia corretta "ruf".

Fecero insieme la strada che conduceva a casa. «Alla signora della porta accanto, *la pippa del ruffu licca*,» precisò d'un tratto Carramusa. Nell'udire la frase, a Luciano gli occhi cominciarono a firriari come quelli del padrone di casa. «Vuole sapere la verità?»

«Dimmi paisà.»

«Non ho capito un tubo.»

«Ti faccio una dimostrazione terra terra.»

Non finì la frase che già era in cucina. Quindi aprì il rubinetto, giusto per vedere scolare qualche goccia d'acqua.»

«E allora?»

«Aspetta.»

Alzò gli occhi al soffitto e ripeté *pippa*.

«Ma chi è questa *pippa*?» chiese Luciano.

«In inglese si scrive pipe,» rispose Carramusa dopo avere tirato fuori una matita dalla tasca per scrivere il vocabolo su un foglio di carta.

«Però si legge paip e significa tubo,» precisò Luciano.

«Tubo? Non ti capisco. Paisà, ma tu *'taliano* sei?»

«Comunque il vostro *ruffu* è il tetto, da roof.»

«Hai visto che questo lo sai?»

«E *licca* cos'è? Che significa *licca*?» chiese disperato, «cosa lecca?»

Carramusa riprese la matita dalla tasca e scrisse "leak".

«Ma scritto così significa colare, perdita di acqua,» commentò Luciano.

«Paisà, hai visto che già conosci qualche parola di *'taliano* e di *'ngrisi*?»

«Ho capito. La signora della porta accanto ha protestato perché la *pippa del ruffu licca*, cioè perde acqua.»

Luciano si ripromise di inghiottire un paio di aspirine. Aveva la testa di cristallo. Intanto, dovette sorbirsi una raccumannazioni. Se per caso avesse scoperto - e il Signore avrebbe dovuto liberarlo da questa disgrazia - di avere il *sinco* attuppatu (da "sink", lavandino) avrebbe dovuto subito informarlo. Carramusa, infatti, sarebbe tornato per sturarlo immediatamente.

«Non ne dubiti,» rispose.

Ettore Di Troia e il tenente

NEL DUBBIO che i precedenti inquilini avessero rotto i termosifoni dell'appartamento abitato ora da Moriga, l'avvocato pensò di controllarli. «Voglio vedere se hai *stima*. Quando sarà autunno,» gli confidò «anch'io ne ho bisogno.»

Si riferiva al calore emanato dai termosifoni, da "steam", pronuncia "stim", nell'italiese *stima*.

«Di lei ne ho tanta e anche della sua gentile signora,» rispose Luciano, il quale, oltre a non capire cosa intendesse il padrone di casa per *stima*, mentiva in modo spudorato: infatti, la "Connie", al secolo Concetta Carramusa, anche se si recava al supermarket, aveva l'abitudine d'indossare i paramenti e con le collane da tre chili, gli anelli e i bracciali d'oro da ex voto, gli pareva spiccicata la madonna di Trapani.

Carramusa, una volta che aveva provveduto diligentemente ad attivare i termosifoni centrali per verificarne la funzionalità, aspettava ancora una risposta, ma Luciano, sempre a proposito della *stima*, se ne venne fuori con un'altra battuta: «Spero che anche lei ne abbia di me.»

Con l'occhio mancino che sbandava in direzione dell'orecchio, il padrone di casa tentò uno sguardo che inceneriva. «Sai qual è il dovere di un *tenente*? Io, il mio, da *lendilordo* lo conosco.»

Luciano solo ora afferrò l'esatto significato di *stima*.

«Talìa,» sbottò a questo punto Carramusa «io sono *'miricano*, ma mio padre, pace all'anima sua, seppi nzignarmi u *'taliano*, la sua lingua, e la parlo bene. Piuttosto, è sicuro che tu nascisti *all'Italia*? Ho motivo di dubitarne.»

La faccenda che tutti quanti gli davano del "tu", mentre lui dava in modo educato del "lei" lo faceva andare in bestia. Ma c'era un altro problema che l'arrovellava: la qualifica di *tenente* appiccicatagli da Carramusa. Infatti, seppe che non era da collegare a un grado della carriera militare: "tenant", pronuncia "tenent", era la traduzione di inquilino.

«Paisà, se tu avessi dato un'occhiata al contratto firmato tempo fa,» gli fece notare con tono severo «avresti imparato il significato di *tenente* e di *lendlordo*.»

Luciano scoprì che quest'ultimo vocabolo deriva da "land" (terra) e "lord" (signore). Carramusa, insomma, era il "signore della terra". Come tutti i padroni di casa.

«Adesso tolgo il disturbo,» si sentì dire «io e mia moglie siamo invitati ô *pari* del mio amico Di Troia.»

U *pari* era un'altra squisitezza. E non era la prima volta che ascoltava il termine. Carramusa stava per recarsi, assieme alla Connie, a un "party", parola di uso comune in Italia, che in America si pronuncia però senza "t" cioè "*pari*", con la "a" strascicata.

«Dove ha detto che va?»

«Dal mio amico Di Troia. La sua cavalla corre all'ippodromo di Belmont. In due anni, gli ha fatto vincere un milione di dollari e oggi fa *u pari* in onore della cavalla e di se stesso.»

«Scommetto che si chiama Ettore,» fece Luciano, buttando giù la frase come una battuta.

«Chi?» domandò Carramusa.

«Il suo amico. Non ha detto che è Di Troia?»

«Picchì, conosci Ettore Di Troia?»

Luciano ammutolì. E Carramusa incalzò: «Picchì, lo conosci?»

«Perché me lo chiede? Non mi dica che si chiama Ettore...»

«Sì,» confermò il *lendlordo* «proprio Ettore Di Troia.»

«No!»

«Come no?, vuoi saperlo meglio di mia?»

«In tal caso la moglie di Ettore si chiamerebbe Andromaca,» incalzò, convinto che Anthony Carramusa scherzasse.

« Da dove li conosci l'amici miei?»

«Dai tempi della scuola,» rispose per uscire dall'equivoco.»

«Di quale scuola palli? Conoscerai altri Di Troia.»

«Già,» mormorò.

Gli strinse la mano, ma il *lendlordo* si bloccò prima di raggiungere la porta. «Devo farti una rraccumannazzioni: per favore, stai attento alla *carpetta*. È nova nova, non la bruciare con queste dannate sigarette. Accura, non la bruciare. Non mi creare problemi, non mi dare altri dispiàciri,» concluse a mani giunte mentre le pupille, percepita la mistica implorazione, per un attimo parvero unirsi in raccoglimento. Carramusa l'aveva lasciato con un altro grande enigma. Di che *carpetta* parlava? Contratto di casa e altre ricevute, quella sera, glieli aveva consegnati a mano. Passò mezz'ora ad arrovellarsi, poi chiamò Vera. La quale neanche questa volta poté evitare di ridere sulle disgrázzie di Luciano.

«Il contenitore di fogli che in Sicilia chiamiamo carpetta non c'entra nulla,» spiegò. «Il padrone di casa ti ha raccomandato di non bruciare con le cicche o con la cenere la moquette nuova.»

«Perché, la moquette la chiamano *carpetta*?»

«*Carpetta* si chiama nello slang, in inglese fa carpet.»

«E la nostra carpetta, dove si conservano fogli o documenti, come la chiamano?»

«Folder.»

«Già il folder. Hai ragione. Scusami, ma più li sento parlare, più non ci sto di testa.»

«Nemmeno io, amore.»

«Ti vedo di buon umore, che fai?»

«Ho venduto quattro biglietti per l'Australia. Sai, prendo anche la commissione.»

«Ma allora sei ricca.»

«Lo sono con te. I miss you.»

Capitolo X

Bettava, gli fecero la giobba

LUCIANO ruppe ogni indugio e decise di frequentare un corso accelerato di "italian-english". L'unica persona che avrebbe potuto aiutarlo era Verasca, il milionario. Aveva imparato a chiamarlo "zio Joe", e non soltanto per rispetto a Vera. Si era affezionato a quell'omone quasi settantino, emigrato negli Usa negli Anni '50. Sarah gli aveva dato sei figli. Si era maritata con una bella dote ma lui volle recitare in pieno il ruolo di padre per assicurare un avvenire ai ragazzi. Così, Joseph Junior, il più grande, chiamato in casa "Gei Gei", giusto la pronuncia delle due lettere iniziali del nome, la "J", era ricercatore e medico; il secondo, John, conseguita la laurea in farmacia, stava per sganciarsi dal boss per mettersi in proprio; David aveva conseguito un master in scienze politiche senza chiedere un dollaro al padre perché scendeva a Manhattan per fare il cameriere, 200 dollari a sera, in un ristorante della Upper East Side; due delle figlie, Martha e Rebecca, insegnavano letteratura inglese ai giovani del college; Angel, infine, era assistente in ospedale e faceva i turni di notte per frequentare la facoltà di medicina. Se i soldi non bastavano, "mom" metteva il resto.

Una famiglia eccezionale, tipica di molti ricchi immigrati, ma Joe si trascinava un cruccio: i figli, oltre all' "italiese", capivano il palermitano, certe sfumature comprese, ma si ostinavano a non pronunciare una parola, fosse una, della lingua del padre.

«Perché?»

Joe aggrottò le sopracciglia. «Provano fastidio. Anzi, vergogna,» rispose. Nella voce notò amarezza e rassegnazione. «Se mi sforzo di esprimermi in italiano, capiscono ciò che dico, ma rispondono sempre in inglese, la lingua che parlano con la madre,» precisò.

Luciano rimase a osservarlo in silenzio. Non ebbe il coraggio di chiedere altro. Gli tornò utile, Joe, per imparare a vivere a New York, per capire il linguaggio degli italiani residenti legalmente, cioè con "green card", che intanto verde non era più ma di tinta e disegno indefiniti, e per comprendere il modo di esprimersi di coloro che, pur avendo ottenuto la cittadinanza Usa, non avevano rinunciato alla nazionalità *'taliana*. Sapeva l'importanza che negli States danno alla *giobba* (da "job", lavoro o impiego), ma "fare la giobba", nel gergo di Cosa Nostra, significava astutàri cocchidunu, ovvero "spegnere" nel senso di "eliminare". Imparò che il *trucco*, da "truck", non ha niente a che fare con i prodotti di cosmesi, né con il gioco delle tre carte. Tanto meno era da

105

considerare un escamotage per fottere il prossimo: zio Joe si riferiva al camion con motrice.

Fece conoscenza con la *tracca*, da "track", i binari del treno, dei tram, dei carrelli nei cantieri edili. Ma "track" vengono chiamate anche le bacchette del forno di casa, dei cassetti dei mobili metallici per ufficio, le piste dell'ippodromo e dell'autodromo. Da non crederci: persino la direzione degli uragani provenienti dai Caraibi, indicata con precisione scientifica dai meteorologi - che non compaiono in tv con la divisa dell'Aeronautica ma sono giornalisti specializzati - viene definita *tracca*. Joe gli raccontò di un tale finito male perché *bettava*. *Bettava*, zio Joe sapeva tutto, era l'imperfetto, terza persona singolare, di *bettare*, da "to bet", scommettere. Insomma, quel disgraziato chiamato Tony aveva il vizio di frequentare le sale corse e un brutto giorno nessuno lo vide più in giro. «Gli fecero la *giobba*,» taluni azzardarono. In altre parole, era annegato non solo nelle *bille*, ma negli interessi sui prestiti che i cravattari gli avevano elargito.

Quante bille, guai?

LE *BILLE*. Luciano scoprì che si chiamano così le bollette del telefono, della luce, dell'acqua, del gas e delle tragiche credit-card. Deriva dall'inglese "bill", che significa soprattutto progetto di legge o polizza. Il singolare, nell'italiano, fa ovviamente *billa*. Joe si soffermò sull'esatta pronuncia di alcuni verbi già assimilati da Luciano, come *parcare*, da "to park", parcheggiare. Ma nell'attimo in cui sfoderò «si iu *parcassi* ddà» si sorbì la supplica di non addentrarsi nel congiuntivo.

«*Guai?*»

Non si riferiva a una contrarietà, ma aveva replicato a Luciano con un "perché?", la cui traduzione, in caso di interrogativo, è "Why?", pronuncia "Guai?". Per quanto riguardava *parcare* e *bettare*, Verasca non voleva sentirne di ascoltare il parere di Luciano, che gli garantiva di non avere mai ascoltato questi vocaboli in Italia, così come *giobba* e altre amenità. Ma Joe insisteva che erano parole della lingua 'taliana, come *billa*: neanche santa Rosalia, se avesse camminato sulle acque dell'Oceano fino alla baia di New York, sarebbe riuscita a convincerlo. Poco dopo indicò a Luciano i *carri* posteggiati, anzi *parcati* davanti alla casa e dentro il garage. Erano tutti e sei dei figli. Belle auto. Tra queste, lo spyder Mustang di Angel e una Mercedes metallizzata, la più potente della casa tedesca, intestata al più piccolo dei maschi, David, 28 anni. «Un figlio con le palle quadrate,» garantì Verasca.

Il figlio deve smuffare

JOE spiegò che John, il farmacista, avrebbe dovuto presto *smuffare*. Il verbo prese in contropiede Luciano, al quale venne in mente sniffare. Lo cacciò subito via e si mise a osservare il soffitto. Non c'erano tracce di muffa, non vide alcun filo verdognolo nelle intercapedini. Era una casa da sogno, tenuta linda da Sarah e dalle figlie.

«Mi sembri uno del *realesteto*» commentò «stai guardando la casa come se te la volessi comprare.»

«Cioè?»

«Come chiamano *all'Italia* coloro che aiutano a comprare o vendere case e appartamenti?»

«Mediatori?»

«No, no.»

«Agenti immobiliari?»

«Non so se sono mobiliati o immobiliati. Non sono nemmeno agenti di polizia.»

«Non parlo di agenti e nemmeno di carabinieri. Aspetti....»

Tirò fuori il dizionario e cominciò a sfogliare le paginette.

«E ora che fai? Ti metti a studiare?»

«No, aspetti. Come si scrive *realesteto*?»

«Così come lo pronunci.»

«Impossibile.»

Luciano avvicinò il vocabolario agli occhi. Sembrava menzu orvu e menzu Carramusa da come sbirciava. D'un tratto, esclamò: «"Real estate", ecco cosa lei voleva dire, "real estate". Sono due parole.»

Già, per "real estate", esatta pronuncia, ma veloce, "reial is'teit", dunque *realesteto* si intendevano davvero beni immobili. Luciano dedusse che siccome si era soffermato a guardare le pareti della casa, Joe l'aveva scambiato per un "estate-man", cioè un agente immobiliare. Di fronte alla prospettiva di fare altre ricerche per completare il pensiero di Joe, avvertì un cerchio di ferro alla testa. «Poc'anzi, a proposito di suo figlio ...»

«Quale figlio?»

«John, il farmacista. Ha detto che si appresta a *smuffare*. Che significa *smuffare*?»

Si sentì rispondere alla palermitana con un "avi a carriari."

«Davvero dovrà traslocare?»

«Chi significa? Senza forsi e forsi, a verità, schitta schitta, è una: avi a canciari casa. Mi capisci?»

«Va via da qui?»

«John ha pure casa nel Queens, a Forest Hill. Vive con Kimberly, una gran bella figghia. Fra setti misi si sposeranno. L'hanno acquistata vicino alla nuova farmacia. Vuole mettersi in proprio. La pensa come me. Sotto padrone non vuole stare. E fa bene.»

Luciano dette un altro sguardo al dizionarietto e riepilogò: "Per *smuffare*, nello slang s'intende "traslocare", dall'infinito "to move", pronuncia "tu muuv". Basta appiccicare una "esse" prima della "emme" e il gioco è fatto: John, quindi, avrebbe dovuto *smuffare* in una nuova casa.

«Va sulla quarta *vinùta*,» precisò lo zio di Vera.

Nell'udire *vinùta*, s'irrigidì. Visto che il termine indica l'orgasmo del ragazzo palermitano in età puberale, un flash-back condusse Luciano ai giorni in cui l'avevanu scannaliatu. Solo che Joe si riferiva al figlio che si preparava a *smuffari* sulla Quarta vinuta, cioè Avenue.

La saina, la stritta, la villa e la squera

IL VECCHIO parlò di sé. Era partito da clandestino quando Luciano era ancora nella mente del Signore. «La nave lassò il porto di Palermo all'unnici di sira e, dopo vinti iorna, arrivò a Liverpool, unni stetti àncurata pi na simana. Caricavanu rrobba di ogni *saizza*, anche *carri* nuovi. Altri sette uomini erano nelle mie condizioni e i disagi pi arrivari in Inghilterra erano poca cosa rispetto alle privazioni sofferte durante la traversata da Liverpool a *Nuova Iorca*. Eravamo ammucciati nâ stiva. U viàggiu durò dui misi. Manciavamu menzu pani o iornu, ora cu pira mezzi fràdici oppuru cu caciu. Arrivammu di sira, versu i deci. Pi evitari guai cû l'immigrazioni, scìnnemmu a picca a picca a 34 *strati* e West End. Cuminciammu a cùrriri senza sapiri unni iiri.»

Sorvolò, Joe, sul luogo dove trascorse la notte, cosa fece dopo lo sbarco a New York, non parlò né dei suoi primi anni in America, né della prima *giobba*, tanto meno dove, come, quando incontrò Sarah. Fece un salto di una ventina d'anni e raccontò che, attorno al 1970, acquistò una pizzeria *bbisissima*, cioè molto frequentata, a Manhattan. «C'era una *saina* granni granni,» svelò con voce malinconica «e la *saina* illuminava tutta la *stritta*. Non bisognava *pusciari* a porta pi tràsiri e manciari. Vendevo dalla *villa* alla *squera*.»

Lo sguardo di Luciano era di un pallato da "otto volante". Mentre sfogliava quella sorta di bbibbia che gli consentiva di sopravvivere, si chiese se fosse riuscito, questa volta, a capire un'acca del discorso di Joe. Prima avrebbe dovuto ottenere la traduzione dei vocaboli, poi c'era da comporre il puzzle. Ci provò. Tempo cronometrato: 16 minuti e 28 secondi. Per *saina*, Joe si riferiva a una grande insegna sopra l'ingresso della pizzeria: infatti, il vocabolo "sign", pronuncia "sain", nell'italiese viene trasformato in *saina*; la *stritta* era la via, da "street", pronuncia "striit"; *pusciari*, rieccoci coi verbi, non era l'infinito storpiato di pisciari, ma di "to push", spingere. Non bisognava *pusciare* la porta: si spalancava da sola, grazie a una cellula fotoelettrica. La *villa* venduta in pizzeria era una delle traduzioni più ardue. Per capire, dovette risalire al vocabolo "veal", pronuncia "viil", la carne di vitello; e la radice di *squera*, ecco il rompicapo, era "square", traduzione "piazza". Ma per *squera*, in questo caso doveva intendere un oggetto di forma quadrata, come la pizzetta siciliana, un'imitazione diffusa nella East Coast.

Zio Joe, insomma, gli aveva raccontato che l'insegna con neon e luci su cui c'era scritto "Joe's Pizza", dal genitivo sassone "La pizza di Joe" illuminava quasi tutta la strada e l'arredo più prezioso era una porta di vetro, immensa: non bastava spingerla perché si apriva da sola appena un cristiano entrava per accostarsi alle delizie del palato.

«Dove si trovava questa pizzeria?»

«A diciassetti strati.»

Non era una pizzeria costruita su 17 strati, forse di cemento. *Strati* era il plurale di *stritta*. Anzi di street. Ovvero, di strade.

Attrastavu i custumi pî Caterina

CON una voce che tradiva rimpianti, gli confidò che aveva tanti *custumi*.

«Vendeva costumi in pizzeria?»

Joe si armò di pacienza. Per *custumi*, intendeva "customers", pronuncia "kastmers", clienti. Completò il concetto: «*Araund*, cioè attorno alla pizzeria c'erano *offici* e *sculi*. E i *custumi* ordinavano tanta rrobba, anche pi *caterina*. Io li *attrastavu* e mi pagavanu câ *scecca*.»

Avrebbe voluto chiedergli se gli americani capissero il suo italiese, ma non ritenne opportuno porgli una domanda così atroce. Ci sarebbe andata di mezzo un'amicizia e Vera non meritava l'ombra di un torto. Anche perché tutte le volte che Joe si esprimeva in inglese, gli americani lo capivano, eccome. Infatti, pronunciava i vocaboli in modo corretto, al contrario di quando si sforzava di esprimersi nella sua lingua madre: visto che dopo 40 anni d'America aveva dimenticato buona parte dei vocaboli, li storpiava, li mmiscava con l'inglese e faceva un grande sforzo per parlare in italiano. Il caso-Joe era analogo a quello di Carramusa: gli italiani che vivono da decenni negli Usa parlano discretamente se non bene l'inglese. I problemi cominciano nel momento in cui decidono di italianizzare l'americano per farsi capire.

Luciano ebbe la sensazione di trovarsi di fronte a un mistero buffo, più della *saina*, della *stritta*, dei *custumi*. Oltre a *sculi* - plurale di "school", pronuncia "scul", scuola - adesso aveva a che fare con una certa *caterina*. Chi era? Nelle *saine* o nelle vetrine di ristoranti, pizzerie, luncheonettes e salumerie, aveva letto "catering". E nei primi giorni di America, benché spaesato e distratto, ne capì benissimo il significato, cioè la preparazione di cibo per i party. Ma il *caterina* pronunciato da Joe - che per farsi capire, avrebbe dovuto esprimersi in inglese con un "keitarin" - lo disorientò: visto che dalle parti del Village, sull'insegna di un ristorante francese aveva letto "Chez Josephine", traduzione

"Da Giuseppina", ebbe il dubbio che la pizzeria di Joe comprendesse un servizio ristoro gestito da una certa *Caterina*. Dubbio presto dissolto: il "catering" sotto la *saina*, non era una donna, così come gli aveva fatto credere Joe, ma il gerundio di "to cater", sostantivo "caterer", da non confondersi con il catètere che usano negli ospedali. Traduzione: banchetti. Solo che associando il catètere al cibo, Luciano ebbe un conato di vomito a stento trattenuto.

Attrastavo, invece, era da considerare l'imperfetto di un altro improbabile verbo, *attrastare*, radice "to trust", pronuncia "tu trast", "avere fiducia". Dulcis in fundo, c'era la *scecca*. Non era la prima volta che sentiva pronunciare il termine, ma questa volta non commise il colossale errore di considerarla la compagna dell'asino. Sapeva che per "check", oltre a "controllo", s'intende assegno di conto corrente bancario, rifiutato negli alberghi, dove si prenota e si paga con credit card. Anche il significato di *attrastare* ora era chiaro: i *custumi*, cioè i clienti, facevano le ordinazioni per i *pari*, e siccome erano persone affidabili, pagavano con la *scecca*, ovvero con un assegno: nessuno, infatti, avrebbe osato rifilare a Joe un "cabriolet", la *scecca* scoperta.

La triste fattoria

JOSEPH si alzò. «Vieni, conoscerai la mia *fattoria*,» promise dopo avere risparmiato a Luciano i dettagli della vendita della pizzeria, operazione che gli fruttò un guadagno di 180 mila dollari rispetto al prezzo d'acquisto di pochi anni prima. Lo fece accomodare nel *carro*, la famosa *Cadillacca*, lussuosa e comodissima. «Mi sono fatto la *fattoria* con grandi sacrifici,» precisò. Lo ammirava. Partendo dal nulla, e con quella parrata lì, era riuscito a fare conseguire laurea e master già a cinque dei sei figli.

A proposito della *fattoria*, Luciano Moriga pensò alla rrobba e alle terre di un celebre personaggio verghiano. Era infatti convinto di recarsi in un favoloso ranch stile Dallas con animali da cortile, recinto di legno tipo Far West, un maneggio con un centinaio di capi di bestiame governato dai cowboys e un podere immenso. Cioè, nella casa di campagna di un multimilionario in dollari. Il viaggio, anziché ore, come credeva, durò quindici minuti. Non era nell'esclusiva South Hampton che Joe fermò la *Cadillacca*, ma in un paesino del Long Island, che è una sconfinata lingua di terra sull'Oceano.

«Guarda là,» esclamò *parcando il carro*.

Si ritrovò di fronte a un sinistro edificio di quattro piani con le scale di ferro antincendio di un orrendo shiny-black, un nero così splendente da sembrare elettrico. Luttuose. Di uno squallore inaudito.

«Questa è la *fattoria*,» disse compiaciuto Joseph Verasca.

Tanto per cambiare, Luciano aveva preso un'altra cantonata. Per *fattoria*, Joe intendeva "factory", che sta per fabbrica, e non "farm" la fattoria che immaginava di scoprire. Dentro, producevano vestiti per uomo e donna dozzinali, destinati alla clientela dei grandi magazzini. Quaranta operaie erano addette solo alla stiratura dei capi di abbigliamento. «Sono quasi tutte cinesi. Guadagnano bene, alcune finiscono per mettersi in proprio e aprono una lavanderia a gettoni,» precisò con la fierezza di chi ha fatto solo del bene nella vita.

L'equivoco della beccausa

RISALENDO in auto, Joe gli ricordò che sarebbero dovuti andare a mangiare nella *beccausa*. Luciano si chiese cosa fosse. "Questo no. Mai e poi mai," giurò a se stesso. Proprio a lui che non aveva il coraggio di uccidere un insetto, proponeva un pranzo a base di cacciaggione? Quelle volte che da bambino lo avevano trascinato al campo di tiro dell'Addaura, a ridosso della scogliera, ne era uscito così terrorizzato da rimediare traumi da sconvolgere la sua infanzia.

I ricordi lo condussero a Mondello, sul lungomare.

GLI PARVE di avvertire l'odore acre della polvere da sparo. Rivide i piccioni indifesi stramazzare a colpi di doppiette e sovrapposti solo perché erano piccioni; e i tiratori, più ne abbattevano, più vedevano aumentare la chance di vincere una coppa d'argento e belle somme di denaro. I piccioni avevano la colpa di non farcela, liberati dalla stia, a raggiungere in tempo il mare. La maggior parte riceveva tanto di quel piombo da lasciare un mondo crudele. E Luciano, a cinque anni, cercava sull'erba bruciata dal sole e dalla salsedine i piccioni feriti perché sorretto dall'illusione di potere ridare ad essi la vita con una carezza. Sfiorando le piume, percepiva però gli ultimi battiti di un cuoricino in tumulto, pronto a scoppiare.

Quando gli incubi svanirono, ebbe la sensazione che le parole di Joe, ora che aveva accennato alla *beccausa*, nascondessero la stessa crudeltà di quelle ascoltate da bambino all'Addaura. Era il momento di mettere le cose in chiaro con le beccacce. Se ne avessero messa una sul *discio*, una sola, per fargliela mangiare, se ne sarebbe scappato via senza salutare.

«Che beccaccia e beccaccia! Non ho mai visto di questi uccelli in America. Ti ho detto che andremo nella *beccausa*.»

«Cos'è? Una sedia, uno sgabello, una stanza, cos'è la *beccausa*?»

«La parte posteriore della casa. Adesso ci troviamo sul front, davanti all'ingresso principale. Nella *beccausa*, dove siamo diretti, c'è u *pullu* o a *pulla*, come la chiami tu.»

«Non eravamo rimasti che il prato si chiama *iarda*?»

«*Iarda* è il prato intorno alla casa, il giardino, lo spazio, capisci?»

Quel "capisci" lo faceva arrabbiare, come quando estranei, o gente da poco conosciuta, gli si rivolgeva dandogli del "tu". «Come si scrive *beccausa?*, è una parola o due? Vorrei capirci qualcosa.»

Il timbro di voce sapeva di implorazione.

«*Sunnu dui paroli* e ne formano una. *Bec* si scrive con la "a", cioè "back" che significa "dietro", ma con *bec* ti puoi riferire anche alle spalle, alla schiena di una persona. Ora, però, stiamo parlando di casa. E casa, nel nostro caso, si dice "aus", scritta cu l'acca, "house". Quindi, mentri parri, unisci le due parole, *bec* and *aus*, ("back" e "house") come dire "dietro alla casa", e ottieni *beccausa*. Capisci? Solo che ai tempi antichi, le case non erano belle e funzionali come quelle di oggi. Non avevano comodità e talvolta neanche il bagno in casa. Così, quando era il momento di fare il bisogno, un *santu cristianu* doveva andare nella *beccausa*, cioè dietro alla casa, dove poteva *sbarazzari* lo stomaco. Capisci? Ai nostri giorni è diverso. Ci sono case con due, tre, quattro bagni, ma il termine *beccausa* non è passato di moda. Sta a indicare sempre la parte posteriore della casa, dove però si piantano fiori e piante, dove si mette il tavolo da giardino con il barbecue e, se c'è spazio, puoi scavare il terreno per costruire u *pullu* o a *pulla*.»

E arrivò la checca

ORA che il cielo era rosso di tramonto, Luciano si ritrovò nella *beccausa* tra felci e imponenti conifere. Davanti alla piscina, notò i divani in ferro con i cuscini colorati, le poltrone sotto ombrelloni civettuoli e, in fondo alla *iarda*, il gazebo. Ammirò le piante più singolari. Era un trionfo di fiori e di musica quella casa. Sedette davanti a una tavola lunga quindici metri, cunzata per una decina di invitati e per l'esercito della Verasca-family. Joe e Rocco attaccarono a mangiare che a vederli era un piacere, ma anche una vergogna: due primi piatti, quattro secondi, quattordici contorni e quattro cannoli a testa. "Gei Gei", il figlio medico di Joe, anzi u *scinziatu*, lanciava ai due fratelli occhiate di terrore. Luciano, al contrario, aveva un solo rammarico: non avere con sé la videocamera.

Tra gli invitati, c'era una famiglia di religione ebraica. Lui si chiamava Jonathan, indossava pantaloni neri e camicia bianca, senza cravatta. Lei Amy, teneva sul capo una sciarpa di seta color argento. Si erano portati dietro i loro sei bambini - Luciano li contò con lo sguardo più volte, erano proprio sei - e la coppia aveva sì e no 40 anni. I maschietti portavano tutti le treccine. Nel giro di mezz'ora, genitori e prole divorarono tutto, come cavallette.

D'improvviso, si sentì un urlo. Era Joe. Annunciava con tono trionfale l'arrivo della *checca!* Luciano credette che sul palcoscenico della *beccausa*, inondato dalle note di "That's Amore", stesse per salire uno dei travestiti che frequentavano Piazza Sant'Oliva. Aveva rimediato un altro clamoroso errore: la *checca* non era un fròçiu, ma una enorme torta di panna e fragole (da "cake", da leggere "keik") con ventitré candeline rosa. Si festeggiava il compleanno di Angel, la quale, benché emozionata, le spense tutte in un soffio mentre parenti e amici intonavano "Happy Birthday To You".

Solo ora, Luciano rammentò la notizia comunicatagli dalla sòggira, priata priata, la sera precedente: «Dumani c'è *u berfdeipatti.*»

E lui, che aveva capito?, "dumani Umberto pàrti."

Si sfirniciò per scoprire cosa intendesse dire e chi fosse questo Umberto che sarebbe dovuto partire. Invece Rosina gli aveva parlato metà in siciliano perché aveva sostituito "il" con "u" e metà in latino in quanto aveva concluso la frase - ma sì, buttiamola lì - con un "dei". In altre parole, lo aveva informato che, il giorno dopo, ci sarebbe stato il birthday, pronuncia "berfdei", senza aggiungere che era stato il cognato a organizzare il *supprais pari*, scritto "surprise party" cioè la festa a sorpresa per il compleanno di Angel. Ma Joe, in gran segreto, ne aveva organizzata un'altra di festa, in contemporanea a quella della figlia, dedicata a Vera.

Infatti, a un suo cenno, Rebecca e Martha ricomparvero nella yard con un'altra *checca,* questa volta al cioccolato, abbellita con un rettangolo di marzapane verde, lo stesso colore del dollaro. Non era un caso: accanto alla "esse" barrata, enorme, identica a quella della valuta statunitense, c'erano disegnate con la panna otto cifre, 100,000.00 dollari, la somma guadagnata in tre anni da Vera, all'agenzia di viaggi. I primi centomila dollari della sua vita. Pensava proprio a tutto, Joe Verasca. Dava la sensazione di sapere quanto denaro avessero addosso, cents compresi, tutti i componenti della sua famiglia. Alcuni businessman fanno la festa al loro primo milione di dollari, ma centomila dollari, a 19 anni di età, per Joe rappresentavano un inizio di percorso da premiare, giusto con una party e con una bella torta.

Un anello favoloso

VISTO che i regali ricevuti da Angel erano ricchi, e talvolta insoliti, non c'era migliore occasione di consegnare a Vera il dono che si era portato dall'Italia e che aveva dato in consegna a Joe il pomeriggio che mise piede in America. Prima che Rocco facesse saltare il tappo della prima bottiglia di champagne, Luciano tirò dalla tasca il famoso cofanetto. «Tieni amore,» mormorò impacciato. E ai suoceri, che lo guardavano stupiti, chiese: «Posso baciare vostra figlia?»

Non attese la risposta. Prima i due giovani si sfiorarono le guance, poi il loro bacio venne accompagnato dal tripudio dei congiunti. C'erano anche le girl-friend e i boy-friend dei figli di Joe, i quali provarono tenerezza nel vedere i due giovani labbra sulla labbra. Solo Rocco fece il viso scuro perché gli stavano baciando la figlia davanti agli occhi.

Nel vedere il dono, Vera cacciò un urlo alla sua maniera tutta americana, «mai gad, mai gad,» scritto «My God.»

Gettò le braccia al collo di Luciano. Era un anello sobrio, elegante, su cui spiccava un solitario purissimo.

«Avrai speso una fortuna,» mormorò Vera con una mano sulle labbra. Era sbalordita. Un brillante fantastico. I parenti lo ammirarono increduli.

«È il regalo della vita,» disse Luciano, guardando i cugini e i fratelli di Vera, i suoceri, infine zio Joe e zia Sarah. «E lo faccio con tutto il cuore alla ragazza che sposerò.»

«Amore, hai speso una fortuna,» ripeté Vera. «È un sogno d'anello.»

Joe gettò sul fratello un sorriso eloquente. Rosina non finiva di guardare u ddiamanti, come incantata, mentre Rocco se ne stava a inghiottire saliva. Aveva un volto senza espressione.

«È un dono fantastico,» commentò Sarah. Mentre ammirava i riflessi della pietra, a Rosina spuntarono i lucciconi. Sul diamante, Luciano aveva investito buona parte dei suoi risparmi, ma grazie a Frank Mondello - e questo era un segreto da non svelare - era riuscito quasi ad ammortizzare la spesa.

«Aspettate, è un momento da immortalare,» gridò Luigi, uno dei fratelli di Vera: sistemò su un treppiedi l'inseparabile macchina fotografica con scatto automatico e tornò nel gruppo di una trentina di persone - Vera, Luciano e Angel al centro, Joe Verasca e Sarah a fianco della figlia, Rocco e Rosina appiccicati alla loro "bambina", tutti gli altri della grande famiglia a fare festa dietro di loro - e il flash illuminò tutti tre volte.

La sera calò umida. Mentre la tribù dei Verasca gustava le *checche*, Vera e Luciano preferirono passeggiare mano per mano nel parco, sotto lo sguardo spazientito di Rocco.

«E lasciali un po' soli, stai tranquillo che non se la mangia. Con loro ci sono anch'io,» lo rassicurò Joe. Ma nel momento in cui i due giovani imboccarono il vialetto, diretti verso il front della casa, l'uomo rallentò i passi con discrezione.

Si tenevano sempre per mano. «Perché sei così rossa?» chiese.

Vera lasciò la stretta e ammirò ancora il diamante. «Se te lo dicessi...»

«Dimmelo,» rispose mentre illanguidiva.

«No.»

«Mi vuoi bene?»

«Sei la mia vita, sei,» gli disse chinando il capo sulla spalla.

«Ho tanta voglia di sposarti.»

«Ma quando? Ora che hai speso il denaro per l'anello sarà più difficile.»

«Non ti piace il mio regalo?»

Gli tirò un pugno sul braccio.

«È bellissimo, avrai speso un patrimonio.»

«Una volta ti avevo promesso un anello vero, ricordi? Ma non togliere mai quello che ti ho dato tre anni e mezzo fa.»

«L'ho sempre al dito, giorno e notte. Adesso torniamo. Se no, mio padre comincia.»

«Tuo padre, tuo padre, sempre tuo padre.»

La trattenne per la gonna, tutto eccitato.

«Andiamo,» ripeté Vera «tutti si chiederanno dove siamo.»

«Vedrai, non finirà l'anno che ci sposeremo,» le giurò.

«Dimmi, questa sera hai bevuto, non è vero? Si sente da qui che hai bevuto.»

«Solo due Martini,» precisò. «Ma vedrai, parlerò con tuo zio. Lui potrà aiutarci,» promise tornando nella *beccausa*.

Il tavolo era illuminato anche dalla luna, ma sotto i rami degli alberi, s'intravedevano altre luci, almeno un centinaio, piccole, di un bianco fosforescente. Andavano su e giù, come se danzassero. Una sincronia perfetta. Le emanavano le lucciole durante il loro rito d'amore. Davanti al gazebo, Luigi e Michele ballavano con le loro zzite *'mericane* e i figli di Joe con i loro boyfriend e le loro girlfriend.

«Come potrà aiutarci uncle Joe? È mio padre la montagna da smuovere,» mormorò Vera, corrucciata.

«E noi la smuoveremo questa montagna, non ti preoccupare. E se rimarrà ferma, ci gireremo attorno. Dipende da te.»

«Che vuoi dire?»

«Ti spiegherò. Fammi parlare prima con tuo zio. Piuttosto, vuoi tornare con me a Villabella?»

«Amo l'America, ma tu sei la mia vita, dunque ti seguirò.»

«E io ti prometto che potrai tornare a New York, quando vorrai.»

Capitolo XI

U capisti? U capivu

SOTTO Frank Mondello, Luciano aveva accumulato 3,500 dollari, ma d'imparare l'arte non voleva proprio saperne. Il boss lo teneva con sé per rispetto a Joe Verasca e per ricambiare i favori da lui ricevuti.

Inzuppato di sudore, *Contorni* conficcò con un colpo secco il manico del forcone nel terreno e chiese al giovane di togliere il *"gressu"*.

Luciano lo guardò strano.

«*U grassu, u graessu,*» urlò *Contorni* con gli occhietti puntuti.

Luciano sapeva che si riferisse all'erba, ma talvolta per fare incazzare la gente era l'unico. Da come poi Mondello pronunciò *"graessu"*, gli parve di trovarsi, anziché in una *iarda*, davanti ai fornelli ad armeggiare con una pignata nzivata, o dentro un'autofficina. E mentre Frank Mondello s'infervorava nella sua richiesta - «sì, *u grassu*, leva *u graessu*» - taliò le proprie mani, le braccia e i pantaloni: li aveva ngrasciati da fare schifo.

Mondello, spazientito, strappò un ciuffo d'erba, glielo piantò sotto il naso e, con tono sempre più rude, gli chiese: «Paisà, posso sapere come chiami questa?»

«Erba o "gress", se preferisce che lo ripeta in americano.»

«E allura, picchì doppu un'ura che ti ripeto di tagliari e livari *u grassu*, anzi *u graessu*, non mi capisci?» replicò alzando gli occhi al cielo.

A Luciano ridevano gli occhi. Non poté fare a meno di riflettere sullo status-symbol di coloro che appartengono al ceto medio-alto dei ricchi sobborghi, i cosiddetti "wasp", acronimo di "White Anglo-Sasson Protestant": oltre alla casa unifamiliare con giardino e al *carro*, che talvolta amano più della moglie o del marito, sono legati in modo morboso al prato attorno alla casa, di cui sono molto gelosi. Non aveva dubbi: ritenne il verde una mania dell'americano agiato, alto, biondo, anglosassone. La Hollywood Anni '60, con "The Grass is greener" - in italiano "L'erba del vicino è sempre più verde" - non aveva forse prodotto una delle sue commedie più brillanti sul filo Usa-Gb?

Come se Mondello fosse stato parco di raccomandazioni, con il taglia erba da dodici cavalli tra le mani, anziché procedere in linee orizzontali, senza sgarrare di un centimetro, anzi di una picas (da leggere "paicas", sorta di centimetro 'miricanu), Luciano cominciò a manovrare la *mascina* a-ccazzu di cani, cioè a zig zag, e al termine del lavoro, il manto English-Style davanti alla dimora della Carter family sembrava l'epicentro di una scossa di magnitudo 9.8 della scala Richter. Tutto questo perché aveva dimenticato di agganciare alla *mascina* il "rear-bag", la *bega* posteriore, ovvero il contenitore dove sarebbe dovuto finire il *grasso* tagliato. Conseguenza: l'erba era stata scaraventata dalla parte posteriore del "lawnmover". Un disastro. Mister Contorni, tornato dalla casa limitrofa per visionare il lavoro, avvertì un giramento di testa e si sedette a terra senza dire una sillaba. Al pensiero di dovere rendere conto e ragione ai padroni di casa di quello scempio, stava per venirgli un colpo. Riaprì gli occhi dopo che i ragazzi ispanici gli rovesciarono sul capo un catu di acqua gelata.

«Senti a mia: si vinisti dall'Italia per rovinarmi trent'anni di rriputazioni, *forgherebari*, ti sbagli, mìnchia comu ti sbagli,» lo ammonì dopo che si fu ripreso. Aveva le labbra livide e la faccia rinsecchita. Se di mezzo non ci fosse stato Joe Verasca, avrebbe rincorso Luciano per tutto il *Niùggiorsi* roteando una mazza da baseball, ma siccome era uomo di pace, fece dell'indulgenza virtù e diede al giovane alcune prove d'appello.

Infatti, venne il momento in cui gli mise finalmente in mano il "lawn sprinkler", cioè l'irrigatore. Ma sfinito com'era, la schiena a pezzi, le gambe di piombo, Luciano a tutto pensò e non che avrebbe dovuto travagghiari come gli era stato vivamenti rraccumannatu, cioè «con estrema attinzioni.»

Raccolte tutte le forze per dare l'ultimo strappo al cavo dell'acqua, avvertì un crash proveniente da una ventina di metri: era scivolata a terra, niente meno, una parte del tetto del "lawn building", un piccolo pre-fabbricato a forma di casetta, chiamato "storage", dove un'altra famiglia, quella dei Collins, conservava, non solo gli attrezzi di giardinaggio, ma tutte le nègghie che non poteva tenere in casa o nel garage. La strantuliata del cavo attorno allo storage aveva provocato il lieve collasso e mister Contorni, aiutato da altri due deportati ispanici, dovette sistemare il tetto prima che i padroni se ne accorgessero.

Se li era fatti amici, i ragazzi sudamericani. Gli ricordavano personaggi delle sue letture. Nelle loro facce intravedeva la sofferenza di alcuni giovani della sua terra. Si chiese che differenza passasse tra la povera gente del Sud America e i contadini neri della "Sun Belt". O con quelli delle immense terre su cui scorre il Mississippi. O con coloro che lavoravano nelle pampas argentine. O con i siciliani che una volta zappavano sulle collinette di Tagliavia e di Portella della Ginestra.

Consumava il lunch assieme a loro, sandwich con la famigerata *emma*, che gli pareva plastica gli pareva, seduto ai margini della strada, da dove osservava l'asfalto fuso che cedeva sotto le gomme dei *carri* e lasciava una scia appiccicosa anche sotto le sue scarpe.

Padrone Mondello gli rimise tra le mani anche il "convertible line trimmer", altra dannata *mascina* azionata da un piccolo motore grazie alla quale si dà l'ultimo tocco al prato già ripulito: la lama scava un piccolo solco divisorio tra l'estremità del terreno e il cemento del vialetto che conduce alla casa, esaltando in tal modo il verde attorno alla ricca dimora.

«È *giobba* di alta pricisioni,» l'avvertì. «Devi avere la mano ferma. Capisci? La lama deve sfiorare il terreno.»

Infatti, uno sfiatatoio interno avrebbe provveduto a dividere il prato dal passo carrabile.

«Una lama costa 40 pezza, 40 tòllari. Paisà, mi capisci?»

Luciano aveva azzeccato. Nel concludere la frase, se ne era venuto fuori con un altro "paisà" e un altro "capisci".

«U capivu,» ribatté, facendogli il verso mentre la sua mente vagava a Villabella e a "Radioteleisolad'oro". Pensò a Paolo Zimmatore, il suo caporedattore. Aveva fatto di tutto per negargli il periodo di aspettativa e se avesse visto in che condizioni si era ridotto per rincorrere in America una fimmina, come minimo gli avrebbe sputato in faccia, gli avrebbe sputato. Ma che cosa sapeva Zimmatore della ragazzina che amava da una vita? Provocante come si era fatta, gli metteva addosso strane smanie.

Quelle fantasticherie lo distrassero dal lavoro. E ora che tra i suoi pensieri comparve l'amato suocero, avvertì un "dang" terribile: il "line trimmer", impazzito, gli saltò dalle mani e la lama dentata da 40 tòllari si spezzò contro il cemento del piccolo viale che conduceva all'ingresso della casa Colonial-style degli O'Connor.

Atterrito, si passò la mano sulla fronte e tolse dal capo la bandana anti-sudore, identica a quella degli ispanici. Era angosciato. Sgattaiolando, saltò sul *trucco* e cominciò a rovistare tra gli attrezzi. Notò una forca, una zappa con lama cuoriforme, un rastrello, un trapiantatoio, un foraterra. Nulla che facesse al caso. Dall'angoscia alla disperazione, il passo fu breve. Già pensava di scappare per quaranta miglia fino a Brooklyn. Come dire, una maratona per sfuggire all'ira del boss. Si era rassegnato al peggio quando, in fondo al furgone, scoprì una scatola di metallo che conteneva di tutto. Non credette ai propri occhi: oltre a bulloni, a cuscinetti, a viti e altri utensili, trovò sei lame, ancora intatte, avvolte in una custodia di cartone e di plastica. Ne prese una. Sudando freddo a 95 gradi F., riuscì a rimediare al danno.

Mondello gli disse: «Hai *sceccato* a *giobba* chi facisti?»

Lo osservò che sembrava un loccu.

«L'hai sceccata?»

«Ma la *scecca* non me la consegna il venerdì?»

Mondello aveva voglia di sbattersi la testa al muro. «Paisà, di quale *scecca* palli?» gridò «sempri a munita pensi? Ti ho chiesto se hai *sceccato* la *giobba*. Hai controllato u travagghiu?»

Questa volta, per *scecca*, Luciano non doveva intendere l'assegno bancario, ma la terza persona singolare del verbo controllare, *sceccare*.

«Hai la *draiv laicens all'Italia*?» si sentì ora chiedere.

Luciano lo osservò ammaluccutu.

«Guidi il *carro*?» ripeté Mondello. Lo guardò come un mammaluccu, sempre con un'espressione di stupore. *Contorni* rincarò la dose. «Anche sordo sei? Hai mai guidato il *carro*? La macchina, l'automobile, comu cazzu la chiami?»

«Certo. Vuole vedere la patente? Anzi la "draivers laicens?"», proseguì in buon inglese. Conosceva anche la pronuncia corretta di "driver's licence", ma nel pallone in cui si trovava non faceva più mente locale a ciò che diceva il boss.

«Ci vuole tanto per capire? Comunque, non ti ho chiesto di vedere la *draiv laicens*. Mi hai preso per sbirro?»

«Non mi permetterei mai.»

«Ok. Adesso vieni. Ti devo mostrare il "lawn tractor".»

«Cos'è?»

Si trovò davanti a un mostro con un motore di 32 cavalli.

«Te la sentiresti di farlo muovere per una ventina di metri davanti e dietro a una casa? Devi essere sincero.»

«Sì.»

«Proverai a simana chi trasi picchì me frati non potrà tornare a *faticari*,» precisò stropicciandosi gli occhi.

«Perché? Continua a fari i *piatta* ô Bronx?,» chiese Luciano in perfetto "Italian-English".

«No. Un altro problema ha. Si trova in infermeria. I medici hanno detto che deve intervenire il *surgeone*.»

Forse perché in vena poetica, Luciano ridusse il malanno a un banale durone, che faceva appunto rima con *surgeone*. Invece, aveva infilato un altro errore alla sua indecorosa collana americana. Il fratello di Frank Mondello la guàddara l'aveva davvero. E se qualcuno avesse punto con uno spillo il pacco di trenta chili che teneva tra le cosce, avrebbe provocato una tale esplosione da richiamare a sirene spiegate la *pulis*, cioè la polizia, da "police", decine di ambulanze e di autobotti dei pompieri. Altro che callista: nel gergo che Luciano imparava a conoscere, *surgeone* era il chirurgo, dal vocabolo anglosassone "surgeon". Ma siccome Serafino Mondello non voleva finire sotto i ferri, fino allora si era rraccumannatu a san Corrado di Noto, protettore dei guàddarusi, al punto da farsi spedire dalla Sicilia una reliquia del santo e aspettare in una cella del Bronx un miracolo che avrebbe lasciato macari esterrefatti tutti i detenuti.

«Facemu accussì,» proseguì Contorni «ccamadora, *fatica* cû "gas chain saw". In attesa di me frati, se ti vuoi nzignari u misteri, devi sapere fare tutto.»

«Proverò,» rispose Luciano con voce conciliante. Dall'espressione del viso, c'era da scommettere che aveva sempre sognato di svolgere questo lavoro e ora che Frank Mondello gli offriva la grande opportunità, parve andare in estasi. Si trovò tra le mani una doppia sega elettrica, da film dell'orrore, un metro la sola lama, che poi era la parte finale di una *mascina* da caricare, con le cinghie, anche questa sulle spalle, come uno zainetto di trenta chili.

«Questa *mascina* non ha niente a che fare con l' "electric blower". Rroba delicatissima è. Anche pericolosa. Solo veri artisti la possono utilizzare nel migliore dei modi,» precisò il boss. Contorni non era forse un artista? Bastava dare uno sguardo al suo *van*. A caratteri cubitali, sulle fiancate del maxi-furgone c'era scritto: "Mondello landscaping, sculpture and design". Poi, indirizzo e numero di telefono. Insomma, aveva l'arte topiaria nel sangue: era un maestro nell'eseguire abili quanto estrose potature di siepi e alberi. Si occupava del layout delle piante davanti a una casa e, a fioritura avvenuta, era uno spettacolo ammirare sia l'ordine che l'accostamento di fiori e colori.

Nel momento in cui gli misero la *mascina* sulle spalle, Luciano sentì scricchiolare le ginocchia. Madido di sudore, tolse di nuovo il fazzoletto dal capo: aveva i capelli slavati, tutti scarmigliati.

«Hai visto come l'ho usata davanti alla casa dei Crawford? Devi tagliare solo i rametti morti. Capisci paisà?»

«Capivu.»

«Quali taglieresti?» gli domandò davanti a un filare. Mondello ripeté la frase puntando questa volta il dito su rami con foglie bianche e punte rosse, un "Japanese Maple", poi gli indicò un delicato "Weeping Cherry", bianco e lilla. Erano due alberi dai colori così tenui e suggestivi da esaltare da soli la bellezza della casa costruita con pietra e con legno di quercia. «Quale tagli?, chistu o chiddu?»

Cominciò a formulare le domande a saltare. A Luciano, per un attimo, venne in mente il terribile vezzo del suo professore di italiano e di latino, ma l'unica cosa che Moriga desiderava tagliare erano le corna di mister Rachì Verasca, senza per questo recare offesa all'onorabilità della signora Rosina, ché una santa donna per davvero era, e meritava il Paradiso non solo perché l'aveva sopportato da una vita, ma perché il marito - visto il numero dei figli che le aveva fatto fare - l'aveva scambiata per una coniglia.

Luciano potò bene gli alberi, tanto che cominciò a mettere a se stesso i voti e, fuori di testa com'era, premiò con un "8" il tema sul giardinaggio. Ma a causa delle gocce di sudore impastate di polvere che lo accecavano, del sole che picchiava in testa e del caldo umido, micidiale, non seppe ripetere la prodezza nel momento in cui dovette dare un'allisciatina al "Mugho Pine", un filare di una trentina di metri che impediva alla gente di curiosare, attraverso i vetri, nella ricca dimora della Johnson family. Se c'era da tagliare un ramo, okay, aveva avuto la mano ferma, come predicava Contorni, ma ora che gli toccò lavorare di cesello, la scafazzò in modo ignobile. Voto assegnatosi: 3 meno meno. Era stato persino generoso.

Ma chi aveva detto che da uomo di fatica, come durante le prime settimane di lavoro, passate a caricare e scaricare attrezzi dal van o a rovesciare nel retro del furgone i contenitori con chili d'erba già tagliata, avrebbe dovuto riciclarsi in scultore della foglia? Mondello? Fatti suoi allora erano. Strana filosofia, però. E irriconoscenza bell'e buona. Non dimostrava impegno, non aveva voglia d'imparare, era insofferente a tutto, faceva anche i dispetti al boss di "non capire". Ma visto che Frank Mondello, dopo essersi portato il famoso "morto a cacare", persino lo pagava, e bene, non c'erano più pretesti su cui aggrapparsi.

Con il "gas chain saw", Luciano ci aveva preso comunque la mano, anzi gusto. Si sentiva armato contro il prossimo infame, convinto di tenere tra le mani un'arma micidiale da puntare contro i nemici. Il "design" davanti alla splendida casa della Johnson family era perfetto con i filari giganteschi, simili a mappamondi, di "Emerald Arborvitae". Doveva dare soltanto una spuntatina a qualche protuberanza malandrina delle piante. Ma togliene una ora, taglia un rametto dopo oppure un'altra irrilevante escrescenza del fogliame che sarebbe stato meglio non toccare, e le sfere verde scuro assunsero, a poco a poco, forme geometriche prima capricciose, poi insulse.

Di "Emerald Arborvitae", otto anni prima, la Johnson family aveva fatto "scolpire" in giardino un discobolo alto quattro metri, imponente, suggestivo, impeccabile nelle forme come il David di Michelangelo. Ma ecco l'imponderabile, sotto forma di starnuto, violento, incontrollabile, nell'attimo in cui Luciano, con la sega, stava per fare la barba ad alcune foglie ribelli. La *mascina* saltò dalle sue mani, impazzita. Se Mondello avesse visto la lama piombare sul piede del discobolo, per lo scantazzu, sarebbe finito rittu rittu all'*asperol*, come chiamava u spitali, scritto "hospital". Tentativo di amputazione fu. Colposo sì, ma dei più crudeli. Luciano avvertì delle fitte allo stomaco, sempre più frequenti, e poco mancò che rimanesse soffocato da una tosse stizzosa e maligna. "È u nirbusu che tengo addosso", ripeté fornendo una diagnosi sommaria del suo malessere. Mondello, per fortuna, non si accorse di nulla se no, i funerali di Moriga si sarebbero svolti quel pomeriggio stesso nel *Niùggiorsi*. L'incidente, tuttavia, non sarebbe potuto passare inosservato: in autunno, il discobolo sarebbe diventato certamente ciuncu dalla parte malata.

E i Johnson, a distanza di qualche mese, avrebbero sposato la tesi della disgrazia, di un refolo micidiale o di una saetta del Padre Eterno.

Il mistero della daina

SETTIMANE dopo, che era fine settembre e non doveva lavorare perché Mondello aveva impegni a *Nuova Iorca*, alle 8 del mattino uscì di casa diretto da Joe Verasca, come da tempo si era ripromesso. Di recente, il patriarca, e sempre per un paio di giorni, si era recato prima a Orlando, in Florida, poi a Philadelphia, in Pennsylvania, motivo in più per ritenere doveroso fargli visita, da solo, durante il week end. Avrebbe potuto parlargli dei rapporti con il suocero, purtroppo pessimi, del lavoro svolto da Frank Mondello, e ringraziarlo ancora per l'appartamento a fitto stracciato fattogli trovare sulla Bath Avenue, a ridosso della Diciottesima.

Un solo problema: era la prima volta che si avventurava nel Long Island da solo con mezzi pubblici. Studiò il percorso nei dettagli: avrebbe dovuto salire su un treno, poi su due bus con il transfert e scendere in un paesino davanti a una *daina*. Dopo di che, avrebbe dovuto percorrere un miglio a piedi su una strada chiamata Orchard Avenue.

Aveva la testa pesante, accusava brividi, gli occhi gli bruciavano, la tosse, impetuosa, non gli dava pace. "Oltre al nervoso, mi ha colpito l'influenza, non ci voleva proprio," si lamentò. Era angustiato anche dalla *daina*. Capì di avere fatto un errore non chiedere a Joe di cosa si trattasse. Dopo una riflessione terra terra, concluse che sarebbe dovuto scendere dal bus nei pressi di qualche scultura marmorea, o di bronzo, presumibilmente non di grosse proporzioni, che raffigurasse una femmina di daino. I primi dubbi l'assalirono appena si rese conto di trovarsi da 30 minuti sul secondo bus. Tirò dalla tasca un business-card con l'indirizzo della Verasca-family. Lo mostrò all'autista, una robusta Afro-American di quarant'anni circa.

«Sorry, I don't know,» si sentì rispondere con sufficienza ma con garbo. Luciano decise allora di scendere. Entrò da "Carmela Pizza", davanti al bus-stop. Aveva la gola arida. Erano le nove e quaranta del mattino e alcuni giovani ispanici pulivano e sistemavano i tavoli o erano indaffarati nei pressi del forno elettrico. Aprì il vetro del frigo per prendere una bottiglietta di Coca Cola, ma ne scelse una di "Sprite" perché somigliava all'acqua e aveva una fetta di limone stampata sull'etichetta. Posò 65 cents sul banco e cominciò a bere a garganella.

In fondo al locale notò un uomo sui 70 anni, tarchiato, con occhiali da vista. «Can I help you?,» posso aiutarti?, sentì chiedere. Si avvicinò.

«Sa dove si trova la Orchard Avenue?»

«*'Taliano* sei?»

«Sì, italiano.»

«E allora parla 'taliano.»

Massaggiandosi il mento, l'uomo ripeté due volte il nome della strada. «Orchard vinuta, Orchard vinuta... Non mi è nuova, ma vivo in questo town da quarant'anni ed è la prima volta che sento il nome di questa *stritta* proprio ccà,» commentò. «Aspetta, ddu picciottu fa i delivery, dovrebbe conoscerla. Forsi è una *stritta* nuova.»

Di delivery, da pronunziare come si legge, Luciano sapeva il significato: fare i domicili, le consegne porta a porta, ma il vocabolo si usa anche quando una donna deve partorire. Per il resto, doveva dire grazie a zio Joe per avergli insegnato i rudimenti della lingua parlata dagli italiani d'America. Infatti, tutte le parole snocciolate da quell'uomo, gli erano tornate familiari.

Il giovane ispanico memorizzò l'indirizzo e fece una smorfia.

«Mi dispiace,» sussurrò il proprietario della piccola pizzeria. Si mostrò davvero rammaricato di non potere aiutare un italiano. «Paisà, da dove vieni?» chiese.

«Da Palermo.»

«Paleermu Paleermu?»

«Villabella.»

«Io di Cinisi sono. Visconti mi chiamo, Ernesto Visconti. Piaciri.»

«E io Luciano Moriga sono.»

«E da dove vieni?»

«Ripeto, da Villabella.»

«No, non mi capisci. Dove abiti qui?»

«A Bensonhurst.»

«Quannu vinni a 'Mierica, due anni ci campavu. Tu a cu cerchi? Possibile che non ti hanno dato altre 'ndicazioni?»

«Ho preso il treno e due bus. Mi hanno detto di scendere davanti alla *daina*. Non so cosa sia. È una statua ? Un monumento?»

Visconti aveva gli occhi come spiritati. In un attimo riusciva a focalizzare due o tre zone della pizzeria e pronunciò a voce alta il nome di un impiegato che, secondo lui, non faceva le cose a modo.

«Fammi pinzari,» sussurrò accarezzandosi ancora il mento. Dopo un minuto di silenzio assoluto, richiamò il giovane che puliva i tavoli. «Segundo, qual è la *daina* più vicina.»

Segundo non era la traduzione di "secondo te", ma il nome del picciotto ispanico. Il quale rispose a botto: «Four miles.»

Cioè quattro miglia.

«Ora ci siamo,» esclamò il signor Visconti «dovevi scendere prima della chiesa.»

«Beh, la ringrazio,» disse con garbo. «Piacere di averla conosciuta,» aggiunse porgendogli la mano.

«Paisà, prèscia hai? Dove *fatichi*?»

«Mi chiede che mestiere faccio?»

«All'appuntu.»

«Sono giornalista.»

«Ggiornalista sei?» esclamò stupito. «*Fatichi* ccà?, ô ggiurnali *'talianu*?»

«No, lavoro in Italia.»

«Bbravu. Ti accompagno iu alla *daina*. Aiu u *carru parcatu* ccà davanti.»

«Lei è molto gentile, ma non si preoccupi. Prendo un bus se mi dice dove dovrò scendere e che cos'è la *daina*.»

Aveva una matinata che si sfirniciava câ *daina* e ancora non sapeva cosa fosse. Visconti lo fece sedere su una Oldmobile strapuntinata del '70 che partì a primo colpo.

«Paisà, comu dicisti chi ti chiami?»

«Luciano Moriga.»

«Bello mestiere il tuo, giri il mondo e ora sei a *'Mierica*.»

«Già,» rispose, tanto per dire una cosa. Si asciugò gli occhi. Avvertiva di nuovo bruciore. Avrebbe voluto rinfrescarsi il viso, bere un'altra bibita.

«Io quarant'anni fa arrivavu. E ddoppu Bensonhurst, pusavu ccà,» precisò. Luciano rimase incuriosito dal movimento continuo degli occhi azzurri dell'uomo. Sembrava volesse guardare mille cose in un attimo. Ebbe il dubbio che soffrisse di midrìasi. Aveva la pupilla dell'occhio destro dilatata, difetto legato a una malattia, forse del glaucoma.

«Paisà, cû cocciu a littra chi hai, potresti aiutarmi,» azzardò.

«Se posso, volentieri. In che modo?»

Aggrottò le sopracciglia arruffate. «Le disgrazie prima o poi arrivano, non risparmiano nessuno. E ora - sospirò - non so più dove battere la testa, a quale santo rivolgermi. Anche al Papa ho scritto e il Papa *pulaccu*, da persona santa mi ha risposto.»

Visconti accostò al marciapiede, azionò le luci intermittenti, tolse la cinghia che lo legava al sedile, tirò fuori dalla tasca dei pantaloni il portafoglio, l'aprì e mostrò una lettera piegata più volte. Luciano notò lo stemma del Vaticano.

«Leggi, leggi. C'è scritto che ci saranno problemi da rimuovere, ma che la Santa Sede farà il possibile per venire incontro alla mia richiesta. Non dice così?»

Dette uno sguardo al foglio. Poche righe. Con molta umanità, dicevano quanto Visconti aveva anticipato. «Sì, il Papa s'interesserà. Ma qual è il problema?»

«La tomba,» svelò tra i denti Ernesto Visconti.

«Quale tomba?»

«Dove si trova sepolta Adelina, mia moglie buon'anima,» rispose con voce tremante. Ripiegò la lettera e la rimise nel portafogli, delicatamente, come se conservasse una reliquia. La busta era sul grigio, quasi consunta. Quante volte l'aveva tirata fuori?

«Devi sapere che a 'Mierica non è come all'Italia,» precisò.

«In che senso?»

«Nei cimiteri sono vietate le immagini della Madonna, di Santi, tanto meno di defunti. E io il cuore a pezzi ho. Vinti misi fa, quando il Signore, dopo 35 anni di matrimonio, si chiamò Adelina, avevo preparato due parole da mettere sulla bbalata e anche un ovale di porcellana con la sua foto da giovane, bella come un angelo. Aspetta che te la faccio vedere.»

Visconti riprese il portafogli mezzo logoro e tirò fuori una foto formato tessera della donna. Risaliva a trent'anni prima. Proprio vero, la sua Adelina, da giovane, era bella sì, aveva i capelli biondi, la carnagione chiara, un sorriso dolce. «Sulla porcellana che ho comprato all'Italia è tale e quale,» precisò «però non posso metterla sulla tomba. Così, ogni domenica vado al camposanto a cambiare i fiori e non mi resta che pregare guardando la fotografia che tengo nâ sacchetta. La bbalata scarna è. Ci sono solo un nome e due date, quando nacque e quando morì. Ma è possibile che in questa terra un cristiano non può piangere i propri morti e guardarli in faccia?»

Si disperava.

«Se la legge è questa, bisogna rassegnarsi. Non le pare?»

«Non ho forza, né volontà. Mi sono rivolto anche al sindaco e al cardinale di Nuova Iorca. E siccome mi hanno risposto che non potevano farci nulla, ho disturbato Sua Santità, che mi ha dato ascolto promettendomi che si sarebbe interessato.»

Visconti accostò l'auto in una piazza alberata. «Ecco la daina,» mormorò «ora ripetimi u nnomu della stritta dove devi andare.»

«Signor Ernesto, che cos'è questa daina?»

«In faccia a tia è.»

Si trovò di fronte ad un edificio basso, di pietra grigia, a vetrate enormi. Dopo avere letto sull'insegna al neon "Diner", si dette una manata in fronte autodefinendosi cretino con laurea italiese. Ecco cosa intendeva Joe per daina. Macché fimmina di daino, un "fast food" era. Diner non si pronuncia dainer? Dunque, daina.

«Ce ne sono centinaia,» spiegò Visconti.

Forse decine di migliaia in tutta America. E Luciano le conosceva bene perché avevano la caratteristica di essere tutte eguali, o quasi. Le mattine dei week end non andava a fare colazione in una di queste sulla 86.esima strada? Se Joe Verasca non si fosse spiegato come un libro chiuso, sarebbe stato da lui da un pezzo. Guardò l'orologio. Si erano fatte le undici, era in notevole ritardo.

«Paisà, non hai risposto alla mia domanda, in quale *stritta* devi andare?»

«Orchard Avenue. Vado a trovare Joe Verasca.»

Nell'ascoltare il nome, Visconti rimase a bocca aperta. «Vai proprio a casa di Joe Verasca?»

«Sì, perché? È lo zio della mia fidanzata.»

Dallo sguardo di stupore, passò a quello di ammirazione. «Picchì non me l'hai detto prima? Ora ti lascio davanti a casa sua.»

A percorrere il miglio che Luciano avrebbe dovuto fare a piedi, in una zona ricca di vegetazione, impiegò due minuti.

«Siamo arrivati. Sono onorato di averti conosciuto. Dì a to ziu che lo saluta e lo riverisce, come sempre, Ernie Visconti. Non dimenticare il nome, Ernie Visconti. Capisci? È un grande uomo, degno del massimo rispetto to ziu. Non voglio disturbarlo perché non l'ho informato della mia visita, ma salutamelo per favore. E tu qualche volta vieni a trovarmi. Me lo prometti?»

«Ok e grazie.»

Aveva un fare ossequioso, così riverente che Luciano rimase sorpreso. Gli venne ad aprire Angel con un «How Are You» svenevole e un bacetto sulla guancia. «Dad, mommy, Lusiaeno is here»,» trillò.

Capitolo XII

Marchetta e bbuchinu

TROVÒ uncle Joe in giardino, sprofondato in poltrona, intento a leggere il "Daily News". Gli rivolse un cenno con una mano e ripeté il gesto nel salutare Martha appena uscita dalla *pulla* tutta "gocciolante". Luciano capì di avere di fronte una donna soddisfatta della propria bellezza quasi rinascimentale. Osservandone i passi felpati sul prato della *beccausa*, gli venne in mente il pensiero di Charles Monroe Schultz, il papà di Charlie Brown, sulla felicità: a parte il singhiozzo, ovviamente dopo che va via, basta accarezzare un cucciolo caldo caldo, stare a letto nelle giornate piovigginose o passeggiare sull'erba a piedi nudi. Proprio come faceva ora Martha. La quale, dopo essersi annodata il parèo a fiori tropicali, autentico tahitiano, accolse il cugino con un sorriso.

«Ce ne hai messo di tempo,» fece Joe. Era più abbronzato del solito e i capelli bianchi, folti, avevano riflessi argentei. Lo sguardo era penetrante. «Ti aspetto da un'ora,» bisbigliò con un tono di affettuoso rimprovero.

Luciano non osò portare i saluti di Ernie Visconti, se no avrebbe dovuto raccontare dove, come, quando, perché l'aveva conosciuto e riferire a Joe l'incidente linguistico della *daina*. Non voleva creare artriti con un uomo che considerava un punto di riferimento. Giustificò il ritardo con il fatto di avere sbagliato treno per la scarsa dimistichezza con la subway. Se nella città sotterranea si smarriscono anche gli americani, figuriamoci lui.

«Hai mangiato? Vuoi un *senguiscio*?»

Ricordò il *senguiscio* omerico di mesi prima e rispose di no, con garbo.

«Che hai? Stai poco bene?»

A Joe fu sufficiente un'occhiata per notare sul volto di Luciano una cera diversa e un leggero gonfiore agli occhi. L'aveva già sentito tossire più volte.

Al "come stai?", anziché "fine" rispose d'istinto «*menzu e menzu*». Capì di essere entrato, suo malgrado, nel sistema.

Aveva l'occhio fino, Joe. Nel parlargli dei suoi figli maschi, un giorno gli aveva raccontato che, quando erano ragazzi, la sera non andava a dormire se non li vedeva rincasare, uno per uno. Si accertava se camminassero a modo, come si muovessero salendo le scale, insomma se tutto era a posto. Come dire: u primu che avrebbe ondeggiato o messo un piede male o perché si era fatto una canna, o perché aveva bevuto un bicchiere in più, le nerbate se le sarebbe ricordate a vita e qualcuno, non precisò chi dei picciotti, portava sulle carni ancora i segni.

«Facciamo quattro passi nella *iarda*, che ne dici?»

129

Luciano non finiva di ammirare la casa. Prima di immettersi nel prato, aveva attraversato una veranda con mattoni di coccio dominata da un seating set con divano, tavolo e poltrone in vimini color latte. Sarah e figlie avevano dimostrato un gusto delicato nell'arredare la loro reggia.

«Oggi potrai riposare. Gli impegni di Frank Mondello sembra capitino a proposito,» osservò lo zio di Vera.

«Ha dato un giorno libero a tutti. Deve sbrigare alcune cose prima a New York, poi nel New Jersey, in due posti per me curiosi: ô *bbuchinu* e â *marchetta*. Non ho capito, ma l'ho ringraziato per il giorno off.»

«Tu sai cos'è u *bbuchinu*?»

Non rispose. Sperava che la domanda morisse lì, senza approfondimenti.

«Non è la parolaccia che pensi,» precisò invece Joe. «Non si tratta né di un atto sessuale né dell'aggeggio dove una volta si infilava la sigaretta per fumarla: ô *bbuchinu* dove Mondello si è recato, si scrive Hoboken. È la città del *Niùggiorsi* dove abita la madre, di fronte a New York City, ddabbanna u çiumi: è grannuzza e non sta bene in salute. Due o tre volte al mese, Frank passa assieme a lei l'intera giornata riempiendola di premure. Un brav'uomo questo Mondello.»

«Ho avuto modo di rendermene conto,» precisò Luciano. «E la *marchetta* cos'è?,» chiese a questo punto.

«Non è quella che pagavo ô Casinu delle Rose, mPaliermu, pi stari cu na fimmina. Come ô *bbuchinu*, dove è nato il mio amico Frank, non è parola vastasa.»

«Ho sempre saputo che Frank Mondello è nato in Italia.»

«Mi riferisco a un altro Frank, famoso nel mondo, a Sinatra. Lui sì che è nato a Hoboken. A proposito, devo chiamare Los Angeles per sapere come sta. Si sarebbe dovuto operare di diverticoli.»

E rivolto a Sarah, distante una decina di metri: «Alla televisione hanno dato notizie di Frank? Questa sera fammi ricordare che devo chiamare casa sua.»

«Davvero Frank Sinatra è suo amico?»

«Da una vita.»

Luciano tradì una certa meraviglia: lo zio di Vera non lo finiva di stupire. «Mi ha spiegato cos'è u *bbuchinu*, adesso deve dirmi cos'è la *marchetta*,» chiese dopo una pausa.

«U market. Come dite voi *all'Italia*? U mircatu. Non ti ho detto che Mondello dà tutti i *conforti* alla madre? Le riempie la *frigideira* con ogni ben di Dio. Non le fa mancare nulla.»

Era tutto chiaro: market si era ridotto a *marchetta*. E trovò anche l'etimo di una "perla" di carramusiana memoria: la *frigideira*. Cioè il frigorifero.

A cucuzza non vuole crescere

CAMMINARONO a piccoli passi nella *iarda*. Joe condusse il giovane in un angolo della *beccausa*, un quadrato di terra di una trentina di metri in cui aveva ricavato un orticello. Ne andava fiero. Rimase ad ammirare alcune piante che, in poco più di due mesi, erano cresciute ad altezza d'uomo.

«Sai cosa sono? Tinnirumi. In tutto il Long Island non ne esistono di simili. In America solo i siciliani sanno coltivare squisitezze simili.»

Erano un trionfo quei tralci di zucche, sorretti verso l'alto da canne, e attaccati con dello spago a fili di ferro per evitare che si attorcigliassero gli uni agli altri. Luciano conosceva i rami verdi della vite e di altre piante rampicanti, ma ignorava che le zucche potessero produrre tralci verdi così copiosi. I tenerumi li aveva sempre mangiati con la pasta, a minestra, con pomodoro e aglio, ma non si era preso mai la briga di sapere da quale pianta interrata provenissero tanto meno come si coltivassero. Joe, invece, non nascondeva la soddisfazione che solo quattro o cinque persone, lui tra queste, riuscivano a piantare e a raccogliere negli Stati Uniti, California compresa, *tinniruma* così appetitosi.

Luciano si dimostrò compiaciuto del pollice verde di uncle Joe, ma c'era un problema che gli stava molto più a cuore dei tinnirumi. Erano trascorse tre settimane dalla sera in cui aveva regalato a Vera quell'anello favoloso e sperava di avere a che fare, finalmente, con un suocero meno fiscale, più comprensivo, meno egoista. Non lo sfiorava il dubbio che l'egoista fosse lui. Sognava di abitare con Vera l'attico di fronte al mare. Quante volte era rimasto ad ammirare le luci sul Monte Pellegrino e il "postale" mentre si allontanava dal porto diretto a Napoli. Nonostante abitasse al quattordicesimo piano, aveva l'impressione che la schiuma delle onde si infrangesse sui vetri delle finestre. Passava ore intere a respirare da lassù il profumo del suo mare, a immaginare Vera al suo fianco. No, non era lui l'egocentrico e il meschino, ma il suocero. Non solo gli aveva sottratto la ragazza che amava per portarsela in America, ma si era messo in testa di mandare a puttane studi, laurea, carriera, e di fargli svolgere i lavori più pesanti. E di quell'attico non gli importava nulla.

Purtroppo, ora che pensava alla qualità della vita, peggiorata nei mesi vissuti in America, l'uomo dal quale sperava di avere un aiuto, sembrava interessato soltanto ai suoi ortaggi, ai fagiolini piantati in un angolo della *iarda*, ai pomodori di San Marzano cresciuti in quell'altro angolo, così succosi da sentirli squagliare in bocca. E ai tinnirumi, ovviamente.

«Ha avuto modo di parlare con suo fratello?» gli chiese. «I miei suoceri potranno vedere Vera quando vorranno. Due volte all'anno la farò tornare a New York.»

Joe lo ascoltava senza distogliere lo sguardo dal suo orto. E anziché fornirgli una risposta rassicurante, puntò il dito in una zona tutta coperta dai tralci di tenerumi. «Vedi quella cucuzza?» gli domandò.

«Quale cucuzza?»

«Laggiù, la vedi?»

Luciano scrutò il terreno e rispose con un flebile «sì».

«Non vuole crescere. Nica era e nica continua a essiri. È una spina conficcata nel mio *assu*. Non so cos'altro inventare per farla spicari. Devi sapere - precisò, come se cercasse una giustificazione - che l'abbiviru iornu ddoppu iornu, appena cala il sole.»

Luciano afferrò il significato del "mio *assu*", che non era né di coppe né di dinari: con "my ass", intendeva una spina in culo, frase utilizzata dagli americani alle prese con noie, spiacevoli imprevisti, rompicoglioni e contrarietà quotidiane. Gli sfuggiva tuttavia il motivo per cui Joe stesse facendo un dramma per quella zucca rimasta nana. Lo guardò sconsolato: possibile, angustiato come era, che doveva sentire parlare di cucuzzi e di tinnirumi? Fece fatica, ma riuscì a nascondere disappunto e delusione.

«A proposito,» fece a un tratto Joe «ora devo lasciarti. Per le tre, assieme a un amico, ho un appuntamento con il *ggiorgiu* nel *Niùggiorsi*. Ci sarà traffico, se non vado, farò tardi.»

«Pazienza,» borbottò Luciano «vorrà dire che andrò via.»

Pronunciò "andrò via" in un modo così mesto da colpire Joe. «Aspetta,» si sentì rispondere. Accompagnando la frase con un gesto della mano, il vecchio gli rivolse un invito: «Perché non vieni con me? Avremo modo di parrari. E più tardi, mangeremo da Pasquale.»

L'idea di recarsi nel *Niùggiorsi* in un giorno libero, l'allettava poco. Desiderava tornare a Brooklyn senza salire di nuovo su bus, su treni della Metro North, della subway e gettarsi sul letto come morto. Con le gambe non ci stava, ma non seppe rifiutare l'invito.

«Sa bene che la sua compagnia mi fa piacere,» precisò. Non voleva rruffianàrisi Joe. No. Gli piaceva parlare con lui, anche ora nonostante accusasse una cappa di piombo in testa, bruciore agli occhi, una lacrimazione continua. Si asciugava di continuo il naso e, se non bastasse, la tosse aumentava d'intensità.

«Vorrei bere un po' d'acqua fredda. Mi sento la gola come carta vetrata. Avete della menta e del ghiaccio?»

«Ice, quanto ne vuoi. Sciroppo di menta no. Gradiresti dell'anice? Me l'ha portato un amico dalla Sicilia tre giorni fa. Alcune gocce nell'acqua fredda bastano a dissetare. Prova.»

«Conosco l'aroma del mistrà. Ok per l'acqua e anice.»

Sarah gli mise in una mano anche due aspirine che Luciano mandò giù. Dieci minuti dopo, era sulla Cadillac, destinazione Up State New Jersey, dalla parte West, zona che non conosceva perché con Mondello andava a lavorare alle Palisades.

Andiamo dal ggiorgiu

IN FONDO cosa gli costava trascorrere un pomeriggio con Joe? Avrebbe avuto modo di pensare lo stesso a Vera, e di parlare di lei con lo zio. Ci sarebbero stati il sabato e la domenica per stare vicino alla sua ragazza.

«Ti trovi bene nella casa?» chiese mentre erano in auto.

«Quale casa?» rispose Luciano. L'unica casa che conosceva si trovava nella sua Villabella.

«Come quale casa? Quella dove abiti,» precisò uncle Joe.

«Bene, e la ringrazio tanto per avermela fatta trovare a questo prezzo. Pensavo che si riferisse all'appartamento acquistato in Italia,» disse scusandosi. «Vorrei che lo vedesse. I *conforti* non mancano.»

«Quanto l'hai pagato?»

«Centosessanta milioni, e ne ho dati la metà.»

«Cû *muàrtaggiu*?»

«Quale morto?»

«Chi ha parlato di mortu? Ho chiesto se l'hai comprato cû *muàrtaggiu*. Come lo chiamate voi?, u mutu?»

«Sì, il mutuo.»

Ne aveva imparata un'altra. Negli Usa, il mutuo si pronuncia 'mo:gidz; e il vocabolo, scritto mortgage, viene trasformato in *muàrtaggiu*. Anche questa volta, come per l'*assu*, aveva risolto da solo il problema della traduzione. Poco mancava, però, e si sarebbe lasciato scappare quel famoso detto romanesco che accomuna i cari estinti di tutta la famiglia.

«Quaranta di anticipo, cioè come down payment, come dite voi, il resto con il mutuo bancario.»

«Well, I understand,» commentò uncle Joe.

Luciano si chiese che senso avesse, nel casino in cui si trovava, il "well", cioè "bene" pronunciato da Joe. La Cadillac imboccò il Battery tunnel. Quando ne vennero fuori, Joe deviò a sinistra, costeggiò le Twin Towers, le torri gemelle, e s'immise nella Franklyn Delano Roosevelt, conosciuta meglio con le iniziali del presidente Usa, FDR. Un'autostrada lungo l'East River. Grazie al Battery tunnel, da Brooklyn si raggiunge Manhattan sotto la baia di New York. E nel pensare che ne esistevano altri tre, di tunnel, l'Holland e il Lincoln, che uniscono Manhattan al New Jersey e l'altro di Midtown che collega sempre Manhattan al Queens, giunse di nuovo alla conclusione che in Italia non c'era stata volontà

133

di costruire il famoso ponte sullo Stretto. Oppure il tunnel tra Scilla e Cariddi. Esternò la sua considerazione e, con sorpresa, notò che zio Joe non solo era d'accordo, ma aveva delle idee tutte sue.

«Se avessero affidato agli americani la progettazione, sarebbe pronto da mezzo secolo. E se la Sicilia fosse rimasta in mano agli Usa,» continuò «non esisterebbe il problema della disoccupazione e i picciotti oggi non scapperebbero dall'isola per costruirsi un avvenire. Sarebbe una terra ricca la Sicily, incantevole come la California. L'idea separatista sorta nel dopoguerra, prima che io partissi, non era da buttare via.»

«E io non sarei qui a rodermi il fegato con suo fratello perché l'America l'avrei avuta a Villabella.»

«Devi avere pazienza,» lo esortò Joe.

«Più di quanta ne abbia avuta? Bisogna essere santi.»

«Vedrai, prima o poi si sistemerà ogni cosa.»

«Quando? Dopo tre mesi, oltre al biglietto aereo di ritorno, che sarebbe il problema meno rilevante, mi sta per scadere il visto turistico e anche il periodo di aspettativa, ché di mezzo c'è il lavoro, la mia professione.»

«Ma allora vuoi tornare davvero *all'Italia*?»

«Non vedo alternative.»

«Non pensi di vendere l'appartamento e acquistarne uno a New York? Faresti felici tutti. Anche Vera, ricordalo.»

«Non certo suo fratello,» cafuddò Luciano. Una frase che gettò fuori d'istinto. Forse, la febbre gli dava il coraggio d'affrontare l'argomento di petto. Accusava brividi in tutto il corpo.

«Che stai a dire?»

«La verità, zio Joe. La verità è solo questa.»

Seguì un lungo silenzio. Rannicchiato nell'auto, continuava a lacrimare e a starnutire. Avvertì una sensazione di freddo alla schiena e un prurito pazzesco alle braccia e alle gambe. Cercò di distrarsi ammirando il suggestivo scenario dei ponti, il vecchio Brooklyn Bridge, costruito con pietra scura, il Manhattan Bridge con il suo celeste sporco, il Williamsburg, anch'esso stracarico di anni e, più in là, rimase incantato davanti allo scenario dei grattacieli dalla 23.esima alla 42.esima strada: l'estremità dell' "Empire State Building", lo sky-line della Chrysler, il Palazzo di Vetro dell'Onu, a ridosso dell'East River, sullo sfondo di un cielo terso. La Cadillac filò silenziosa verso Up Town. Era la prima volta che percorreva un'autostrada dentro la città. Al di là del fiume, notò un altro ponte. Capì - quante volte aveva studiato New York sulla mappa - che si trattava del Queensboro. E, da lontano, scorse la punta del Triboro. Prima che Joe s'immettesse nel Washington Bridge, diretto nel

New Jersey, vide stagliarsi sulla destra, il Yankee Stadium, regno della squadra di baseball più famosa del mondo.

«C'è mai stato?» chiese.

«Tante volte. Mi affascinano soprattutto le Subway Series.»

«Cosa sono?»

«Le finali tra "Yankees" e "Mets". Sette partite. Chi ne vince quattro, è campione del mondo.»

«È vero che i "Mets" giocano in un altro stadio?»

«Sì, è distante otto miglia. Dicevo: le finali si chiamano "Subway Series" perché i tifosi hanno modo di recarsi in tutti e due gli stadi con i treni della subway.»

«Per chi fa il tifo?»

«"Yankees",» rispose con orgoglio.

Guardò l'orologio.

«C'è poco traffico, tra venti minuti saremo da Pasquale e dal *ggiorgiu*.»

«È un suo amico?»

«È da 40 anni che conosco Pasquale. Come fratelli siamo.»

«E Giorgio?»

«Chi è Giorgio?»

«La persona con cui avete appuntamento.»

Joe Verasca scoppiò in un'altra fragorosa risata. «Ma *ggiorgiu*, è u ggiùdici. Pasquale deve trovarsi in corte e vuole il mio aiuto. E io mi presto,» spiegò con il tono di chi vuole fare capire che, prima o poi, "arriva il giorno in cui un cristianu deve disobbligarsi e ricambiare dei favori perché gli amici si devono rispettare."

Luciano si rese conto di avere rimediato un'altra gaffe: per *ggiorgiu*, lo zio di Vera intendeva "judge", pronunzia "dzoigi", il giudice. Insomma, u *ggiorgiu*.

Per raggiungere il New Jersey, attraversarono il Washington Bridge, sul fiume Hudson. «È maestoso,» esclamò Luciano. Era davvero di una bellezza imponente e la luna, colore arancione, diafana, adagiata in cima alla campata fin dalle due del pomeriggio, aspettava provocante e malandrina il tramonto per divenire la protagonista della notte.

«È immensa, sembra più grande del sole.»

«Mi ricordi un giovane giunto anni fa dalla Sicilia. Di pomeriggio, lo accompagnai nel *Niùggiorsì*. C'era una luna come questa e se ne uscì con una frase ingenua ma che contiene tante verità.»

«Quale?»

«Disse esattamente: "Anche la luna è più grande, si vede che mi trovo in America". Sai cosa intendeva dire?»

«Aveva ragione,» mormorò Luciano dopo un attimo di riflessione.

«Mi capisci, bbravu. A *Mierica* è tutto più grande. La frutta, i palazzi, le auto, i fiori. Anche la luna te lo dice. E le opportunità sono mille volte superiori. Tu, ad esempio: hai cominciato con il landscaping, ma potrai diventare ggiornalista se conoscerai l'inglese come l'italiano. Oppure businessman. Hai una vita di fronte a te. Un giorno, forse, sarai ricco sfondato. Quando arrivai in questa terra, da disperato, per prima cosa cercai d'inventarmi un mestiere. Ma dovendo anche manciari, cominciai a lavare latrine e a cercare nel frattempo *giobbe* meno umili. Oggi però sono Joe Verasca.»

Luciano aveva così saputo cosa fece quarant'anni prima per campare, dopo essere sbarcato dal bastimento salpato da Liverpool. Ancora però non aveva capito chi fossero questi Albert e Peter che almeno tre volte, durante il tragitto, l'avevano chiamato al cellulare fisso dell'auto. Joe Verasca rispondeva in inglese, a monosillabi. Impossibile comprendere il senso di quelle chiamate, comunque brevissime. Con gli occhi che lacrimavano, il bruciore alla gola, la tosse impetuosa, lo vide imboccare la "West 4", in piena Bergen County. Dopo un quarto d'ora, si ritrovarono in un'arteria secondaria che li condusse in un paesino con tante casette unifamiliari, molto carine. Alcune sembravano uscite dai libri di fiabe. "La dimensione della vita qui è diversa," pensò Luciano. Non osò comunque esternare il suo pensiero. Significava mostrare segni di resa.

Le nozze di cana

NON immaginava d'imbattersi in una vicenda singolare e bizzarra. Era legata alla frenesia americana di denunciare il prossimo per risarcimento danni. Il malcapitato era Pasquale, napoletano, 65 anni, quarantacinque di America, viso gioviale, un'esistenza contraddistinta dall'arte innata di arrangiarsi, dalla furbizia, dal fine intuito del businessman. Negli anni ruggenti, acquistava a prezzi ridotti case o auto di lusso confiscate dall'Irs - il Department of the Treasury - a gente nei guai con le tasse, oppure dal Federal Bureau of Investigation, l'Fbi, per rivenderle, con buoni profitti. Investiva anche in vecchie case per riproporle sul mercato immobiliare con utili talvolta notevoli, dopo averle ristrutturate o semplicemente *pittate*. Raggiunto l'American-dream, Pasquale viveva nella "contea delle camere da letto" come viene chiamata la Bergen County per le casette linde, così vezzose che sembrano abitate solo da gente felice. E per non rimanere con le mani in mano, era diventato da alcuni anni boss di una lussuosa pizzeria chiamata "Sorento", sì con una sola "esse". La sua tranquilla esistenza di attivissimo pensionato venne però sconvolta un brutto giorno da una donna. E per colpa di un cane, un bastardone di nome Skippy, a quanto pare culettone.

Che fece Skippy? Una sera come le altre si recò nella *iarda* per fare il bisognino. Era oramai abitudine la sua, ma di tornare, quella volta, non volle saperne. Il padrone lo rivide la mattina dopo: scodinzolava felice e sbavava come se avesse una montagna di ossi da rosicchiare. Dove aveva trascorso la notte? Pasquale conobbe la terribile verità dopo due giorni, quando il vice-sceriffo, con tanto di pistolone alla cintura, bussò alla sua porta per consegnargli una citazione. Per poco non svenne: avrebbe dovuto presentarsi assieme a Skippy in tribunale, al cospetto del *ggiorgiu*, cioè il giudice, perché una donna lo aveva denunciato per "rape", stupro.

Bando a possibili equivoci: Skippy avrebbe consumato la violenza sulla cagna della signora Penelope, anzi sulla *cana*. Luciano provò a convincere sia Pasquale che uncle Joe che il termine era errato e che il femminile di cane è "cagna", ma si rese conto che era tempo perso e fiato sprecato. Ebbene, la *cana* di Penelope, la *nerbara*, da "neighbour", pronuncia "neibar" - traduzione "vicina di casa" - non apparteneva alla categoria dei bastardi come Skippy, ma era una graziosa barboncina bianca, show-dog sono chiamate queste bestiole, cioè cane da mostra, con tanto di collare e fiocchi rosa. In più, la presunta vittima di Skippy possedeva un invidiabile pedigrée, arricchito da un diploma e documenti di merito esposti dalla proprietaria a una parete del living-room.

Particolare nient'affatto da trascurare: secondo Ms. Penelope, la bestiolina era "vergine". «Quel delinquente, assatanato di Skippy, quella sera, saltò lo steccato e piombò addosso a "Snow White",» raccontò sgomenta e con voce sdegnata. «Furono momenti terribili,» rivelò. «Lasciai casa con una mazza da baseball e, soltanto allora, Skippy mollò la presa. Ma cominciò a ringhiare e temetti che volesse assalirmi. Tutto questo mentre "Snow White" guaiva. Piansi tutta la notte. Ero distrutta. Il giorno dopo, dovetti andare dal medico e poi dallo psicanalista. Il proprietario di questo farabutto di cane deve darmi conto e ragione di quanto è successo, dei danni che mi ha procurato.»

Lo scenario che si presentò a Pasquale era apocalittico. Colta da una crisi di panico, e sotto stress, la Penelope chiese attraverso il suo avvocato un risarcimento danni che solo a pensare alla cifra occorrevano i sali, ma Pasquale, che era imputato e al tempo stesso difensore di Skippy e di se stesso, sfoderò in aula il suo ingegno tutto napoletano. «Il mio cane ha 14 anni. Non penso che a questa età abbia ancora la forza di prendersi certe licenze,» spiegò ad inizio di arringa. «Non si è mai allontanato da casa. Gioca sempre con altri cani del vicinato. Non può fare del male.»

E rivolgendosi o *ggiorgiu*, un magistrato dal viso gioviale, ma con un'espressione severa e scettica, implorò: «Eccellenza, lo assolva. Skippy non può avere violentato "Snow White".»

«Come fa a sostenere l'innocenza della sua bestiola?» chiese il giudice.

«Ho prove inconfutabili. Anche se mi vergogno a svelarle.»

«In questa aula non deve vergognarsi di nulla,» ribatté il giudice, corrucciato.

«Marooonna, come faccio,» si lamentò Pasquale, portando le mani al viso. «Marooonna,» implorò disperato. Per difendersi dalle accuse non gli rimase che armarsi di coraggio e di santa pazienza. E dopo l'ennesimo invito del *ggiorgiu*, che già mostrava i primi segni d'insofferenza, cominciò a svelare il tragico status del suo Skippy. «Vostra Signoria deve sapere,» argomentò con il volto rosso di vergogna «che Skippy è rricchiuni.»

«Non capisco,» ribatté il giudice, impaziente.

«Maroooonna. Skippy è gay. È stato sempre gay, eccellenza vostra, mi sono spiegato? Do you understand me? Proprio così, gay,» svelò a mani giunte e gli occhi al soffitto. Il *ggiorgiu* lo guardò con aria incredula. Diede una sbirciata a Ms. Penelope, seduta in pizzo, a bocca aperta, occhi sgranati, e rivolgendosi a Pasquale, con voce carica di stupore, gli chiese le prove. L'imputato fece finta di non sentire.

«Parlo con lei. Non ho mai visto un cane gay, ma diamo per buono che qualche cane lo sia: ebbene, per quanto riguarda il suo Skippy, desidero che mi dimostri questa presunta diversità,» intimò il magistrato.

«Presunta, Vostro Onore? Marooonna, non c'è niente di presunto, le ho detto la santa verità.»

Inutile citare ancora Maria Vergine. U *ggiorgiu* pretendeva di conoscere i fatti. E a Pasquale, che aveva un groppo in gola, non rimase che svelare i vergognosi segreti di casa. «Per anni, i cani amici di Skippy sono venuti in giardino a coprirlo e si è sempre offerto felice. Una tragedia di famiglia, Vostro Onore. Se non mi crede, faccia sottoporre Skippy a visita ostetrica.»

Luciano, seduto in fondo all'aula, nei panni di spettatore, non riuscì più a controllarsi, ma nessuno capì se stesse piangendo o se approfittava degli insistenti colpi di tosse per ridere fino alle lacrime. Nell'udire la sortita sulla "visita ostetrica", in faccia era stravolto.

Vero è che l'arringa di Pasquale avrebbe fatto impallidire i principi del foro newyorchese, ma u *ggiorgiu* da tutte e due le orecchie continuò a non sentirci.

«Prove! Voglio le prove,» controbatté con voce agitata.

«E io le fornisco. Ho un testimone che conosce la malattia di Skippy.»

«Avanti il teste,» ordinò il giudice.

Il teste era lo zio di Vera. Si presentò al cospetto del *ggiorgiu* con un modo di fare elegante, ossequioso ma non servile.

«Come si chiama?»

«Joe Verasca, Vostro Onore.»

«Mi dica anni, età, mestiere, residenza.»

«Settant'anni, businessman, vivo nel Long Island, Vostro Onore.»

«È parente di mister Pasquale?»

«No, Vostro Onore, sono suo amico. Lo conosco da anni.»

«Ha ascoltato la sua deposizione?»

«Sì, Vossignoria.»

«Potrebbe fornire le prove dello status sessuale del cane?»

«Sì, Vostro Onore. *Scemu, scemu.*»

Ripeté alla sua maniera, e per due volte, il vocabolo "vergogna", che in inglese si scrive "shame".

«Sapesse quante volte ho suggerito a Pasquale di lasciarlo in uno shelter.»

Si riferiva, Joe Verasca, a una sorta di rifugio. Ce ne sono per barboni, e anche per cani e gatti, cioè i *petti*, in inglese "pets", gli animali domestici.

«Nelle condizioni in cui si trova,» aggiunse Verasca «meglio che fa la fine che merita, ma il mio amico non mi ha dato ascolto.»

«Maroooonna,» intervenne l'imputato a mani giunte «come posso abbandonare e lasciare morire il mio cane? È gay, ma è criatura di Dio. Se ha peccato, se la vedrà col Padre Eterno,» gridò alzandosi di scatto. Poco mancò che il *ggiorgiu*, anziché battere il martello di legno sullo scrigno, glielo scagliasse in testa. «Non ho chiesto il suo parere. Ha interrotto la deposizione del teste Verasca. Pretendo silenzio assoluto.»

Come se il *ggiorgiu* non avesse fatto questa raccomandazione, la parte lesa, cioè Ms. Penelope, scattò in piedi e cominciò a inveire contro il testimone come una zitella stizzosa. «Signor giudice, come si può permettere l'ingresso in aula a un individuo che non pensa due volte a rinchiudere nello shelter una bestiola e farla morire senza padroni e senza affetti,» strillò.

«Chi deve entrare in aula, o uscirne, lo stabilisco io,» tuonò il *ggiorgiu*. Era incazzato nero. Invitò la donna a sedersi e a tenere il becco chiuso.

Joe Verasca, che guardava la scena con impazienza, si rivolse a Pasquale: «Quando siete comodi, mi fate parrari.»

«Mister Verasca, cosa ha da borbottare?,» chiese il *ggiorgiu* infuriato.

«Nulla, non posso parlare?»

«Sì, ma al momento opportuno. Piuttosto, si può sapere quali sono queste prove?»

«Vede, Vostro Onore, deve sapere che, due anni fa, Pasquale fece una lunga telefonata, Dio solo sa quanto costano le chiamate intercontinentali, e si rese conto che doveva andare *all'Italia* perché suo fratello che abitava a Sorrento, vicino a Napoli, stava male, una di quelle malattie, Vostro Onore,

139

che non perdonano e, pace all'anima sua, dopo pochi giorni morì e io... mentre Pasquale si organizzava per andare *all'Italia* prima che suo fratello morisse... »

Il *ggiorgiu* intervenne. «Ho chiesto le prove, solo le prove. Il cane è gay?»

«Gliele sto dando le prove, Vostro Onore.»

Il *ggiorgiu* continuò a sbuffare.

«E siccome Pasquale dovette andare *all'Italia,*» proseguì Verasca «e nessuno badava al suo cane, mi chiese il favore di prendermi cura di Skippy. Come le dissi poco fa, *scemu scemu scemu*. Peggio di una femmina in calore, peggio di una ninfomane Vostro Onore. Prima un cane, poi un altro, infine un altro ancora. Un casino era diventata la mia *beccausa*. Tutti i cani degli amici che venivano a trovarmi avevano qualche favore da chiedere a Skippy. Ero mortificato per mia moglie e le mie tre figlie, le mie tre bambine,» ripeté accorato Joseph Verasca.

«Le sue nipoti vorrà dire...» cercò di puntualizzare il *ggiorgiu*.

«No, figlie mie sono.»

«Addottate?»

«No, sangue del mio sangue sono.»

«E allora sono adulte, non più bambine.»

«Per un padre, le figlie sempre bambine sono. Vivono a casa mia perché non hanno mai avuto un boyfriend e sono lo specchio dell'onestà. Deve sapere, Vostro Onore...» tentò di proseguire Joe Verasca nella sua appassionata testimonianza. Il giudice lo interruppe. Era sul punto di scoppiare. «Basta! Avere il boyfriend non significa essere disoneste.»

«Ma davanti a certi spettacoli disgustosi. Davanti a un cane femminella che attira nella *beccausa* i cani maschi e si fa coprire di continuo, una scupata dietro l'altra, lo spettacolo, eccellenza illustre, deve convenirne, è indecente. Mi perdoni, Sir, immagini se nella *beccausa* di sua proprietà la sua famiglia è costretta a vedere spettacoli di malcostume.»

«Basta!» urlò il *ggiorgiu*.

«Appena il mio amico tornò dall'Italia, gli riconsegnai Skippy raccontandogli ogni cosa.»

«Ho detto di stare zitto,» ripeté il *ggiorgiu*, alterato in viso, rosso che sembrava avere un attacco di morbillo. Ancora un po' e avrebbe gettato tutti fuori dall'aula.

Grazie alla sceneggiata di Joe, Pasquale se la cavò con una multa di 25 dollari. Condanna insignificante se si pensa che la testimonianza di Verasca riuscì a salvare Skippy dalla castrazione, pena invocata a pieni polmoni dall'accusa assieme al risarcimento morale dei danni nella misura di centomila dollari, oltre 200 milioni di lire, e alle spese mediche, salatissime, sostenute dalla signora Penelope per se stessa e per la piccola, indifesa "Snow White", costretta a ricorrere anch'essa alle sedute dello psicanalista dei cani.

Epilogo: il giudice bocciò l'esilarante richiesta di visita ostetrica invocata da Pasquale, il nuovo Perry Mason, ma non credette del tutto alla diversità di Skippy, condannato per 90 giorni agli arresti domiciliari.

Per tre mesi, sarebbe potuto uscire di casa ma per essere legato a un albero della *iarda*. E guai se Pasquale avesse fatto il furbo. A sorpresa, era prevista la visita del vice-sceriffo, il quale, siccome nella cittadina c'era soltanto il problema di prendere le contravvenzioni a disgraziati che, ignorando il limite di velocità di 35 miglia, lanciano l'auto addirittura a 36 all'ora, aveva l'incarico di controllare Skippy. Mentre il giudice leggeva la sentenza, Luciano, nell'angolo più remoto dell'aula, era piegato a metà. Emetteva solo gemiti. Aveva un viso senza espressione, gli occhi lucidi, lo sguardo acquoso. Nessuno si capacitava se fosse stanco di piangere o sfinito dal ridere per la fase dibattimentale e l'epilogo del processo.

Capitolo XIII

A cummari e a limosina alla moglie

«ALLA tua salute, Joe.»

«Cent'anni di salute, Pasquale.»

Per onorare l'amico e festeggiare l'esito del processo, il "papà" di "Schippy" tirò fuori una bottiglia di vino ricoperta di polvere e filìnia, cioè le ragnatele, anch'esse doc. Sua l'uva, suoi i piedi che l'avevano pigiata, suo il segreto dell'imbottigliamento e della conservazione. Il vino rosato lo trovò delizioso anche Luciano, che aveva il palato fresco dell'Italia. «È dolce, pastoso, complimenti signor Pasquale.»

«Ti ringrazio, ma togli il signore. Se ti rivolgi con il lei, mi fai sentire più vecchio dei miei anni.»

I capelli bianchi, ben pettinati, ne esaltavano l'abbronzatura. «Allora è tuo nipote? Congratulazioni, è nu bello guaglione,» commentò battendo una mano sulla spalla di Luciano. Il quale, quel pomeriggio, era nient'affatto bbeddu. Il rossore agli occhi era aumentato, lacrimava, spesso tossiva, il naso non la smetteva di gocciolare e più l'asciugava con i *nappi* - da napkin, pronuncia naepkin - , cioè i fazzolettini di carta, più somigliava a una patata rossa dell'Idaho.

«Avrà preso flu,» diagnosticò Joe.

«Sì, sarà influenza. Il caldo ammazza più del freddo dell'inverno,» ripeté Pasquale. Fuori c'erano 96 gradi Fahrenheit.

«Porterai a casa una bottiglia del mio vino. Prima di andare a letto, prendi due Tylenol e ne bevi un bicchiere.»

«E dumani matina canterai come un cardiddu,» aggiunse Joe.

Il consulto, corredato dalla terapia d'urto, venne fatto in una cameretta accanto alla cucina, dove giganteggiava un oblò di due metri di diametro. Attraverso lo specchio, si potevano osservare, senza essere notati, come negli uffici di polizia, i clienti seduti ai tavoli. La pizzeria era affollata, come ogni pomeriggio, e la gente doveva fare la tradizionale *laina*. Una clientela eterogenea: non mancavano né i giovani, insieme con le loro belle ragazze, né la gente della seconda e terza età, vestita anch'essa casual, ma in modo ricercato. Dai 96 gradi F. si piombava ai 60 all'interno, grazie all'impianto di aria condizionata e ai ventilatori a pala inchiodati al soffitto, così veloci da annullare il calore emanato dal forno a legna. Dietro al bancone, pizzaioli e aiutanti si alternavano a preparare la pizza napoletana tradizionale, o alla marinara con i gamberoni, oppure con funghi, con ricotta, e, orrore, impensabile per gli Italiani del Bel Paese, con la pasta sopra.

Le pareti erano di brick. Sulla destra, nella zona fumatori, c'era il bar e un televisore con maxischermo, visibile da ogni angolo. Numerose le cornici con le immagini dei miti, da Louis Armstrong e Duke Ellington a Ella Fitzgerald e ad Aretha Franklyn, da Frank Sinatra, Dean Martin e Perry Como a Elvis Presley e a Springsteen, il boss. Su alcune foto, c'era una dedica a Pasquale o al nome della pizzeria "Sorento". Luciano rimase incuriosito dall'immagine, inedita, di un pugile di nome Kid Crochet. Ma sì, era lui, Dean Martin. Prima di intraprendere la carriera di cantante e di attore non si era forse cimentato con scarso successo nella boxe? Anche su questa c'era una dedica.

«Come ha avuto la foto?» chiese Luciano. Fu Joe a spiegargli che alcuni di quei personaggi, in tempi diversi, erano stati ospitati nel castello sulla collinetta, distante forse neanche mezzo miglio, appartenuto per anni a Frank Sinatra. Era in quella fortezza che, anni prima, aveva *faticato* Pasquale. Joe notò che il suo amico mostrava un certo disappunto per l'assenza del cuoco. Infatti, era costretto a preparare in cucina le insalate, altro piatto forte del "Sorento" e, assieme alle insalate, i cappuccini che gli americani, immuni a quanto pare da colpi di acidità, hanno l'abitudine di consumare dopo la pizza.

«A Cosimo tutte assieme dovevano capitare le disgrazie,» si disperò Pasquale, il quale avrebbe voluto sedersi accanto a Joe e Luciano perché era uno spettacolo vedere il suo amico, assieme al nipote, gustare la pizza con i gamberi imperiali del Maine sopra la pummarola e la mozzarella con il basilico. Invece, doveva rimanere in cucina perché le ordinazioni arrivavano una dietro l'altra. C'era un odore di fritto così buono da fare risuscitare i morti. E la *laina*, fuori dalla pizzeria, diventava sempre più lunga.

«Pensate, tre giorni liberi. E di fila. Io non ne ho mai avuti,» continuava a lamentarsi Pasquale. L'aveva sempre con Cosimo. «L'altro ieri aveva un impegno importante con l'avvocato, ieri è dovuto andare all'Immigration di Newark per la cittadinanza americana, questa mattina mi ha detto per telefono che avrebbe dovuto fare un salto dal medico. Se gli ha chiesto di rimettergli a posto la testa, ha fatto una buona cosa. Tu lo conosci Cosimo Madonia, no?»

«Come no?» rispose Joe. «Un gran lavoratore.»

«Marooonna, chi lo mette in dubbio? Però è impastato con l'ignoranza e all'Immigration ha fatto una figura di mmerda.»

«Non mi dire che gli hanno rifiutato ancora la cittadinanza. È da cinque anni che l'aspetta.»

«E nemmeno ora è riuscito a ottenerla.»

«E il motivo?»

«È gnuranti fino alla provocazione. Abbiamo cercato di fargli imparare a memoria domande e risposte contenute nel libro spedito dall'Immigration a coloro che devono sostenere il colloquio per ottenere la cittadinanza. Gli abbiamo detto e ripetuto di mantenere la calma rivolgendogli alcune raccomandazioni. Quando ti chiederanno "Who was the First President of the United States?", ovvero "chi fu il primo presidente degli Stati Uniti?", devi pensare al ponte per venire nel *Niuggiòrsi*, u *Uoscintòn Briggiu*, e devi rispondere "George Washingtòn"; se invece ti chiedono "Who was President during the Civil War?" ovvero "chi era il presidente durante la Guerra civile?" devi fare mente locale al Lincoln tunnel e rispondere Abraham Lincoln; e se dovessero chiederti "Why do we celebrate the Fourth of July?", cioè "perché noi americani celebriamo il 4 luglio?", devi pensare alla Piazza Indipendenza che c'è nella tua città e rispondere "It is Indipendence Day". Hai capito? E lui a rispondere di sì, che potevamo stare tranquilli perché ce l'avrebbe fatta.»

«E allora? S'impappinò?»

«Tra le altre domande, gli hanno rivolto anche queste ed era meglio che stava zitto, così l'avrebbero preso per sordomuto. Sapete cosa ha risposto quando gli hanno chiesto chi fu il primo presidente degli Stati Uniti? Lo volete sapere?»

«E dimmelo Pasquale.... » fece Joe impaziente.

«*Uoscintòn Briggiu.*»

A Joe e Luciano, per le risate, il vino andò di traverso.

«Al secondo quesito,» riprese Pasquale «anziché Abraham Lincoln, rispose *Lincoln tannel.*»

«Assicutaru?»

«Su questo argomento Cosimo ha taciuto,» precisò Pasquale. «A me ha riferito che, durante il colloquio, nel ripassare a mente le domande che potevano formulargli, non si rese conto di parlare ad alta voce. E nel momento in cui gli esaminatori udirono *Uoscintòn Briggiu* e *Lincoln tannel* saltarono dalla sedia. Cosimo sostiene che l'avevano con lui da tutto principio, quando gli chiesero se prima di arrivare negli Stati Uniti avesse fatto parte di un'organizzazione comunista.»

«Cosa rispose?»

«Anziché comunista, capì camionista. Convinto che gli avessero chiesto se fosse arrivato in America con un camion, rispose: "vinni câ navi."»

«Mi dispiace,» commentò Verasca con il sorriso sulle labbra. «Non ha colpe se non riesce a imparare la lingua e un po' di storia miricana. È una persona alla buona, *fatica* tutto il giorno, ma le cose gli vanno â rriversa.»

«Però è presuntuoso,» rivelò Pasquale. «Gli ho sempre consigliato: "non leggere u ggiornali *'talianu*, guarda i programmi americani, segui le news perché vivi da 25 anni in questo paese, dove fatichi, mangi e paghi le tasse", però lui muore per l'Italia. È così testardo che si vuole candidare alle *lizioni* appena li 'taliani all'estero potranno vutari.»

«Così siamo al completo,» commentò con tono sommesso Joe.

«In che senso al completo?» fece Pasquale.

«Niente, parlavo tra me. Disgrazie che capitano.»

Nell'ascoltare la battuta, Luciano rimase di sasso. Di dubbi ne aveva avuti. Ora, aveva la conferma che Joe non guardava di buon occhio le ambizioni politiche del fratello.

«Piuttosto,» riprese Verasca «hai detto che Cosimo sarebbe dovuto andare anche dall'avvocato. Ha problemi?»

«È incasinato. Sai che è separato dalla mugghieri?»

«Sì, me l'aveva detto lui stesso, sei mesi fa.»

«E non ti parlò dâ *cummari*?»

«No. Mascaratu, non mi disse niente.»

«Sfasciò il matrimonio per andare a vivere con la *cummari* e ogni mese spedisce una *limosina* di 400 dollari alla moglie.»

Luciano rifletteva sulle disavventure di Cosimo e sugli stenti di taluni emigrati trapiantati in un altro Paese, ma nell'udire *cummari* e *limosina* attisò le orecchie.

«Sono fatti che non mi riguardano e non avrei osato interrompervi, ma c'è una cosa che non capisco.»

«Parra,» fece Joe.

Per *cummari* intendete comare, no? Cosa faceva Cosimo con questa donna.»

«Scupava, anzi scupa,» rispose Pasquale accompagnando la frase con un sorriso.

«Non è *cummari cummari* come si usa dire *all'Italia*. A *cummari*, a 'Mierica, è l'amanti, spiegò a sua volta Joe.

«E perché Cosimo spedisce l'*elemosina* alla moglie?»

«Ma non è *limosina* come regalìa o donazioni.»

E rivolto a Pasquale: «Glielo vuoi spiegare tu?»

«Si tratta di alimenti,» intervenne il "Perry Mason" della Bergen County. «Se un cristiano divorzia deve dare alla moglie gli alimenti proporzionati ai guadagni che fa con la *giobba*. Lo sai questo?»

«Sì, ma cosa c'entra la *limosina*?»

«*Limosina* lo diciamo noi, è ggergu italiano. Mi spiego: alimenti come si dice in inglese, lo sai?»

«Se non mi sbaglio, "elìmony", scritto con la "a", alimony.»

«Visto che non ti sbagli?»

«E allora?»

«Ti sei dato la risposta, "elimony" è la nostra *elimosina*.»

Luciano se ne venne fuori con un altro «nooo...» di stupore.

«Quindi,» riprese Pasquale «c'è l'avvocato di mezzo perché la moglie ha fatto istanza per l'aumento della *limosina* da 400 a 600 pezza.»

Il filetto alla gruccia

PER LUCIANO quella parlata era proprio uno spasso. Stava per annotare le ultime espressioni di "usapaisà", quando vide Pasquale passarsi una mano sulla fronte. In testa alla *laina* aveva notato una coppia di mezza età, elegante. Attendeva la hostess per essere accompagnata a un tavolo. «Maroonna, vedi quello là?» fece a Joe. «Quel signore è un direttore di banca. Menzu miricanu e menzu milanisi. Si chiama Alberto Ghirardini. Da lui dipende u *muàrtaggiu* di 50 mila dollari per ristrutturare il locale. Sono clienti. Lui mangia appena mezza pizza e insalata, lei al contrario vuole sempre la *stecca* ai ferri e sa bene che questa è una pizzeria e non vendiamo carne. Una volta al mese acquisto un filetto intero per lei e lo tengo *frisato*: ogni volta che viene, ne taglio due fette e le servo la *stecca* ai ferri. Il *frisato* era un termine ascoltato più di una volta e ora Luciano decise di scriverlo tra i "memo". Il vocabolo era quanto meno curioso, come *elimosina*: da "freeze", pronuncia "friz", significa congelamento. E se qualche cibo è già congelato, nell'italiese si dice appunto *frisato*.

«Joe, ti dispiace se mi allontano? Devo raggiungere quei due al tavolo. È opportuno fargli un po' di festa.»

«Cosa mi chiedi? Sei il padrone, vai.»

Pasquale mise sul tavolo un vassoio di dolci. «Nel frattempo, fatevi la bocca buona,» disse a zio e nipote. «Vi consiglio di assaggiare u pasticciottu, è squisito.»

Tornò dieci minuti dopo e si mise ai fornelli per preparare la *stecca* alla signora. Era una donna sui 40 anni, bruna, piacente. E anche ingioiellata. Joe e Luciano, che già avevano consumato due pasticciotti a testa e si leccavano le dita, seguirono Pasquale in cucina. Rimasero incuriositi da come cucinava il filetto da poco *sfrisato*. «Ma non lo voleva ai ferri?» chiese Joe.

«La padella basta. Asciutta, senza niente. Soltanto sale e pepe.»

Pasquale finì di rigirare le due fette di carne, poi le depose sul tagliere, si spostò nell'angolo della cucina dove era sistemato l'armadietto di metallo degli impiegati, aprì le ante, prese una gruccia di metallo, di quelle che danno alla "dry cleaner" e tornò davanti alla macchina del gas. Luciano e Joe lo guardavano incuriositi. Dopo essersi infilato un guanto isolante, mise sulla fiamma la parte più lunga della gruccia fino a quando il metallo diventò rovente come l'acciaio all'Italsider. A questo punto, lo impresse su una parte delle

147

fette di carne, ancora mezze crude, su cui rimasero i segni della gruccia, anzi dei ferri, dritti, equidistanti l'uno dall'altro. Rigirò la carne e, per due volte, ripeté l'operazione dalla parte opposta. Quindi, depose su un piatto ovale il filetto "cotto ai ferri", lo condì con olio, sale e pepe, mise sul piatto del limone e su un altro, più piccolo, versò l'insalata di pomodoro, con olive nere, cipolla calabrese, olio e aceto balsamico. Infine, si diresse con passo trionfante al tavolo degli illustri clienti.

La moglie del direttore di banca cominciò a emettere gridolini di soddisfazione per quel piatto saporito. «Lei solo sa cucinare il filetto così buono.»

Tornato in cucina, Pasquale portò la notizia che aveva parlato di Joe e del nipote al "banchiere" e questi aveva manifestato il desiderio di conoscerli.

«Nice meeting you,» piacere di incontrarvi, ripeterono a loro volta Joe e Luciano, dopo avere raggiunto la coppia. Ghirardini era un cinquantino dal fisico asciutto, uno di quei tipi che si alzano all'alba per fare jogging o per giocare a tennis. Mostrava cinque anni meno di quanto ne avesse.

«Pasquale mi parla sempre di lei in modo lusinghiero. Ho saputo che vive nel Long Island e che è un businessman molto affermato nella city.»

«Faccio ciò che posso. Alla mia età, vorrei tanto riposarmi,» si difese Joe.

«Ma ha un aspetto giovanile. Si affermerà ancora con il suo lavoro. E Lei? Pasquale mi ha detto che è un giornalista italiano,» disse rivolgendosi a Luciano. Anche la moglie guardava il giovane interessata.

«Dove lavora?»

Luciano parlò della stazione radiotelevisiva, della sua attività, disse che si trovava in vacanza negli Usa e che presto sarebbe tornato in Italia. Mister Ghirardini non ebbe il modo di rallegrarsi perché Joe decise di accomiatarsi. «Mi piacerebbe rimanere a discutere, ma devo recarmi a Brooklyn e proseguire per il Long Island. Per le 7 ho un impegno e non sono sicuro di rispettarlo a causa del traffico,» fece notare dando uno sguardo all'orologio.

«Vi accompagno al parcheggio,» fece Pasquale dopo aver chiesto ai coniugi milanesi il permesso di assentarsi pochi secondi. Luciano non aveva smesso di annotare le vicende più strane cui aveva assistito e le cazzate più clamorose ascoltate. E ora che Joe stava per lasciare il "Sorento", non poté non rivolgere i complimenti a Pasquale per l'arringa difensiva condotta per "Schippy" e per la deliziosa pizza. Sorridente, infine, si congratulò per il "filetto alla gruccia" rifilato alla Ghirardini.

Barellato in ospedale

PER TORNARE a casa, Joe preferì ripercorrere la "route 4", questa volta dalla parte East. Nell'attraversare il Washington Bridge, non poterono fare a meno di rievocare le disgrazie di Cosimo Madonia. Luciano se ne stava però rannicchiato sul sedile ed era scosso da brividi.

«Forse hai fatto male a venire con me. Avresti avuto modo di riposare,» disse Joe con tono preoccupato mentre l'auto imboccò la FDR.

«Nient'affatto. È stata un'esperienza utile per il mio lavoro: sono stato testimone di vicende gustose, soprattutto in corte. Poi ho conosciuto Pasquale, un tipo simpatico, inimitabile. Se fossi rimasto a Brooklyn, avrei trascorso una giornata piatta, noiosa.»

Non aveva tutti i torti. Innanzitutto, non avrebbe avuto modo di vedere Vera perché l'agenzia di viaggi per lui era tabù. Solo di sera avrebbe potuto avere questo onore, a tavola, accanto ai suoceri e al parentado. Che somigliava a una muta di cani su un osso. Tutto quanto era ridicolo. Si giudicava un disgraziato o un povero matto che aveva messo in hold la professione per un amore impossibile. Si rivide mentre *faticava* tutto il santo giorno, a torso nudo sotto il sole, come un mulo, con le orecchie protette da una cuffia isolante, se no il rumore delle *mascine* lo avrebbe fatto diventare sordo.

«Non prendertela, vedrai che con la volontà di Dio le cose andranno a posto,» lo rincuorò Joe.

«La volontà di Dio? Suo fratello, la fa con il tira e molla, la fa, e come gli torna conto. Sto percorrendo una strada che non spunta da nessuna parte.»

«Devi capirlo. E avere un po' di pacenzia.»

«Non ne ho avuta forse? Per quasi tre mesi, sono stato a cògghiri l'acqua per metterla dentro un colapasta.»

Non finì la frase che la tosse, stizzosa, divenne insopportabile. Si portò un napkin al naso e se lo soffiò con collera, come se volesse cacciare via dalla mente, e dal cuore, sconforto e disperazione. A Joe parve nicu nucu. Tolse una mano dal volante e, con gesto paterno, l'appoggiò sulla fronte del giovane. «Ma tu hai a frevi. Hai la fronte che scotta. Non mi sembra il caso di accompagnarti a casa. Per rimanere solo? Senza prendere medicine? Dormirai da me. Sarah ti darà qualcosa per la febbre. Domattina starai meglio, vedrai..»

«Forse è una buona idea, la ringrazio zio Joe.»

«Non hai nulla da ringraziare.»

Deviò così dalla FDR drive per immettersi nella curva a 360 gradi che conduce al Triboro Bridge, destinazione Long Island. Prima di entrare in Astoria, Queens, Luciano ammirò New York dalla sponda opposta dello Harlem River. Era fantastica Manhattan by night, con i grattacieli illuminati. Si assopì, ma la tosse lo aveva distrutto.

«A HUNDRED-FOUR, quasi centoquattro,» esclamò Sarah preoccupata. Come dire, oltre 41 gradi di febbre. Martha preparerò il tè con il

149

latte e Rebecca dall'armadietto del pronto soccorso tirò fuori dei flaconi di pillole. «Mom, Aspirin o Tylenol?»

«Tylenol,» rispose Sarah alla figlia. «Due compresse, è bene che la febbre scenda.»

«E per la tosse che gli date?» domandò Joe.

«Prenderà dello sciroppo. Piuttosto, Vera sa che Luciano ha la febbre così alta?»

«Perché? Deve essere informata?» chiese Joe. «Cosa gli fa? Lo benedice? Lo fa guarire di colpo?»

Sarah sorrise. L'importante era che Luciano facesse una bella dormita. Lo sistemarono nella solita camera degli ospiti. Accusava brividi in tutto il corpo. Versò dell'acqua nel bicchiere, ma bevve a piccoli sorsi perché non riusciva a deglutire. Tentò di leggere qualcosa prima di prendere sonno. Dopo un'ora, un attacco di tosse, micidiale, lo fece balzare dal letto. Erano le due e dieci del mattino. Lasciò la camera e si fermò nel corridoio con le mani ai fianchi per un dolore lancinante ai muscoli dell'addome. Lo raggiunse zio Joe in pigiama, arrivarono Martha e Rebecca, per ultima si fece viva Sarah, tutte e tre in vestaglia e nzunnacchiate. La tosse gli toglieva il respiro.

«Mi sembra che abbia un attacco d'asma,» disse Sarah. «E poi ha il corpo coperto di macchie rosse, non ve ne accorgete? È necessario che vada subito in ospedale.»

«Va bene, chiama il 911,» decise Joe, corrucciato. Cinque minuti dopo, la notte venne lacerata dalle sirene della polizia e dell'ambulanza. Luciano ebbe la forza di frugare nei pantaloni, dopo che vi si era impigliato nel rivestirsi di fretta, e consegnò a zio Joe due card. «Sono le mie insurance italiane,» disse con un filo di voce.

«Lo porteranno al "Long Island Hospital",» fece Sarah, dopo avere parlato con un infermiere. «Adesso vi lavora Eingel. Fa il turno di notte, cercherò di rintracciarla.»

Joe, intanto, si era rivestito.

«Vuoi che venga anch'io?» chiese la moglie.

«Vai a letto. Appena avrò notizie, chiamerò.»

«Vuoi che avverta Gei Gei?»

«No, non è il caso. I medici lì non mancano.»

Rimase un attimo a pensare e si corresse. «Ma sì, telefonagli. Lo aspetto in ospedale. Digli che deve venire,» precisò, sottolineando il "deve". Perché aveva cambiato improvvisamente idea?

«Vuoi che informi Vera?»

«Metterai una casa sottosopra. Non so. Pensi sia opportuno? Decidi tu.»

Luciano venne "barellato" e l'ambulanza ripartì seguita dalla polizia.

Capitolo XIV

La rivolta di Vera

«LUSIAENO... Lusiaeno. Mi senti? Mi conosci? Lusiaeno, answer me. Capisci?» esclamò Angel stringendogli la mano. Le rispose con un sorriso sofferto. Avrebbe voluto accanto a sé Vera, con il suo calore, le sue coccole, i suoi slanci. Aveva gli occhi piccoli e arrossati e non la smetteva di lacrimare. Sentì di nuovo il fiato venire meno, la tosse continuava a scuotergli il petto. Per la febbre alta e il dolore persistente alla nuca, i medici dell'emergency videro pittata pittata la sintomatologia di un attacco di meningite. Tre nurse, una di queste era Angel, gli tolsero le scarpe, gli sfilarono pantaloni, t-shirt, calzini e slip e lo infilarono in un grembiule celeste, lungo fino alle ginocchia, chiuso davanti con nastrini all'altezza del collo e dei fianchi. Un esercito di medici circondò il letto per capirci qualcosa e un'assistente infilò alle narici del paziente due tubicini per facilitarne la respirazione.

L'équipe rimase a scambiare pareri alcuni minuti, poi un'infermiera aprì il tendone ed ebbero inizio gli esami clinici. Entrò una donna in camice, magra come una sarda salata, il viso ovale, pallido, senza espressione. Tirò fuori delle siringone orrende e cominciò a cercare avida le vene di Luciano, il quale ebbe la forza di chiedere a Angel se la moglie di Dracula, per caso, prestasse servizio in ospedale. La signora vampiro gli tirò mezzo litro di sangue, quanto bastava per riempire una ventina di provette.

Subito dopo, la tenda venne spostata per fare posto ai macchinari delle radiografie. Nessuna parte del corpo, dalla nuca ai talloni, dalla fronte all'alluce, venne risparmiata. Poco dopo entrò in scena il cardiologo: fili appicciati alle braccia, alle gambe, al torace. Dopo dieci minuti, le tre nurse, una era nera, intrigante, un paio di polsi possenti, adagiarono Luciano su una lettiga affinché venisse trasportato dagli inservienti in un altro reparto per la "tac".

La notizia in casa di Rocco arrivò alle 4:05. Sarah non se le era sentita di mantenere il segreto dopo avere saputo dal marito che Luciano era dentro da un'ora e non si era visto né un medico né Angel disposti a fornire uno straccio di notizia.

Vera scaraventò il pigiama sul letto. Dopo due minuti, era vestita. «Io vado,» disse.

«Dove vai?»

«In ospedale.»

«Ô spitali? Non vai da nessuna parte tu,» minacciò il padre, infilato nel pigiama e spettinato dalle prime ore di sonno.

«Non ti ho detto di accompagnarmi, né voglio disturbare i miei fratelli. Prendo un car-service, ho già telefonato.»

«Tu non prendi niente. Ti proibisco di andare ô spitali.»

«Mi proibisci? Vuoi smetterla di proibire? Non proibisci nulla, tu. Non viviamo tra le vacche di Villabella, ci troviamo nel Paese più moderno del mondo e sei stato tu che mi hai portato qui, ricordalo. Adesso vado, c'è Luciano che sta male, è il ragazzo che amo, l'uomo che sposerò e dal quale non riuscirai a staccarmi.»

Vera sbatté la porta di ingresso sulla quale dall'altra parte si abbatterono una sedia e un vaso con tutti i fiori. Per la collera a Rocco gonfiarono le giugulari: «Il suo racazzo, il suo uomo. Ma di quale uomo palla?» urlò «dove sono oggi gli òmini? Cretina, non ce ne sono più di òmini. Puoi trovare mezzòmini, uminicchi, pigghianculu e quaraquaquà. Gli ultimi òmini sotto terra sono.»

«Madonna dû Carminu, carmati,» implorò Rosina, aggrappata alla giacca del pigiama del marito. Rocky Verasca si trascinò la moglie per mezza casa come una scopa.

«Come è vero Dio, iu a fici nasciri e iu l'ammazzu,» gridò agitando la bottiglia di vino rimasta dalla sera prima sulla tavola.

«A cu ammazzi? Non pronunziare più queste minacce. Hai capitu? Non ammazzi a nuddu, tanto meno a to figghia,» urlò la scopa con tutto il coraggio di moglie e di madre.

Anche Rocco e Rosina, mezz'ora dopo, partirono pû spitali. Quando si trovarono nella sala d'attesa che parve loro la hall del Grand Hotel, con le poltroncine allineate e il televisore acceso, erano già le 4:45 del mattino. Oltre a Joe, che si era appinnicatu, notarono un nero con il viso stanco, emaciato. Indossava un vestito di un celeste improbabile, con macchie d'unto, sgualcito: in attesa che venisse il suo turno, faceva le orecchie a un magazine. Vicino, abbandonato su una poltroncina, c'era un barbone con sassofono sotto il braccio, il viso sudaticcio, la barba incolta, anch'egli con un malanno addosso, legato all'alcool, forse. Due poliziotti entrarono nella sala per un normale controllo. Erano neri e avevano l'aria stanca del turno di notte. La donna, molto giovane, aveva un culo quanto una casa. Teneva manganello, manette, pistolone e torcia alla cintura.

La porta d'un tratto si riaprì. Comparve trafelata una fimmina sulla settantina, magra come un chiodo, che si lasciò cadere su una poltrona. In una notte di settembre, indossava un visone almeno di quarta mano, accompagnato da un cappello civettuolo, anch'esso di visone, da cui usciva una ciocca di capelli, nera e lucida, certamente posticcia, che disegnava una virgola vezzosa sulla fronte solcata da due profonde rughe. L'affettata eleganza finiva all'estremità delle gambe: calzava un paio di scarpe senza tacco, logore, tenute insieme da un nastro adesivo grigio-argento, identico a quello che viene utilizzato per chiudere gli scatoloni durante un trasloco. Sembrava l'immagine della nobildonna decaduta: chissà di che malanno soffrisse, oltre alla miseria e alla follia. Quanta differenza con le scarpe del vicino di posto, immerso nella lettura, occhiali tartaruga, viso da intellettuale, guance scavate da malato d'ulcera. Erano di un marrone lucido. Proprio vero: anche a New York basta guardare le scarpe di un individuo per scoprirne lo status sociale.

In fondo alla hall, accanto a un distributore automatico che in cambio di due monete da 25 centesimi da infilare nell'asola forniva candy e torroncini, Vera se ne stava con i gomiti sulle ginocchia, la testa tra le mani, l'aria pensierosa e disperata. Rocco la fissò intronato, le mani ai fianchi, la camicia metà fuori dai pantaloni, sorretti - classico siculo da mercato - dalla cintura sotto la pancia. Se ne stava a passiari come un'anima in pena. Quando finì di annacarisi, e sedette, mostrò un altro spettacolo indecoroso, un paio di calzini bianchi, corti da coprirgli a stento l'ossupizziddu di tutte e due le caviglie. Sembrava u quarumaro di sutta l'arcu di Cutò. Vera sollevò il capo, affruntàta nel vederlo conciato in quel modo, e gli rivolse un paio di gesti come se volesse dirgli "mi dispiace, spero non capiterà più, comunque ne riparleremo dopo."

Joe, sdraiato su una poltroncina, sembrava che dormisse, ma teneva aperto mezzo occhio. Aveva seguito tutta la scena.

«Avete notizie?» chiese Rosina.

«Che notizie ci sono?» incalzò Rocco.

«Le notizie fresche fresche ve le fornisco io,» intervenne Joe. «Vera è ancora nguttumata per raccontarvi tutto.»

Fratello e cognata pendevano dalle sue labbra, ma Joe si rivolse a Vera: «Devi stare serena,» le ripeté mettendole un braccio sulla spalla.

«Ho parlato con un medico tre quarti d'ora fa, vostra figlia era da poco arrivata. Assieme al medico c'era Eingel.»

«E allora?»

«E allora?»

«E allora?» ripeterono a turno Rocky, Rosina e Enzo.

«Gli hanno fatto gli esami più impensati. Praticamente arrivutaru, come si faceva una volta con i vestiti o i cappotti per essere usati un'altra decina d'anni. Cuore a posto, sangue a posto, polmoni a posto.»

Giusto in quel momento, tornò il medico seguito da Angel. Rivolgendosi a Joe Verasca, come se avesse intuito che l'unica persona anziana della famiglia con la quale si potesse ragionare era lui, attaccò in inglese: «Non c'è bisogno che ve ne stiate ad aspettare. Gli ultimi esami hanno dato esito negativo. Anche la "tac". La febbre è dovuta a una forma influenzale, acuita dallo stato di prostrazione del paziente. Macchie rosse sulla pelle, tosse e lacrimazione sarebbero invece legate a una violenta forma allergica di cui, al momento, sconosciamo le origini. Verranno eseguiti i test a cominciare dalle dieci del mattino. Saranno più di trecento. Intanto, il quadro clinico è stabile. Il giovane è alimentato da flebo. Oltre ad alcuni sedativi, gli è stata somministrata una terapia cortisonica. Adesso, dovrà riposare. Per questo motivo, è stato trasferito in un altro reparto dove sua cugina Eingel potrà assisterlo con maggiore assiduità. Alle 3 del pomeriggio, avremo i risultati completi dei test.»

Tutti quanti ringraziarono il medico.

Rosina consegnò a Angel l'immaginetta di una Madonna. «Mettila sotto il suo cuscino, me lo prometti?»

«Ok, aunt Rosy,» rispose la ragazza. Era piuttosto infastidita per quella richiesta. Rivolse lo sguardo a Vera: «Stai tranquilla,» le disse in inglese. «Vai a riposare. Il mio turno finisce a mezzogiorno. Fino a quell'ora non dovrebbero esserci novità. Comunque mi manterrò in contatto con i miei genitori. E a te chiamerò almeno un paio di volte.»

«Non posso vederlo un attimo?» implorò Vera.

«No, è proibito. Ora devo tornare in reparto.»

Si salutarono. Joe Verasca ripartì per il Long Island, Rocco, Rosina e Vera presero posto nell'auto di Enzo per fare ritorno a casa. La tempesta sembrava bell'e passata.

Angel, adesso, era alle prese con il suo paziente personale. «Devi dormire,» raccomandò a Luciano con il suo inglese. Gli asciugò la fronte imperlata di sudore. «I primi esami hanno dato esito negativo, non hai nulla di grave se non una forma di "flu" e, come i medici sostengono, un violento attacco allergico. Scoperta l'origine di questa allergia, avrai modo di guarire e di tornare "cool", come sempre. Vera insisteva per salutarti, ma non è stato possibile. Ti manda un bacione grosso così.»

Nel pronunciare la frase, si chinò per dargli il messaggio d'amore su una guancia. Aveva l'uniforme stranamente slacciata e Luciano, benché spossato, ebbe modo di ammirarle il seno, capezzoli compresi.

Il delirio onirico

S'ADDORMENTÒ con la visione eccitante regalatagli da Angel. Un sonno agitato: dietro alle palpebre si rincorrevano brandelli di vita vissuta, situazioni incredibili, tenebrose. Dapprima, si rivide adolescente insieme con Lorena, una gelataia opulenta, bianca di carnagione, impiegata in un bar di suo zio. Le piaceva essere munta, lasciava che Luciano le toccasse le cosce con una mano simile a quella di un ladro su un autobus, poi minacciava rappresaglie. Rivide anche Teresa, la nuora della portinaia. Era intenta, come una volta, a stirare le lenzuola fresche di bucato mentre il seno danzava a ogni movimento delle braccia. Anche ora era lo stereotipo della bbunazza che fa arrapare i morti. Una bellezza bronzea, vastasa, casereccia: l'unica emozione che sapeva suscitare sapeva di libido.

Le escursioni oniriche cominciarono a sovrapporsi. Dalle imposte filtravano i bagliori di un'alba d'argento, ma per Luciano era notte fonda. Dall'esperienza erotica rivissuta con quelle due donne, passò all'amore pulito e struggente per Vera. Rivide la ragazzina recarsi a scuola camminando a piccoli passi; poi se stesso, sempre prigioniero di una dannata timidezza. Nell'incoscio le sfiorava la mano e lei diventava rossa rossa. Chiamava il posto dove incontrava la piccola Vera, il vicolo delle vampate.

TRE sogni diversi, prima di trovarsi nella *iarda* di un *custumi* di Frank Mondello a rrimunnari. Venne catturato da un primo incubo.

Squillò il telefono.

«Pronto. Sì?»

«Sono il portinaio del cimitero di Sant'Orsola. Parlo con Moriga?»

Anche nel sogno, gli tremarono ginocchia, piedi, cuore. Nel subconscio sentì il sangue diventare acqua.

«Sono io.»

«C'è una persona arrivata proprio ora che le vuole parlare.»

D'addabbanna percepì un respiro affannoso.

«Chi è al telefono?,» si sentì chiedere. Sembrò riconoscere la voce.

«Sono Luciano Moriga, mi avete chiamato...»

«E io sono Paolo Zimmatore.»

S'irrigidì. Il suo caporedattore gli telefonava dal camposanto. Era scantato. Stravolto.

«Si può sapere che vuoi?,» tornò a ripetere quella voce.

«Niente, sei tu che hai chiamato. Cosa vuoi ?»

«Me lo chiedi? Ne hai di coraggio. Rammenta che tra una settimana dovrai tornare a lavorare. Se no...»

La linea s'interruppe.

«Pronto, pronto,» ripeté nel sogno. Nulla.

SI TROVÒ seduto a uno dei tavoli della pizzeria appartenuta a Joe, il quale vendeva anche la *villa*.

Vide entrare un'orda di donne asiatiche. Sbintuliannu na bbannera a stelle e strisce, reclamava 40 fette di pizza. Erano le cinesi che Joe faceva lavorare nella *fattoria*. Notò Frank Mondello portare le mani ai capelli, come se volesse mimare un gesto di disperazione. Infatti, tirò dalla tasca una mazzetta di dollari e cominciò a contare le banconote da cento *pezza* nelle mani di un americano: intuì che fosse il proprietario della casa dove aveva azzoppato il discobolo.

Dalla porta di vetro che non bisognava *pusciare*, entrò sul tapis roulant, vestito da sacerdote e con i paramenti della Quaresima, Ernesto Visconti. Chiese a Joe Verasca se poteva andare nel retro della pizzeria: doveva ringraziare papa Wojtyla per la grazia ricevuta. Da una tasca uscì una foto per mostrargliela: «Talìa, talìa bbonu. U ritrattu ci fici. Hai vistu? È a sipurtura di mia moglie. Ora avi *a picciura*.»

Per *picciura* intendeva - dall'inglese picture, pronuncia "pik 'ciui" - la fotografia della tomba della sua Adelina, con tanto di porcellana sulla bbalata, finalmente. Il Santo Padre aveva fatto a Visconti il miracolo di convincere il Congresso di *Uoscintòn*, ad approvare una legge grazie alla quale tutti i paisà avrebbero potuto affiggere sulla tomba della persona cara la foto riprodotta sulla porcellana, come *all'Italia*. «U miraculu mi fici, u miraculu mi fici,» andava ripetendo Visconti aggirandosi tra i tavoli come se volesse annunciare a tutti i *custumi* la lieta novella. La smise nell'attimo in cui Joe gli consegnò un vassoio con una pizza marinara uscita dal forno a legna, due piatti, due coltelli, due forchette e due cappuccini fumanti. La pizza avrebbe potuto mangiarla nel *rumino* del retrobottega, adibito a ufficio, dove l'aspettava, nientemeno, il Santo Padre con l'acquolina in bocca.

NEL DELIRIO onirico trovarono posto prima Pasquale con la *cana* della Penelope, poi u *ggiorgiu,* e ancora Carramusa, il suo *lendlordo.* E come si fussi na prucissioni, dietro a bambini che inventavano passi di danza, la muggheri del padrone di casa, tutta parata d'oru, l'amico banchiere di Pasquale, con consorte, infine Rocco Verasca, il quale guardò in modo truce Luciano.

«E quannu mai,» bofonchiò il giovane.

«Non sono qui per te. Devo fare il mio comizio in vista delle *lizioni,*» precisò. Fece un esplicito invito al pizzaiolo di canziarisi, salì in modo goffo sul bancone e finì con tutte le scarpe nella pasta lievitata. «Cittadini di Villabella e di Palemmo,» attaccò «siamo tutti presenti davanti a tutti a questo locale, ringrazio agli sposi, a mio fratello e a mia cognata che ci hanno dato l'onore affettivamente al più ampio respiro che noi possiamo tutti testimoniare che questo locale non è un locaaalo come tutti gli altri raccontano, ma è un locale giusto che ci ha trattato come figli di Villabella. Va buono?»

Luciano lo guardava con gli occhi di vetro. Si chiese che cazzo stesse dicendo quel pazzo scatenato di suo suocero. Non ebbe tempo di trovare una risposta che Rocco riattaccò. «A tutti, cari cittadini di Villabella, di Palemmo e di Brucculin, noi ringraziamo prima Iddio e poi agli uomini della comunità nostro che affettivamente hanno contribuito come sia al più ampio respiro di questo popolo.»

Luciano aveva la faccia a terra. Non aveva il coraggio di guardare Vera. Attimi dopo, Rocco riprese la filippica. «Cari cittadini, oscoltate bene la voce dei popoli. E l'ascolterà anche quel villano di Marchisano e dei suoi communisti ai quali l'insigne onorevoli Miccu Trimagghia deve chiudere la porta in faccia. Va buono? Ok? Votatemi.»

A questa richiesta, seguì una pernacchia fragorosa, così potente da infrangere i vetri della pizzeria, compresi specchi, tubi al neon e la porta che non bisognava *pusciari*. «Curnutu,» urlò Rocco «Marchisanu si un gran curnutu!»

Per tutta risposta, ricevette una nuova serie di pernacchie devastanti. Luciano ebbe la sensazione che i muri perimetrali della pizzeria si dilatassero e che il locale, aumentando di dimensione come in uno spettacolo surreale, si trasformasse prima in un teatro, poi in uno stadio stracolmo con il pubblico dei *custumi* che esplodeva in un boato. Notò uncle Joe abbassare il capo, mortificato. Aveva la faccia colore pece. Vera, invece, era di un pallore mortale. A questo punto, Rocco scese dal bancone tenendo per mano la figlia, la quale piangeva senza lacrime. Fece cenno a un "guido" di avvicinarsi per pronunciare il più importante dei proclami: «Questo è lo sposo che accolgo nella famiglia. Innanzitutto è un racazzo che conosci la ducazzioni.»

Luciano non sapeva che faccia avesse, ma in quell'incubo era lui che vedeva, Monreale, il "guido" milionario. Il quale si avvicinò a mister Rocco Verasca onorandolo con un "assabbenerica". Quindi, lanciò lo sguardo verso la folla per cercare il rivale e prendersi beffa di lui.

Quegli occhi micciusi micciusi

NEL SONNO, l'ira di Luciano era un lamento cupo, seguito da parole incomprensibili, da movimenti convulsi. Madido di sudore, si rese conto di avere fatto dei sogni orribili. Sentì stringere una mano. Era Vera. «Amore mio, svegliati, sono io.»

Percepì un'altra voce che diceva in inglese: «Non sono uscita un solo attimo da qui. L'ho assistito per tutta la mattina.»

Era Angel. Cercava di rassicurare la cuginetta. «Ha avuto un sonno agitato, era prevedibile. Chissà cosa avrà sognato. Ha gridato frasi che non capivo.»

Luciano preferì non aprire gli occhi. Le parole ascoltate lo inquietarono: dunque, Angel non era uscita un attimo dalla stanza, si era accorta del sonno agitato, si chiedeva pure cosa avesse sognato ed era curiosa di conoscere il significato delle frasi ascoltate. E se invece le aveva comprese? Joe non gli aveva forse detto che i suoi figli capivano l'italiano, ma si ostinavano a non parlarlo? Nel delirio onirico c'era stata una spruzzata di sesso. Riuscì a selezionare i brandelli di sogni e metterne uno a fuoco, quello dell'avventura con la gelataia. Ebbe un dubbio: e se Angel fosse entrata nel sogno? Provò un imbarazzo terribile.

Quando fece finta di svegliarsi. Vera l'accolse con un sorriso e un'esclamazione di felicità. «Finalmente, my honey. Come stai? Sei così nzunnacchiatu e con gli occhi micciusi micciusi.»

Gli asciugò, con una garza, l'estremità delle palpebre. Luciano aveva il viso sgualcito, come il cuscino. Fece leva su un gomito, si mise a sedere sul letto e baciucchiò le mani di Vera. Non c'erano carabinieri che potessero fermarlo. Era incuriosito dal vocabolo che la sua ragazza aveva scovato nel suo slancio di tenerezza.

«Rare volte ti ho sentita parlare in siciliano. Vuoi dirmi da dove hai tirato fuori la storia degli occhi micciusi? Guarda che non sono un gatto.»

«E invece sei il mio gattone con gli occhi così raffreddati che fai fatica ad aprirli. Vuoi specchiarti?» mormorò, invitando con uno sguardo Angel a sorridere. Vera si abbandonò di nuovo alle coccole e la nurse strizzò l'occhio al suo paziente. Non contenta, uscì maliziosamente la punta della lingua come se volesse fargli le boccacce o un dispetto. Luciano diventò un pezzo di ghiaccio. Si sentiva legato con quegli aghi delle flebo inseriti in un braccio e nelle vene di una mano. Non sapeva cosa dire e se ne venne fuori con una battuta. «Saputo che stavo male, tuo padre avrà brindato, non è così?»

«Cosa ti salta in mente? Prima delle cinque era assieme a noi, per sapere dai medici tue notizie.»

Luciano fece una smorfia. Rocco era stato brusco anche nel sogno: nel concludere lo sproloquio del lungo, farneticante comizio, aveva salutato con parole affettuose Monreale, accogliendolo nella famiglia. «È lo sposo di mia figlia,» aveva annunciato al suo popolo. Di raccontare quella follia di sogno, non se la sentiva proprio. Piuttosto, temeva che l'esperienza onirica da poco vissuta fosse foriera di sventure: se aveva detestato il suocero per le angherie ricevute, ora provava un sentimento - lui che non aveva mai odiato nessuno - che andava oltre il disprezzo. Poi c'era stata la telefonata dal camposanto che lo faceva stare male: sogno più agghiacciante di questo era impossibile farne. Insomma, era passato da un incubo all'altro. Si chiese se a Zimmatore fosse successo qualcosa di brutto o se invece sarebbe toccato a lui morire su quel letto d'ospedale. Era sconvolto.

«Devi stare tranquillo, papà ti vuole bene,» lo rassicurò intanto Vera.

«E anche mio padre,» incalzò Angel, che se ne stava in piedi, davanti al letto, con la sua candida divisa. Il colloquio venne interrotto da due medici e dagli assistenti.

«È il momento dei test allergici,» ricordò Angel.

«Già,» fece Vera. «Tornerò nel pomeriggio con papà e mamma.»

Si chinò e baciò Luciano sulle labbra.

«Davvero torni?»

Non finì la frase che Vera mimò un cazzotto sul mento.

«Cosa ti ho fatto?»

«Come ti salta in mente che non debba tornare?»

Appoggiò la mano sulla fronte del suo ragazzo. «Non hai più febbre, amore, stai per guarire.»

Capitolo XV

U dattu e a compiuta daun

«ALLERGIE Plants,» diagnosticò lo specialista alle 2:30 di quel sabato pomeriggio, prima del previsto.

«Quale pianta?» chiese Luciano. Anziché fornire la risposta, il medico chiese a mister Moriga che mestiere facesse.

«I'm an Italian journalist, Sir.»

«I'm doctor Silverman, Pete Silverman. Nice to meet you.»

«Nice meeting you,» ricambiò Luciano, il quale il piacere di averlo incontrato in ospedale, non l'aveva proprio. Silverman, era un cinquantinu di un metro e novanta, occhiali silhouette, invisibili, un professore che incuteva rispetto sulu a taliallu. Di schiatta londinese, i primi due anni di università li aveva frequentati a Bologna.

«Provo a spiegare con mio povero italiano: in the United States, sei stato vicino a piante, per strada o in casa tua?»

«Maybe... forse,» mormorò Luciano, il quale, non riusciva a capacitarsi perché in America gli davano del "tu" come se si fossero tutti appattati, anche se il "tu" rivoltogli questa volta da un luminare, lo inorgogliva tanticchia.

«Sei allergico a un paio di piante che appartengono alla stessa famiglia, la "Blue Rug" o "Japanese Rock Garden Juniper" e la "Emerald Gaiety Eunonymus", con variante "'N Gold",» precisò il medico. «Devi evitarle. Sono la causa del tuo malanno,» raccomandò. E rivolgendosi alla tribù dei Verasca riunita al capezzale del "grande malato", continuò a illustrare la situazione clinica del paziente questa volta nella sua madre lingua.

Dall'inizio del discorso il professore aveva centrato lo sguardo su Rocco Verasca non perché fosse convinto di avere a che fare con l'interlocutore più intelligente, ma per l'espressione di stupore, identica a quella di loccu notata sulla faccia di quell'uomo, tipica di un cristiano che non capisce un cazzo. Se non bastasse, appena il luminare spostò lo sguardo, l'onorevole Rachì alzò indice e medio della mano destra e, nel compiere un prolungato movimento di roteazione delle due dita, chiese al fratello, con questo gesto, se per caso u zzitu di so figghia stissi pi cogghirisilla. A Luciano non sfuggì la mossa: nton vìdiri e sbìdiri, cacciò le mani sotto le lenzuola per toccarsi le palle, senza preoccuparsi di chi c'era attorno al letto. A questo punto, il medico consegnò a Moriga tre ricette, gli strinse la mano sporca ancora di scongiuri, gli augurò "good luck", salutò la platea e si congedò.

«E con queste che faccio?, chi andrà in farmacia?» mormorò Luciano.

Se ne stava siddiatu siddiatu soprattutto per il gesto di pessimo gusto fatto dal suocero.

«Andrai tu stesso in farmacia,» rispose Vera. «È tutto finito, puoi lasciare l'ospedale. Dovrai solo guarire. Ci penserò io, my baby.»

Rocco, stinnicchiatu su una poltrona, nell'ascoltare il "my baby" attisò âricchi che sembrava un cane lupo. «Hai visto che non hai nenti? Lunidia matina potrai iiri a *faticari*.»

«Papà,» protestò la figlia girandosi di scatto. «Hai ascoltato il medico? Luciano a Frank Mondello se lo deve scordare. Dove vuoi che abbia preso l'asma, la rinite, la tosse, l'allergia dovuta alle piante incriminate e anche al poison ivy, per non parlare delle punture di zanzara e di tutte le disgrazie che si ritrova addosso?»

«Alle Palisades,» precisò il giovane. «Sì, alle Palisades. È laggiù che ho preso la febbre,» ripeté con il tono accorato di chi ha bisogno di coccole Avrebbe voluto dire "le febbri" perché si sentiva un personaggio del suo Verga, uno di quei poveri disgraziati che sputava sangue lungo la piana di Catania e la malaria finiva per entrargli nelle ossa, fino a mangiarsele. "Il mondo è piccolo" pensò Luciano. "In America non c'è la malaria, ma a pochi anni dal 2000 esistono malanni che ti portano lo stesso all'altro mondo". Conosceva le piante elencate dal professor Silverman, come no. Ogni volta che vi si accostava con il "gas trimmer" per ripulire le aiuole, sentiva la gola chiudersi e una tosse stizzosa gli faceva scoppiare il petto; e se la "Blue Rug" e la "Emerald Gaiety Eunonymus" erano bagnate dalla pioggia, avvertiva un puzzo insopportabile, micidiale, un insieme di pipì di gatto e candeggina. Era il momento in cui sentiva esaurire l'aria nei polmoni. E la gola cominciava a bruciargli come se urina e candeggina le avesse incollate alle corde vocali. Non riusciva a respirare, lacrimava da non vederci più. Da come starnutiva e tossiva, faceva solo pena. Per non parlare del "poison ivy", un'edera maligna. Frank Mondello l'aveva avvertito che si trattava di una pianta velenosa che scatena reazioni sulla pelle? No, non gli aveva detto nulla quel disonorato.

«Di queste schifezze a casa mia non ne ho mai avute, semmai potete trovare tinnirumi e sparaceddi,» osservò Joe, il quale, dopo una bella dormita, era tornato in ospedale da Luciano. «Facciamo così,» proseguì cercando di organizzare la serata. «Che debba rimanere a casa da solo, nelle condizioni in cui si trova, non se ne parla. Questa sera dormirà ancora da noi.»

E rivolgendosi a Rocco, aggiunse: «Tu, tua moglie e i tuoi figli siete invitati a cena. E se volete rimanere a dormire, non è lo spazio che manca. Enzo potrà andare a casa con il *carro*. Vorrà dire che dumani matina, prima della messa, tornerà per riaccompagnarvi a casa. Tanto è domenica. Va bene così?»

«Benissimo,» trillò Vera. Era raggiante. «Come vuoi tu,» risposero fratello e cognata. Recarsi nella farmacia dove *faticava* John, nel Queens, senza traffico ci volevano almeno due orate, così s'infilarono nella prima che truvaru pi strata. Joe ebbe un'inchiodatura di 45 minuti. «*U dattu aveva a compiuta daun,*» spiegò poi. Luciano seppe così che *u dattu*, da doctor, pronuncia "dacta", con la "a" larga, dunque *u dattu*, era il medico, in questo caso u spiziali; che *a compiuta*, pronuncia corretta "kam'pju:ta", era il computer, dove vengono registrate le prescrizioni mediche; e *daun*, scritto "down", non era da ritenersi la famigerata sindrome che colpisce il feto, né aveva attinenza con le auxopatìe, malanni legati alla crescita e allo sviluppo di un bimbo, ma era da tradurre letteralmente "giù". Con *u dattu aveva a compiuta daun*, Joe Verasca voleva dire che u fammacista aveva tardato a consegnare le medicine perché il computer in quel momento era *frisato*.

Tanta voglia di Vera

CONCLUSA la tappa dallo spiziali, s'imbarcarono per il Long Island assieme alla ricevuta di 148 dollari di medicine. Sulla *Cadillacca*, accanto a Joe sedette zia Sarah; dietro, presero posto Luciano e Vera. Sulla "Buick" di seconda mano guidata da Enzo, s'assittaru Rosina e, sul sedile posteriore, Rocco con Luigi e Michele.

«Speriamo che Sarah ogni tantu a *talìa*,» si augurò Rocco con una voce che somigliava a un lamento. «Spiramo,» gli fece eco Rosina.

«Perché vi preoccupate?» azzardò Luigi. «Tranquilli, non se la mangia.»

«Così devi ragionare tu!» lo redarguì il padre. «Cinque anni d'America ti hanno arrunchiatu u ciriveddu.»

L'unica preoccupazione di Rachì era che Luciano allungasse le mani. «Per fortuna dda nnuccenti sapi comu cumpurtarisi,» aggiunse per farsi coraggio. Le mani, Luciano, avrebbe potuto allungarle davvero sulle cosce di Vera, che sembrava dicesse toccale toccale. Erano splendide, così provocanti da fare perdere la testa, ma lui, ventiquattr'ore prima, stava andandosene all'altro mondo. Dopo le flebo, gli esami, il sonno agitatissimo, i sogni e gli incubi non aveva voglia di niente. L'unica cosa che gli premeva era sentire Zimmatore. Era rimasto sconvolto dalla chiamata malaguriusa dal cimitero.

«Zio Joe, posso fare da casa una telefonata in Italia? Breve,» lo rassicurò.

«E chiama all'*Italia,*» si sentì rispondere con bonomia.

Vera era curiosa di conoscere incubi e sogni di Luciano, il quale non rivelò l'amarcord onirico legato a Teresa e Lorena. Conosciuta la storia del comizio e della presentazione di *Maicol* come fidanzato ufficiale della figlia, scoppiò a ridere alla sua maniera. «Se sei geloso, significa che mi vuoi un bene immenso,» gli sussurrò.

«Zio Joe, zia Sarah,» mormorò Luciano.

«Sì?»

«Oltre alla telefonata, vorrei fare una doccia. Dopo queste ore in ospedale ne sento il bisogno.»

«Ok, fatti *u sciauar*,» rispose uncle Joe. «E rammenta che c'è a *pulla*. Non ricordo un fine settimana così caldo. Approfittane.»

«Non eravamo rimasti che la piscina si chiama *pullu*?»

«Chiamala come vuoi, sempre *pullu* o *pulla* è,» ribatté Joe con una risata. A Vera giunse spontanea una domanda. E la formulò con un filo di voce. «Lo facciamo insieme questo bagno? Ti piacerebbe?»

Gli strinse la mano e la portò sulle gambe. Questi momenti d'intimità lo eccitavano. Risentiva il profumo della sua pelle. Sfiorandole una coscia, avvertì la sensazione di avere di nuovo la febbre. Aveva Vera accanto a sé, senza gli sguardi maledetti di suoceri e cognati, ma doveva darsi lo stesso un contegno. Non poteva concedersi licenze sull'auto di uncle Joe, per quell'uomo provava un senso di profondo rispetto. E in auto, c'era anche zia Sarah. Guardò attraverso il lunotto per vedere a che distanza si trovasse l'auto di Enzo, con suocero e famiglia: non si stupì, era in zona tamponamento. Gli parve scorgere le teste di cinque mastini napoletani. Lo inseguivano ringhiando e sbavando.

A CASA, scappò subito sotto la doccia. Dopo un quarto d'ora, comparve nella *beccausa* in pantaloncini bianchi e T-shirt rossa. Vera era a bordo vasca. Anche Angel, Martha e Rebecca indossavano bikini ridottissimi. Il suocero aveva la faccia di mille colori, ma era nello stile di Luciano non tradire emozioni, mostrare distacco in ogni circostanza. Si era accorto, comunque, che Martha e Rebecca erano di una avvenenza anglosassone, un po' meno Angel, forse per i fianchi, un po' più larghi. E gudicò Vera meravigliosa. Aveva gambe perfette, il seno eccitante, un viso dolcissimo con il nasino all'insù. E le labbra, piene piene, volevano solo essere baciate. Nella sua bellezza mediterranea, forse ancora acerba, era stupenda.

«Vieni,» gridò Vera.

«Lusiaeno, come here,» urlò a sua volta Angel.

Erano diventate amiche in questi anni le cuginette. Luciano notò qualcosa che le facevano apparire in qualche modo complici. Di cosa, non sapeva. Intanto, David, Martha, Enzo e Rebecca, sbucarono alle spalle e dettero la spinta giusta perché sorellina e cuginetta finissero a mollo. Ricordava Vera ragazzina nuotare molto bene nel mare di Villabella, ma in questi anni aveva compiuto progressi che lo stupirono. Si mostrò sorpreso nel vederla risalire, come uno stantuffo, e impegnata poi in un paio di figure sul dorso. A fondo vasca, le lampade color latte, gialle e blu, esaltavano la grazia e la sincronia dei suoi movimenti, la perfezione del corpo. La seguiva estasiato, ma David, Martha e Enzo si avvicinarono a lui con passi felpati e dettero un'altra spinta assassina. Finì in acqua. E compiuta l'ultima bravata, il terzetto preferì tuffarsi e raggiungere la comitiva.

Uncle Joe aveva deciso per un barbecue. Era già al lavoro, aiutato da Rocco, Rosina e Sarah. Tranne che per le piccole cose, in casa Verasca la spesa si faceva una volta ogni due settimane. Oltre a due frigoriferi con freezer dalle dimensioni incredibili, in cucina c'era una *frigideira* piena di ogni ben di Dio. Salsicce, bistecche con l'osso, proprio delle mega-fiorentine, erano già allineate sul barbecue, assieme alle pannocchie di mais, questa volta di *saizza* normale, le famose pullanche. Ma sul *disciu* comparve del seafood fatto recapitare a Joe nella matinata di vennerdì, come ogni week end. Cincu grosse laùste, ancora vive, agitavano minacciose le chele. E assieme alle aragoste e ai gamberi del Maine, i famosi àmmaruna, c'erano, fresche fresche, le super ostriche di Baltimora, coltivate nella baia di Chesapeake, un business di mille tonnellate all'anno, in cui uncle Joe, a quanto Luciano parve di capire, era infilato con tutte e due le mani.

I ragazzi aiutarono a mettere a tavola piatti e bicchieri di cartone, bottigliette di soda e di birra, limoni, barattoli di senape, mostarda e ketchup. L'insolita "heat wave" di settembre si era intanto allentata: dopo un giorno da 85 Fahrenheit, la temperatura era divenuta accettabile tanto che una leggera brezza allontanò il fumo dal barbecue. Luciano mise un braccio sulla spalla di Vera e rimase a guardare laùste e àmmaruna sulla griglia.

«Le fiamme mi fanno uno strano effetto,» sussurrò. «Spesso penso alle sere d'inverno nell'attico, davanti al caminetto. Non è grande come i due che tuo zio tiene in casa, ma fa tanto intimità. Vedrai, ci addormenteremo sul tappeto e sui cuscini, davanti al fuoco. Quante volte ho sognato di trascorrere le serate così.»

Vera lo ascoltava in silenzio. Il riverbero delle fiamme sul volto e sulla pelle abbronzata lo lasciarono senza fiato.

«Sei un incanto e io ho paura.»

«Paura? Di cosa?» domandò con un'espressione di stupore.

«Della mia fortuna.»

«Fortunato tu?» esclamò, allungandogli un pugno sul dorso. «Che vuoi dire?»

«Perché ho incontrato te. Sì, sono stato molto fortunato.»

Lo sguardo di Vera, molle, smarrito davanti alle lingue di fuoco, lo stordiva. Notò che aveva occhi assorti, avidi, umidi di sogni.

«My honey, proprio tu parli di fortuna? Se lo vuoi sapere, io sono più fortunata di te.»

«Veraaaa, Lucianoooo, Veraaaa,» sentirono gridare da una ventina di metri. «Vulite stari a-ddiiunu e fari pinitenza?,» chiese Rocco. I cugini facevano una baldoria del demonio, ma Luciano nel guardare la tavola imbandita fece una smorfia.

«Ricorda di prendere le medicine,» rammentò Rosina. Ingoiò le prime due pillole. L'altra doveva mandarla giù dopo cena. Ma quale cena? Non aveva voglia di toccare cibo. Mentre Vera mise sul piatto due àmmaruna e mezza coda di làusta, osservata con orrore da Rebecca la quale, da incorruttibile vegetariana, si limitò a due fette di melenzane e a un po' di zucchine dell'orto di papà cotte alla brace, Luciano evitò con molti rimpianti le ostriche e mise sul piatto la fiorentina.

«Fai bene a mangiare carne,» mormorò uncle Joe. «Dopo la notte in ospedale, hai bisogno di sangue e di riposo. A proposito, non dimenticare che devi chiamare *all'Italia.*»

«Oh, Dio mio, me ne ero dimenticato.»

Dall'altro capo del mondo, udì un "pronto" impastato di sonno. Era Paolo Zimmatore. Si, lui. Tirò un sospiro di sollievo.

«Moriga sono.»

«Tu? Non ti fai sentire da tre mesi e mi telefoni in piena notte? Sai che ore sono? Le tre meno venti.»

«Scusami, mi sono capitate tante di quelle cose che non ho fatto mente locale al fuso orario. Sono mortificato. Stacco?»

«Stacchi? Che cosa stacchi? Mi arrispigghi e stacchi?»

«Come stai?»

Era la sola domanda che premeva rivolgere al suo boss, quello vero.

«Pieno di lavoro, ma la salute è a posto. Tu?»

«Non mi lamento,» mentì Luciano.

«Visto che è tutto ok, posso sapere quando torni? Da quasi tre mesi sei in aspettativa. Non mettermi in difficoltà con la direzione amministrativa.»

Luciano, con il cordless in mano, si sdraiò su una poltrona. Dalla biblioteca, nessuno poteva ascoltare le sue parole. «Mancano tre giorni hai detto?»

«Luciano, sai bene quando sei andato via..»

«Ok, facciamo così. Tra una settimana sarò da te. Un ritardo di soli due giorni per sistemare un po' di cose. Va bene?»

«Passa per i due giorni, ma ci conto. E datti una sistemata. Ti aspetta un lavoro da leccarti le dita.»

«Non ho paura.»

«Lo so.»

«Anzi, ti anticipo che sto lavorando su qualcosa. Penso ti faccia piacere.»

«Di cosa si tratta?»

«Un campionario di vocaboli astrusi dello slang degli immigrati italiani. Roba di costume e società.»

«Va bene. Ne parleremo.»

«Buonanotte, e scusami di nuovo del disturbo.»

«Scusami hai detto? Va ffa nculo, tu e New York. Hai girato il mondo e ti lamenti sempre.»

In sinagoga, poi in chiesa

LA VOCE di Zimmatore lo aveva rasserenato, ma il pensiero che Vera non sapesse nulla della decisione presa, gli stringeva il cuore. Davanti a papà Rocky e a mamma Rosy, si limitò a farle una carezza, quindi salì le scale. Da uncle Joe, oramai, aveva una camera fissa. Disteso sul letto, non riusciva a mettere a fuoco uno solo dei numerosi problemi che avrebbe voluto esaminare. Teneva le braccia incrociate sotto la nuca. Si rigirò un paio di volte portando una mano sotto il cuscino. Alla notte passata in ospedale, si sovrapponeva nella mente il pomeriggio trascorso da Pasquale, prima in corte, dopo in pizzeria, ma questi due episodi lo interessavano poco. Aveva le smanie. Dopo cinque minuti, decise di alzarsi.

Uscì dalla stanza in pantaloncini e T-shirt, come era andato a letto, e siccome Vera era ancora giù, a discutere con i genitori, con zio Joe, con Enzo e Rebecca, le fece cenno di salire qualche scalino.

«Che c'è amore? Stai di nuovo male?» chiese preoccupata.

Rocco, che era menzu addurmisciutu, scorgendoli aprì tanto d'occhi. «Come? Non poteva stari addritta e palla ancora?» si lamentò.

«Che fa di male?» fece notare il fratello. «Parranu, vuol dire che avranno qualcosa da dirsi. Lasciali campari a quei picciotti. Sono belli e pazzi l'uno dell'altro, dovresti essere contento.»

«Lo sono,» borbottò «però mi chiedo cosa hanno da dirsi dopo na iurnata passata a pallare.»

Rebecca che aveva intuito cosa dicesse lo zio, abbozzò un sorriso.

«Che mi dicevi quannu eravamu zziti?,» azzardò Rosina. «U scurdasti? Si vìdi chi stai nvicchiannu.»

Appoggiato alla ringhiera, Luciano si rivolse intanto a Vera con estrema discrezione e con parole appena sussurrate, come di solito si fa in chiesa. E lei, per capire cosa aveva da dirle, gli stava appiccicata.

«Qualcosa mi sfugge in tuo zio Joe. Oggi è stata la prima volta che l'ho visto uscire con la moglie, e per andare dove?, in ospedale. Nelle altre occasioni ho notato solo lui. Ricordi quando siamo andati al party la sera che sono arrivato a New York? Mi hai detto che Sarah era indaffarata. Stessa cosa durante la processione di Santa Rosalia e ogni domenica in chiesa. Non esce mai con suo marito?»

Vera rimase soprapensiero una decina di secondi e scoppiò a ridere. Giù, sempre stinnicchiatu supra u ddivanu, Rocky satò nta l'ària e li osservò allarmato. «Chi fannu? Si cuntanu bbarzilletti?»

«Lasciali ridere, sunnu picciotti,» rispose il fratello.

Seduto sugli scalini, come Vera, Luciano aspettava sempre una risposta. «Allora?»

«Stai zitto, ti sentono. Non sai...»

«Cosa dovrei sapere?» sussurrò.

«Zia Sarah è *ggiuda*.»

«Cosa?»

«*Ggiuda*,» ripeté sostituendo il fiato alle parole per timore che la ascoltassero.

«Non capisco. E poi... poi... questa del *ggiuda* non mi è proprio nuova. Anche Tony Pititto chiama *ggiuda* uncle Joe, e ogni volta che lo ripete mi fa venire il nervoso. Non lo sopporto. Tutto puoi dire di tuo zio tranne che sia traditore.»

«*Ggiuda* non significa traditore.»

«No?»

«Vuol dire giudeo. E questo Tony Pititto non ha offeso uncle Joe. Ma chi è?»

«Il proprietario di una salumeria. Il sabato e la domenica vado nel suo negozio. Compro un sandwich per il lunch.»

«Ma si chiama davvero Pititto? Nel senso di appetito?»

«Sì. È americano, nipote di immigrati. Se ti capiterà di conoscerlo, ti renderai conto che non si potrebbe chiamare in nessun altro modo.»

«È magro?»

«Lo specchio della fame, ma il suo negozio è bene avviato. Davanti allo store c'è un'insegna con il suo cognome. La gente, nel leggerla, dovrebbe spaventarsi, ma gli americani non capiscono il significato del vocabolo. Comunque, vende roba buona.»

Fece una pausa e le rivolse la domanda che premeva formulare: «Vorrei sapere perché zia Sarah è *ggiuda* e perché questo Pititto mi chiede spesso di salutargli mio zio, il *ggiuda*.»

«Zia Sarah è ebrea. E uncle Joe, sposandola, si è fatto Jewish. Gli italiani smorfiano il vocabolo in *ggiuda* perché la pronuncia esatta è 'dzuis.»

«Cosa? Tua zia ebrea?»

«Non l'avevi capito?»

«Non prendermi in giro: tuo zio è cattolico. Settimane fa, attaccò con gli spilli cinque banconote da cento dollari sul manto di Santa Rosalia. "Per devozione e grazie ricevute", ebbe a precisare.»

«Quella sera, alla festa, hai visto zia Sarah?»

«No.»

«E nemmeno sapeva dove si trovasse il marito. O forse lo sapeva e faceva finta di nulla.»

«Come fanno a essere marito e moglie se di religione diversa?»

«Zio Joe si è fatto *ggiuda* per sposarla, ma dopo un mese di matrimonio è tornato a essere cattolico più di prima. Corre una voce: il sabato va a pregare in sinagoga con moglie e figli, nessuno escluso; la domenica, invece, va a sentire messa, di nascosto ai familiari. Ma questo argomento è tabù. Fai finta che non ti ho detto nulla.»

«A quanto pare, i fratelli Verasca hanno un concetto particolare della religione: tuo padre si gioca i numeri dei canti liturgici al Lotto, tuo zio va in sinagoga e, il giorno dopo, prende l'ostia consacrata. A proposito, tu di che religione sei?»

«Avvicinati, te lo dico in un orecchio,» rispose senza scomporsi. Gli sussurrò, per la prima volta, un dolcissimo "va ffa 'nculu". Non contenta, gli mollò un pugno allo stomaco. Era proprio di una bellezza selvaggia.

«I miei cugini hanno tutti nomi ebraici, come mia zia Sarah. Non hai fatto caso?»

Luciano ricordò che in occasione della festa per il compleanno di Angel, aveva conosciuto un amico di Joe, un certo Jonathan; i suoi bambini avevano le treccine e indossavano abiti neri.

«Ma Jonathan non è solo un amico di mio zio.»

«E chi è?»

«È nipote di Sarah, figlio di Hannah, una sua sorella. Conoscerai tutta la famiglia. Ha un fratello rabbino e abitano da mezzo secolo nel quartiere di Williamsburg, il centro della comunità ebraica hassidimita di New York. Dovresti vedere Jonathan d'inverno con un cappello ornato di pelliccia chiamato... fammi pensare... sì, shteiml. Aunt Sarah proviene da una famiglia ricchissima.»

«Non me ne ero accorto,» commentò con sarcasmo.

«Adesso vai a letto, sei stanco. Domani staremo insieme tutto il giorno. È domenica.»

«Vorrei stare tutta la notte con te.»

«Anch'io. Non c'è sera che non mi addormenti senza pensarti. Nel buio della mia camera ci sei solo tu.»

Una volta coricato cercò di prendere sonno, ma i pensieri si affastellavano nella sua mente. "Tra una settimana sarò da te," aveva promesso qualche ora prima a Zimmatore. Dettagli logistici a parte, rimanevano da organizzare cinque giorni. Il pensiero di rientrare in Italia per riprendere il lavoro, avrebbe reso meno traumatico il distacco da Vera. E il suocero - glielo dico domani, e non se ne parla più, si ripromise - non avrebbe avuto motivo di cantare vittoria. Sarebbe stato un allontanamento fisiologico, scontato. Non aveva ottenuto dalle autorità di immigrazione giusto tre mesi di soggiorno?

Tutta la sua storia gli sembrava però assurda. Al rientro in Italia, colleghi e amici gli avrebbero chiesto notizie di New York. Affamati d'America, avrebbero posto domande. E lui, che risposte avrebbe potuto fornire? Aveva trascorso tre mesi a rompersi la schiena. Si trovava con i calli alle mani. E Manhattan l'aveva vista rare volte o di sfuggita, come nelle cartoline illustrate, grazie a uncle Joe, il quale una volta lo accompagnò, assieme a Vera, anche a Ellis Island e poi nel Bronx. Già uncle Joe. Che differenza dal fratello uggioso e dispotico. Per lui, Luciano nutriva rispetto. E l'affetto che di solito si riserva a un suocero con cui si va d'accordo. Fin dal primo momento, Joe l'aveva ascoltato con pazienza. E nonostante avesse mantenuto una posizione di equilibrio tra lui e il fratello, era un uomo che si faceva volere bene. Non lesinava consigli. C'erano, tra Joe e Rocco, 40 anni di differenza. Non di età, ma d'America. Di idee meno arcaiche. E nei confronti dei due giovani si mostrava comprensivo, talvolta tenero, al punto da apparire complice della loro "love story". "Informerò Vera della partenza domani mattina in modo dolce, persuasivo", si ripromise chiudendo gli occhi. Ma presagiva che il distacco sarebbe stato tremendo.

Capitolo XVI

«Sposarci? Sai cosa occorre?»

«DOPO che sarai guarito, dove andrai a lavorare?» gli chiese.

Era come perso ad ammirare il taglio dei suoi occhi, gli zigomi larghi - da chi avrà preso? spesso si chiedeva, era diversa da Gianna, da Concetta e da Piera, le sorelle di Villabella - ma smise di contemplarla: la domanda formulatagli la trovò prematura, assurda. «Ti sei svegliata con questo pensiero?» osservò. «Oppure è una considerazione fatta a voce alta da tuo padre e ora la giri a me?»

«No, ti giuro, ti giuro,» replicò «non ho parlato con mio padre. Anche se...»

«Anche se...»

«Sarà lui a sollevare il problema. Ne sono certa. Piuttosto, come stai? Hai dormito?» chiese con tenerezza.

«Ho avuto ancora un po' di tosse, ma ho riposato.»

Lo ascoltava seduta in giardino. La tuta bianca bordata di rosa, leggera, aderente, esaltava la grazia di Dio che aveva addosso.

«Sono già le nove. Hai fatto colazione?»

«Non ho voglia,» rispose. «Forse perché manca il sole, non so. Ho fatto la doccia e sono scesa ad aspettarti.»

Nel giro di una notte, l'onda calda era andata via, forse per sempre, ma in questa mattina modesta e pallida di fine settembre, fin troppo ventilata e autunnale, un "Blue Jay" zirlava fra le frasche come un tordo incutendo paura a due scoiattoli, intenti a rincorrersi in quel modo lì, la femmina a zig-zag e il maschio che tentava di saltarle sopra.

«Guarda, vogliono fare l'amore,» esclamò. Vera sorrise con gli occhioni pieni di sonno.

«Sei convinta che entro l'anno potremo sposarci? È bella la nostra casa, sai? Questa dei tuoi zii è da miliardari, chissà quanti milioni di dollari varrà, ma se vedessi la nostra, te ne innamoreresti. Ecco, chiudi gli occhi e immagina una mansarda sul mare. Quel giorno bloccherò l'ascensore. Ti voglio portare io lassù, con le mie braccia, e ti ci porterò, vedrai, come se non ti ci porterò. Magari con l'abito da sposa addosso. Andremo subito sul nostro lettone,» azzardò.

«Per finire l'anno mancano tre mesi. Sai cosa occorre per un matrimonio? Lo sai? Io la dote l'ho tutta, proprio tutta, comprese le calze, la biancheria intima, ma il parroco non è davanti al sagrato che aspetta a noi. Ci sono da scegliere e ordinare le partecipazioni, spedire gli inviti, acquistare le bomboniere, i confetti, pensare all'addobbo floreale, al bouquet, al noleggio dell'auto, all'album delle foto, al filmino, al ricevimento, al pranzo, ma soprattutto bisogna pensare ai documenti, a prenotare la cerimonia in chiesa e poi dovremo scegliere e comprare le fedi. Come farai a sposarmi entro l'anno?»

Concluse la frase con il broncio. Portò le mani alla fronte e fissò l'erba pettinata dal vento.

«Cosa dovrà succedere te lo spiego subito, amore: a me sta per scadere il soggiorno negli Usa, lo ricordi questo?»

Vera abbassò il capo.

«Te ne sei dimenticata? O vuoi che dallo status di turista passi a quello di clandestino?»

«So che sta per scadere il visto, vorrei che questo momento non venisse mai.»

«Invece ci siamo. Domani, che è lunedì, e tornerai a lavorare, sarai così brava a confermare la prenotazione e a sistemare ogni cosa.»

«Fai tutto facile, tu. Mi chiedo quanto tempo dovrà trascorrere prima di rivederti. Ricordi il giuramento che hai fatto il giorno in cui sei arrivato a New York? "Non ti lascerò più", mi avevi detto. Che fine ha fatto quel giuramento?»

Gli occhi di carbone diventarono malinconici. «Quando tornerai?»

«Non tornerò, amore. Verrai in Sicilia assieme ai tuoi genitori. Dopo il matrimonio, papà e mamma rientreranno in America e tu, quando vorrai, potrai raggiungerli.»

«Vaneggi. I miei non mi lasceranno andare. Non verranno in Italia. Vuoi capire o no che non vogliono staccarsi da me? Per mio padre sarebbe una sconfitta cocente. Vera che va a vivere in Sicilia. Ritiene questo epilogo una disgrazia. Per non parlare delle mie sorelle lontane, dei suoi nipotini. È un pensiero cupo che sta fitto nel suo cuore, come una scaglia di legno. Lui vorrebbe tutti a New York.»

«Allora superiamo le paure e mettiamoli davanti al fatto compiuto.»

«Che vuoi dire?»

«Domani mattina, chiudi il mio biglietto e acquistane uno per te. Se vuoi, ti dò la mia carta di credito. Partiremo con il primo aereo. A togliere la scaglia di legno dal cuore di tuo padre, penserà magari uncle Joe.»

«Parli di fuitina? Tu sei pazzo.»

«Di te. Vedrai che tuo zio riuscirà a calmarlo, vedrai. E se andremo via, farò di tutto per mantenere una promessa: non ti toccherò fino a che non saremo sposati. Rimarrà un segreto. I parenti, invece, dovranno sapere che è successo l'irreparabile, che sei stata disonorata, così avranno fretta di farci sposare. Soltanto con le nozze immediate, la famiglia di Rocco Verasca potrà riacquistare l'onorabilità perduta. Hai capito? Andiamo via da qui, ti prego.»

«Tu sei pazzo, pazzo, pazzo. Vuoi fare morire di dolore mio padre? Vuoi ucciderlo? È questo che vuoi?» disse disperandosi.

«I tuoi genitori ti amano, comprendo il loro carattere possessivo, ma tu sei tutto per me. Non sono come te.»

«Che intendi dire?»

«Non come te, che mi vuoi bene solo a parole.»

«Che dici?»

Mentre stava per buttargli le braccia al collo, ebbe la sensazione che Vera stesse per arrendersi. Che sarebbe scappata via con lui. Era il momento ideale per concludere il piano, bisognava farla piangere un po', ma dalla porta della veranda comparvero Sarah e Rosina con i rispettivi mariti.

«Di primo mattino pallate?» fece Rocco Verasca.

"Come inizio di giornata non c'è male," pensò Luciano.

Presero posto attorno al table-garden, ma avevano già consumato la prima colazione: il solito tazzone di coffee e brioches English-style con burro e marmellata. Sarah accarezzò una mano di Luciano. Gli chiese come si sentisse.

«Meglio, grazie. E questa mattina ho già preso le medicine,» la rassicurò.

«Bravo, vedrai che presto tutto quanto sarà un brutto ricordo.»

«Ma certo, aunt Sarah. Posso chiamarla aunt Sarah?»

«Sono offesa perché non l'hai fatto prima.»

Anche Rosina era interessata alle condizioni di Luciano. Seguiva le parole della cognata attentamente, come se fosse lei a pronunciarle. «Hai avuto modo di constatare che ti vogliamo bene.»

«Appartieni alla nostra famiglia,» precisò a sua volta Joe. Luciano ringraziò. Era imbarazzato per le attenzioni rivoltegli. E provò tenerezza per Vera, che aveva osato appoggiare il capo sulla sua spalla.

«Oggi riposerai tutto il giorno e domani starai così bene che potrai tornare a travagghiari,» precisò a sua volta Rocco, il quale, per rompere le uova nel paniere, non aveva rivali. «Non sono questi contrattempi che mettono fuorigioco un giovane, non puoi permetterti il lusso di non lavorare per una semplice allergia. Il peggio è passato.»

«Papà, vuoi capire o no che Luciano è stato davvero male? Chiedi a zio Joe. Di notte, ha chiamato il "nine-one-one". Gli faceva pena di come era ridotto.»

«Ma un giorno di lavoro equivale a 85 *pezza*. Denaro benedetto è.»

«Piuttosto,» riprese, rivolgendosi direttamente a Luciano «ancora non ti ho visto accattari né un bicchiere, né un piatto. È così che vuoi arredare la casa?»

La sparata, di cattivo gusto, irritò Luciano, il quale serrò i pugni dentro le tasche e mosse le mascelle come se masticasse chewing-gum.

«Veni ccà, iiamu nâ *beccausa*,» intervenne Joe. Aveva soppesato le parole del fratello e intravisto sulla faccia del giovane un nervoso che non prometteva nulla di buono.

«Don't worry, so come comportarmi,» precisò Luciano sferrando un calcio a una delle pigne cadute sull'erba. «A volte, le parole di suo fratello sanno di provocazione. Non so quale soddisfazione provi. Talune considerazioni dovrebbe tenerle per sé.»

«Devi avere pazienza.»

«Ne ho avuta, e non poca. E poi, il problema della casa non si pone per due motivi: innanzitutto, perché me la sono comprata, la casa, senza chiedere denaro a parenti e amici, e me la sono arredata, con sacrifici pazzeschi; in secondo luogo, non mi interessa acquistare piatti e bicchieri perché tra una settimana sarò in Italia. Infatti, stanno per scadere il permesso turistico e il biglietto di ritorno. Non voglio grane con l'Immigration. Ogni cosa dovrà essere in regola.»

«E fai bene,» commentò Joe. Raggiunsero l'orticello un po' distante dalla vasca quasi olimpica, con l'acqua riscaldata a 80 gradi Fahrenheit e che uncle Joe si ostinava a chiamare *pulla*.

«Ha avuto modo di parlare con suo fratello? Finora, non ho visto uno spiraglio di speranza. Può tentare di convincerlo?»

Lo ascoltò in silenzio, poi fissò il suo orto. «Guarda sotto quelle pampine, sì, sotto i tinnirumi, ma talìa bbonu. Ricordi che mi lamentavo perché la cucuzza non voleva crescere?»

Luciano rimase tantìcchia stunatu. "Sto parlando di cose serie, e lui tira di nuovo in ballo la cucuzza? Potrà fottersene di me, ma è possibile che non abbia ancora capito che il futuro di sua nipote è legato al mio? E dire che le vuole bene come una figghia", continuò a ripetersi.

«A vidi dda cucuzza?» tornò a chiedere Joe. «Al punto di prima è. Di crescere non vuole sentirne proprio.»

Rispose con un laconico «mi dispiace.»

«Immagina quanto lo sia io. Hai detto a Vera che stai per partire?»

Di colpo, Joe aveva smesso di parlare di cucuzze. Lo guardò perplesso. E stralunato come era, rispose "sì", con un cenno del capo.

«Come ha reagito?»

«Quando siete arrivati, mancava poco che scoppiasse a piangere.»

«Immagino. È nguttumata a figghia.»

«Strano. Trovo tutto strano. Il cordone ombelicale che la lega ai genitori non è si ancora spezzato. C'è qualcosa di viscerale che la trattiene a papà e mamma, come se fosse una bambina.»

«Cosa le hai detto?»

«Che entro Natale la voglio sposare. Le ho ricordato che, se vorrà, potrà tornare a New York per rimanere almeno un mese assieme ai genitori.»

«E lei?»

«Teme che non sopportino il distacco. È una situazione insostenibile.»

Sempre a piccoli passi, fecero ritorno davanti alla casa. Anche Rocco si era eclissato per mezz'ora. Tornò con il faccione sorridente. Nelle pupille s'intravedeva quella luce che tradisce un'eccitazione.

La mattina del sanavabicci

«TUTTO risolto,» esclamò. «Non dite che non mi stia a cuore la salute di Luciano.»

Moglie, figlia, cognata e fratello non aprirono bocca.

«Non ho dormito al pensiero che non potrà più andare a *faticari* così ho informato Frank Mondello della situazione...»

Mentre l'ascoltava, Luciano immaginò Contorni cadere di piombo sulle ginocchia, come coloro che accompagnano a Lourdes i paralitici per invocare un miracolo e, questi, di colpo, si alzano e camminano.

«... e, ddoppu» continuò, assittannusi mpizzu, «ho fatto una telefonata. Ebbene, grazie a Ddiu, ho trovato una nuova *giobba* a Luciano. Meno faticosa e meglio retribuita.»

Tutti sembravano pendere dalle labbra di Rocco, tranne Luciano, il quale dette una sbirciata a Vera e un'altra, più significativa, a Joe. Avrebbe voluto urlare che suo suocero non aveva capito un cazzo.

«La *giobba* non è più di 500 *pezza* a simana, ma di 1.000, puliti puliti. E se vuoi, potrai arrivare a 1.200 tòllari,» precisò, cercando di incrociare lo sguardo del futuro genero.

Le donne rimasero con le bocche aperte. «Chi sei, l'uomo dei miracoli? The King of New York , il re di New York,» esclamò poi Sarah. «Mille dollari a simana? Daccussì diventerete ricchi tu e Vera. Chi fu? Un colpo di fortuna?» commentò a sua volta Rosina. Joe si limitò a fare una smorfia, come per dire: "Vediamo chi cazzu cumminò." Luciano e Vera, dal canto loro, sembravano invece due ebeti che il destino aveva voluto mettiri nzèmmula nella disgrazia prima e nella buona sorte poi.

«Sai il valore di mille *pezza*,» riprese Rocco puntando sempre gli occhi su Luciano. «Una volta te l'ho spiegato. Oggi come oggi, dui miliuna di lire a simana sono. E se i conti tornano, ottu miliuna ô misi. Ora dimmi: cu è chi vusca otto miliuna o misi *all'Italia*? Mancu iu quando andrò a Monticicoria.»

«Ottima paga,» rispose finalmente Luciano «ma in quale multinazionale dovrei fare il dirigente?»

175

«Quali diligenza? U cammareri devi fari. Appena sette ore al giorno, dalle quattro del pomeriggio alla undici di sera. Certo, a paga giornaliera non è granché, appena 25 *pezza*, ma con i tips puoi arrivare a 180-200. Sai cosa sono i tips, lo sai? Le mance sono. Tutto cash, contanti. Sai quanto fanno 180 *pezza* pi sei iorna di travàgghiu? 1.080 dollari. Se poi preferisci *faticari* setti iorna, e non sarebbe male, sunnu 1.260 *pezza*, cioè due milioni e menzu di lire a simana *all'Italia*. Ovvero, deci miliuna e rotti di lire ô misi. Non dovresti fare una statua d'oru a to sòggiru?»

«Il cameriere ha detto?»

«Sì. È davvero un amico Callo Murriali. Ti ha dato il posto nel ristorante gestito da *Maicol*, a Brooklyn, dunque non dovrai acchianari e scìnniri dai treni per andare a *Nuova Iorca*. Comincerai dumani, che è lunidìa. Ci sono solo quattro piatti da portare ai tavoli.»

Nella logica di Rocco erano solo quattro piatti! Joe Verasca aggiarniò perché di prima matina suo fratello aveva l'alito sgombro di vino. Appunto per questo, voleva chiedergli da chi aveva avuto il permesso di chiedere favori a Carru Murriali, con il quale solo lui poteva tenere determinati rapporti. Luciano, invece, non rivolse né uno sguardo a Vera, che era come impietrita, né a uncle Joe, che si grattava la testa. Si avvicinò al suocero ed esclamò: «Mi auguro che tutto quanto sia uno scherzo.»

«Quale scherzo? Sono tipo che scherza? *Maicol* Monreale sarà il tuo nuovo boss.»

«Il mio boss? Chi mìnchia sta dicendo?»

La sortita inorridì le donne e disorientò Rocco. Di colpo, il suo viso assunse sembianze animalesche. «Che cosa dicisti?»

«Ha capito benissimo e non aggiungo altro per tre motivi: è padre di Vera, fratello di Joe e siamo in questa casa. Monreale potrà essere il suo boss. Mercoledì me ne torno in Italia.»

«Torni *all'Italia*? E vatinni, vatinni», urlò inferocito. «Acqua davanti e-vventu darreri!»

«Con quale coraggio ha osato trovarmi questo lavoro? Così vuole bene a sua figlia?»

«Tu hai sbagliato a parlare più volte, ma non avrai il tempo di pentirti perché t'ammazzo con le mie mani, t'ammazzo,» esclamò lanciandosi verso il giovane. Rosina cominciò a pigghiarisi a timpulati e a recitare tutte le avimmarìe che potevano capitare. Trovò comunque la forza, assieme a Vera e a Sarah, sotto choc per le parolacce che i due si scambiavano, di andare incontro a Rocco nel tentativo di fermarlo. L'unico che poté trattenere quella bestia fu Joe, il quale gli si parò davanti come un armadio. Però, non riuscì a tappare la bocca a Luciano, il quale continuò a dare sfogo alla sua rabbia e a lasciare sbigottiti per i nitriti di collera. «Per chi mi ha preso? Per cornuto? Ma come?

Maicol corteggia sua figlia, lei gliela mette davanti agli occhi e ora vuole che io vada sotto padrone da lui? Mille dollari a settimana? È questo il prezzo della dignità? Questo è il prezzo?»

Rocco cercava di liberarsi di Joe per avventarsi sul giovane. «Vèni ccà, a testa ti scippu.»

«E lei deve andarsela a fare visitare da uno specialista, la testa.»

«*Salamabic*, veni ccà *salamabic*.»

«C'è lei, ha capito? Salame c'è lei. Che vuole dire con questa parola? Parli inglese o in italiano.»

Capì che si trattava di un'offesa nel momento in cui vide Joe strantuliare il fratello. Con le mani gli aveva afferrato i risvolti della giacca. D'un tratto, comparvero Rebecca e Martha. Quindi, Angel dopo un'altra notte trascorsa in ospedale. Rimasero sgomente davanti a quella scena. Rocco si dimenava tra le tenaglie di Joe come una belva ferita. Luciano sembrava un viteddu orvu. Angel gli andò incontro. Cercò di zittirlo.

«Irriconoscente, ecco cosa sei,» tornò a urlare Rocco. «Ti abbiamo fatto del bene, due *giobbe* ti abbiamo trovato, dui, l'ultima vale oro, ma di *faticari* non ne vuoi sapere. A me figlia vuoi? *Forgherebari*! Non le darò come marito un ddibbusciatu che vuole farsi campare.»

«Deboscitato io? Venga a Villabella. Vedrà cosa ha fatto il suo deboscitato. E a sua figlia se la tenga ben stretta. Non sa più cos'altro fare per darla in sposa a quello stronzo di Monreale.»

Conclusa la frase, sputò a terra, sbiancato in viso, un grumo di rabbia. Era come se l'avesse lanciata in faccia al suocero la sputazzata. Martha scappò via perché bussarono alla porta. Tornò trafelata: «C'è Enzo. Vi aspetta fuori. È tardi e non arriverete in orario al tempio,» gridò rivolta a suo zio Rocco. Per Martha, la chiesa era il tempio.

«Ecco, iiti a missa,» urlò Joe, nella speranza di mettere fine al teatrino.

«Dai Rocco, iiamuninni, pi favuri,» supplicò Rosina.

«E va bene, iiamu a missa. E tu Vera, camina.»

«A me figghia non la vedrai più, *forgherebari*,» minacciò. E con sguardo truce aggiunse: «Non è finita, non è finita.»

«Infatti, non è finita, caro onorevole. Sa che le dico? Vada a fare in culo.»

Joe non era riuscito a tappare la bocca al giovane, oramai fuori di sé. Vera gli si avvicinò, scantata morta, gli occhi pieni di lacrime. Luciano le gridò: «Please, levati dai piedi anche tu, please.»

Però le strizzò l'occhio. Senza essere visto. Un segnale inequivocabile.

La resa

SULLA casa di Joe, nel Long Island, calò un silenzio irreale. Rebecca, Martha e Angel si ritirarono nelle loro stanze, mentre aunt Sarah preferì la veranda, dove si tuffò in un libro. Anche Joe sparì. Come ogni domenica, aveva dei piccoli lavori da svolgere nell'orto. Luciano rimase seduto, la testa tra le mani, a meditare su ciò che era successo. E dire che la sera prima erano tutti quanti felici. Aveva nuotato in piscina, aveva baciato e stretto a sé Vera, gambe tra le gambe, per azzardare un *crawl* inedito. Poi, quasi un'ora a fare progetti, a sognare davanti al fuoco del barbecue. Chi l'avrebbe detto: la mattina dopo sarebbe scoppiato l'inferno.

Passando in rassegna le ultime ore in casa di Joe, Luciano si convinceva sempre più di non avere colpe specifiche. Delle due, l'una: o Rocco aveva avuto modo di attuare in modo lucido e infame il suo perfido piano per allontanarlo dalla figlia, o aveva voluto consumare a freddo la vendetta per l'offesa ricevuta a Villabella. La terza ipotesi, dapprima non la valutò, poi non seppe scartarla. Stentava a credere nella buona fede del suocero, ma se c'era qualcosa di sacro nella vita di Rocco, questo qualcosa era il denaro, ne era certo. E il giovane Monreale, l'americano, ne aveva tanti di dollari. A Vera, non avrebbe fatto mancare nulla. Tranne la felicità. Assorto nelle riflessioni, si disperava in silenzio. Con quale animo, il suocero stava per recarsi adesso in chiesa a sentir messa? "È così idiota da prendere in giro il Signore," commentò. "Anche oggi, annoterà i numeri degli inni sacri per giocarseli al Lotto."

Lo detestava. Si rivide nudo, disarmato, sconfitto. E coglione. Tre mesi d'America a farsi un mazzo così. Perché? Un fallimento su tutta la linea. Se da una parte era soddisfatto per avere risposto per le rime a Rocco Verasca, dall'altra era rattristato per le conseguenze di una frattura che riteneva insanabile.

Non trovò conforto neanche nelle parole di uncle Joe, il quale, dopo avere irrigato una parte dell'orto, raggiunse il giovane lasciandosi cadere, triste e pensieroso, tra i cuscini del divano. «E ora come si fa ad aggiustari 'sta varca? Ho sempre fatto in modo che tutto filasse liscio e, grazie al tuo aiuto, c'ero riuscito. Ma di colpo è scoppiata a traggèdia.»

«Non sono stato io a scatenarla.»

«Ma avresti potuto evitare...»

«Avrei dovuto forse ringraziare suo fratello per il lavoro da Monreale?»

«Non dico questo. Avresti potuto evitare di offendere. Unu, di rraggiuni, ddoppu si fa tortu.»

«È stato suo fratello a sbagliare. E due volte. Prima perché ha chiesto un lavoro al giovane che aveva messo gli occhi su Vera, poi perché mi ha comunicato la notizia. Nelle vene non ho acqua e la mia fronte è pulita.»

Joe Verasca allargò le braccia. «È varca chi fa acqua da tutte le parti,» ripeté afflitto.

«Non può tentare di turare la falla più grossa?»

«Lo farò senz'altro, però lascia passare un paio di giorni, il tempo che Rocco si calmi un po'.»

«Ma non si calmerà. Ha sentito cosa ha detto? "Tu a mia figlia non l'avrai mai." Mi ha dato persino del debosciato.»

«Che farai ora? Preferisci stari cu mia o iiri a casa? Non aviri prèscia, pensaci. Chi farai sulu sulu? A bbiliàriti? A fàriti u sangu màrciu?»

«Non trascorrerò né un pomeriggio né una serata piacevole, ma preferisco andare. Come afferma suo fratello, non ho comprato né un servizio di piatti, nemmeno un set di bicchieri, ma prima di fare le valigie ho tante cose da mettere in ordine. Devo rivedere le foto scattate, tagliare qualche ripresa fatta con la videocamera, mi toccherà riordinare gli appunti sparsi ovunque. Temo di perdere qualcosa che ho scritto. Piuttosto, la ringrazio per la pazienza avuta settimane fa quando mi ha accompagnato nell'isola degli immigrati e poi nel Bronx. Quel giorno ho saputo tante di quelle cose che non so proprio come sfruttarle.»

«Già mi hai ringraziato, non ti preoccupare.»

Joe tirò un sospiro.

«Domani farai il ticket?» chiese.

«No, il biglietto l'ho a casa, in mezzo a quel casino di carta. Per questo voglio controllare ogni cosa prima di partire. Temo di averlo smarrito. Ci mancherebbe anche questo.»

«Non vuoi salutare Vera?»

«Salutarla? E dove? Non la lasciano respirare. Uncle Joe, le faccio una confidenza: io a Vera una mano addosso non l'ho mai messa. E di baci, in questi anni, se gliene ho dato di sfuggita quattro o cinque sono assai. Uno di questi, appena sono arrivato a New York, davanti all'agenzia di viaggi, poi uno nella sua auto e ieri mentre nuotavamo in piscina assieme ai suoi figli. Le sembra vita questa? Per lei è normale questa love story?»

«No.»

«Sono convinto che se lei fosse il padre di Vera non ci sarebbero stati questi problemi per le nozze e non mi sarei ridotto le mani con le piaghe per guadagnarmi la fiducia di mio suocero. Ha mai visto le mie mani? Guardi, guardi, sono tutte spaccate.»

Joe Verasca annuì.

«Se fosse stato mio suocero, me l'avrebbe fatta sposare?»

«Sì. *All'Italia*. Subito. E per la volontà che hai dimostrato nello svolgere un lavoro manuale, e anche per i torti, gli affronti e le ingiustizie che hai subito, meriti di diventare u re di *Nuova Iorca*,» aggiunse abbozzando un sorriso. «Però non sono tuo suocero,» precisò attimi dopo «e non posso darti né Vera né la corona.»

Rimasero in silenzio, quindi Luciano decise di accomiatarsi. «Vado, uncle Joe. Preferisco prendere il bus, poi la metropolitana per Brooklyn. Entro martedì, verrò a salutare lei e la sua famiglia. Prima mi farò sentire per telefono.»

«Poc'anzi, ti ho detto che se fossi il padre di Vera questi problemi non ci sarebbero stati, però non puoi tornare *all'Italia* senza avere un chiarimento con mio fratello, senza appaciarivi. Sarebbe stato opportuno tra un paio di giorni, con le acque più calme, ma è meglio scippari questo dente subito.»

«Ma... »

«Non devi dire "ma". Nun fari u bbabbu. Rocco non è stato tenero, però rimane tuo suocero. E siccome è persona anziana, dovrai chiedergli scusa. Spiramu daccussì d'addrizzari a situazioni.»

«Chiedergli scusa? Ma se mi ha offeso. Non dimentichi che mi ha gridato una parola di cui non conosco il significato, ma visto il tono con cui si è rivolto si trattava sicuramente di una parolaccia o magari di un'offesa grave, mi pare *salamabic*.»

«Ma no, non ti ha nzurtatu, avrai capito male.»

«Ho capito benissimo.»

«Capito o non capito, Rocco ti può venire padre ed è mio fratello. Ti devo anzignari iu queste cose?»

«Se un padre tratta così i figli o i generi, c'è ben poco da imparare. Ma se Lei insiste è tutt'altro paio di maniche.»

«Bbravu, bbravu Luciano. Ora acchiana, acchiana nto *carru*, masinnò m'affènnu.»

La sceneggiata della pacificazione

JOE, accostò l'auto al marciapiede. «Stai ccà. Vado a chiamare a me frati. Sarà tornato dalla chiesa da due orate.»

«Una cortesia, uncle Joe.»

«Parra.»

«Posso andare intanto al bar? Ho la gola arida.»

«Vai pure. Ci troverai nto *carru*.»

«Due minuti sono sufficienti.»

«Non ti faccio prèscia. Prima devo parrari a solo con lui.»

Luciano si diresse allo "Stromboli", infilò trentacinque centesimi nell'asola dell'apparecchio telefonico e compose il numero di Frank Mondello. Era l'unica persona alla quale avrebbe potuto chiedere l'informazione. Insistere con Joe sarebbe stato inutile. Tergiversava. Eludeva la domanda.

«Hellò.»

Arrispùnniu proprio Contorni e si ritenne fortunato.

«Pronto, mister Mondello? Luciano sono.»

«Cciàu Lucianu. How are you? To sòggiru stamatina tutto mi ha detto. Dispiaciuto sono. Stai meglio adesso?»

«Meglio, grazie. Uscito dall'ospedale, il primo pensiero è stato quello di telefonarle. Ho un debito con lei.»

«Un debito?»

«Di riconoscenza. Lei è stato buono nei miei confronti: mi ha insegnato un mestiere e mi ha pure pagato.»

«Ti ho dato solo un lavoro.»

«Però ho imparato molte cose. Verrà il momento che verrò a ringraziarla di persona.»

«Si un bbravu picciottu, onesto, intelligenti, aducatu. Mi dispiace che non potrai *faticare* ancora a causa della grave malattia che ti ha colpito.»

Nel sentirgli dire "grave malattia", si spremette i coglioni. «Lo so. Dovrò trovarmi un altro lavoro,» rispose.

«Intanto, pensa a stari bbonu.»

«È quello che farò.»

«Ok, Luciano. Allora ci sentiremo presto.»

«Sarà premura mia telefonarle, anzi di venirla a trovare.»

«Ti ringrazio. E buona domenica.»

«Buona domenica a lei.»

«Ok, cciàu Luciano.»

«Un momento mister Mondello. Ora che ci penso, c'è una parola che non sono riuscito a comprendere. Pochi minuti fa, due paesani litigavano da dove telefono, sì davanti al caffè. Sono ancora debole d'inglese così mi sono detto: visto che ci sono, lo chiedo a mister Mondello, il quale sa tutto e mi spiegherà il motivo per cui quei due si prendevano a cazzotti.»

«Qual è questa parola?»

«Cominciava con salame. Se ho capito bene, *salamabic* o qualcosa di simile.»

Contorni ammutolì per una decina di secondi.

«Pronto, mister Mondello?»

«Erano picciotti?»

«No, potevano avere dai 30 ai 40 anni. Pare che fossero pugliesi o calabresi. Non li conosco. Non ho tempo di farimilla ô bbar. Ma che significa questa parola? È un'offesa?»

«La parola che mi hai detto non significa niente, forse avrai capito male. Per caso non è che dicevano *sanavabicci*?»

«Forse. Ma che significa come la pronuncia lei?»

«Significa figghiu di bbuttana.»

Luciano rimase senza parole.

181

«Visto che si prendavano a pugni, penso che sia proprio questa la parola offensiva. Vinni a *pulìs*?»

«No, li hanno divisi giusto in tempo.»

«Sai bene che è un'offisa gravi. Non si pronuncia mai *sanavabicci*.»

«Ma è vocabolo della lingua inglese?»

«Esattamente "*san ov ei bicci*", scritto "son of a bitch".»

Pago di quella precisazione, rispose «u capivu». E aggiunse: «C'era più di un motivo perché quei due si rompessero le corna. La ringrazio mister Mondello, e mi saluti tanto suo fratello Serafino.»

«Non mancherò, Luciano. E tu pensa a *techerare*. Capisci?»

Ecco, ne aveva sentita e doveva impararne un'altra, *techerare*. Da "take care", abbi cura di te.

Nel riattaccare, avvertì un senso di freddo alle mani e alle braccia, ma il sangue stava per andargli in testa. "Dunque, con quel 'salamabic' che poi è 'sanavabicci' mi ha detto 'figlio di puttana'. E ora io dovrei chiedergli pure scusa! Se avessi capito ciò che intendeva dire, non so come sarebbe finita. Bbardàscia che non è altro.»

Ordinò un caffé, accese una sigaretta e rimase a pensare. Trascorsi un paio di minuti, tornò in strada, ripetendo: "adesso il *sanavabicci* te lo dò io. Mi comporterò davvero da *sanavabicci* e tu, senza sapere come e perché, la prenderai in culo, bbastardu che non sei altro".

Mentre si avvicinava alla Cadillac, scorse Joe e Rocco in auto. Aprì lo sportello posteriore e si mise a sedere.

«Vorrei che questo spiacevole incidente si appianasse,» esordì Joe.

«È anche mio desiderio,» rispose. «Spesso un giovane non sa dominare gli impulsi e finisce per commettere errori. Sono addolorato di avere sbagliato a parlare.»

Nel pronunciare la frase, guardò il suocero che gli dava le spalle, e disse tra sé: "Sei un gran cornuto e queste corna ora te le spezzo". Quindi, allungò il braccio e gli porse la mano in segno di pace. «Vorrei che dimenticasse ogni cosa, consideri quanto è accaduto un episodio spiacevole.»

Abituato a pesare i vocaboli, e a valutare in che modo una parola o una frase viene pronunciata, Joe guardò il giovane con l'espressione di chi non capisce cosa sta per accadere. Nonostante i 40 anni d'America, aveva pittata in faccia un'astuzia tutta sicula e non la smetteva di spostare lo sguardo sul fratello e su Luciano. Quegli occhi che andavano a destra e a manca sembravano un moto perpetuo.

Rocco, anziché stringere subito la mano di Luciano, si limitò a guardarlo.

«Mi creda, non volevo offenderla. Provi a dimenticare. Ho sbagliato.»

182

Rocco ammiccò. «E sia,» mormorò porgendogli questa volta la mano. Tra di sé però diceva: "te la stringo perché stai per levarti dai coglioni. Speriamo che non ti farai più vedere: se riprovi con Vera, ti stacco la testa".

«Così va meglio. Adesso è tutto a posto,» osservò Joe. «È un gesto che ti fa onore,» disse al giovane. Giusto in quel momento, Luciano Moriga pensava: "stia certo, *sanavabicci* di onorevole. Le giocherò un tiro che lo ricorderà finché campa."

Invece, con tono di rammarico precisò: «Oggi, l'unica verità pronunciata è stata quella che devo partire.»

«Parti piddaveru?» chiese Rocco mostrandosi addolorato.

«Sta per scadere sia il visto turistico, sia il biglietto aereo. A parte questi problemi dovrò presentarmi entro pochi giorni al lavoro. Non ho scelta.»

«Quando torni?» chiese Rocco sforzandosi di assumere un'aria sempre più preoccupata. Rimediò un'ondata di disprezzo. «Credo nel destino e non intendo forzarlo,» rispose Luciano, il quale era tentato di apostrofarlo con "un figlio di puttana". Si frenò a stento. «Il destino vuole» proseguì «che io e Vera prendiamo strade diverse. Le ho voluto molto bene, ma non sono egoista. Se insistessi a tirare la corda, le farei del male. Desideravo sposarla in Italia, ma è un sogno irrealizzabile. Né voi lascereste andare via vostra figlia, né Vera potrebbe vivere felice lontana da voi. Se sbaglio, uncle Joe, mi corregga.»

Joe lo guardava fisso, senza espressione.

«Hai informato mia figlia della tua decisione?»

«Sa che devo tornare in Italia. Però...»

«Però cosa?»

Si mostrò sempre più afflitto. «Però,» dicevo «non sa che non mi vedrà più.»

Mentre pronunciava la frase, ne pensava un'altra: "Se Vera mi chiama a casa, partiremo oggi stesso per l'Italia. E tu, caro onorevole, scoprirai che sono davvero un *sanavabicci*, uno che sa come fotterti."

Nell'udire "non sa che non mi vedrà più", Rocco avrebbe voluto fare salti di gioia. Ma restò muto.

«A proposito,» aggiunse Luciano «odio le scene di addio.»

«E allora?»

«Vorrei che fosse lei, assieme a sua moglie, e con il giusto dosaggio, a fare capire a sua figlia che è tutto finito. Però, dopo la mia partenza. Con l'affetto che sapete trasmettere, avrete modo di spiegarle che ho preso in modo sereno la decisione di andare per la mia strada.»

«Non la vuoi salutare?»

A Joe gli occhi ballavano sul viso. Voleva scoprire dove Luciano volesse andare a parare. Era rimasto sorpreso dalla docilità mostrata, dal tono arrendevole delle sue parole, allibito nel sentirgli pronunciare parole di sottomissione e di resa, ma che, di punto in bianco, avesse preso la decisione di rinunciare a Vera, no, questa non riusciva a mandarla giù.

«Se me ne andrò in silenzio, Vera capirà che è stata un'infatuazione..»

Joe Verasca non la finiva di spostare lo sguardo sul fratello e sulla faccia di Luciano. Non credeva una parola, una sola, di tutto il discorso che aveva ascoltato.

«Farò quattro passi. Camminare un po' mi farà bene,» mormorò a questo punto il giovane. Scese dall'auto, salutò Joe con una significativa stretta di mano e rivolse l'attenzione all'uomo che era divenuto il suo ex suocero. «Mi dispiace che sia finita così.»

«Anche a me, non immagini quanto,» replicò Rocco facendo un gesto come se volesse rincuorare il giovane. E Joe non smetteva di osservarli per scoprire una mossa, una sola, impercettibile, che lo aiutasse a capire.

A vuolli stritta, gudivi

SOSTÒ a guardare qualche vetrina, ma dopo venti minuti era a casa. Aveva la gola arida. Prima di bere da un bidone, a garganella, mandò giù le due pillole del pomeriggio. Quindi, si gettò sul letto per morto. Stava per assopirsi, ma trasalì per una tuppuliata assassina.

"È Vera. Ci siamo," mormorò. In un attimo pensò a tutte le cose da fare, e in fretta, per scappare quella sera stessa, in Italia. Era la prima volta che l'amore suo saliva nella casa dove aveva abitato per quasi tre mesi.

«Hello, cu sì?», chiese gridando un paio di volte. Il cu sì? potrebbe sembrare una espressione siciliana per chiedere "chi sei", ma Luciano aveva imparato alla scuola di zio Joe, e in quella frequentata presso gli altri 'taliani, che la dizione corretta "Who is it?" - appunto il "chi è?" - pronuncia "U isit?" nell'italiese era stata trasformata nel pratico cu sì?

«Anthony Carramusa sono.»

"Minchia!" disse tra sé "che vuole di domenica pomeriggio?"

Andò ad aprire. Sembrava un deportato da come buttava i piedi.

«Gudivi,» fece Carramusa davanti alla porta. U taliò con l'espressione tipica dû fissa cû ggiummu. Tanto era incazzato da non badare a cortesie e a cerimonie. Si limitò a dire «entri.»

«Gudivi,» ripetè Carramusa.

«Sono affari suoi, e comunque tutto buono e benedetto. Ma a me cosa racconta?» rispose rude. Con tutti i pensieri che aveva in testa, Carramusa era una delle persone che non avrebbe voluto davanti a sé. Il lendilordo lo guardò con gli occhi che gli firriavano. Luciano era indeciso su quale dei due puntare.

«Non so più cosa pinzari,» replicò Carramusa, incredulo di fronte alla sortita del suo tenente. «Quando hai gridato cu sì?, mi sono detto: "Luciano ha imparato a pallare miricano". Ora mi fai cadere le braccia, mi fai cadere. Paisà, non mi dire che non sai cosa significa gudivi.»

«Gùdivu, in siciliano, è passato prossimo e passato remoto del verbo godere, prima persona singolare, cioè "io ho goduto" o "io godetti"; il presente fa "iu gòdu", io godo e l'imperfetto iu gùdevu. Siccome nel dialetto, anzi nella lingua siciliana non c'è futuro, non posso più servirla con la coniugazione del verbo,» spiegò.

A Carramusa andava sempre un occhio a sinistra e l'altro a destra, non soltanto per il vezzo del suo strabismo atipico. Luciano ebbe il sospetto che i testicoli del *lendilordo* seguissero pedissequamente il movimento delle palle degli occhi. C'era da ridere nel vederlo a bocca aperta e con una mano alla fronte.

«Deve sapere che al mio paese,» aggiunse il *tenente*, «"gùdivu", significa raggiungere l'orgasmo. Non mi dica che lei l'ha raggiunto nel momento in cui bussava alla porta.»

Era scatenato. Anthony Carramusa sbiancò. E Luciano, questa volta, ebbe l'impressione, tutt'altro che vaga, di avere davanti a sé u spavintatu du prisèpiu.

«Chi fai, sparri? Mali ti senti?», farfugliò il *lendilordo* a mani giunte. Luciano notò gli anelli d'oro. Ne contò cincu, oltre alla fede. In uno, c'era incastonato un brillante più grosso di una lenticchia. Ai polsi portava quattro braccialetti d'oro, come la collanona. La ricchezza ostentata dal padrone di casa gli faceva proprio schifo.

«Che gòdiri e gòdiri! *Gudivi* ti ho detto non appena sono entrato, scritto "good evening", cioè bbonasira. Siamo in un paese dove si abbrevia tutto, dunque *gudivi* significa bbonasira e *mòni* significa "buon matino", scritto "good morning".

«Questo intendeva dire?»

Il significato di *gudivi* Luciano lo conosceva, e bene. Solo che, incazzato come era, preferiva prendere per il culo il prossimo.

«Santo Ddìu, è possibile chi doppu tri misi, non palli né *talianu* né *ngrisi*, Gesùemmaria è possibile tutto questo?»

«Problema superato,» fece osservare. «Lo sa perché? Sto per tornare in Italia. Domani mattina mi sarei fatto sentire, ma visto che è venuto a trovarmi, ne approfitto per darle la bella notizia.»

«Bba! Parti tuttu a un tratto?»

«Tutto... tutto,» replicò. «Non posso fare partire prima un braccio e poi una gamba. Tutto intero parto. Ho ricevuto una telefonata, devo andare in Italia al più presto.»

«Hai problemi? *All'Italia* stanno tutti bene?»

«Benissimo. La ringrazio.»

«Se tutti sono in salute, significa che ti telefonò *a cummari*. Non è vero?» disse con un sorriso malizioso. «Ho capito, tieni *a cummari all'Italia.*»

Era chiaro che Carramusa era uno che non si faceva i cazzi suoi.

«Quale comare?»

«Già, non *palli taliano*. Voglio dire a *cummari*, l'amanti.»

«I know. Non c'è nessuna innamorata, mister Carramusa. Nessuna. Non c'è nessuna comare e nessuna amante. Visto che vuole sapere perché torno in Italia, la informo che ho trovato una buona *giobba*. Lo chiamate così il lavoro, no? Ecco, vado via per *faticari*.»

«Per sempre?»

«E per quanto? Per mezza giornata?»

Anthony Carramusa arrisatò. «E a casa?»

«Visto che domani è il primo del mese, lei si "scutta la misata morta". Si dice così anche in America, no?»

«Ti riferisci al mese di "sicuriti"?»

«Visto che per voi la misata morta è la "sicuriti", è ciò che voglio dire.»

«Ma non fai una cosa giusta.»

«Vado a lavorare in Italia e non faccio una cosa giusta?»

«Non dico questo,» ribatté Carramusa «non è cosa giusta a non pagarmi la *rrènnita* del prossimo mese. A chi affitto l'appartamento? Non ho un cristiano dietro alla porta che lo vuole. E lo dovrò pure addipinciri. Hai capito? Lo devo *pittare*.»

«*Pittare* cosa?»

«I *vuolli*.»

Già i *vuolli*. Ora che doveva partire, aveva imparato forse l'ultima: *vuolli*, singolare *vuollu*, era l'inglese sicilianizzato di wall, pronunzia "uoll", muro. Magari, riferendosi a Wall Street, Carramusa avrebbe detto che era giusto pronunciare *vuolli stritta*.

«Le pareti sono pulite. Ho abitato l'appartamento solo per dormire. Non ho *furnitura*. La *frigideira* appartiene a lei. Poi c'è un letto, un tavolo, quattro sedie, un televisore, e le regalo tutto quanto, mentre nelle altre tre camere» aggiunse, correggendosi subito, «mentre negli altri tre *rummi*, dicevo, non solo non c'è nulla, ma non ci ho messo mai piede.»

«Il contratto è di un anno, perdo novi misi di *rrènnita*.»

«Non perderà niente,» replicò Luciano nella speranza di toglierselo dai piedi. «Se quanto afferma è giusto, potrà rivolgersi - e sarà mia premura avvertirlo - a mister Rocco Verasca, mio suocero, il quale, come lei sa, è una degna persona, molto brava, molto per bene, un uomo esemplare, una perla di galantuomo. Così, le darà il resto della *rrènnita*. Va bene? Domani gli parlo.»

«Gli *palli*?»

«Gli *pallo*.»

Quando se lo tolse dalle palle, si diresse nella camera da letto. Aspettava ancora Vera, ma sprofondò in un sonno lungo dieci ore.

PARTE TERZA, 'Mpaliermu

Capitolo XVII

Una mansarda vuota

«LUCIANO, l'America bella è?»

«Bellissima.»

«Luciano, bella è New York?»

«Bellissima.»

Considerava quelle domande una litania lacrimevole.

«È vero che hanno inventato il radar che intercetta le auto della polizia? Che hanno messo sul mercato le sigarette senza nicotina? E le americane? Come sono le americane? Ci stanno?»

Aveva una risposta per tutti: il radar-detector costa un centinaio di dollari e l'uso è consentito solo in alcuni stati. Mentre a New York è proibito e la polizia, oltre a spellare il conducente sequestra l'apparecchio, esso è utilizzabile nel New Jersey; si mette in funzione nella presa dell'accendino e soltanto un deficiente può incorrere in multe per eccesso di velocità poiché l'aggeggio intercetta l'auto della polizia a un chilometro di distanza. Le sigarette senza nicotina fanno schifo, ma non si comprano in farmacia dove, senza ricetta medica, vendono invece le sigarette normali.

Benché scoglionato, non si era scordato del suo caporedattore: al suo rientro a "Radioteleisolad'oro" posò sul desk di Zimmatore una stecca di Camel, profumatissime. Non sapeva che, negli ultimi mesi, Paolo si era tolto il vizio di fumare. La stecca, da non confondere con la fetta di carne degli Italiani d'America, i quali chiamano quella delle sigarette *cartoni*, da "carton", sparì dalla scrivania nel giro di cinque minuti. Inchiesta interna per scoprire il ladro delle "bionde": se l'era fottuta, la stecca, un anti-americano fino al midollo, già maoista, militante di Potere Operaio, di Lotta Continua, di Prima Linea, forse anche brigatista.

Tre giorni per riadattarsi ai ritmi di lavoro e Luciano Moriga si ritrovò coinvolto nei servizi interni ed esterni. Paolo Zimmatore fece trascorrere una settimana prima di comunicargli la notizia della promozione a capocronista. «Meriti di andare avanti nella carriera. Al posto di Mario Molinelli che, come sai, andrà presto in pensione, mi occorre un tipo sveglio come te.»

«Farai bene, ne sono certo,» proseguì, passando dal tono elogiativo all'incazzamento affettuoso. «Sarai così impegnato nel lavoro che non avrai più tempo di rompermi le scatole con un altro periodo di aspettativa.»

Era stato lapidario. Però, aveva cominciato a chiedergli notizie del lavoro svolto in America. «Fammi leggere qualcosa, visionare qualche ripresa.»

Era la ventesima volta che ripeteva la richiesta. Per Luciano era una di quelle litanie che appallano fino alla nausea. Non aveva più risposte da inventare. Era riuscito a buttare giù appena sei cartelle, peraltro tutte da rileggere, mentre buona parte del materiale sulla vita degli Italiani d'America si trovava su duecento foglietti "memo" che, per la prèscia, aveva infilato alla rinfusa nel borsone. Negli Usa come poteva scrivere nelle condizioni in cui si trovava? Il notebook, acquistato assieme a una videocamera - una spesa da pazzi - per due mesi era rimasto "off". Se doveva svegliarsi alle 5 e mezzo del mattino per lavorare dieci ore al giorno a casa del diavolo, al soldo di Frank Mondello, la stanchezza, all'imbrunire, se la poteva togliere di dosso con un cucchiaio. Soprattutto se al rientro a casa, anziché andare a letto, doveva recarsi a cenare dai suoceri. D'altra parte, per stare con Vera, a un'ora oramai canonica, sopportava ogni sacrificio: benché con le ossa a pezzi, non riusciva a resistere una sera senza vederla. E talvolta lottava contro se stesso per non farsi notare affaticato, svigorito, con le piaghe alle mani.

Adesso che si ritrovava a Palermo, ripescare i "post-it" gli costava fatica. Avrebbe dovuto decifrare gli appunti scritti, sempre di fretta e con una grafia da cani: conclusa la giornata nel New Jersey, non era mai riuscito ad annotare un semplice diario né a tenere per cinque minuti una penna tra le mani: le dannate *mascìn* di Mondello avevano ridotto le sue dita a uno scempio. Per rimettere ordine negli appunti, avrebbe dovuto ricordare vocaboli, decifrare segni, rammentare particolari di vita vissuta, creare uno schema per romanzare ogni cosa. Per non parlare dei filmati con o senza sonoro. Tutti da rivedere. Il materiale era in quel borsone gettato in un angolo del camerino appena rientrato da Punta Raisi. Da allora, non l'aveva più preso in mano. E più Zimmatore insisteva nel sapere che razza di materiale avesse raccolto in America, più si rendeva conto che era una fatica immane tirare fuori tutta quella roba. Ne aveva fatto un problema psicologico: era convinto che il materiale contenuto nel bagaglio a mano appartenesse a un passato da dimenticare. Una sera ebbe l'impressione che tutta la rrobba puzzasse come un cadavere.

Si mise di buzzo buono un lunedì, giorno di "corta". A buttarlo giù dal letto, pensò il telefono. "Avranno ammazzato qualcuno," pensò. «Pronto... pronto... »

Riattaccarono. Si ritrovò con un umore colore dell'inchiostro. La sveglia segnava le sette e due minuti. Dopo avere lanciato una colorita maledizione a chi aveva chiamato per il piacere di staccare attimi dopo, si diresse tentoni alla finestra. Alzò le tapparelle e venne inondato dalla luce di un mattino radioso. Mise piede in terrazza che sonnecchiava ancora. Si appoggiò alla ringhiera e ammirò il panorama. Straordinario. Respirare a pieni polmoni era la medicina giusta. Provò un senso di serenità, quasi di gioia intima. L'odore emanato dalle alghe non conosceva altezza. La piccola spiaggia fra gli scogli era laggiù, davanti a sé. Peccato non avere ammirato quel miracolo della natura nei mesi estivi, ma anche in autunno, l'immensa distesa d'azzurro era un incanto.

Osservò i pescatori, distanti non più di una decina di metri dalla battigia: alcuni erano intenti a controllare le reti senza badare a una decina di ragazzini che si rincorrevano scalzi sulla striscia di sabbia battuta dalle piccole onde; altri, si davano ancora da fare nelle loro barche con le lampare spente. "Avranno pescato polipi ieri notte," dedusse. Erano mesi che non gustava spigole, triglie e sgombri. Oltre alle sogliole, in America aveva mangiato salmone fresco, aragoste, gamberi imperiali del Maine e qualche succosa ostrica di Baltimora.

Alla sua sinistra scorse una nave che si avvicinava al porto. In linea d'aria era distante non più di due chilometri. Era il piroscafo proveniente da Napoli con il suo carico di turisti, di palermitani, di auto. Manovrava per l'attracco. Rimase a guardare un po', quindi rientrò nell'attico. Nel preparare il caffè, si ripromise a ora di pranzo una frittura di pesce, ma venne assalito da rimpianti e malinconie. Per la prima volta, da quando era arrivato da New York, avvertì la sensazione che l'appartamento fosse grande, vuoto, troppo triste. "Che me ne faccio?" si chiese. Vera era lontana. Non avrebbe mai messo piede nell'attico sul mare.

A badda, a lemma, a gemma, u mitra e a tichetta

ALLE 8:30, mentre usciva dalla doccia, squillò di nuovo il telefono.
«Pronto.»
«Ciao. Zimmatore sono.»
«Che è successo?»
«Oggi è il tuo giorno libero, vuoi fare mente locale a quelle cose?»
«Eri tu alle 7?»
«No, perché?»
«Volevo dormire fino alle 10 e mi hanno svegliato.»
«E allora?»
«Non era nessuno.»
«Avranno sbagliato.»
«Boh!»
«Ti raccomando, cerca di trovare un ritaglio di tempo per occuparti di quel lavoro.»
«Va bene.»
Riattaccò. Non gli rimaneva che rileggere uno per uno tutti i pizzina. Ecco, la telefonata di Paolo gli aveva rovinato la giornata. Fece scattare l'apertura

del borsone e nel rovesciarne il contenuto sul tavolo, dette un primo sguardo ai "post-it" colorati. Gli capitò davanti il foglietto su cui aveva annotato la *cummari* di Cosimo, il cuoco di Pasquale. Sorrise. Per gli italiani d'Oltreoceano, dunque *cummari*, come aveva avuto modo di ricordargli anche Carramusa, era sinonimo di amante, di innamorata. Non era necessario che la donna fosse madrina di battesimo di un neonato o di cresima di un ragazzo.

«Hai *a cummari?*». «Vieni dalla *cummari?*»

Il termine stava a significare una donna "parcheggiata" per una scopata certa, fatta ammucciuni, cioè di nascosto, soprattutto di prèscia. Ovvero, una sveltina. S'imbatté nella *gemma*. Era una "perla" di Joe. Si rese conto di volergli bene: era sempre un punto di riferimento, un alleato cui fidarsi. Della *gemma* aveva saputo durante una prima colazione nel Long Island.

«Supra a *bbadda* metticci a *gemma*. Come la vuoi? Di *strobberru* o di murtidda.»

A *bbadda* non era una palla di gomma tradizionale né di sivu, mancu di ovu, tantu menu era a bbadda di l'òcchiu: lo zio di Vera si riferiva al burro, da butter, pronuncia "bader", cioè *bbadda*. A *gemma*, da "jam", pronuncia "dzaem", era invece la marmellata. Joe, premuroso, gli aveva chiesto se la preferisse di "strawberry", pronuncia " 'stro:beri", dunque *strobberru*, cioè di fragola, oppure - e in questo caso aveva abbandonato l'inglese blueberry (blu:beri) per dirla alla siciliana - di murtiddu, mirtillo. Il foglietto su cui c'era scritto *lemma*, tutt'altra cosa della *gemma*, aveva una doppia piegatura, forse per sottolineare che non era la parola di cui tratta un articolo di vocabolario linguistico ed enciclopedico. Ricordò solo che Joe, durante un barbecue, gli aveva chiesto se preferiva addentare prima la *stecca*, la sosizza o la *lemma*. Il termine deriva da "lamb", pronuncia "laem", dunque *lemma*, traduzione "agnello".

Le staffe e il sello

MENTRE rovistava nella borsa da viaggio, rivisitò u *ruffu,* cioè il tetto che il *lendilordo* una volta pensò di riparare, e il *pelo*, il bidone dell'immondizia. Ritrovò pure vocaboli come *staffe* e *sello*. Già, *staffe* e *sello*. Per capire cosa gli diceva Carramusa, una sera stava per andare fuori di testa. Telefonò ai suoceri in cerca di aiuto, mezz'ora dopo essere rientrato a casa.

«Cos'è il *sello?*»

Prima di rispondergli, Vera volle sapere cosa gli avesse detto con precisione il *lendilordo*.

«Di mettere una parte delle mie *staffe* nel *sello*. Mi credi?, le staffe questo Carramusa me le sta facendo perdere davvero.»

Impossibile metterle un freno. Rideva a crepapelle. E Luciano, dall'altro capo del filo, continuava a ripetere: «Amore. Se la smetti, capirò qualcosa e potrò andare a dormire.»

«Il landlord è stato gentile, ti ha ricordato che, se non hai spazio in casa, puoi mettere parte della tua roba, quella che non ti serve, ad esempio le valigie, qualche pacco o altre cose ancora, in un angolo dello scantinato.»

«Se non ho spazio? Ma se la casa è vuota! Significa solo questo?»

«Cosa ti pareva? Per *staffe* intende le piccole cose, la roba di secondaria importanza, dall'inglese "staff", con un "a" larga, da scrivere con la "u", cioè "stuff". Invece, il *sello* è il "cellar", lo scantinato. Si pronuncia "selo" con la "o" strascicata, più "a" che "o", e gli italiani trasformano il vocabolo in *sello*. Stai tranquillo, non si tratta della sella di un cavallo.»

«Beato chi li capisce,» commentò Luciano.

«Fa niente. Tu devi capire me. I love you. Lo capisci questo?»

Cottu di mìnca, rrènnita e precinto

ORA che si trovava a Villabella, solo come un cane, quella frase appena sussurrata ebbe lo stesso effetto di una ninna nanna. Grazie alle *staffe* e al *sello* ricordò il finale della telefonata e avvertì un malessere infinito. Il desiderio di risentire la voce inimitabile, dolcissima di Vera lo faceva stare male. Per allontanare i ricordi, proseguì a leggere appunti e pizzini. Su uno c'era scritto: *cottu di mìnca*. Una frase fenomenale, pronunciata - come dimenticare? - da Pinu Squillante, il *tenente* di Rocco. Discutendo sul pianerottolo con il papà di Vera, una sera se ne uscì con u *"cottu di mìncà"*, regalo che da una vita sognava di fare alla moglie. Per Luciano, la frase aveva un significato inequivocabile, ma uncle Joe, che si trovava a casa del fratello e aveva ascoltato ogni cosa, lo invitò a non fraintendere: «La signora Squillante non smania né per bevande né per zuppe afrodisiache: se ha voglia di qualcosa, sa come placare i desideri. Il fatto è un altro: Pinu vuole donarle una pelliccia di visone.»

«Una pelliccia di visone?» ripeté sbalordito. Non credeva alle proprie orecchie. Rientrò nel living room e, alla luce di una lampada, consultò l'inseparabile mini-dizionario. Joe aveva ragione: visone, in inglese, faceva "mink"; "coat", invece, era la traduzione di cappotto, pronuncia "kout". Dal "kout", al *cottu* il passo era stato breve. Così per la mìnca, come nell'ibrido "usapaisà" si pronuncia "mink".

Scoprì, tra i pizzini appiccicati, due vocaboli, i soli?, che si pronunciano allo stesso modo sia in siciliano che in americano. Il primo era "nnàisi", che nell'Isola sta per bello, piacente e "nice", pronuncia "nais" che in inglese ha identico significato, ma che storpiano in *nnàisi*. Il secondo era "bbisinissi", affari, attività commerciale con buoni guadagni; negli Usa, invece, c'è il "business", che ha lo stesso significato siciliano, cioè commercio, affari, ma la pronuncia corretta è "'biznis" e in "usapaisà" *bisiniss*. Già lavorava per aggiungere commenti a quei vocaboli in vista del lavoro da presentare a Zimmatore. Continuò a scegliere a caso i "post-it" sparsi sul tavolo. E s'imbatté nella *rrènnita*. Gli venne in mente il pomeriggio in cui il suocero, infuriato per i çiunnuna del gatto, gli aveva dato la notizia della casa fattagli trovare da Joe, un appartamento comodo, e che la *rrènnita* era di 650 dollari. «Se devo pagare perché è *rrènnita*? Non ho alcuna rendita.»

Provvedette Vera, la sera, a schiarirgli le idee. «Non si tratta della traduzione in siciliano di rendita, ma della sicilianizzazione del vocabolo inglese "rent", che significa affitto. «E se il locatore, cioè il *lendilordo*,» precisò «ha un appartamento da affittare, trasforma tutto all'infinito, e dice: "devo *rrèntare tri rummi*."»

«Ma il canone di affitto lo chiamano davvero *rendita*?»

«Sì.»

Rimase perplesso, ma accettò la novità. Riscoprì la *mascina*. Ogni utensile che si muove, a mano o a corrente elettrica, è *mascina*, da "machine", macchina: dallo spazzolino per i denti a batteria, al rasoio elettrico, dal frullatore, all'impastatrice della pizza per finire all'apparecchio per l'elettrocardiogramma, al taglia erba e a buona parte degli attrezzi da giardinaggio di mister Contorni. Tranne l'auto. No, quella non è *mascina*, ma *carru*.

Sfogliando altri "memo", rivide il *precinto*. Conobbe il termine nelle pagine di cronaca di un vecchio *ggiurnali 'talianu*, il "Progresso" si chiamava: Pinu Squillante lo teneva ben custodito perché riportava la cronaca di un famoso delitto di mafia. Luciano ne rimase incuriosito e cominciò a sfogliarne le pagine. Fu appunto il vocabolo "*precinto*" a catturare la sua attenzione. Risalendo a "precinct", da leggere "pri:sinkt", con cui si indica anche il distretto di polizia, il cronista d'assalto, con la presunzione dell'analfabeta bilingue, informava i lettori che il malvivente era stato interrogato al *precinto*. Nel dare poi uno sguardo ai piccoli annunci, Luciano scoprì che la ricerca di cuochi e di pizzaioli *'taliani* era affannosa. Li pagavano a peso d'oro, o quasi. Tanti disoccupati del Sud Italia, se lo avessero saputo, sarebbero espatriati per ingrossare l'esercito dei clandestini. Notò anche la pubblicità delle chiromanti, specializzate a leggere i "palmi" o 'le palme", ma per il timore di dimenticare la lingua italiana, preferì pensare ad altro.

Ellis Island e i Tony d'America

SU UNO dei foglietti, c'era scritto "Tony". Sorrise nel ricordare un particolare svelatogli da uncle Joe. La nota si riferiva a coloro che si chiamano o si fanno chiamare ancora Tony, insomma ai Tony d'America, ai figli e ai nipoti di emigrati nati negli States. Quel nome lo convinse che era giunto il momento di mettere in funzione *compiuta* e videocàmmara. C'era da rivedere il filmato girato assieme a uncle Joe di fronte a Manhattan, con Vera nei panni di operatore. Azionò dei cavi, collocò ogni cosa al televisore, si sdraiò sul tappeto, appoggiò il capo al bordo del sofà e cominciò a seguire le scene riprese circa due mesi prima. Quanta differenza tra la cocciutaggine e il carattere schivo di Rocco e la straordinaria disponibilità del fratello. Uncle Joe si era dimostrato magnanimo e altruista; il suocero, pur essendo cristiano osservante, aveva un carattere detestabile e del prossimo suo sembrava proprio fottersene.

RIVIDE le immagini con sonoro.

«Stiamo per andare in un posto dove Tony, 70-90 anni fa, non era un nome proprio di persona, ma l'abbreviazione di "To New York".»

Era Joe Verasca che parlava seduto a prua.

«In che senso abbreviazione?» chiese perplesso Luciano.

«Chi era immigratu non aveva possibilità di scegliere dove andare a vivere. Il suo destino era affidato ai poliziotti dell'*Immigrescion*, senza criterio. E i paisà che per timidezza, o per timore, perché erano surdi o non capivano la domanda a loro posta, vedevano vidimare i propri documenti con un timbro che indicava la destinazione assegnata. Esempio: To NY, se venivano dirottati a New York. I police irlandesi non capivano e scrivevano soltanto il cognome, per giunta storpiato, dell'italiano che avevano di fronte. E quel To NY, cioè To New York, traduzione "a New York", divenne il nome di battesimo di migliaia di paisà. Insomma, u mmiscavanu. Faccio un esempio: Moriga Tony, Verasca Tony, oppuru, chissacciu, Abate Tony.»

IL VIDEO mostrava le immagini di quel mattino nella baia di New York. Uncle Joe era gioviale. Sembrava che il contatto con il mare l'avesse rinvigorito. Di rado, alzava la voce. Si faceva sentire, e capire, con uno sguardo o una mezza parola. Una sola volta Luciano ebbe l'ardire di rivolgergli un'insolita richiesta, e ne spense ogni ardore. «Mi piacerebbe intervistare "Dapper Don",» gli aveva confidato. «Potrebbe combinare?»

Su Luciano si abbatté uno sguardo che inceneriva. Joe Verasca cominciò a scrutarlo come se a rivolgergli la domanda fosse stato un pazzo, per rimbeccarlo alla sua maniera: «Dimmi un po' tu, dimmi un po', hai deciso di farti fare la *giobba*?»

Luciano sapeva che *giobba*, nell'italinglese, era la traduzione di job, che significa lavoro. Ma lo zio acquisito d'America aveva avuto modo di spiegargli che "fare la giobba", e non solo nell'ambito di Cosa Nostra, è sinonimo di "fare un servizio", "di fari divintari a unu comu na ficazzana", bastonarlo per bene, e *faricci a giobba* significava astutàri a unu, nel senso di ucciderlo. Luciano precisò che con John Gotti, sì, lui, il padrino, non si sarebbe sognato di parlare di mafia. Era un impegno solenne che avrebbe assunto: gli interessava conoscere l'uomo cui tutte le tv americane si occupavano e scandagliare l'animo di un personaggio popolare, amato dalle donne, al quale i tabloid dedicavano le loro prime pagine con foto e titoli grossi così.

«Mi interessa il Gotti-icona, la sua fama,» precisò.

Uncle Joe tornò a fissarlo con le palpebre sempre socchiuse per ripetergli: «Peccatu, ma davvero ti vuoi fare ammazzare?»

«Se permetti,» ecco la frase con la quale se ne uscì attimi dopo, «so io cosa dovrai scrivere o filmare.»

COSÌ una domenica mattina, insieme con Vera, lo accompagnò a Ellis Island, su quel limbo tra Manhattan e New Jersey una volta approdo di disperati. Da quest'isola, ultimo riferimento dell'Oceano, si traghettava verso un Continente dove milioni di persone avevano deciso di vivere e di morire. Un nome, America. Una sigla, Usa.

«Adesso andiamo in un posto che va visto,» mormorò Joe nella registrazione televisiva. Il posto era "Liberty State Park", sulla foce del fiume Hudson. Luciano ammirò, roba da mozzare il fiato, proprio da cartolina illustrata, i grattacieli di Wall Street e le torri gemelle del "World Trade Center", così alte da perforare le nuvole.

«Vedi lassù sotto alla cima di quella torre?» gli indicò Vera mentre la schiuma delle onde imperlava il suo viso.

«Cosa c'è lassù?»

«Un ristorante chiamato "Windows on the World", le "finestre sul mondo". Dai tavoli puoi vedere New York e dove comincia l'Atlantico. Qualche volta ci andremo, è vero zio che ci andremo?»

«Certo. Qualche sera vi porterò a cenare lassù, e verranno anche papà e mamma.»

Vicino alla banchina, i lampioni illuminavano l'atrio. Era immenso. Le luci condussero Luciano in un mondo da Belle Époque. La vecchia stazione ferroviaria di "Liberty State Park" era stata trasformata in un centro per party, dove promettenti giovani della "Visual Art College" di Manhattan tengono la vernissagge. Sulle grosse lampade spioventi in ferro battuto, Luciano notò tracce molto sbiadite di una vernice verde country. Erano le stesse di 75 anni prima, quando l'atrio era un brulicare di gente, come oggi "Grand Central" o la "Penn Station" nel cuore di Manhattan, le stazioni ferroviarie dove ogni mattina si riversano in milioni dall'hinterland per lavorare a New York. Nella stazione di un secolo fa, Luciano avvertì il rumore del silenzio, irreale da stordirlo. Attraverso gli anni, anche l'erba si era affacciata all'America spezzando il cemento con la sua forza occulta. Dai marciapiedi situati a ridosso dei binari, coperti di ruggine, una volta si alzavano dense nubi di vapore dalle locomotive in arrivo. Percepì l'inconfondibile odore del muschio. Dopo decenni, l'atmosfera era spettrale.

NEL SONORO adesso Luciano risentì se stesso.

«Era a Ellis Island che venivano schedati e ribattezzati, senza acqua benedetta, i futuri Tony. Erano i tempi delle grandi diaspore,» commentava. «Qui venivano controllati dalla testa ai piedi migliaia e migliaia di immigrati del mondo, italiani, ebrei, olandesi, irlandesi, latitanti, disperati, quaccheri. Un fagotto di sogni, la paura nella mente, l'angoscia che c'è nel cuore dei perdenti, dei disgraziati, degli umili. "Next", urlava il poliziotto dal viso truce da dietro l'inferriata. Con "next", ordinava a un immigrato di avvicinarsi per fornire le generalità. Ma il poveraccio non capiva che il "next" era un modo spiccio, in voga anche ora, di dire "avanti il prossimo"; e se intuiva il significato del vocabolo, riusciva appena a balbettare il cognome perché sfinito dal viaggio o impaurito dall'uomo in divisa.

«Avrebbe potuto mai immaginare che nome e cognome da poco rivelati, sarebbero stati scritti in modo errato dal policeman dallo sguardo torvo e dal viso cattivo? Lo sbirro non capiva cosa farfugliasse il poveraccio in una lingua a lui sconosciuta. E anziché aiutarlo, lo disprezzava pure. "Ficarra, To NY, next, please!"»

"QUESTO stralcio potrebbe essere salvato," giudicò Luciano mentre si stiracchiava sulla poltrona. Nel filmato rivide uncle Joe. Diceva:

«Molti cognomi sono rimasti storpiati a vita. Oggi, chi li porta, sono americani di terza generazione e alcuni di loro fanno di tutto per non tradire l'odissea vissuta dai loro avi fino a questa isoletta.»

Ogni volta che uncle Joe parlava, Luciano prendeva appunti: lo zio di Vera non poteva essere il protagonista del servizio, così, appena spiegava qualcosa, faceva cenno a Vera di andare fuori campo, ovvero di spostare l'occhio della videocamera.

NEI mesi trascorsi a Brooklyn, Luciano Moriga conobbe Peter Venicca, quarant'anni, assicuratore. Non erano amici, ma si parlavano. Il nonno di questo Peter anche da giovane era sordo e nell'attimo in cui l'agente dell'Immigration gli urlò di avvicinarsi, un compagno di sventura più sveglio e meno impaurito, gli rivolse in dialetto siciliano una frase che in italiano significa "Vieni qui, chiama a tia", appunto "vèni ccà". Tanta era la fretta di concludere l'appello e di schedare la gente arrivata dall'altro mondo, che il funzionario prese il "vèni ccà" per il cognome dell'immigrato con cui cercava di dialogare. Così, nel dargli un numero, scrisse nello spazio del suo registro, Venicca. E di seguito TO NY. Aveva deciso che nome dargli, come disfarsene e dove spedirlo.

Luciano scoprì anche un mister Larriva. «Arriva,» avranno gridato alcuni all'agente di Ellis Island che faceva cenno a un tizio in fondo alle scale, di avvicinarsi. Oggi, oltre a Tony Larriva vivono in America mister Tony Amarena e Mrs. Lafella. E ci sono discendenti di immigrati registrati come Tony Zoccola - le quattro figlie nubili non ebbero più di cosa vergognarsi - Tony Bartoloma, Tony Bellofemine, Tony Calobrisi, Tony Carofalo, Tony Delasandro e Tony Delatore. Quest'ultimo, probabilmente, aveva detto di chiamarsi Della Torre, e il policeman, che stronzo, non sapeva di avere appicciato sulle carni del disgraziato un marchio crudele e infame. Quei futuri nonni erano stati dirottati tutti a New York perché ribattezzati con la sigla TO NY.

Luciano seppe di John Piccirillo, di Tony Dellamico, di Tony Lababiera, di Tony Labruza, di Tony Lafurno e di Tony Lamojeri. Chissà. Forse il nonno di quest'ultimo, mentre chiamavano l'appello, urlava la sua disperazione per avere perduto nel trambusto, oppure a mare, la propria mugghieri. Sul nonno di Tony Pititto, Luciano invece non aveva mai nutrito dubbi. Era talmente smilzo e con la faccia del morto di fame che un disgraziato come lui gli avrà chiesto, davanti all'ufficiale di immigrazione, se per caso avesse *pitittu*. Pititto scrisse allora l'irlandese sul registro, e accanto al cognone impresse il timbro To NY.

Luciano conobbe anche un italoamericano con genitori nati a Sciacca, il quale non voleva chiamarsi Cucchiara, vocabolo che negli States stentano a pronunciare. Così optò per un nome inglese, ma a "spoon", cucchiaio, preferì "cook", cuoco. Insomma, Frank Cook, il giorno che inglesizzò se stesso, preferì rimanere in cucina.

Peter e gli altri discendenti di Tony Venicca, consigliati da madri e mogli, preferirono invece rimanere con il cognome storpiato. Avevano scoperto che provenivano dalla famiglia Ficarrotta. Guai, a tradurre il cognome in inglese: sarebbe Brokenpussy. A proposito di anatomia femminile. Non ha provato a cambiare generalità, e avrebbe potuto se non altro per non fare ridere postini o addetti alle consegne a domicilio, neanche Kevin Pussilano. Sul viso, porta stampati clamorosi baffoni macchiati dalla nicotina di 60 Camel al giorno. I nonni erano nati a Palermo e Kevin maledice i *pulis* che lo ricevettero all'approdo. «Si chiamavano in un altro modo, a Ellis Island storpiarono il loro cognome, ci giurerei,» ripete tra un lamento e l'altro. «Il perché di quella disperazione è racchiuso nei due vocaboli che compongono il suo cognome,

Pussilano. Infatti, negli Usa viene chiamata "pussi" (scritto pussy) quella che gli italiani di ogni latitudine conoscono come "fica". Tradurre il resto, cioè "lano", benché senza apostrofo, è superfluo.

«Forse mio nonno si chiamava Positano.»

«Sicuro che provenissero da Palermo?»

«Come è vero che esiste il giorno e la notte.»

Ricerche nell'elenco telefonico. Di Pussilano nessuna traccia. L'unico che cerca di confortare Kevin è Jordan, il suo splendido, inseparabile Golden Retriever.

Sono migliaia gli immigrati che videro stravolgere i connotati a Ellis Island. «Tu dove sei nato?» ripetevano, dopo il fatidico "next", gli odiosi e arroganti funzionari dell'Immigration. Un tale di Catania rispose: «A Fontanarossa.»

Venne ribattezzato con una "d" al posto della "t" e con una "s" in meno, Fondanarosa. E questo cognome se lo portano dietro i figli dei suoi figli. La signora Adriana Vallorosi invece non potrà non andare orgogliosa del cognome del marito, ma Luciano ha conosciuto un Paul Funesti, un giorno pompiere, l'altro poliziotto. Proprio vero: alcuni nomi rendono infelici. Un tizio, duro d'orecchi, una volta urlò in faccia all'ufficiale: «Cuomo dici?»

I luoghi della memoria

«QUELLI che avete letto non sono nomi presi a caso dall'elenco telefonico. Se vi capita di venire in vacanza a New York,» commenta Luciano mentre le immagini mostrano l'isoletta «salite su un battello che porta a Ellis Island: avrete modo di leggere duecentomila nomi cesellati sul Muro dell'onore". Stanno a rappresentare i 17 milioni di immigrati del mondo arrivati e entrati in America passando da qui.»

IL FILMATO mostra Luciano mentre sfiora con le dita quei nomi scolpiti sul marmo.

«Quarantamila di essi sono italiani, venticinquemila russi, per lo più ebrei, ventimila irlandesi. Migliaia e migliaia i profughi. Rimanevano in quest'isola non meno di tre giorni perché c'erano le formalità di rito e fra queste le visite mediche, da espletare tra difficoltà talvolta disumane. Di notte, gli immigrati che inseguivano il loro sogno adattavano le loro valigie di cartone a cuscini. Il materasso però rimaneva di pietra.

LUCIANO e Vera si fermarono nei locali che ospitano le quattro esposizioni permanenti, la "Through America's Gate", per cominciare:

«Quattordici stanze restaurate fedelmente così come erano nel periodo 1918-1924 raffigurano il "grande passaggio", illustrato da gigantografie storiche e corredato da documenti e da nastri con reminiscenze di coloro che vi erano transitati.

Nelle gallerie scoprirono i "tesori di casa":

...migliaia di oggetti, di foto, di cimeli dai quali i familiari si erano staccati per donarli al museo. Preziosi ricordi personali diventati patrimonio di tutti: scialli, scarpettine, vecchie valigie, rosari.

A ELLIS Island Luciano riprese le espressioni culturali di 122 gruppi etnici giunti oltre Oceano da tutto il mondo.

«Altre dieci stanze sono dedicate alla "grande ondata" 1880-1924: l'intera esperienza è documentata dai porti di partenza, ovunque nel mondo, a tutti i porti di arrivo, non solo quello di New York.

Anche qui la documentazione è ricchissima: va dai vecchi passaporti, ai biglietti del vapore consunti e ai poster di segnaletica per i nuovi arrivati. Nel locale si ammira un immenso mappamondo illuminato che traccia le rotte dell'odissea migratoria fin dal 1700 e un "albero degli americanissimi", alto nove piedi che raccoglie centinaia di parole derivate da dozzine di lingue straniere e inserite quali voci idiomatiche o bilingui nell'inglese-americano.»

SALIRONO le scale per ammirare il resto del museo. Nella biblioteca dell'immigrazione, Luciano Moriga si soffermò a lungo.

Soprattutto in uno studio con migliaia di nastri di "storia orale", dove si ascoltano le reminiscenze degli immigrati e quelle degli agenti dell' "Immigration Service", assegnati a Ellis Island. Seppe che in due teatri, sempre aperti al pubblico, vengono mostrati documentari con filmati dell'epoca (1892-1924) della massa umana così come transitava ogni giorno per quelle stesse stanze e quegli stessi corridoi.

NELL'ISOLETTA del dolore e della speranza, Luciano e Vera scoprirono che i primi immigrati sostavano in quei luoghi con la reverenza che si deve ad una visita in cattedrale.

«Proprio vero: a Ellis Island si fermarono 17 milioni di disperati provenienti da ogni parte del mondo. Soffrirono. Sognarono. Popolarono. Costruirono l'America.»

Era la frase conclusiva pronunciata nel sonoro. Luciano premette "off" e rimase a riflettere, piuttosto perplesso. "A chi possono interessare queste cose? A chi? Avrò modo di rivedere tutto quanto e deciderò dove tagliare. Ma non ora..."

Si era fatta l'una e sentiva un languore da svenire. Si vestì e scappò per Borgo Vecchio.

Capitolo XVIII

Indietro verso il futuro

«LUCIANO, a che punto sei?»

«Al punto di prima. Provo a raccapezzarmi. Ti sembra roba da poco?»

«In che senso?»

«Rivedo le scene girate. Se lo vuoi sapere, non sono soddisfatto.»

«Problemi?»

«Di riprese. Le storie non mancano, ma...»

Zimmatore si mostrò tanticchia irritato.

«Posso rendermi conto della situazione? Mi dai sempre le stesse risposte. Vuoi che venga a casa tua a prendere il materiale? Sei tornato da un mese e ancora aspetto. Prima di Natale, voglio mettere in scaletta il servizio. Ricordalo.»

«Non ci riusciremo mai. Dovrei entrare in sala di montaggio ora e uscirne tra un mese.»

«È da quattro settimane che ci lavori sopra.»

«Ma se mi trovi sempre in redazione, anche nel giorno di "corta". Vuoi dirmi quando devo lavorare sul materiale dell'America? Di notte? Nelle ultime settimane ho coperto sei omicidi, l'alluvione nel centro storico, la rapina con tre morti, ho fatto anche il servizio sui 36 disoccupati finiti in ospedale dopo gli scontri con la polizia, conduco ogni giorno le news delle 14 e delle 20, cosa vuoi ancora dalle mie carni martoriate? Non posso più dormire: da settimane mi buttano dal letto alle sette del mattino. Vorrei sapere chi è quel cornuto che telefona e stacca.»

«Vuoi mettere l'apparecchio sotto controllo?»

«Non so... Però vorrei anche riposare.»

«Hai ragione, ma quando pensi che potrei dare uno sguardo alle scene girate a New York,»

«Prima devo capirci qualcosa.»

«Una settimana ti basta?»

«A fare cosa?»

«A visionare e completare il lavoro.»

Al rientro dagli Usa aveva trovato un altro Zimmatore. Era sempre più magro e così allampanatu da sembrare ancora più alto, ma visto che gli si dovevano ripetere le cose due volte, ebbe un sospetto: o era diventato duro d'orecchi o stava andando fuori di testa per Cristina, una "biondina" che puntava al ruolo di anchorwoman. Era arrivata a "Radioteleisolad'oro" prima che Luciano andasse in aspettativa. Sul piano professionale, la ritrovò al punto di partenza: stessa volontà di ferro, preparazione discreta, ma sempre più determinata a intraprendere la carriera giornalistica. Di mattina, si era messa a studiare dizione; di pomeriggio, invece, piantava mutande in redazione per rimanervi fino a sera inoltrata. Scriveva roba di poco conto, le ghiotte notizie in pillole, e se non era impegnata in questa sorta di parto, si aggirava tra i tavoli mostrando le sue doti fisiche. Una di queste, era un inno al fàmolo strano.

"Chi mi ama, mi segua", diceva un fortunato slogan scritto su un favoloso fondoschiena immortalato nel 1973 da Oliviero Toscani per il lancio sul mercato italiano dei jeans Jesus. La Cristina non solo era cosciente di possedere un sederino da sballo, ma sapeva bene che tutta la redazione aveva le smanie. «Se dovessi partecipare al concorso di "miss culetto" dell'Universo,» confidava «sbaraglierei le avversarie.»

Il suo, racchiudeva addirittura tre scuole di pensiero: quello morbido di Cunegonda descritto da Voltaire, il bronzeo della signorina O'Murphy dipinto da Boucher e quelli scultorei delle foto di Man Ray. La scelta, forse, dipendeva da quale angolatura lo si ammirasse. Luciano, pur condividendo il pensiero felliniano sulla donna-culo - "un'epopea dell'anatomia femminile" - trovava più efficace la definizione che una volta ne dette Nell Kimball. «Ogni ragazza,» sosteneva l'autrice di "Memorie di una maîtresse americana" «siede sulla sua fortuna, eppure non lo sa.»

Non era il caso di Cristina. Consapevole che la carriera era più importante di qualsiasi altra cosa, sapeva arruffianàrisi sia i comuni mortali, sia i cosiddetti dirigenti. I quali ci cascavano comu pira.

Una volta, di fanciulle con tette considerevoli si diceva: "Ha l'avvenire davanti a sé". Il seno di Cristina non era trascurabile, ma lo slogan che la bimbetta preferiva propagandare era molto più originale: "Indietro, verso il futuro."

Imprigionati nei jeans, i glutei sembravano pietra scolpita da maestri del marmo; quando invece era il giorno dei pantaloni larghi, di strana foggia, le rotondità divenivano misteriose. Se le trascinava fiera, indomita, provocante e baldanzosa in ogni settore di "Radioteleisolad'oro" e aveva il vizietto, nel discutere con i colleghi dall'altro lato della scrivania, di mettersi chinata per sentire meglio. E se si trovava davanti al desk di Zimmatore per fargli leggere le "notizie in breve" da poco partorite, si piegava a 180 gradi dando le spalle ai colleghi.

Era il momento del cortocurcuito. Si bloccavano computer, telecamere, registratori, giornalisti, operatori, montatori e impiegati amministrativi. Qualcuno si era preso persino la briga di glorificare la scena mandando in onda l'Inno di Mameli. Forse, il più ammattito e infatuato di tutti era Paolo, il quale con tutti i problemi che aveva, gli spirciava leggere e commentare le "brevi" della Cristina. In quella posizione sconcia, le poteva ammirare anche il seno e appena la ragazza girava le spalle per tornare al suo posto, guardava estasiato le natiche attraverso le lenti da miope. Era diventato un amante delle "notizie in pillole". Anche di quelle rionali.

«L'auto non parte, ha problemi al radiatore. Mi dai uno strappo?»

«Ok, andiamo,» le rispose Luciano.

«Buona notte, a tutti.»

«Notte. A domani,» mormorò Zimmatore agitando le dita a forma di corna. Luciano non risparmiava lodi sperticate alla fortuna che la ragazza si trovava addosso, però aveva ben altro per la testa. Il suo cuore era lontano un oceano.

«Ti faresti una pizza? Dai Luciano, offro io.»

«Offri tu? Non mi fare ridere.»

Alla tentazione di una pizza, non seppe resistere. Cosa avrebbe trovato a casa, solo come era? Un toast e un bicchiere di latte? Invece, assaporò beato una Napoli con prosciutto. E tanto era l'appetito, che finirono per divorarne un'altra a testa, di pizza, con acciughe. Mentre vuotavano due bottigliette di birra, parlarono di lavoro, di dizione, di "self control" davanti alle telecamere, di deontologia professionale, del contratto di praticante cui Cristina ambiva, e d'America. Nonostante la giovane mostrasse di essere affamata d'America, Luciano preferì essere evasivo. Dopo un'ora, l'accompagnò sotto casa, attese che le aprissero il portone e proseguì per Villabella.

Non aveva sonno. Tirò fuori una birra dal frigo, si sistemò sulla poltrona del tinello, accese il televisore e azionò la cassetta preferita, quella della gita a Ellis Island. Fermò l'immagine mentre la schiuma bagnava il viso di Vera. Era stupenda. Possibile che non avesse voglia di sentirlo? Che la loro storia fosse finita in modo banale? Riteneva tutto quanto assurdo. Era già mezzanotte. A New York, le sei del pomeriggio. "Avrà concluso il turno di lavoro, qualcuno sarà andato in agenzia per accompagnarla a casa," disse tra sé. Vera lo pensava? E se ne poneva un'altra, di domanda. Martellante. Come fare per riascoltarla?

Non si stancò di ammirarla mentre socchiudeva gli occhi. Non era più la ragazzina incantevole, ora ingenua ora maliziosa che si riannodava con arroganza la treccia, ma una donna sublime. La sensualità che sprigionava lo stordiva. L'amore platonico che aveva condizionato la sua adolescenza si era trasformato in una passione incendiaria. E il cerino si era acceso da solo sull'auto di Joe Verasca, il pomeriggio in cui Luciano mise piede a New York. Come dimenticare Vera che si raggomitolava accanto a lui perché desiderosa di coccole? Per tornare sul sedile anteriore, non si accorse di mostrare le gambe. Mozzavano il respiro.

Gli uomini dai capelli rossi

LUCIANO fece scorrere altre immagini scattate assieme ad uncle Joe nel Bronx. Ma c'era un preambolo sulla vecchia Manhattan che lo stuzzicava sul piano giornalistico. Era un'altra sequenza realizzata da Vera. Si era soffermata su simboli della "Little Italy" che si potevano già montare, corredati da un commento, in un servizio di costume, protagonista appunto la gente che affollava il quartiere. Rivide primi piani di figli o nipoti di italiani, e anche di turisti. Frequenti le zoomate sulle insegne di negozi caratteristici, nelle vetrine degli store della serie "non vendo tutto ma di tutto" con bandierine tricolori che allegravano. D'effetto, anche le riprese davanti ai tavoli dei bar-ristoranti: aveva catturato l'espressione del viso degli avventori, ogni volta che avvicinavano alle labbra gelati con panna o cappuccini.

Che Vera si preoccupasse di mettere in risalto il colore del quartiere ne ebbe conferma dall'ennesima zoomata nella vetrina di un negozio all'angolo di Grand Street e Mulberry; niente meno, vi era esposto il mezzo busto di un uomo con mascella volitiva: Mussolini Benito.

Era una New York italiota piena di rigurgiti e di nostalgie. A questo punto, Luciano ritenne doveroso andare indietro nel tempo, scoprire i figli oramai settantenni o i nipoti di coloro che avevano abitato per primi la "Little Italy", mettere a fuoco i reperti della metropoli dell'inizio secolo, con tutti i suoi misteri.

Sugli italiani che vivevano negli Usa, aveva ricevuto soltanto notizie di seconda mano. Era rimasto affascinato soprattutto dall'affresco che ne aveva fatto Helen Campbell in un suo libro. Lo scenario era quello di fine Ottocento primi del Novecento, con piaghe razziali purulente, rimarginate e sanate dal tempo. Si era occupata di una zona, "Five Points". La più violenta di New York. A confronto, la Harlem nera dei giorni newyorchesi di Luciano, il South Bronx, o peggio ancora Bedford Stuyvesant, giù a Brooklyn, erano da considerare giardini d'infanzia. «Ho conosciuto,» aveva scritto la Campbell «un tragico ricettacolo di ladri, di una subumanità reietta e derelitta, ma anche di onesti lavoratori. Erano italiani.»

Sì, perché ogni anno, migliaia di immigrati della Vecchia Europa andavano ad accrescere la schiera dei miserabili ammassati in un quartiere dal quale cinque strade confluivano in "Paradise Square". Ebbene "Five Points" era sinonimo di bassezza, di criminalità, di violenza indiscriminata. «A Canal Street,» raccontava Helen Campbell «c'era un vecchio che indossava la camicia rossa. Barba grigia, occhio d'aquila, patriota. Vi dice nulla Giuseppe Garibaldi? Ce ne erano molti come lui. Che lavoravano quieti. Il vostro "eroe dei due mondi", quando viveva qui, costruiva e produceva vele.»

Quei poveri immigrati, a poco a poco, e dal nulla, avrebbero creato un quartiere che avrebbe preso il nome di "Little Italy", la prima delle "Little Italy" di New York, degli Usa, del Canada e del mondo, giusto nella Lower Manhattan. A "Five Points", nel frattempo, erano approdati spaghetti alla pummarola e polenta. Nella zona, che sarebbe divenuta poi un quartiere, vivevano circa millecinquecento italiani. Lavoravano sodo, anche quindici ore al giorno, e la sera si rinchiudevano nella loro baracca, timorati, sempre sospettosi. Altri che non erano ancora ricchi da possederla, la baracca, dormivano insieme con le loro donne e i loro bambini, sui marciapiedi di Mulberry Street, destinata a diventare l'arteria principale della "Little Italy", oggi espropriata dai cinesi di Canal Street.

Erano pochi gli italiani. E avevano paura. «Uno dei loro bambini» svelò Joe Verasca «divenne il padre di Vincent Giummarra, amico mio.»

«Me lo fa conoscere?»

«*Sciua,*» rispose Joe. Condusse Luciano e Vera nel South Bronx, anzi in un fazzoletto d'Italia dove non si avventurano né portoricani né neri. Luciano ebbe modo di scoprire un'altra delle "Little Italy". Nelle vetrine, piene di ogni ben di Dio, trionfava anche il pesce importato dall'Europa occidentale. Nelle bakery, cioè i panifici, era come se vedesse sciogliere un inno a cassate e cannoli. Nelle pizzerie vendevano "slice" capricciose, con salsicce o con la pasta sopra, penne o ziti soprattutto, e nei menù dei ristoranti, zeppi di errori di ortografia, non figuravano piatti non italiani. Le salumerie offrivano immagini così sanguigne che a Luciano venne in mente uno dei mercati rionali di Palermo. Tutto gli parve genuino: dalle "mozarelle", alle "mortatele", dal "proscuito" al "pamigiano". Dopo qualche isolato, provò un senso di angoscia nel vedere le scale di ferro sulle facciate degli edifici. Erano del solito luttuoso nero elettrico. Dietro al reticolato, regno di altre etnie, avvertì l'odore acre di copertoni bruciati. Le case, mono o bifamiliari, erano costruite in legno, vicine le une alle altre. All'angolo di una *blocca*, notò un distributore di benzina, più in là un supermarket che vendeva anche prodotti "made in Italy", un negozio di dischi, una chiesa, la "Madonna del Carmelo" e una "funeral home", dove i parenti piangono i loro cari a orari stabiliti. Nello spazio di due-tre isolati, insomma c'era tutto ciò che occorre per vivere e per morire.

VINCENT Giummarra, nonostante tre profonde rughe segnate sulla fronte, dimostrava meno dei suoi 78 anni. Era alto, robusto. Aveva capelli radi, un naso camuso, un sorriso bonario. Gli chiese del padre, Filippo si chiamava, a proposito del terrore vissuto da ragazzo. Gli domandò se a quei tempi, ad aggredire gli italiani, erano uomini dai capelli rossicci e se era autentica la frase «a morte i siciliani» pronunciata con urla laceranti dal bandito irlandese Dion O'Bannion, il fioraio tutto casa e chiesa accoppato una mattina con una raffica di Thompson, tra le corone che preparava per i cari estinti.

«Paisà, non provo vergogna ad ammettere che mio padre passò da Ellis Island, assieme ai suoi fratelli e ai suoi genitori,» confessò. «I miei nonni ricordavano sempre che, per affrontare il viaggio, si erano portati dietro una valigia piena di formaggi e mortadelle, qualche bottiglia di olio e due fiaschi di vino di Partinico. Mio padre raccontava che lo bevevano a piccoli sorsi affinché durasse più giorni. Era la loro ricchezza. My father trascorse l'adolescenza, come tutti gli altri picciriddi, sui marciapiedi di "Hell's Kitchen", la cucina dell'inferno. Era costretto a rubare, non poteva farne a meno, laggiù alla ferrovia, o dai carrettini colmi di frutta. E faceva a botte, era inevitabile, per sopravvivere agli irlandesi. Prima di morire, oltre ai peccati, raccontò al prete la sua adolescenza. Molte cose, però, io già le sapevo.»

«Può parlarmene?»

«Gli italiani vivevano in posti recintati e, all'ingresso dei ghetti, gli irlandesi mettevano dei cartelli enormi con la scritta "Italians and Negroes". Tradurre è superfluo. Italiani e neri avevano un posto definito in fondo alla scala sociale, proprio sull'ultimo gradino. Nessuno dava loro una casa in affitto. Venivano trattati da animali. Credo che molti di loro meritassero la beatificazione, come madre Cabrini, la quale visse in quel periodo. È considerata la santa protettrice degli immigrati. Anche se...»

«Anche se...»

«C'è un ospedale in onore di madre Cabrini, anzi porta il suo nome, a Manhattan, ma non vi troverai lo spirito cristiano e la bontà d'animo di quella donna. Gli ospedali, ai nostri giorni, sono per gente ricca. Se un poveraccio chiede aiuto per un banale mal di pancia, e se non ha la fortuna di essere coperto da una polizza di assicurazione o dal "Medicare" si vede presentare conti di centinaia di dollari; e se deve sottoporsi a un intervento chirurgico di ordinaria routine, che so... un'appendicite o un'ernia, deve vendersi un occhio o ipotecare la propria casa. Insomma, lo spirito caritatevole di madre Cabrini appartiene alla leggenda. Oramai è tutto business, tutti gli ospedali sono così.»

«Perché gli irlandesi ce l'avevano con gli italiani?»

«Paisà, non dimenticare: pesce grosso mangia pesce piccolo. Una discriminazione ignobile. Quello irlandese era, come lo è oggi, un popolo cattolico, ma i primi immigrati discriminavano nei luoghi sacri. Un razzismo strisciante, vomitevole. La domenica andavano a sentire messa in chiesa, ma agli italiani la messa doveva essere celebrata nello scantinato, nel *basamento*. I boss erano loro, proprietari di industrie, di fabbriche, di negozi. Se si accorgevano che il loro schiavo, cioè l'italiano, era intelligente oltre che onesto, provavano fastidio e si accanivano di più a considerarlo alla stregua dei nigros, a sfruttarlo con salari di fame, con straordinari non pagati: se l'italiano reagiva, rimediava spesso legnate e veniva licenziato. E se l'irlandese incrociava un italiano, ebbene, il marciapiede, di colpo, diventava di sua proprietà, nel senso che toccava a noi cambiare direzione.»

«Quanto durò questa supremazia?»

«Anni, molti anni. Poi accadde qualcosa.»

«Cosa, mister Giummarra? Provi a richiamare alla memoria le storie raccontate da suo padre. È vero che gli italiani ad un certo punto si ribellarono?»

«Già,» mormorò. «Paisà, hai letto Mario Puzo? Hai visto "Il Padrino"? Ricorderai don Vito Corleone, da giovane: prelevò una rivoltella nascosta in una grondaia e si fece giustizia da sé per liberare una famiglia italiana dalle prepotenze dei cravattari. Mario Puzo ha dato un'idea di quella rivolta, di una ribellione maturata dopo umiliazioni cocenti e dure sopraffazioni. Ebbene, ho sentito dire da altri che, per un italiano ucciso, il giorno dopo comparivano i corpi di dieci irlandesi appesi alle cancellate dei cimiteri. E molti di loro erano usurai. Non so dove finisce la leggenda e dove comincia la storia, comunque mi risulta che, a un certo punto, se un irlandese incrociava da lontano un italiano, era lui che scendeva dal marciapiede per cambiare strada.»

«C'è ancora questo odio fra le due etnie?»

«Non più, paisà. Oggi, italiani e irlandesi si sposano e le statistiche dimostrano che sono i matrimoni meglio riusciti. In questa terra di famiglie sfasciate, la percentuale di divorzi di una coppia irlandese-italiana è scarsa.»

Giummarra portò i tre ospiti a casa sua, offrì dei cannoli croccanti, imbottiti di ricotta fresca, decorati con ciliegine candite. La moglie, una donna di 70 anni, ossuta, dal sorriso dolce, i capelli tutti bianchi e dal taglio corto, mise a tavola le tazzine del servizio buono e le riempì di caffè bollente. Era una casa dignitosa, forse un po' grande per una coppia della loro età: sul davanzale, Luciano notò delle piante di ggiràniu. Su un ripiano del salotto, alcune foto di famiglia, i figli, i sei nipotini e, su una parete, le immagini dei campioni del baseball, Babe Ruth, la leggenda dei Yankees, Joe Di Maggio, Mickey Mantle, Yogi Berra e altre vecchie glorie. E non si stupì davanti a un ritratto di un giovane Dean Martin con dedica. Data: aprile 1967. Ce n'era anche uno di Rossano Brazzi. Il Brazzi degli anni ruggenti era un idolo di Giummarra. Senza che nessuno glielo chiedesse, cominciò a parlare del periodo di maggior fulgore dell'attore, quando negli Anni '50 si affermò negli Usa. Per gli americani, era il "Latin lover" per eccellenza. Snocciolò i titoli di alcuni dei film più famosi: la "Contessa scalza", "Tre soldi nella fontana", "Tempo d'estate". Lo sguardo di Luciano si posò su una foto di Jack Dempsey sul ring. Lo chiamavano il "massacratore".

«Quando conquistò la corona mondiale dei massimi, nel 1919,» raccontò Giummarra, «la strappò a Jesse Willard, un gigante. Mio padre era uno dei suoi fans.»

Per esaltare le doti di Dempsey, morto nel 1983, citò un particolare: «Al primo round, mandò al tappeto l'avversario sette volte.»

Di fronte a Dempsey, non poteva mancare la gigantografia del mito, Rocky Marciano, il campione del mondo dei massimi che nessuno riuscì a battere. E sul poster della leggenda della boxe, Luciano lesse una dedica in inglese: «A Cenzino, con grande affetto.»

Quel naso camuso era lì a confermarlo. Vincent, era stato uno dei sparring-partner del leggendario campione.

New York in testa

NELLA casa di Villabella, Luciano non riascoltava più la propria voce dall'America. Alla terza bottiglietta di birra gelata, si era addormentato sul divano: un crollo, alle due di notte, davanti agli strozzini irlandesi, a Vincent Giummarra, a tutte le notizie sull'America. Cinque ore dopo, giunsero puntuali come suoni di campane, gli squilli del telefono. Il primo, il secondo, il sesto, il decimo. Provò a tappare le orecchie e appena trovò la forza di mettersi in piedi, deciso a rispondere con un «va ffa 'nculo», l'apparecchio tornò muto.

Per la rabbia non riprese più sonno. E ad attenderlo c'era un'altra pallida mattina che non prometteva nulla di buono. Già avvertiva una cappa di piombo alla nuca: raggiunse la cucina che sembrava un rudere da come muoveva le gambe. In attesa che il caffè fosse pronto, accese il televisore per spegnerlo subito dopo. Non aveva voglia di niente. Bevve a piccoli scorsi e accese la prima sigaretta. Poco dopo, riempì una seconda tazzina e mandò giù una pasticca contro il mal di testa. Prima che il metabolismo tornasse nella norma, passò mezz'ora. Le sveglie da trauma erano oramai consuetudine. Forse sarebbe stato meglio ascoltare il consiglio di Zimmatore e mettere il suo numero sotto controllo: si occupava anche di cronaca nera, a fare queste telefonate anonime, alle sette del mattino, poteva essere un malvivente.

Dalla terrazza che circondava l'attico, questa volta, ammirò il panorama dell'altra Palermo. Gli parve una città sonnacchiosa, pigra. Quanta differenza con la frenetica New York. Se la ritrovò d'improvviso nella mente e nel cuore. Aveva voglia di trascorrere un giorno intero pensando a Vera, rivivere gli attimi più belli dei tre mesi trascorsi assieme a lei, ma il pensiero di recarsi al lavoro, di sentire la solita frase di Zimmatore - «e allora, ieri sera hai lavorato?» - lo faceva stare male. Avvertì un cerchio di ferro alla testa, il suo umore tornò nero. E nel ricordare gli spezzoni di reportage della sera prima, si lasciò andare a una considerazione molto amara: se si era addormentato davanti ai filmati e alle interviste, l'effetto sui telespettatori, più che saporifero, sarebbe stato esiziale.

A chi potevano interessare le storie legate a "Five Points", agli irlandesi e a Giummarra? Chi sarebbe stato disposto a sorbirsi Ellis Island, le vicende dei Tony e dei disgraziati che passarono da quell'isoletta? Se c'era una cosa da salvare era l'immagine di Vera mentre la schiuma schizzava sul suo viso incantevole. "Non mi rovinerò la reputazione per fare un piacere a Zimmatore.

No, e poi no. Rincitrullito come è diventato, a forza di ammirare Cristina, darebbe un giudizio positivo sui documentari americani."

Si dette del coglione. "Perché gli ho parlato delle riprese eseguite negli Usa? A forza di vivere con Contorni, stavo per dimenticare il mio mestiere."

Non era la prima volta che faceva autocritica spietata. Forse era ingeneroso con se stesso, ma se rimaneva insoddisfatto del lavoro svolto, non c'era verso di farlo ragionare. Il documentario su New York lo giudicò un fiasco. Avrebbe dovuto cercare storie vere, personaggi presi dalla strada, scoprire il modo di pensare degli ultimi immigrati, giovani soprattutto, perché erano scappati dalla loro città, dall'Italia, registrare i loro sogni, le difficoltà incontrate negli Usa. Tutto questo si era promesso prima di arenarsi di colpo sugli immigrati di un tempo lontano.

Dalla terrazza, udì lo squillo del telefono. Erano le nove. Si precipitò in cucina e, attraverso il corridoio, piombò nel tinello-salotto. "Se è la persona che rompe alle 7 del mattino, me la mangio viva," mormorò.

«Pronto.»

«Hello, Lusiaeno?»

Trasalì, il respiro gli si smorzò in gola. «Eingel, ma tu sei Eingel.»

Aveva pronunciato il nome con una voce da sincope. «Eingel, sei tu?» tornò a chiedere.

«How are you?, Lusiaeno.»

«So so. And you?»

«Fine, very fine. Ma tu sei "so and so", cioè menzu e menzu come dice mio padre, do you have problems?»

«Sono preso dal lavoro, tutto qui. I tuoi, piuttosto, stanno tutti bene?»

«Ok. Chiamo dall'ospedale. Sono le tre. Per fortuna, è una notte slow.»

«Tuo padre ti ha detto di salutarmi?»

«No.»

Credette che le cose stessero per mettersi male, ma la voce di Angel, attimi dopo, lo rassicurò. «Però papà mi ha detto che non gli interessa se la cucuzza della back-yard non cresce. Non fa più drammi. Non gli importa più nulla. Do you understand?» continuò sempre in inglese. «Capisci?»

«Yes,» fece d'istinto, tanto per dire una cosa. Si sentiva preso dai turchi. Dopo più di due mesi, Angel gli telefonava alle tre di notte da New York per parlargli di una cucuzza nana.

«Sure? Capisci?»

«Sì, ti ho detto,» ripeté, convinto di non avere capito un cazzo. «Hai chiamato per questo?»

«Anche per un'altra cosa. Hai parlato con Vera?»

«No, perché me lo chiedi?»

«Faresti bene a chiamarla.»

«Sta poco bene?» domandò preoccupato.

«Non è questo il motivo. Perché non le telefoni?»

«Io? Deve essere lei a chiamarmi, e sa bene perché.»

«Orgoglio stupido di italiano. Testardo e cucuzza. Vera ha passato momenti terribili.»

«In che senso?»

«Non si dà pace. Poi, che ne sai se non ti ha chiamato. Vera loves you. Do you remember?»

«Perché non me lo dice e si comporta come dovrebbe?»

«Io non capire. Anyway, Vera sta bene, ma non mangia. Vuoi che diventi anoressica? Telefonale. Oppure rispondi meno arrabbiato ogni volta che lei chiama te.»

«Perché? Mi chiama?»

«Every night, Lusiaeno. Every night one 'o clock am. E tu le metti paura. Hai voce cattiva. Tu dici "pronto" in modo rude. Vera stacca e non riesce più a prendere sonno.»

«Paura? Non posso mangiarla per telefono. Paura. Questa è buona. Non sa reagire, questa è la verità. Suo padre mi ha aggredito e non ha detto una parola a mia difesa.»

«Era terrorizzata. E poi, poi... sei partito senza salutarla.»

«Non potevo.»

«Hai detto a suo padre che di lei non ti interessava più nulla. Sono frasi che feriscono.»

«Senti Eingel: ho detto queste cose perché credevo di avere con Vera un rapporto eccezionale, unico. Sapeva bene che la storia era inverosimile. Il mio comportamento fa ancora parte di un piano. Se ho preso in giro suo padre, come meritava, è perché contavo sull'intuito e sul coraggio di Vera. Purtroppo non ha dimostrato di possedere né l'uno né l'altro. Le ho fatto un cenno. Avrebbe dovuto chiamarmi a casa per decidere sul da farsi. Quel pomeriggio avrebbe dovuto piantare tutto e seguirmi in Italia. Lo sapeva bene.»

«Anyway. Perché non torni a New York?»

«Fossi matto.»

«Tu non sei matto. Se vuoi bene a Vera devi tornare. Adesso bye, I must go back to work, devo tornare al lavoro. Ok? Bye Lusiaeno, bye.»

Era sconvolto. Perché Angel aveva chiamato? Era stata sollecitata da Vera? O da uncle Joe? Di certo si era portata il numero in ospedale. Da chi lo aveva avuto? Perché poi gli aveva parlato della cucuzza nana? Era importante la cucuzza? Comunque, aveva avuto la conferma che, alle 7 del mattino, e da un mese, Vera gli telefonava. Con le chiamate all'una di notte, prima di addormentarsi, lo buttava dal letto. Perché poi restava muta? Paura? Stentava a credere alle parole riferitegli da Angel.

Capitolo XIX

La depressione

«FACCIAMO così Paolo: fai finta che non ti ho detto nulla. Puoi farmi questo santo piacere? Dimentica per un po' questo lavoro. Ho bisogno di serenità. È un periodo che mi va tutto storto. Dopo il turno in redazione, se permetti, avrei altro cui pensare. Qualche volta, e la puoi considerare una promessa solenne, mi metterò di buzzo buono e vedrò cosa merita di essere salvato. Eseguita la scrematura, perché di questo si tratta, ti farò la sorpresa di consegnarti il materiale scelto. Adesso non mi chiedere la luna. È il regalo più gradito che mi potresti fare per il Natale.»

Zimmatore rimase ad ascoltarlo in silenzio. Non poté fare a meno di accogliere una proposta che sapeva di supplica. Insistere non avrebbe avuto senso. Nelle condizioni psicologiche in cui era, e pure con tutta la buona volontà, Luciano non sarebbe venuto a capo di nulla. Non aveva lo spirito per amputare scene, separare immagini e sonori, rammendare interviste. Già, le interviste. A distanza di mesi, le giudicava di scarsa rilevanza. Si era recato negli Usa per coronare il progetto della vita e, se possibile, per un reportage sui nuovi emigrati. Aveva fissato una data per sposare Vera, sotto Natale, ma il presentimento che questa magica ricorrenza sarebbe stata la più triste della sua vita, si era trasformato in certezza. I familiari gli stavano vicino, come no, cercavano di aiutarlo, non gli lesinavano attenzioni, cure. La sorella Luigina, soprattutto. Tutti facevano a gara per distrarlo, ma Luciano viveva in un mondo tutto suo, appariva annoiato, si infastidiva per un nonnulla, diceva di stare male. «Sono tormentato da una cefalea,» ripeteva. «Se non bastasse, ho le gambe pesanti, avverto fiacchezza, dolori ai polpacci.»

Per fortuna, adesso poteva mostrare le mani: non c'era più motivo di angosciarsi, al lavoro, di cacciarle nelle tasche, perché gonfie, arrossate, incallite come quelle di Contorni e dei disgraziati che lavoravano per lui. Se gli avessero chiesto perché in America se le era ridotte in quel modo, le mani, cosa avrebbe potuto rispondere? La malinconia, invece, non poteva nasconderla, no quella no, ché stava dipinta sul suo volto. E aveva certi occhi ora infossati ora gonfi, come se si trovasse in continuo conflitto tra veglia e sonno. Intristito dal distacco da Vera, aveva perso interesse per le vicende quotidiane.

Uno struggimento continuo. Passava dai languori ai rimpianti. E le sue famose dormite erano un pallido ricordo. Prima le chiamate micidiali alle 7 del mattino. E adesso che il telefono restava finalmente muto, era in piedi che doveva ancora albeggiare, più stanco della sera prima. Preparato il caffè, rimaneva seduto al tavolo della cucina per guardare i programmi del mattino, senza capire i dialoghi di coloro che conducevano lo show. Faceva zapping folle, spegneva, riaccendeva. Era irrequieto, non riusciva a concentrarsi, avvertiva sensi di colpa. E al lavoro, era sempre taciturno. Né le malevoli insinuazioni dei colleghi - «Luciano, a noi puoi dirlo, ha le fossette?». «Ma chi?,» ribatteva lui. «Come chi? Il culo di Cristina.» - né la faccia di Paolo Zimmatore, che diventava gialla come la citronella nell'ascoltare una battuta lasciva sulla sua prediletta, lo divertivano più di tanto. Insomma, era diventato intrattabile.

«Soffre di depressione,» diagnosticò il medico ché la Luigina e il marito non riuscivano a rassegnarsi a vederlo come un cencio e una mattina se l'erano trascinato di peso dal dottore. Ma l'origine del malanno che lo specialista cercava di scovare, Luciano l'aveva fitto nel cuore, come un chiodo. E il padre, giunto dalla Svizzera per trascorrere due settimane con la famiglia per il Natale, a vedere il figlio in quello stato non si dava pace. «Hai fatto bene a rispondere per le rime a quel disonorato,» gli diceva per rincuorarlo, ma con estrema schiettezza.

«Ma ho perso Vera...»

«Lo credi tu. Cerca di contattarla. Ascoltami, quella ragazza è la tua vita e tu sei tutto per lei.»

Le belle parole non erano panacea, ma volle accettare il consiglio. "Ora provo," decise. Dopotutto, Angel non aveva interesse a chiamarlo per raccontargli frottole: non sapeva nulla delle dannate telefonate anonime da lui ricevute alle 7 del mattino, ma Luciano adesso sapeva che era Vera a telefonare da New York all'una di notte. E l'orario coincideva. "Cercherò di parlarle giusto quando da me sono le 7," si ripromise una settimana dopo. "Se è vero che mi ha telefonato all'una di notte, significa che a quell'ora può parlare perché i suoi genitori dormono o perché tiene il cordless in camera sua."

Non c'era bisogno di puntare la sveglia. Alle 6, come tradizione, aveva gli occhi aperti perché di corta. Solo che, con quel nervoso, non sapeva cosa farsene della giornata libera. Bevve tre tazze di caffè, andò in terrazza, per vedere Palermo albeggiare. Alle 6:30 uscì dalla doccia dentro un accappatoio. Alle 6:50, seduto in cucina, cominciò a fissare l'apparecchio telefonico con il cuore in aritmia. Un suono e sentì la voce di Vera.

«Ciao.»

Silenzio. Un silenzio interminabile. «Ti ho detto ciao. Mi senti?»

Ancora un silenzio assordante. «Vera, ascolta....»

«Ascoltare te? Cosa vuoi ora? A chi diavolo cerchi dopo due mesi e mezzo di silenzio?»

«Ascoltami. Devi sapere....»

Non finì la frase che un colpo secco lo stordì. Rimase immobile, come se gli avessero dato una martellata alla nuca. Tutto pensava e non di ricevere un'accoglienza simile. Non solo si era dimostrata rude, ma non aveva tradito emozioni. Aveva udito una voce fredda, estranea alle sue orecchie, quasi sprezzante. Era sconvolto. Mai aveva sentito Vera scandire le parole con tono metallico. Decise di chiamare Angel. Voleva riferirle ogni cosa, capire che diavolo fosse successo. Ma dove trovarla? Al lavoro? Di notte? Aveva solo il vecchio numero del "King Hospital". Si mangiò cinque sigarette, quindi si distese sul letto. Rimase almeno un'ora, a pensare con le mani dietro alla nuca.

Il vicolo dei rimpianti

NON resistette alla tentazione di utilizzare il giorno libero come gli suggeriva il cuore. Così, di pomeriggio, decise di ripercorrere il vicolo della memoria, dove incontrava l'amore suo che era poco più di una bambina e, dannazione, lui s'inceppava nella propria insicurezza. Rivide quel pezzo di Villabella, dove non metteva piede da anni, come un film in bianco e nero. La riscoprì senz'anima. Nel budello di strada della città vecchia, da lui dimenticata, non c'erano più bimbi scalzi intenti a rincorrersi, chiassosi, davanti alle porte delle povere case, né lenzuola ad asciugare tra un balcone e l'altro. Le persiane erano tappate. Quel fazzoletto di Palermo era stato espropriato da uomini e donne con pelle diversa, più povera di quella che fino allora vi era vissuta. I ruderi dei vicoli e i tuguri abbandonati erano diventati le nuove belle case degli immigrati.

S'immerse in una scena sorda, cupa, silenziosa. Che fine avevano fatto le massaie che trascinavano le sporte per la viuzza? Non sentì più l'odore buono del pane caldo provenire dal forno sotto l'arco. Nessuna mamma o nonna sedeva sulle sedie impagliate oppure sugli scalini dell'uscio, per sbucciare piselli o fave verdi da mettere nella minestra. Si chiese dove fossero i ragazzini irrequieti che seguivano con lo sguardo, e a bocca spalancata, la traiettoria dei mirtilli lanciati in aria. Il chiosco di quattro fratelli pescatori era diventato un deposito di rottami. Della barberia non c'era più traccia. Davanti a ogni casupola montavano la guardia uomini con baffi e capelli neri. Anche la bancarella del caldarrostaio era scomparsa. Notò di essere guardato con sospetto. Ragazze nere o bianche dell'Est, imbrattate di trucco, se ne stavano a spiare dietro le finestre o sostavano davanti alla loro bella catapecchia con le cosce nude, a sorridere in modo lascivo. Era diventato un vicolo da sconsigliare, un lurido regno di magnaccia e di puttane la stradina dei sogni perduti. I venditori ambulanti non trasportavano più la loro povera roba e quattro tavole di legno, inchiodati ai lati di una saracinesca, ostruivano l'ingresso della bottega dell'artigiano che vendeva anche sughero, cartapesta e pastorelli di creta del

Presepio. Era il vicolo dei mestieri perduti. L'unico a resistere, e a rinnovarsi, era il più vecchio del mondo.

La malinconia divenne struggente nell'ascoltare la nenia dell'ultimo ciaramiddaru, con i lobi delle orecchie rossi, la faccia di gomma e le gote talmente gonfie da inghiottire gli occhi. Ad osservarlo non c'erano più bambini coi gomiti sulle ginocchia, le mani al mento e lo sguardo innocente. Vide solo un cane. Bastardo, triste, stanco. Non riconosceva più la stradina delle emozioni e delle angosce. Immaginò il suo amore accostarsi a piccoli passi, fino a sfiorarlo. Provò impaccio, poi vergogna: preso dalla nostalgia, non seppe resistere alla tentazione di girare il capo, come una volta faceva la piccola Vera, e cacciare gli occhi nei suoi. Si rivide idiota. Se qualcuno l'avesse scoperto nei luoghi del degrado, solo per rivivere un sogno lontano, sarebbe scoppiato a ridere. Anche Vera l'avrebbe schernito?

L'America che sognava di visitare

IL SENSO di tristezza non lo abbandonò fino a casa. Alle dieci di sera si mise a letto. Si sentiva bastonare dal whiskey. Al terzo bicchiere, il sonno sembrò vincere la sua angoscia. Socchiuse gli occhi mentre ascoltava un cd di Phil Woods e Ray Brown. Lui e l'America. Quale America? Era finito a New York perché nella "Big Apple" viveva Vera. Se avesse deciso di varcare l'Oceano da turista, non avrebbe scelto questa metropoli. New York non faceva parte del suo immaginario americano. Non aveva fretta di rimuovere dalla mente la nebbia che nascondeva i grattacieli più famosi e celebrati. Era allettato da altri immensi territori, da altri stati.

Gli sarebbe piaciuto conoscere la Louisiana, scoprire ogni angolo di Baton Rouge con le caratteristiche armoniche suonate da ragazzini scalzi, saziarsi di Boiled Crawfish e di Crabmeat au Gratin, abbandonarsi al suono di piccole, inimitabili, coloratissime fisarmoniche, vagabondare, perché no?, attraverso la terra del jazz, anche se con gli anni un po' annacquato, di neri rasta e di bordelli.

Ecco, New Orleans, lo incuriosiva. Avrebbe voluto percorrere le stradine del Vieux Carré per le notti del Carnevale quando disinibite fanciulle barattano dai balconi stracolmi di gerani l'eccitante visione delle tette nude in cambio di una collana; gli sarebbe piaciuto immergersi nell'atmosfera delle brasserie, identiche a quelle di Parigi o scoprire gli angoli proibiti di Bourbon Street, il libertino quartiere francese in cui il degrado più torbido si sovrappone spesso al benessere e all'opulenza. A fargli da guida, avrebbe pensato la sua anima di cronista, pronta sempre a emergere: avrebbe voluto esplorare l'ambiente in cui sesso, droga, alcool, riti voodoo, violenza e razzismo si trasformano in una miscela spesso mortale. Quanta carne da cucinare al barbecue per un reportage sulle contraddizioni di un'America puritana e trasgressiva.

Forse perché siciliano o perché fin da ragazzo, assieme al suo Verga, al suo Brancati e al suo Pirandello aveva divorato i racconti di Samuel Langhorne Clemens, famoso nel mondo come Mark Twain, era attratto dal profondo Sud e dalle disperate cittadine lungo il Mississippi, il fiume giallo, chiamato il padre delle acque, maestoso quanto infido. Ma lo affascinavano anche i territori della cosiddetta "Sun Belt", la "cintura del sole", a cominciare dagli stati del South East, come la Georgia di Scarlett O'Hara, giù a Natchez, dove il turista può ammirare le case colonial-style con le colonne bianche, identiche a quella in cui visse l'eroina di Via col Vento.

In fondo, erano gli States proposti negli Anni '50 e '60 dal cinema americano a stuzzicare la sua fantasia. Se avesse avuto tempo disponibile, avrebbe pianificato anche un viaggio on the road, alla guida di una vecchia Pontiac o a bordo di un pullman "Greyhound". Quante volte si era rivisto con la testa appoggiata al vetro di un finestrino a esplorare un pezzo d'America attraverso la vecchia, storica "Route 66", madre scomparsa di tutte le strade. Gli era rimasto impresso un film black and white, interpretato da Montgomery Clift, in cui i negri non avevano più sudore da versare nelle piantagioni di cotone e di tabacco. Avrebbe voluto esplorare la cultura degli "afro", conoscerne la povertà, rivisitare il loro passaggio attraverso i Caraibi, scoprire il retaggio disperato che i figli degli schiavi si trascinano da secoli.

Visitare il Tennessee e la tragica Memphis di Elvis Presley e di Martin Luther King non gli sarebbe dispiaciuto, ma se avesse avuto la possibilità di pianificare un lungo soggiorno, alla Virginia e alla Monticello dove riposa Thomas Jefferson, il presidente che nel 1776 scrisse la "Declaration of Independence", questa volta Luciano avrebbe optato per la West Coast. Ma più della "The Walk of Fame" di Sunset Boulevard, erano gli affreschi californiani di John Ernst Steinbeck che lo facevano fantasticare. Gli bastava rileggere quelle pagine per ritrovarsi nello splendore delle verdi vallate dei Pascoli del Cielo, tra torrenti che scivolavano lungo erbosi canyon, un paradiso terrestre abitato, attraverso gli anni, da gente che - raccontava il grande narratore americano - proprio in quei posti da favola, trascorreva una vita perennemente segnata dal dolore.

E la ritrovò innamorata

SOGNAVA ancora in dormiveglia la sua America quando percepì lo squillo del telefono. Non aveva voglia di rispondere. Pronunciò «sì?» con una voce irriconoscibile. Udì un soffio. «Pronto...»

Ancora un soffio, questa volta più lungo. Si sedette sul letto e ripeté il «pronto con chi parlo?»

Un altro soffio. Interminabile. Ebbe la sensazione di essere avviluppato da un vento caldo. «Si può sapere chi è al telefono?»

Lo sapeva chi era, come se non lo sapeva. A New York erano le 4:30 del pomeriggio.

«Dimmi amore, ma tu sei felice?»

Si sentì sprofondare. «E tu?» rispose con un filo di voce.

«Ho pianto tutta la notte. Ti basta?»

«Perché?»

«Sono stata una stupida, non dovevo risponderti in quel modo, non dovevo. Dopo avere riattaccato, mi stava scoppiando il cuore. Non sono riuscita più a dormire. Hai mai provato di trovarti nel buio assoluto?»

«Strano.»

«Perché?»

«Sei piombata nel buio dopo due mesi e mezzo?»

«Per me sono stati due anni, due secoli.»

«Non dire idiozie.»

«Non è trascorso un minuto dei miei giorni senza pensarti.»

Gli giunse ancora un soffio.

«Ti ripeto la domanda: sei felice? Io no, amore.»

«Ero convinto che mi avessi dimenticato.»

«È questo che credi? È questo che vuoi?»

«Anziché formulare domande perché non fornisci una risposta?»

«Quale?»

«Quella mattina, da uncle Joe. Ti sei gustata la scena e sei andata via con tuo padre, lasciandomi solo come un cane.»

«Se non mi fossi comportata in quel modo, sarebbe scoppiata un'altra tragedia. Non dimenticare che lo hai offeso.»

«Lui no? Se ne stava zitto, non è così? Non è tipo che offende. Ha il dono di non sbagliare il tuo caro papà. Siamo al punto di prima.»

«Stai zitto. Perché pensi a quella lite?»

«Avrei dovuto accettare il lavoro, anzi la *giobba*, come la chiamate voi, che mi aveva offerto? Questo volevi? Fai come gli struzzi: preferisci infilare la testa nella sabbia per non vedere, non sentire, per tirare a campare e non prenderti le tue responsabilità. Troppo facile. Io invece me le sono prese, e lo sai bene. Per te, ho trascorso tre mesi d'inferno a New York, sono diventato carne da macello, come canta Mario Merola. Però esiste una bellissima canzone americana, non ricordo il titolo, forse "The Greatest love of all...."»

«La conosco,» sussurrò.

214

«Visto che conosci le parole, ricorderai che nel brano c'è una frase che dice "nessuno potrà portarmi via la dignità". Tuo padre, nel propormi di lavorare al soldo di chi ti corteggiava, la mia dignità l'ha calpestata. Vorrei che te ne rendessi conto.»

«L'ho capito, giusto in quel momento.»

«Ma non hai detto nulla. Perché te ne sei andata via con i tuoi? Ti trovavi da tuo zio, non eri per strada, potevi rimanere con aunt Sarah.»

«Ero terrorizzata dalla prospettiva che la lite potesse degenerare.»

«E dopo? Perché ti sei fatta sentire solo ora? E io che ti ho atteso a casa tutto il pomeriggio...»

«Te ne sei tornato in Italia come un transfuga. Né un bacio, né un saluto. Neanche uno straccio di telefonata per dirmi "ciao, parto."»

«Non barare. Prima che scoppiasse la lite, ti ho chiesto di prenotare un biglietto d'aereo per te e mi hai abbracciato. Ritenevo che avresti fatto il grande passo. Ti ho atteso come uno scemo.»

«Non ti avevo detto che sarei venuta con te in Italia.»

«Invece me lo avevi fatto quasi capire.»

«L'unica cosa certa è che te ne sei andato senza farti sentire.»

«Non potevo.»

«Non ti credo, no, no, no....»

«È la verità.»

«Neanche il tempo di telefonare.»

«Dove? A casa? Avrei dovuto parlare con tuo padre? Con i tuoi fratelli? Al lavoro? Non mi hai mai consentito di chiamarti in agenzia.»

«Tutte le scuse sono buone.»

«Non ho nulla da farmi scusare, io.»

«Sei permaloso, ecco cosa sei.»

«Che tempo fa a New York?»

«C'è freddo. Se continua così, a Natale avremo la neve.»

«Immagino che ti divertirai. Tanto, che t'importa di me.»

«Sei... sei un mostro. Ecco cosa sei. Un mostro. E io che sto ad ascoltarti. Non ti conosco più. Sai che ti dico...»

«Che fai? Stacchi di nuovo? Hai chiamato dopo tanto tempo per litigare?»

«Non voglio litigare. Tu, piuttosto, sei di una cattiveria unica. Chi ti ha detto che non ho telefonato? Mi bastava ascoltare la tua voce. Avrei voluto sussurrarti "mi manchi, mi manchi", però era sufficiente sentirti un solo attimo.»

«Ti contentavi di poco.»

«Ero offesa.»

«Per non averti salutata prima di partire? Se ho detto a tuo padre che la mia storia era finita, che sarei partito, che non mi sarei fatto più sentire, che saresti stata libera di decidere del tuo destino, avresti dovuto pensare che si trattava di un bluff. Mi riproponevo, e sono sempre della stessa idea, di ripagare il tuo caro papà con la stessa moneta, di infliggergli la punizione che merita. Zio Joe stava ad ascoltare: avresti dovuto vedere le smorfie che faceva con il viso. Non credeva a una sola parola del mio discorso. Da come mi guardava, ero certo che avesse intuito la mia strategia. Avrei scommesso che quella domenica ti saresti fatta sentire, quanto meno.»

«Vuoi smetterla? Non hai nessuna parola dolce da dirmi?»

Era annichilito. Avrebbe voluto stringere a sé Vera, non lasciarla più, ma sapeva che, per farla cedere, non avrebbe dovuto mostrare debolezze. I sentimenti, comunque, avrebbe potuto esternarli, eccome. Non ne ebbe il tempo. Risentì infatti la sua voce. Diceva: «Mi manchi, non posso vivere senza di te, non posso.»

«È da dimostrare e lo appurerò al momento opportuno.»

«Che significa?»

«In una determinata circostanza saprò davvero che non puoi vivere senza di me, come affermi. E quel giorno non ci sarà sabbia sotto ai tuoi piedi per nascondere la testa.»

«Non capisco, ma se tu dovessi mancarmi, morirei... morirei. So questo e basta.»

Di colpo, sentì Vera cambiare tono di voce: «Yeah, 3:30 pm. Thank you very much, sir. Enjoy. Bye.»

Staccò. Rimase con il telefono in mano. Intontito. "Forse il boss sarà rientrato in ufficio e lei ha bloccato dopo avere fatto finta di parlare con un cliente". Che intuito. Se avesse saputo dell'interurbana, D'Amico avrebbe fatto un casino del demonio. Desiderava parlare ancora, ma era lo stesso felice. Aveva capito che Vera era sempre sua, pazza d'amore più di prima. Quella telefonata l'aveva persino eccitato. Non era più la ragazzina sognata poche ore prima nella vecchia Palermo, ma una donna dalla sensualità sconvolgente.

La Corvette rossa sotto casa

DORMÌ poco, quasi niente, ma a "Radioteleisolad'oro" apparve miracolato. Avrebbe voluto rendere partecipi i colleghi della ritrovata armonia, ma detestava parlare delle faccende personali. Con sua sorella Luigina e con suo padre si era però dilungato al telefono, da casa. Adesso, era il momento di risentire Angel. E, perché no?, uncle Joe. Dopo avere letto le news, decise di chiamarli. Erano le nove di sera, le tre pomeridiane a New York. "Qualcuno dovrebbe essere in casa," pensò. Si ripromise di esprimersi in inglese affinché i colleghi non capissero e comunque a bassa voce per non attirare l'attenzione.

Compose il numero del "castello" in cui spesso aveva pernottato. Gli rispose una voce di donna. Era aunt Sarah.

«Lusiaeno che piacere, come stai?»

«Bene. E voi? Suo marito? I suoi figli?»

«Tutti bene, grazie. Joe mi parla sempre di te.»

«Spero bene.»

«Sure. Ti vuole bene, te ne vogliamo tutti.»

«Mi dovete scusare ancora una volta. Prima di partire, non mi è stato possibile venire a trovarvi.»

«Hai già spiegato questo inconveniente. Non ti creare problemi.»

«Siete stati gentili, non so come disobbligarmi.»

«Non dire sciocchezze. Piuttosto, hai avuto altri problemi con l'allergia?»

«Scomparsa. E anche la tristezza. Ho sentito Vera.»

«Ha telefonato tre ore fa, mi ha raccontato ogni cosa. Era felice. È una ragazza meravigliosa.»

«L'ho sempre saputo. C'è suo marito?»

«Si trova a New York City per business, rientrerà tra un paio d'ore. Ma c'è Eingel. Aspetta.»

«La credevo al lavoro.»

«Sarà di turno questa notte. Da domani è in vacanza. Tornerà in ospedale il 2 gennaio.»

«Mi saluti suo marito, gli dica che lo penso con grande affetto. Lo chiamerò al più presto.»

«Ok, ne sarà felice.»

«Hello, Eingel?»

«Yeah, how are you?»

«Fine, and you?»

«Good. Hai fatto una buona cosa a chiamare Vera. Hai visto che avevo ragione?»

«È vero, mi sento un altro.»

«D'accordo che telefoni dall'altro mondo, ma ti sento male. Puoi parlare più forte?»

«Sono al lavoro, temo che qualcuno capisca ciò che dico.»

«Ma se ti esprimi in inglese...»

«È meglio non fidarsi. Cosa stavi per dirmi?»

«Mi chiedo se tu e Vera non siete dei pazzi.»

«Non capisco.»

«A volervi bene e a farvi del male.»

«Ma se non fosse per suo padre non staremmo a litigare.»

«Infatti, ha avuto problemi con suo padre.»

«Non me ne ha parlato.»

«Ti adora e non vuole farti soffrire.»

«Che tipo di problemi?»

Angel lo informò delle ultime vicende. «Enzo ha il lavoro che Monreale aveva riservato a te.»

«Vuoi dire che fa il cameriere nel suo ristorante? Tuo zio Rocco non ha perso tempo, congratulation.»

«C'è dell'altro.»

Già a sentire quel nome, a Luciano era passato il buon umore. E il fatto che "c'era dell'altro" lo aveva messo in agitazione. Aveva aumentato il tono di voce e da ogni scrivania partivano sguardi scrutatori. «Dicevi che c'era dell'altro...»

«L'amicizia tra *Maicol* Monreale ed Enzo si è rinsaldata. Una sera sì, l'altra no, per non dire tutte le sere, alla chiusura del locale lo accompagna a casa in auto.»

«Poi va via?»

«Ascolta, Lusiaeno. La Corvette rossa è parcheggiata spesso sotto casa di uncle Rocco.»

«Significa che Monreale sale sopra. E Vera?»

«Riposa da un'ora. E le rare volte che a mezzanotte non è a letto, va a tapparsi in camera sua.»

«Perché non me lo ha detto?»

«Non vuole litigare un'altra volta.»

«Capisco.»

«Ecco perché ti ho consigliato di tornare.»

«Tuo padre cosa ne pensa di tutto questo?»

«Ha litigato con suo fratello. Saputo che per il 24 sera ha invitato la Monreale-family, è andato su tutte le furie.»

«Vera mi ha taciuto anche questo.»

«Cosa doveva fare? Rovinare le feste anche a te?»

«Io Christmas lo rovino a tuo zio e a tutti i Monreale.»

«Uncle Rocco sostiene che in qualche modo deve disobbligarsi per il lavoro offerto a Enzo.»

«Balle, bull shit, capito? Proprio lui parla di doveri?»

«Sospetto anch'io che la cena sia un pretesto per mettere a tavola *Maicol* e Vera.»

«Senti Eingel, ti chiamerò domani. Devo organizzare la partenza ti farò sapere ogni dettaglio.»

«Non mi troverai, è il primo giorno di vacanza, non posso programmare nulla. Questa notte spero di dormire un paio d'ore in ospedale perché dopo ho impegni. Cercherò di chiamarti. A quest'ora va bene? Facciamo quando da noi sono le tre pomeridiane.»

«Va bene, restiamo per le 9 di sera in Italia.»

Le fornì il numero di "Radioteleisolad'oro", interno compreso, riattaccò.

La testa di cucuzza

«QUALCOSA non va?» chiese ai colleghi. Lo guardavano come se fosse un mostro. «Non sapevamo che conoscessi così bene l'inglese. Beato chi ti capisce,» esordì Francesco Galante della redazione sportiva. «Hai imparato in quei tre mesi d'America?», chiese Tiziana Salerno degli spettacoli. Erano tutti a complimentarsi e non se la sentì di essere sgarbato. Il suo pensiero era rivolto al giorno dopo: sapeva che sarebbe stata una giornata convulsa. Senza sapere come sarebbe andata a finire, prenotò un articolato programma di viaggio. L'aveva pianificato la sera prima, e per buona parte della notte, dopo la telefonata di Vera. Quando si recò in un'agenzia nei pressi di via Emerico Amari, era mezzogiorno. Ne uscì due ore dopo con le gambe paralizzate: aveva pagato un conto clamoroso. Quindi, si diresse alla stazione televisiva: c'era un montaggio da fare prima delle news della sera, ma soprattutto avrebbe dovuto parlare con Paolo Zimmatore prima che la sua stanza diventasse più affollata del mercato di Ballarò.

«Siedi.»

«Dunque...» attaccò Luciano.

«Di solito, dunque conclude un discorso. Prima che cominci, ne voglio iniziare uno io, e sono lieto di fartelo.»

Luciano Moriga era tutt'orecchi. «Allora?»

«Complimenti per il servizio sui ventimila disoccupati che hanno manifestato a Palazzo d'Orleans. Gli editori lo hanno giudicato superbo. Hanno telefonato anche i sindacati da Roma e alcuni politici. Ti farò avere la lista completa dalla segretaria. Le chiamate degli ascoltatori non si contano.»

Luciano lo guardava senza espressione.

«Cosa c'è? Non sei contento?»

«Gratifica il mio lavoro, ti ringrazio, ma devo chiederti un favore.»

«Parla,» rispose Zimmatore dietro le lenti da miope. «C'è qualcosa che non va? Non dimenticare: oltre a essere il tuo caporedattore, sono tuo amico.»

«Appunto. Da redattore capo risponderesti con un "no" secco alla mia richiesta,» precisò «da amico, mi inviteresti a discutere. Quindi, se vuoi aiutarmi, dipende da te.»

«Posso sapere di che cavolo si tratta?»

«Della mia vita.»

Zimmatore saltò dalla poltrona. «Cosa è successo? Hai ricevuto minacce?»

«Sei sulla strada sbagliata. Devi farmi il favore della vita.»

«Si può sapere cosa è successo? Che vuoi?»

«Un permesso. Sono ferie maturate, ma non programmate. Devo assentarmi una decina di giorni.»

Zimmatore lasciò scivolare le braccia sulla scrivania. «Sei mancato già tre mesi,» mormorò.

«Ma era aspettativa. Adesso sono ferie. Dai...»

«Dove devi andare?»

«Negli Usa.»

«Di nuovo? Hai preso il mal d'America?»

«È un male sì, ma non d'America. Al momento opportuno, ti confiderò ogni cosa, stanne certo.»

«Quando dovresti partire, in febbraio o in primavera?»

«Subito.»

«Cosa? Tu sei impazzito.»

«Non hai torto,» ribatté Luciano. «Se lo vuoi sapere, ho perso la ragione. Sono fuori di senno.»

Dopo un attimo azzardò: «Saprai il resto. Devi avere fiducia in me.»

Zimmatore lasciò la sedia girevole e cominciò a passeggiare per la stanza. «Con tutta la mia buona volontà, non posso concederti ferie. Ci sono colleghi che le hanno dovuto rinviare. A parte questo, non mi convinci proprio. Se hai un problema, esponilo. Hai pronunziato frasi che non sono da te.»

«Paolo, non mi capisci? Sono innamorato folle. E ho preso una decisione che sa di svolta nella vita. Per quanto riguarda le ferie, non manca a te escogitare qualcosa. Sei mio amico o no? Questa sera potrò avere la risposta?»

«Questa sera?»

«Prima di tornare a casa. È indispensabile.»

Dopo una pausa, utilizzò l'arma che ritenne più convincente: «Se ti dicessi che c'è di mezzo il documentario girato a New York, che risposta mi daresti?»

«Sei una carogna.»

Lette le news, tornò in redazione e si piantò alla scrivania in attesa della telefonata di Angel. Era l'ora di ammazzare il tempo, come dire che risalivano prepotentemente alla ribalta le natiche della Cristina, destinate a turbare il sonno e il tragico ménage familiare dell'intera redazione. Alle 9:30 Luciano era già a nervi scoperti. Il telefono squillò una decina di volte, ma erano cazzate di lavoro o esternazioni di rompiscatole della sera. Alle 10 cominciò a vagare tra le scrivanie come un'anima in pena, mezz'ora dopo aprì un giornale del mattino. La telefonata arrivò alle 10:20, le 4:20 di pomeriggio a New York, un'ora e venti dopo l'orario previsto. «Sorry Lusiaeno. Sono rimasta bloccata sul Triboro Bridge, un traffico pazzesco. Sono distrutta.»

«Immagino.»

«Hai deciso qualcosa.»

«Ok, arriverò.»

«Quando?»

«Venerdì pomeriggio. Ne avremo 22.»

«In pieno Hanukkah, ma è magnifico.»

«Ti ho detto che voglio fare la festa a tuo zio Rocco, no? Sarò di parola.»

«Vedo, riferirò a papà.»

«Almeno me lo hai salutato?»

«Me lo chiedi? Ti pensa come un figlio lontano. A proposito, mi ha ricordato di parlarti ancora della cucuzza che non vuole crescere. In questi mesi è stata la sua disperazione. Adesso mi ha sollecitato di ripeterti che non gli interessa se "quella cucuzza resterà nana". Non mi chiedere altro: questa storia non l'ho mai capita, non la voglio capire ed è un problema tuo e di mio padre.»

«Mio e di tuo padre?»

«Così mi ha detto. Non sei d'accordo?»

Luciano non la contraddì. «No... no, sono d'accordo con lui.»

Per due volte dall'America gli avevano parlato di una cucuzza nana, quando c'erano altre cose più importanti cui discutere.

«Bene,» aggiunse Angel «come rimaniamo?»

«Ci vedremo la mattina successiva, sabato 23 dicembre.»

«Dove? Non certo a Brooklyn.»

«Ovvio.»

«Sarò a New York City per le ultime compere. Tu piuttosto, fino a che ora conti di rimanere a Manhattan?»

«Non dopo le undici e trenta. Alle tre l'aereo decollerà...»

Con Angel non c'era bisogno di scendere nei particolari. Si capivano a volo. Quante volte gli aveva detto che, rispetto al maggior numero dei mortali, loro due avevano un terzo occhio, invisibile, al centro della fronte?

Nel sentirlo parlare in inglese, i colleghi tornarono a guardarlo incuriositi, come la sera prima.

«Non posso continuare, Eingel. Hai capito dove dovrò essere alle 2:30?»

«Sì, in aeroporto.»

«Mi occorre il passaporto di Vera.»

«Stai tranquillo, l'ho già a casa. Poi ti spiegherò perché.»

«Ci sarebbe anche un problema di vestiario per un paio di giorni, ma non per me.»

«Per Vera. Ok, provvederò.»

«Rimane da stabilire dove ci incontreremo.»

«Broadway, corner 53th Street. Facciamo per le 11. Ti va? Vedrai una grande diner, proprio all'angolo, sulla Broadway. Aspettami dentro. C'è un arredamento bizzarro con panche rivestite di velluto rosso. Good night Lusiaeno.»

«Night, Eingel.»

Cristina era affascinata dal suo inglese. «Sapessi parlare americano come te,» trillò «me ne scapperei a New York.»

«Lì si lavora sul serio,» fu la laconica risposta.

Chissà quale scusa avrebbe inventato per farsi accompagnare a casa e riproporgli, magari, domande sugli Usa. «Ti hanno riparato l'auto?»

«Domani è pronta.»

«Cerchi un passaggio?»

«Non sarebbe una cattiva idea.»

Si diresse nel box del caporedattore, il quale era in procinto di andare via.

«E allora?»

«Cosa posso dirti? Con te non si può discutere.»

«E allora?» ripeté.

«Vai,» sospirò.

Era raggiante. Non solo perché aveva ottenuto il sospirato permesso, ma perché aveva visto dissolvere l'incubo di un pericoloso strappo con i vertici di "Radioteleisolad'oro". «Non so cosa farei per ringraziarti. Ma ci penserò fin da ora.»

«Non mi portare dagli Usa altre sigarette e al tuo ritorno non mi chiedere ferie per un anno.»

«Ok.»

Cristina gli si era fatto incontro, ma Luciano tornò sui suoi passi. «Paolo, dimenticavo. Se non sbaglio, abiti sempre dalle parti di via Laurana. Vero?»

«Perché me lo chiedi?»

«Fammi una cortesia: potresti dare un passaggio a Cristina? Abita in quel quartiere.»

Quindi, si rivolse alla ragazza: «Zimmatore, non contento del lavoro svolto, me ne ha assegnato un altro, da fare subito. Ti accompagnerà lui.»

Il viso della Cristina s'illuminò. «Davvero? Il redattore capo? Mi accompagnerà lui a casa?» ripeté con stupore.

«Buonanotte. Buonanotte anche a te, Paolo.»

Fece uno sforzo per non scoppiare a ridere nel vedere la faccia paonazza di Zimmatore. Mai avrebbe immaginato che il fondoschiena della Cristina, potesse finire sui sedili della sua Alfa Romeo. Era questo il regalo in cambio delle ferie? Luciano da due minuti era in auto, diretto a casa. Aveva mille cose da fare, ma per la strada ripensò alla telefonata dagli USA e alla strana, bizzarra tiritera sulla cucuzza ripropostagli da uncle Joe. "In questi mesi è stata la sua disperazione," gli aveva riferito Angel. La quale aveva aggiunto: "A papà non interessa più se rimarrà nana."

"Che significa?" si chiese una decina di volte, ripensando al contenuto della frase: "Non mi chiedere altro perché questa storia della cucuzza non l'ho mai capita. È un problema tuo e di mio padre."

Fece il tragitto a sfirniciarisi, poi gli venne come un lampo. "Un problema tuo e di mio padre," ripeté. Accostò l'auto a filo di marciapiede. "Che coglione! Ma sì, Joe ha voluto mandarmi un messaggio. Perché non ci ho pensato prima? È da mesi che mi tortura con la cucuzza. Gli parlavo di Vera, gli dicevo che avrei voluta sposarla in Italia, gli chiedevo il favore di convincere suo fratello, e lui cosa rispondeva? che, nonostante l'abbivirasse, la cucuzza non voleva crescere. E io ero convinto di parrari ammàtula. Ecco il significato del messaggio: la cucuzza era ed è la testa di Rocco. Joe l'abbivirava ogni giorno, sperava che con i suoi discorsi riuscisse, prima o poi, ad ammorbidirla, a convincere il fratello a mollare la figlia, ma la cucuzza era sempre più dura, rimaneva nana, e ne provava dispiacere. E a distanza di mesi, dopo quanto era successo, smancerie con i Monreale comprese, a Joe non importava più nulla della testardaggine di Rocco. La cucuzza la lasciava lì. La posava. Ecco, Angel ha voluto dirmi che suo padre mi dà campo libero. Fortuna che le ho risposto di avere capito altrimenti Joe mi avrebbe preso per cretino," concluse.

Scoppiava di felicità. Aveva avuto conferma che Joe stava dalla sua parte e non disprezzava la decisione di Luciano di tornare a New York. Se poi preferiva rimanere estraneo alla vicenda e assumere i panni di spettatore, beh, era comprensibile. "Non lo tradirò mai," giurò mentre rimetteva in moto. Dopo un quarto d'ora era a casa. Stanco morto, ma sereno. Prima di addormentarsi, si chiese se Paolo Zimmatore si era attardato a spiegare alla Cristina, e in che modo, i segreti del mestiere. Una volta gli aveva sentito dire: «Quel fondoschiena sembra disegnato dalla matita di Crepax; se la sua Valentina potesse vederlo, morirebbe di gelosia.»

PARTE QUARTA, a 'Mierica

Capitolo XX

«New York, rieccomi»

QUESTA volta Luciano si ritrovò immerso in una New York invernale con il "wind child" che spacca le labbra, raggrinza il viso e surgela le orecchie. Sotto i "canyon" di Manhattan, midtown Broadway, 10:30 del mattino, la temperatura era così gelida da patire sulle guance rasoiate. Il cielo però era terso, di un azzurro intenso, quasi indaco. Dove aveva letto che d'inverno, in America, il sole è malato? Si sentiva goffo con quei guanti blu di lana che non riusciva a sfilare dalle mani assiderate. A causa del vento glaciale, era convinto di avere un ghiacciolo al posto del naso. Ritenne che fumare fosse il toccasana per ritrovare un po' di calore, ma dopo tre boccate scaraventò la sigaretta a terra, alla palermitana, facendosi incenerire dagli occhi vispi e truci di due arzille signore.

L'atmosfera della Natività gli parve irripetibile. E non solo per bimbi e ragazzini che si facevano fotografare assieme a Santa Claus o per le vetrine piene di luci e di addobbi fantasmagorici. I negozi erano inondati dalle note di "We Wish You a Merry Christmas" o "Christmas Tree", eppure quella parte di Manhattan era relativamente vuota. Solo i tassisti sfrecciavano come incoscienti con le loro auto gialle.

All'angolo della cinquantatreesima notò la diner indicatagli da Angel. Solo un imbecille poteva attenderla fuori, con quel gelo. Sedette a un tavolo dietro a una vetrata con vista su Broadway. Il tepore del locale lo invogliò a liberarsi del giaccone, e anche di zucchetto e sciarpa. Guardò attorno a sé. Si trovava proprio in una "diner", anzi in una *daina*. Già, la *daina*. Avrebbe scommesso: a quell'ora, Ernesto Visconti era a *faticare* nella sua piccola pizzeria del Long Island. Inseguiva il sogno di una *picciura* su una tomba. Viveva di ricordi. Quello della moglie era patetico.

L'orologio appeso a una parete della *daina* faceva le 10:40. Accanto, una data: 23 dicembre. Ricordò che era sabato, il giorno preferito da Mario Soldati per scoprire, d'estate, gli angoli misteriosi di New York. Benché inverno, anche Luciano avrebbe voluto passeggiare per Broadway, provare l'esperienza del week end solitario, ma dinnanzi alla prospettiva di immergersi nel "blizzard", il freddo artico, preferì non muoversi: qualsiasi disgraziato che dalla Sicilia fosse capitato a New York, come lui, avrebbe cercato soltanto un buco in cui rintanarsi.

Attraverso i vetri, ammirò una parte del quartiere dei teatri e dei musical. Troneggiava un murale, largo una ventina di metri, de "Les Misérablés". Da quasi due anni replicavano: non si stupì più di tanto nel vedere una trentina di persone, sfidare il clima impossibile, per comporre la *laina* del matinée, lo show della una pomeridiane. Il "Winter Garden" riproponeva i "Cats". Allo "Studio 84" insistevano con "Cabaret" e gli vennero in mente le impudiche protagoniste di uno spot televisivo. Giù, a Times Square, non si stancavano di replicare "Oh, Calcutta!". Mentre cercava di decifrare i caratteri più piccoli delle maxi-locandine dello show di David Letterman, teletrasmesso alle 11:30 di sera dalla Cbs, vide entrare una splendida ragazza. Era intabarrata in un giaccone da neve giallo su una tuta blue imbottita. Al collo portava una sciarpa rossa. Dello stesso colore, zucchetto e cuffia protettiva. Le scarpe di ginnastica erano anche blue e gialle. Avvicinandosi al tavolo di Luciano, tolse giaccone e cappellino di lana. Solo adesso la riconobbe. «Tu?»

Angel lo abbracciò come si fa con una persona cara e lo baciò su una guancia. «How are you? Hai fatto buon viaggio?»

«Tutto ok. Ieri pomeriggio alle 6 ero in città. Sai che vestita così non ti avevo riconosciuto?»

«Dove hai dormito?»

«Al Mariott.»

Aveva guance e nasino arrossati. Veniva da South Central Park West. Nonostante il "wind chill" non aveva rinunciato a fare una lunga corsa. Ora aveva fretta di fare colazione. «Ho percorso due miglia, non male,» commentò. Posò un borsone a terra, il walk-man sul tavolo, si liberò della sciarpa e sedette di fronte a lui. «Conoscevi la Eingel summer-time. Anche in inverno, se sono libera, e faccio un salto a Manhattan, vado a fare jogging a Central Park o a pattinare al Rockefeller Center.»

Luciano ricordò di avere pronunciato, anni prima, il vocabolo "jogging" nel presentare il servizio su una ragazza che correva di buon mattino per le trazzere della Favorita e venne aggredita, pestata e violentata da un "mommo". Ebbene, dopo avere letto le news, fu costretto a sorbirsi le lamentele di Zimmatore, il quale asseriva che il vocabolo pronunciato era sbagliato. Secondo lui, il termine esatto era "footing". Riferì l'episodio a Angel, la quale rispose: «Footing in americano significa tutt'altra cosa.»

«Vai a spiegarlo al mio boss. Alcuni italiani, pur conoscendo in modo approssimativo l'inglese, hanno il terribile vezzo di americanizzare taluni vocaboli. È inevitabile che prendano cantonate. Se parlano di neri, utilizzano il termine "colored" o "di colore". Sono convinti di usare un linguaggio anti-razzista, invece, fanno accaponare la pelle. Se negli Usa definissero un nero "colored" cosa accadrebbe?»

«Se a usare tale termine fossero dei giornalisti, sarebbero licenziati in tronco e denunciati dagli attivisti,» rispose Angel.

«Invece, in Italia è termine di uso corrente.»

«Ma razzista. Non ha senso definire un tizio "colorato". Esistano modi e modi per evitare l'uso di vocaboli impropri, di pessimo gusto, come "di colore" o "razza gialla" se si parla di cinesi, o "donna con gli occhi a mandorla" se si discute di una giapponese, o "redskins" se il discorso cade sugli Indiani, o "bianchi" se si parla di gente come noi. Anche il bianco è un colore, non dimenticare.»

Era graziosa Angel mentre s'infervorava nel predicozzo antirazziale. Il nasino sempre arrossato e il taglio di capelli a caschetto, le conferivano un'aria sbarazzina.

«Il problema è trovare sinonimi adatti.»

«Per dirne alcuni, noi usiamo termini come Chinese, Dutch, French, Greek, Italian, Japanese, Korean, Polish, Russian e se parliamo di black-people, il termine esatto è Afro-American, o nel caso di Indiani, Native American.»

«Ma non abbiamo altri argomenti?» disse Luciano sorridendo. Una delle cameriere si presentò con due maxi-tazze di caffè bollente. Era sexy con la gonna rossa fin troppo mini, gli stivaletti con piume bianche ai bordi della giacchetta e il cappellino da Santa.

«Hai fatto la prima colazione?»

«No,» rispose Luciano. Ordinarono uova con ham, la famosa *emma* cotta alla piastra, patatine, pan tostato su cui spalmarono le formette della non meno famosa *bbadda* e la marmellata, ovvero la celebre *gemma*, da "jam", purché non di arance: in quest'ultimo caso dal cilindro italiese anziché *gemma* sarebbe sbucata *marmolada*, da "marmalade", pronuncia "mammaeleid".

«Racconta,» fece Angel.

«Sta per cominciare la grande avventura.»

«Nervoso?»

«Nient'affatto.»

«Comunque è un grande giorno. Eccitante.»

«Tutto da vivere.»

Le chiese di Vera.

«L'ho sentita ieri, dopo cena. Ti avrebbe chiamato a casa questa mattina quando da te, in Italia, sarebbero state le 4 pomeridiane o avrebbe cercato di rintracciarti di sera, al lavoro.»

«Hai portato ogni cosa?»

Angel sollevò la giacchetta della tuta, aprì la borsa-marsupio legata alla vita e tirò fuori passaporto e green card. «Come ti ho anticipato l'altra sera, avevo i documenti con me. Anzi, li tengo in questo posto da due mesi.»

Luciano sfogliò il passaporto e si divertì nel vedere la foto di Vera. Sembrava una latitante spaventata. «Perché da due mesi?»

Angel bevve un sorso di spremuta d'arancia e spiegò: «Mi chiese di accompagnarla al Consolato italiano, sulla Park Avenue, per rinnovare il passaporto. Non aveva borsetta, era in jeans e T-shirt, temeva di sgualcire i documenti, o di perderli. Quando tornammo a casa, per la fretta, dimenticai di restituirli. Da allora si trovano in questo marsupio. Ecco perché al telefono ti ho detto di non preoccuparti.»

«Che fortuna. Grazie, Eingel.»

«Ho anche il resto.»

Si chinò e prese il borsone da terra per metterlo sulle gambe. «Non è necessario che lo apri. È il tipico bagaglio a mano con dei capi di lingerie, tre camicie da notte, mutandine, pantofole, spazzolino, dentifricio, una vestaglia, il necessario per il trucco, un maglione, non ricordo cos'altro. Mi sono comportata come se dovessi essere io ad affrontare un viaggio improvviso. Vera ha la mia taglia. Ho acquistato tutto stamani, anche il borsone.»

«Quanto hai speso?»

«Non ti ho chiesto di rimborsarmi subito.»

«Devo, hai già fatto tanto.» rispose tirando fuori il portafogli.

«Ok. Ora vuoi dirmi come hai organizzato il viaggio?»

«Alle 2:15 dovremo trovarci a La Guardia. Alle 3:00 pm l'aereo decolla.»

«Da questo aeroporto non ci sono voli intercontinentali,» fece notare.

«Non andremo subito in Italia. È un espediente escogitato per beffare tuo zio Rocco. Vuole trovarci? *Forget about it!*»

«Dove andrete?»

«A Toronto. È una città che m'incuriosisce. Vi passeremo il Natale, poi partiremo per Roma.»

Angel assunse un'espressione di stupore. «Sei diabolico,» commentò.

«Chiedi a tuo padre cosa ne pensa.»

«Ne sarà entusiasta.»

«Piuttosto, un ultimo favore: puoi dargli un messaggio?»

«Di che si tratta?»

Luciano sospirò. «Devi chiedergli se a Villabella troverò qualche Verasca che, aizzato da Rocco, cercherà di consumare una vendetta. Ricordagli che non sono tipo di chiamare gente con la divisa.»

Angel lo guardò sbigottita. «Siete ammattiti? Cos'è questa storia? Non ci capisco nulla.»

«Tu riferisci questo messaggio, lui capirà.»

«Riferirò. Ma tu... tu piuttosto, telefona. Non dico subito dopo che sarete a Toronto,» e accompagnò la frase con un sorriso malizioso «però fatevi sentire. Di sera saremo tutti a casa.»

«Ok, sempre che tutto vada bene,» precisò con il viso più triste che possa esistere. «Se invece Vera dovesse fare storie, vorrà dire che mi rivedrai a casa tua. Trascorrerò Hanukkah con voi, vedrò spegnere l'ultima candela del Menorah e ti regalerò il borsone con tutta la roba. La indosserai tu, non saprei cosa farne. Dopodiché, farò di tutto per rimanere solo. Dovrò pensare. Mi toccherà ricostruire la mia vita senza Vera. Non sarà facile, ma sono deciso a tutto.»

«Pensa positivo. Capisco il tuo stato d'animo, ma non devi abbatterti. A proposito, ho una notizia da darti.»

«Quale?»

«Io e Matthew, dopo un anno e mezzo, abbiamo ripreso.»

«Contenta?»

Rispose con un «sì» masticato. Dopo una pausa, si corresse con un "non so". «Riproviamo. Purtroppo, abbiamo poco tempo. Io ho il mio lavoro. È dura la vita in ospedale, per non parlare delle ore da trascorrere all'università. Lui invece è tutto preso dalla professione di avvocato. Fa parte di un "law office", sulla Park Avenue.»

«Gli vuoi bene?»

«Quando ci siamo conosciuti eravamo innamorati. Ora non saprei cosa rispondere. È presto per dire certe cose.»

Uscendo dalla "diner", Luciano ebbe l'impressione di entrare in un freezer. Il tabellone luminoso in cima a un grattacielo della 57esima segnava 20 Fahrenheit, -6, ma il "wind chill" faceva scendere la temperatura di altri cinque gradi centigradi. Tornò a respirare l'atmosfera magica del Natale, non solo perché Santa apriva e chiudeva la porta della "diner". Quel pezzo di Broadway, oramai si era popolato. La gente entrava e usciva dai negozi, quelli di elettronica soprattutto, per i regali "last minute".

«Dove hai l'auto?» chiese Luciano.

«È parcheggiata a un isolato.»

Quando arrivò il taxi, la salutò prima con un bacetto poi con un "Happy Holiday". Fecero in sincronia la stessa mossa con la mano: il pugno chiuso, il pollice all'insù, come per dire "sarà vittoria".

«Buone feste ai tuoi cari,» disse Luciano.

«Telefona, non dimenticare.»

«Non avere dubbi. Piuttosto, riferisci a tuo padre i miei programmi e se avrò noie a Villabella.»

Prova di fuitina

«DOVE devo andare?» chiese il tassista con un pessimo inglese. Era pakistano. Lo scoprì dalla foto e dal cartoncino con le generalità affisse accanto al cruscotto, assieme al numero di "medaglione".

«Brooklyn, 86th Street, corner 18th Ave. Le dirò dove fermare.»

Un quarto d'ora dopo essere uscito dal Battery Tunnel, il taxi imboccò lo svincolo per la 65.ma strada. E Luciano, dopo oltre due mesi, si ritrovò nel cuore di Bensonhurst. Come dire che era a una svolta della sua vita.

Era una Brooklyn diversa da quella conosciuta. Non c'era casa senza i paramenti natalizi. Guardò le decorazioni sui vetri delle finestre. Sul piccolo prato davanti alle case, non mancavano angeli e personaggi della Natività. Lo spettacolo di luci, all'imbrunire, sarebbe stato suggestivo. Si chiese se i Verasca avessero sistemato le renne già illuminate, come vedeva davanti a quella casetta, se avessero ornato il davanzale di nastri rossi e appeso il Canadian Pine Wreath, la corona di pino, davanti alla porta d'ingresso. Chissà, dove avevano sistemato il presepio. Nel salotto, davanti alla finestra, no. Era il posto adatto per l'albero, ricco di luci e di regali. Ce ne erano anche per Vera? Da parte di chi?

Questo era un Natale importante per Rocco. Niente meno aveva invitato al cenone i *Murriali*. Immaginò Rosina affaccendata in cucina, aiutata dai figli o dalle future nuore americane. E i commensali, di sera, le avrebbero rivolto i complimenti per le pietanze. Marito, moglie e figli avrebbero poi fatto in modo che Vera sedesse accanto a *Maicol*.

"Guardate che bella coppia, come stanno bene insieme!"

Il più priato sarebbe stato papà Rocco perché avrebbe avuto l'occasione, dopo avere sistemato Enzo, di decidere il destino della figlia più piccola. Insomma, per quel porco di Rocky sarebbe stato un Natale da ricordare tutta la vita. Aveva organizzato ogni cosa senza trascurare i dettagli, l'aspirante deputato a *Montecicoria*. Luciano, d'altronde, era già andato a farsi fottere *all'Italia*. Era un problema bell'e superato.

"Vera con me non sarà felice e non voglio crearvi problemi. È meglio che ognuno prosegua per la propria strada". Non era stata questa la frase con la quale si era congedato da quel bbardàscia e nfami di suo suocero? Quella domenica, mentre in presenza di Joe gli rivolgeva scuse e parole di commiato, era felice come se avesse vinto alla Lotteria: Luciano aveva deciso di scomparire dalla circolazione e *Maicol* Murriali avrebbe potuto far breccia nel cuore della sua picciridda, finalmente. A distanza di mesi, tutto poteva immaginare e non che "il Natale da ricordare tutta la vita" stava per dedicarglielo giusto quel *sanavabicci* di Luciano.

Il taxi svoltò a destra lungo la Diciottesima, attraversò una ventina di isolati, o di *blocchi* come li chiamava lo scellerato del suocero, e non c'era *blocca* che non ricordasse al giovane qualcosa di quei terribili mesi trascorsi a Brooklyn sotto padrone Mondello. All'angolo della 86.ma, chiese al tassista di girare a sinistra. Vera, oramai era lontana pochi isolati. Aveva voglia di stringerla a sé, ma nel piano organizzato non trovavano posto né entusiasmi né debolezze. La tattica giusta era agire. Con determinazione. Si chiese se Vera stesse discutendo con qualche cliente, se sbrigava del lavoro di ufficio o se stesse provando a chiamarlo, come si era ripromessa la sera prima nel parlare con Angel.

«Stop, va bene qui.»

Pagò e chiese al pakistano di attendere una decina di minuti.

«Ok, sir.»

Attraversò la strada nel momento in cui sulla sopraelevata passava un convoglio della subway. Il frastuono era indescrivibile. Come a Broadway, anche sulla 86esima strada di Brooklyn c'era gente con tanta fretta addosso. Ad essere presi d'assalto, erano soprattutto i "deli", cioè gli store di alimentari, e le pasticcerie. Luciano spinse la porta di vetro dell'agenzia di viaggi, ne varcò la soglia, cercò con lo sguardo il desk di Vera e si fermò rigido. Se ne stava seduta, la cornetta all'orecchio, ma la sedia girevole era rivolta verso l'interno del locale e solo con la coda dell'occhio poté notare la sagoma di un cliente davanti alla scrivania. Appena si girò, rimase impietrita. «Tu?»

Riuscì a sussurrare «amore» e già era in piedi pronta a gettargli le braccia al collo, ad accarezzargli le guance. «Dimmi che non è un sogno, dimmelo,» implorò. «Stavo provando a chiamarti. Avevo finito di comporre il numero del lavoro e tu... tu eri accanto a me,» sussurrò con tono accorato. Lo strinse a sé, cominciò a singhiozzare. «Quando sei partito? Amore, perché non mi hai detto nulla?»

Si era sciolta in lacrime. Era un handicap. Doveva dimostrarsi affettuoso, ma non poteva permettersi cedimenti. Vera andava messa di fronte alla grande scelta.

«Sono qui per non lasciarti più. E neanche tu vuoi staccarti da me, non è così?»

«Che dici, che dici...» ripeté lei. Cinque impiegate e tre clienti che acquistavano biglietti aerei per chissà dove, guardarono i giovani mentre si baciavano sulle labbra.

«Bene, adesso che la sorpresa è passata, devi ascoltare qualcosa.»

La invitò a sedersi indicandole con un batter di ciglia la sedia dietro al desk. Vera si asciugò le lacrime nere di mascara. Era fantastica con quel tailleur blu e il maglioncino a girocollo grigio. Notò che aveva di nuovo i capelli lunghi quanto bastava per racchiuderli alla nuca. Tirò fuori dal giaccone un mini-registratore, premette "on", e lo posò sulla scrivania.

«Che fai?» chiese curiosa.

«Ascolta.»

Si stupì nell'udire la propria voce.

«Mi manchi, non posso vivere senza di te, non posso.»

E poi quella di Luciano.

«È da dimostrare e lo appurerò al momento opportuno.»

«Che significa?»

«In una determinata circostanza saprò davvero che non puoi vivere senza di me, come affermi. E quel giorno non ci sarà sabbia sotto ai tuoi piedi per nascondere la testa.»

«Non capisco, ma se tu dovessi mancarmi, morirei... morirei.»

Luciano a questo punto mise "off".

«È la conversazione di due giorni fa, perché l'hai registrata?»

«Per riproportela.»

«Non capisco.»

«Io sì.»

«Cos'è? Uno scherzo?»

«Amore,» le sussurrò accarenzole capelli e labbra, «pensi che sia tornato per scherzare o per farmi insultare gratis da tuo padre?»

«No,» balbettò.

«Piuttosto è giunto il momento in cui devi decidere cosa fare di me, del nostro amore, della nostra vita, senza nascondere la testa nella sabbia.»

«Decidere cosa?»

Gli piantò in faccia due occhi che facevano smarrire. Era lo sguardo più intenso che Vera potesse inventare. Dolcissimo, da dimenticare il mondo.

«Con chi vuoi trascorrere il Natale e tutta la vita? Sono due cose che non si possono scindere. E devi decidere. Con tuo padre e *Maicol* Monreale oppure con me?»

«Cos'è? Un ricatto?»

«Non mi chiamo Rocco, non ricatto nessuno, io. Ti propongo una scelta di vita. Guarda sulla strada: vedi quel taxi? Lo vedi? Sì, quello. Il tassista non ha spento il motore. Aspetta me. Posso risalire da solo, se preferisci stare qui. O assieme a te se finalmente metterai la parola fine a questa pantomima. In entrambi i casi, devi dimostrare coraggio. Come vedi, non t'impongo nulla. Devi decidere. Non è più il tempo delle paure.»

«Quel *Maicol* lo detesto. Non mi passa nemmeno per la testa. Non esiste. Hai capito? Amo te e nessun altro al mondo.»

«E allora?»

«C'è un solo problema: ho paura che papà e mamma possano morire di dolore per un mio colpo di testa.»

«Non ti preoccupare. Di crepacuore non moriranno papà e mamma. E non si tratterà di un colpo di testa. Sei una donna che sta per decidere il proprio destino.»

Era un incanto quel viso. Gli occhi tornarono a inumidirsi.

«E allora?»

Aveva le gote rosso fuoco, ma le mani erano gelide. «Così? D'improvviso. Non ho niente con me.»

«Basta il cappotto. Il resto è qui dentro,» aggiunse mostrando il borsone accanto alla sedia.

Seguì un silenzio che a Luciano parve senza fine. «Va bene, Vera,» disse tra i denti. «Hai deciso. Starai qui. Io torno questa sera in Italia. È finita. Hai capito? Finita. Dimentica la mia faccia, la nostra storia, dimentica tutto, tutto.»

Il viso tradì morsi di risentimento. Era teso, le guance raggrinzite, e non soltanto per il freddo.

«Hai già il biglietto?»

«Eccoli i biglietti.»

Li tirò fuori dalla tasca interna del giaccone. «Come vedi, ci sono anche i tuoi. Avrei voglia di strapparli, ma non sono né ricco né idiota fino a questo punto. In Italia cercherò di farmeli rimborsare, perdendo solo un po' di denaro, almeno spero. Ora devo andare. Buon Natale e buona fortuna. A te, ai tuoi genitori e al marito che ti vogliono rifilare.»

Rimase a guardarla un attimo nel suo splendore, nella sua tristezza e nella sua disperazione. Quindi, girò le spalle per raggiungere la porta. Prima di varcare la soglia, Vera lo chiamò. «Aspetta.»

«Non è più tempo di aspettare.»

Gli andrò incontro, strinse le mani nelle sue. «Se tu dovessi mancarmi, morirei. Hai capito? Morirei.»

«È una frase che hai già detto.»

«E la ripeterò tutta la vita, andiamo.»

«Vera, se sali su quel taxi non potrai tornare indietro. Questo non è un gioco.»

«Tu non sei un gioco. Io... io...»

Non finì di pronunciare la frase e trovò finalmente le sue labbra. Gli diede un bacio lungo, peccaminoso, il primo da forsennati della loro incredibile love story. Dimenticarono di esistere e di trovarsi su un palcoscenico: impiegati e clienti dell'agenzia di viaggi si scatenarono infatti in un lungo applauso, come se fossero a teatro.

«Prendi il cappotto, c'è un freddo cane.»

Vera salutò colleghe e clienti allargando le braccia. Giusto in quel momento, il boss entrò nell'agenzia. Non riusciva a capacitarsi cosa stesse accadendo. Tutti erano in piedi, a battere le mani, e la ragazza aveva gli occhi pieni di lacrime.

«La saluto mister D'Amico.»

«Perché mi saluti?», chiese stralunato.

«Vado in Italia a sposarmi.»

«A sposarti? Quando?»

«Subito,» rispose felice. «Merry Christmas a tutti.»

«Merry Christmas. Good luck, ragazzi,» risposero impiegate e *custumi*.
Luciano e Vera erano in strada, quando Vincent D'Amico uscì trafelato.

«Ma tuo padre, tuo padre lo sa? Tuo zio Joe lo sa?»

«Lo sapranno. Anzi, mi faccia un favore. Informi tutta la famiglia. Buon
Natale mister D'Amico e grazie di tutto.»

Il taxi ripartì.

«Dove andiamo, signore?» chiese il pakistano.

«La Guardia Airport.»

«Dal Fiorello La Guardia non si va in Italia,» intervenne Vera.

«Lascia fare a me, per strada ti spiego.»

«Siamo due pazzi,» disse allora scoppiando a ridere. Trovò il modo di
baciarlo, di stringerlo a sé. «E dire che, poco fa, componevo il numero per
chiamarti in Italia. È incredibile,» sussurrò.

Luciano guardò l'orologio. «Tabella-orario perfetta, speriamo di non
incontrare traffico. Piuttosto, a Manhattan ho fatto delle compere. Biancheria
intima, pigiama, insomma l'occorrente per un paio di giorni. La roba è nel
borsone. Abbiamo solo due bagagli a mano.»

«Nooooo,» esclamò d'un tratto Vera, portandosi le mani in viso.

«Che è successo?»

«Nooo,» ripeté disperata.

«Abbiano dimenticato la cosa più importante. È un guaio... un guaio.
Oh, my God.»

«Di che guaio parli? Cos'hai dimenticato.»

«Sono senza passaporto.»

«No... no,» esclamò a sua volta Luciano mimando un gesto di sconforto.
«Abbiamo rovinato tutto, proprio come due imbecilli,» aggiunse con un tono
di rimprovero. Conclusa la frase, la smise di recitare e, abbozzando un sorriso,
tirò dalla tasca il documento. Vera, pallida, gli occhi pieni di stupore, cominciò
a mitragliarlo di domande. «Come hai fatto? Da chi l'hai avuto? Non ci capisco
più nulla. E dov'è la green card?»

«Nel mio portafogli, ma ti spiegherò dopo. Abbiamo una vita davanti a
noi.»

«Ma i miei documenti li aveva Eingel! Dimmi, è stata lei a darteli? Allora
sa tutto?»

«Ti prego, ti spiegherò dopo,» ripeté.

«Mi hai fatto prendere uno spavento.»

«Ma allora sei decisa a venire con me? Ero convinto che stavi per gioire al pensiero di tornare a casa.»

«Nemmeno per tutto l'oro del mondo, la mia nuova casa si trova dove mi porterai tu.»

Alle 2:20 erano in aeroporto.

«E ora?»

«Dobbiamo recarci all'American Airlines.»

Trovarono subito la compagnia.

«Dove mi stai portando?»

«Toronto, Canada.»

«Toronto? Cosa andiamo a fare lassù?»

Lo guardò con tenerezza. «Cosa hai in mente?»

«Ok, in aereo, ti spiegherò tutto,» la rassicurò.

«Ma hai prenotato?»

«Da Palermo.»

«Allora sapevi che sarei venuta con te?»

«Avrei messo la mano sul fuoco.»

Mentiva. Con una paura fottuta, aveva giocato alla roulette. L'aereo decollò alle 15:00. «Un'ora di volo, lo stesso tempo della tratta Palermo-Roma. Faremo il giro lungo, ma eviteremo sorprese spiacevoli.»

«Quali sarebbero?»

«Indovina.»

Gli fece lo sguardo dolce.

«Sono fantastici.»

«Cosa?»

«I tuoi occhi.»

«Ti rendi conto che siamo soli per la prima volta?»

«Nel pensare a questo evento straordinario ho avuto la tentazione di girare il capo, convinto che qualcuno dei tuoi familiari fosse seduto dietro di noi.»

Gli strinse le mani. Trascorsero minuti e minuti senza dire una sillaba.

«Che ore sono?» le chiese.

«Quasi le 3:30. Siamo a metà volo.»

«E a New York sai cosa sta per accadere?»

«Non m'interessa.»

Per la prima volta sentiva Vera tutta per sé. Corpo e mente. «Bene, te lo dico io. A che ora avresti dovuto smettere di lavorare?»

«Come ogni sabato, alle 3 pomeridiane. Quando sei arrivato, stavo pensando al lungo week end natalizio.»

«Senza di me...»

«Non cominciare, ti prego. Che ne sai tu, che ne sai? Avevo un magone. Non sapevo se fingermi ammalata o scappare da uncle Joe per rimanere a casa sua quattro giorni.»

«Ti credo.»

«Cosa mi stavi chiedendo?»

«Nulla. Volevo fare un breve riepilogo: dunque, alle tre del pomeriggio avresti smesso di lavorare e qualcuno sarebbe venuto a prenderti al lavoro, come ogni volta. Tuo padre o uno dei tuoi fratelli. Non è così?»

«Sì. Forse Michele. Enzo lavora dai Monreale. Ha fatto il turno del lunch e smetterà alle 4.»

«Non trovandoti, avrà dato l'allarme, preoccupato. Non è così?»

«Ovvio.»

«Avrà chiesto notizie in agenzia. Le tue colleghe e il boss avranno detto la verità. "Un giovane se l'è portata via. Hanno gridato che andavano a sposarsi."»

Vera lo seguiva con il sorriso sulle labbra.

Luciano avrebbe voluto morderle a tremila metri d'altezza.

«Continua...»

«Immagina ora la reazione di Michele. Sarà corso a casa a portare le triste notizia. Immagino tuo padre e tua mamma con le mani ai capelli. L'unico con cui potevi fuggire ero io, ragione per cui, il complimento più bello che mi hanno rivolto è "figlio di puttana". Mi sono fatto spiegare il vocabolo pronunciato quella volta da tuo padre, *sanavabicci*, ricordi? A un giovane che ha la madre morta queste cose non si dicono, tanto meno al genero. Morale della favola: mi sono comportato da "figlio di puttana", come tuo padre mi ha chiamato.»

Vera non appariva turbata più di tanto. Seguiva attentamente il discorso di Luciano.

«Smaltita la sorpresa, faranno il possibile per bloccare la nostra fuga. Dove avevamo detto di essere diretti? In Italia, no? E allora tuo padre e i tuoi fratelli avranno deciso di recarsi questa sera al Kennedy e a Newark. Ebbene, se fossimo andati in uno di questi due aeroporti, non pensi che avremmo fatto la fine dei topi?»

Vera scoppiò a ridere. «Non immaginano che siamo in volo per Toronto. Comunque dobbiamo farci sentire per tranquillizzarli.»

«Sì, domani, domani,» ripeté Luciano con sussiego.

Caccia all'uomo a New York

NON SI ERA sbagliato. Mentre Vera e Luciano mettevano piede a Toronto, nella Brooklyn italiana, era scoppiato l'inferno. Rocco sembrava un viteddu orvu. Rosina, prima cominciò a fari comu na taddarita, poi, da una stanza all'altra, attaccò tutte l'avimmarìe che poteva inventare.

«Una svintura, na svintura s'abbatté sulla famiglia. Rragiunamu, rragiunamu...» ripeté Rocco disperato. Avrebbe voluto fare scoppiare tutta la sua ira, ma non trovò di meglio che chiamare Joe. «Frati miu.»

«Chi c'è.»

«Frati miu, ddammi aiutu.»

«Che successi? Che hai?»

«Frati miu, io l'ammazzu...»

«Con chi ce l'hai? Che diàvulu stai dicendo?», fece spazientito Joe.

«Frati miu.»

«Vuoi parrari sì o no? Con chi ce l'hai?»

«Frati miu, dammi na manu.»

«E allora, quannu mi fai capire cocchicosa, te le dò tutte e due le mani.»

«Una disgrazia.»

«Parra.»

«Di mezzo l'onuri della mia famìgghia c'è.»

«Cosa stai dicendo?»

Il timbro della voce di Rocco era irriconoscibile. «Si nni fùieru. Si nni fùiu.»

«Ma cui? Enzu?»

«Vera.»

«Vera? Bbeddamatri santissima. Cu cui? Cu Murriali?»

Nel sentire il cognome di *Maicol*, il goccio di saliva che gli era rimasto in gola di traverso gli andò. E cominciò a tossire che sembrava tisico. «*Maicol*? Chi gli porta la notizia? Chi vrigogna, chi vrigogna. Ma io l'ammazzu.»

«Calmati. Con chi è scappata Vera?»

«Cu ddu *salamabic*....»

«*Salamabic*? *Sanavabicci* si pronuncia. Insomma, cu cui?»

«Cu Lucianu.»

«Lucianu dicisti? Impossibile,» esclamò Joe. «Non si trova *all'Italia*?»

«Quella carogna, ccà turnò. Mutu mutu. E si purtò a me figghia. A me figghia.»

Appena pronunciò la parola figghia, Rosina scoppiò in un pianto dirotto e andò a inginocchiarsi davanti al capezzale della Madonna di Pompei. A mani giunte cominciò a ripetere "figghia mia, figghia mia", come se sopra il letto ci fosse la figlia morta e già cunzata.

«Lucianu fici una cosa simili? Davvero carogna è. Davanti a mia t'assicurò, chiedendoti scusa, che avrebbe lasciato libera a picciridda. Questa la paga, mìnchia come la paga. Dammi un'urata e sugnu a Brooklyn.»

237

Quando bussò alla porta, Rosina corse ad aprirgli. Cominciò a supplicarlo a mani giunte. «Cugnatu miu, cugnatu miu, fai cocchicosa. Me figghia virgini è. Fermali se siamo in tempo.»

«Forse siamo in tempo, ma calmiamoci.»

«Frati mio, che vuoi sapere?»

«Tutto.»

«Quanto a tia ne sappiamo. Stamatina a *faticari* all'agginzìa andò. Quando Michele è andata a prenderla, non l'ha trovata. Ha pallato con gli impiegati: gli risposero che se ne era andata con il suo boyfriend, con il racazzo.»

«Siete certi che era Luciano?»

«Al cento per cento. La descrizione rrispùnni ai connotati. Michele ha pallato anche con Vincent D'Amico...»

«Li ha visti andare via?»

«Sì. Quando gli ha chiesto per la quarta volta di discrivergli il giovane, ha indicato il ritratto di Luciano che Vera tiene supra u *descu*. "Iddu è" gli ha risposto.»

«Mascaratu,» commentò Joe, ncazzàtu. Si mostrò talmente sorpreso e sconvolto da dare a mprissioni che fussi cchiù adduluratu di Rocco. «Ha detto dove andavano?»

«*All'Italia.*»

«*All'Italia?*»

Rimase a pinzari puru iddu chî manu nâ frunti. «Comunque, ancora a *Nuova Iorca* sunnu. E *all'Italia* non possono andare né cû trenu né câ varca. Li fermeremo. *Telefuna* a Vincent D'Amicu.»

«Di sabato pomeriggio agginzìa chiusa è. Forse è a casa,» rispose Rocco.

«E prova a casa.»

Enzo, che si era ritirato da due minuti, compose il numero.

«Pronto Vincent. Joe Verasca sono.»

«Sono stato il primo a sapere della disgrazia. Consideratemi vicino alla famiglia. Addolorato sono.»

«Allora facci un favore. Potresti tornare in agginzìa e controllare se Vera ha staccato due biglietti per l'Italia e prenotato per questo pomeriggio.»

«Ho già provveduto. Quando è venuto a prendere la sorella, volevo dare a Michele le maggiori delucidazioni possibili. Ma Vera né ieri né oggi ha staccato biglietti per l'Italia. Le prenotazioni per stasera sono chiuse da tempo. A Natale la gente torna *all'Italia* per stare con i parenti.»

«Sai quando partono questi due aerei?»

«Dal Kennedy alle 7 pm ed è un volo Alitalia per Roma. Da Newark, alle 6 ed è un volo Continental per Milano.»

«Grazie per l'informazione.»

«Posso esservi utile in qualche altra cosa?»

«Per il momento no.»

Attorno al tavolo, c'erano Enzo, Luigi e Michele. Bastava osservare le mani dei tre fratelli per capire il livello di tensione in casa Verasca.

«Devo fare un giro di telefonate,» fece Joe.

«Vuoi *u telefunken*?»

Il telefono era diventato *telefunken*. «E dammi *u telefunken*. Hello, Peter. Che stai facendo? Ok, ma per ora molla tutto. Quanti uomini ti ritrovi? Bene, tutti e sei andate a Newark Airport. Per le cinque dovete essere alle partenze della Continental. Conosci Luigi e Enzo i figli di mio fratello Rocco? Ok, saranno lì. Ti spiegheranno cosa fare. Cosa è successo? Mia nipote Vera è scappata con il suo ex boyfriend.»

Pausa.

«Sì, scappata. Con il boyfriend. Vedi che hai capito? Vola.»

Altro numero. «Hellò, Albert.»

Joe rimase ad ascoltare, poi disse: «Metti tutto da parte. Raggiungimi cu quattru picciotti a casa di mio fratello Rocco entro dieci minuti.»

Riattaccò.

«Tu, Michele, andrai con Albert al Kennedy. Lascia fare a loro. Tu non ti mmiscari.»

«Frati miu, se riusciamo a pigghiari tutti e due, riconoscente tutta la vita ti sarò.»

Avrebbe voluto rispondergli se la riconoscenza di cui parlava sarebbe stata identica a quella dimostrata in questi tre anni.

«Non c'è bisogno. L'offesa ricevuta granni è. Luciano deve ancora nàsciri pi fùttiri i Verasca.»

Dopo una ventina di minuti bussarono alla porta. Albert era un uomo di 45 anni, alto, stempiato, due spalle che sembravano rocce. Joe Verasca gli spiegò la situazione. «Mio nipote Michele vi indicherà chi sono. Alle 7 parte l'aereo, prima delle sei dovete essere sul posto. La compagnia è Alitalia.»

Rocco Verasca li bloccò prima che uscissero. «Se è il caso di cafuddari, non abbiate timore, ma portateli qui vivi. In ginocchio devono mettersi, davanti ai miei piedi. Poi con le mie mani gli sbatto le teste l'una contro l'altra e gliele apro come due noci.»

«Rocco» fece Joe «quello che c'era da fare, l'ho fatto.»

«U sacciu o frati, u sacciu, gratu te ne sarò.»

«L'ho fatto perché voglio bene a Vera come se fosse figghia mia e perché Luciano questo affronto non ce lo doveva fare. Tanto è vero che se ne pentirà amaramente.»

«Grazie, o frati,» rispose Rocco. Non aveva capito il senso della risposta, "lo faccio per Vera, perché le voglio bene come se fosse figghia mia, e perché Luciano questo affronto non ce lo doveva fare", evitando di dirgli che stava per fargli un favore personale. «Vorrei stare qui, ma a casa ci sono i parenti di Sarah. Non posso assentarmi. Vi terrò informati sugli sviluppi della situazione. Se voi avrete notizie da Enzo, da Michele o da Luigi, chiamatemi. Va bene?»

«Va bene, o frati.»

Capitolo XXI

«Se un angelo mi avesse detto...»

TROVARONO una Toronto da profondo inverno. Alberi spogli, rami rivestiti di neve e di ghiaccio, un silenzio e un gelo polare. Ai lati delle strade, più di due metri di neve spalata. Un paesaggio da brividi.

«Ho l'impressione di trovarmi in una città di cristallo,» sussurrò Vera. Batteva i denti: sul taxi, si rannicchiò accanto a Luciano. Non si mosse in attesa che le mani riprendessero calore. «Mi è venuta fame,» poi mormorò. «Forse è colpa di questa atmosfera glaciale. All'ora del lunch ho mandato giù mezzo panino con pomodoro e mozzarella.»

«E io sono fermo al breakfast. L'ho consumato a Broadway.»

«Andiamo a cenare?»

«Non sarebbe una cattiva idea. Intanto, facciamo un salto in hotel per sistemare le borse. D'accordo?»

Tirò dalla tasca un foglio e spiegò all'autista dove fermarsi sulla Yonge Street. Mezz'ora dopo, varcarono la soglia di uno degli alberghi più prestigiosi. Attraversarono la hall su un tappeto da muro a muro, poi un salone. Sul pavimento in marmo spiccavano rombi giganteschi, racchiusi in un'altra forma geometrica: un cerchio attorno a un'enorme bussola. Il lampadario era di dimensioni inaudite. Luciano presentò i documenti e ritirò le chiavi.

«Perché hai prenotato una suite?»

«Pensi che ti avrei fatta pernottare in una comune camera d'albergo?»

«Come hai fatto a pianificare questo viaggio?»

«Ho perso un giorno e una notte.»

«Se lo sapesse D'Amico ti assumerebbe.»

«D'Amico? Chi è?»

«Non ricordi? Il mio boss. Quel tale a cui ho gridato che andavamo in Italia a sposarci.»

«Meglio dire il tuo ex boss.»

Mentre si liberavano dei soprabiti, da una finestra ammirarono una fetta di Toronto. Bianchissima. Suggestiva.

«Questa suite ci costerà un'occhio.»

Provò una gioia intima. Vera non aveva detto "ti costerà", ma "ci costerà": nel subconscio, aveva tagliato il cordone ombelicale che la teneva legata alla famiglia. «Tu non hai prezzo,» le sussurrò cingendole la vita.

«Non dovevamo recarci a cena?»

«È vero.»

«Se devo essere sincera, l'appetito mi è passato,» disse mordendosi un labbro. Mostrò il suo sguardo più malizioso.

«A me, per cenare sono sufficienti due gianduiotti.»

«Sono ancora avvolti nella carta stagnola.»

«Posso toglierla?» chiese puntando lo sguardo sui gianduiotti della sua vita, il seno. Non finì la frase che sentirono bussare. Vera s'irrigidì. «Chi potrà mai essere?» fece spaventata. Luciano pronunciò il "who is it?". Lei invece scappò in bagno con il suo bagaglio a mano. Non sapeva ancora cosa contenesse.

«Non ti preoccupare, era il cameriere, ha portato qualcosa,» gridò.

«Aspetta.»

«Ne hai per molto?»

«Cinque minuti.»

Luciano si accostò alla finestra del living room. Sul davanzale notò un barometro. Segnava -2 gradi Fahrenheit. Sbirciò a fianco della colonnina di mercurio: in centigradi 20 gradi sotto lo zero.

«Alla faccia!»

Ecco perché usciti dall'aerostazione apparivano ibernati. E dire che il giorno prima, a Palermo, sembrava primavera inoltrata: nelle pagine di cronaca di un quotidiano, una foto ritraeva molti giovani sulla spiaggia di Valdesi. Nel tepore della suite, tuttavia, era come se si trovasse in Sicilia: si era liberato di giaccone e pullover, avrebbe voluto togliere di dosso anche maglietta di lana e pantaloni. Vera era ancora in bagno. Attese altri cinque minuti prima di vederla davanti a sé. «Sei splendida.»

«Guarda, mi sta tutto alla perfezione.»

«Ho il tuo corpo nella mente.»

Luciano benedì i dollari spesi. Angel aveva fatto le cose in grande: la biancheria intima tradiva la sua civetteria, il carattere frivolo e vanitoso. La lingerie comunque gli interessava in modo relativo. La sexy sleepwear esaltava la provocante bellezza di Vera, ma era il corpo che apprezzava sotto la silk chemise ivory con l'intricato disegno floreale di pizzo all'altezza del seno. Indossava anche un sorta di kimono, sempre bianco ivory, arricchito da una preziosa trina sulle mezze maniche. E siccome la cintura era slacciata, intravide un paio di gambe da vertigini. «Sei un incanto.»

«Dici?»

«Mi chiedo se ti merito.»

«Soffri di complessi? Chi era alla porta?»

«Un cameriere. Guarda cosa c'è in salotto.»

Ammirò ventitré rose rosse. C'era anche un vassoio con due coppe e una bottiglia di champagne nella vaschetta con il ghiaccio. «Ventitré è il giorno in cui abbiamo deciso cosa fare della nostra vita,» precisò Luciano «e la bottiglia di champagne l'apriamo subito.»

Brindarono sul letto. Sotto la camicia da notte, indossava soltanto le mutandine. Aveva il seno che ogni donna sogna, né piccolo né clamoroso, ma sodo e con i capezzoli all'insù. Pareva l'avesse scolpito Michelangelo.

Cominciò a baciarlo.

«Sono questi i gianduiotti che cercavi?»

«Ti amo.»

«Dimmelo ancora.»

Non le rispose. Non c'era centimetro di pelle che non accarezzava e non baciava.

«No.. no... così mi fai morire.»

«Sei tu che mi fai morire.»

«Spegni la luce,» bisbigliò mentre percepiva il respiro profondo del suo ragazzo. Prima di schiudere le gambe, emise dei gemiti. Le unghia conficcate sulla schiena e sulla nuca, eccitarono ancora di più Luciano. Nella penombra, notò il movimento delle labbra e delle palpebre di Vera. Tradivano una sofferenza dolce, infinita. Rimase dentro di lei immobile. Non c'era millimetro di pelle del viso che non baciava e che lei non baciava. In quel silenzio da fiaba, senza tempo, Vera cominciò a mordergli piano piano le labbra. «Se stamattina mi fosse apparso un angelo e mi avesse detto che saresti arrivato dall'Italia, che sarei fuggita con te, che saremmo venuti a Toronto, che avremmo fatto per la prima volta l'amore, se quell'angelo mi avesse detto queste cose, l'avrei preso per pazzo.»

«Rimorsi?»

«Non avere fatto l'amore prima. Sono felice. Non avrò più l'angoscia che andrai via, come accadeva in estate, quando venivi a cenare da noi e non avevo la possibilità di toccarti, di accarezzarti, di sfiorarti.»

Era lei, adesso, che se ne stava distesa sul corpo di Luciano, non più contratta, tesa, nervosa, agitata. Le accarezzò il fondoschiena e le spalle. Avvertì il seno compresso sul suo torace. Erano due corpi che bollivano.

«Così no, no.»

Non le diede ascolto. La sentì rifiatare e le sussurrò le parole più dolci che trovava. Rimasero mano nella mano. Ascoltavano soltanto il loro respiro.

Vera aprì bocca mezz'ora dopo, per chiedergli che ora fosse.

«Quell'orologio a muro fa le 10:30. Perché me lo chiedi?»

«Mi è tornato appetito,» disse sorridendo.

«Non ti basto io? Vediamo se c'è qualcosa...»

Ritrovate le mutandine nel groviglio di lenzuola, puntarono nella zona cucina. Nel frigo e nei cabinet notarono delle bibite, ma non c'era traccia di cibo.

«Non resta che scendere. Te la senti?» le chiese.

«Prima facciamo la doccia.»

«Vuoi andare prima tu?»

«No, tu.»

«Facciamola insieme, ti va?»

Si trovarono sotto il flusso d'acqua. «Posso insaponarti?», le chiese. Non attese la risposta: armeggiava già con la saponetta.

«Che fai? No.. no... no, è tardi, troveremo tutto chiuso.»

«Chiuso? Non siamo a Villabella.»

Vinse lei. Fecero la doccia e si rivestirono. Dopo dieci minuti, il taxi si fermò davanti a un ristorante transalpino, sulla Bloor Street West. Si trovarono immersi in un'atmosfera provenzale. Ordinarono due belle bistecche, un Merlot "Baron Philippe de Rothschild", vecchio di quattro anni, insalata e "Crème Caramel". Le lampade d'epoca emanavano una luce soffusa. E la voce di Bing Crosby li ricondusse all'atmosfera natalizia. La cameriera, li aveva accompagnati in un tavolo appartato, dove poterono parlare fitto fitto. Le note di "Silent Night" li fece sognare a occhi aperti. Non credevano di essere soli. Era davvero un miracolo di Natale. Scherzavano, ridevano, mangiavano, continuavano a bere. Felici.

Il dolore e l'ira dei Verasca

«FRATI miu, a me figghia pirdivu.»

Lo scoramento a Brooklyn era grande: il tentativo di bloccare i fuggiaschi in due degli aeroporti di New York era fallito. Peter relazionò nel Long Island. Poco dopo, si fece sentire per telefono anche Albert. Entrambe le volte, Joe Verasca si rivelò un maestro di recitazione nel mostrare disappunto e rabbia. Stesso sconfortante messaggio, poco dopo, Luigi, Enzo e Michele recapitarono ai genitori. Erano rientrati alle 10 di sera a causa di un traffico pazzesco.

«Mi capisci, Joe?» tornò a ripetere Rocky dopo il "frati miu". «Non li hanno trovati. Significa che non sono partiti. Un motivo in più per non rimanere con le mani in mano. Trovarli dobbiamo.»

Joe gli raccomandò di calmarsi: se continuava a disperarsi, il sangue gli sarebbe diventato marcio. «Anch'io li voglio trovare. Sentu na manciaciumi nê manu,» rivelò per condividere il dolore del fratello. «Sarah, saputa la notizia, si misi a chiànciri,» aggiunse. «Vuole bene a Vera come se fosse una figghia.»

Rocco si mostrò pago di quella precisazione. «Allora chi facemu?»

«Dobbiamo aspettare le loro mosse. Pensi che Vera non si faccia sentire? Che non telefoni a sua madre? Non ci credo. Importante è farla parrari, scoprire unni si trovanu, si partiranno dumanissira. Solo così potremo prendere le contromosse.»

«Che vuoi fare?» insistette Rocco.

«Aspettare. È stata una giornata terribile, ma ora pensate a riposare. Se chiamano, avvertitemi a qualsiasi ora della notte.»

Joe Verasca riattaccò e tanto per cominciare andò a coricarsi. A casa di Rocco, invece, nessuno riusciva a chiudere occhio. Piantarono il telefono a centro tavola. Erano distrutti, stravolti per la follia di Vera. Appoggiarono la testa sulle braccia, come fossero cuscini, e tre ore dopo si assopirono.

Una prima notte in rosa

A MEZZANOTTE, i fuggiaschi stavano invece per tornare nell'hotel di Toronto. La città era spettrale. La neve, ammucchiata ai bordi delle strade dalle pale dei camion, adesso era alta più di tre metri. In un piccolo mall aperto 24 ore, Vera acquistò uno zucchetto per proteggere le orecchie. Sul cappotto di cashmire nero, il copricapo rosso fiamma, le stava un sogno. Scesi dal taxi, dovettero muoversi con estrema attenzione per non scivolare sulle lastre di ghiaccio. Imboccarono un passaggio pedonale ricavato dalle *mascin*. Procedettero a piccoli passi, tenendosi per mano. In ascensore, tornarono a baciarsi. Era come se il mondo non esistesse.

Giunti nella suite, Vera entrò in bagno per riapparire un quarto d'ora dopo con una silk and lace chemise corta fino alle cosce. Era ornata di pizzo nero ai bordi del seno e al bacino; nel ventre dominava una seta di un delicato pink. «Perché ti sei cambiata, il bianco ti donava.»

«Quella camicia era sporca.»

Specchiandosi di fronte al letto, mormorò: «Non ho mai visto nulla di simile. Mi hai fatto indossare la maglia del Palermo? In che ruolo mi farai giocare?»

«In porta e io faccio il centravanti.»

«Non hai notato i colori quando l'hai comprata? Non so in Canada, ma negli Usa sono sempre di moda,» rispose divertita.

«Non ti piace?»

«Very nice. È la prima volta che indosso il rosanero a letto.»

«Andavo di fretta e provavo disagio, se non fastidio, a parlare di abbigliamento intimo femminile con la signora al banco,» le imbrogliò. «A un certo punto, le dissi: "Prendo questo, quell'altro e quell'altro ancora". Badavo più alla misura che al resto. D'altra parte, qualsiasi cosa indossi, ti sta bene.»

«Ma va.»

Luciano la contemplò da ogni posizione e sentì il sangue salirgli in testa. Lo slip era della stessa tonalità, trasparente perché di pizzo, ma più che mutandina era un tanga. «Chi ti ha dato tutta quella roba?»

«L'ho preparata in questi anni per te.»

S'infilò sotto le coperte.

«Mi chiedo se sei la ragazzina di nove anni che avevo paura di guardare.»

«Io invece non ho dubbi. Sei tu che mi facevi girare la testa. Erano i tuoi sguardi insistenti, dolci, inquieti. Provavo un fuoco che saliva in gola. Non sapevo cosa fosse.»

«Adesso sai cos'è?»

«Ho provato la stessa sensazione in estate, quando sei arrivato dall'Italia e oggi. Anzi, dodici ore fa.»

«Sfuggivo il tuo sguardo perché eri bambina,» le confessò. «Provavo vergogna, promettevo a me stesso di non guardarti, di lasciarti perdere. Tu però eri una calamita, e se ne venivo attratto, cercavo di distrarmi con le ragazzine della mia età. Poi, capitava di incrociare ancora il tuo sguardo e ricominciavo a stare male.»

«Quando ero piccola, sei stato con qualche ragazza.»

«Le guardavo. Volevo distrarmi.»

«E per distrarti, sei stato con qualcuna?» incalzò lei.

«In che senso?»

«Nel senso che sai. Hai pomiciato? Te la sei scopata?»

Luciano non rispose. D'improvviso, gli arrivò un cuscino in testa. «Adesso mi dirai la verità.»

E giù un altro colpo di cuscino, in piena faccia.

«Ma che fai?»

Questa volta lo centrò in un occhio e allora lui prese un altro cuscino e fece il gesto di colpirla in testa. Apriti cielo. Gli saltò addosso come una fiera piantandogli la bocca nella sua fino a soffocarlo. «Da bambina ho giurato che sarei stata solo tua e sai bene che sono stata solo tua. È vero o no? Rispondi.»

Si sdraiò al suo fianco, le accarezzò le ginocchia. Le gambe ammirate nell'auto di Joe, il pomeriggio in cui mise piede a New York, le aveva davanti a sé in tutto il suo splendore. Erano perfette. Le baciò. Poi, la mano arrivò in quel pezzettino di trine del tanga. Anche Vera, al buio, cominciò a toccarlo.

«Dimmi sei stata con qualche ragazza?»

«Non ti ho tradito e non ti tradirò mai, lo giuro.»

«Non giurare, mi metti paura.»

Poi cominciò a ridere.

«Che hai?» le chiese.

E lei a ridere, senza avere la forza di parlare.

E lui a guardarla ebete.

«Mi vuoi dire cosa ti è preso?»

«Pensavo... pensavo...»

«A cosa?»

«Al tuo ultimo giuramento.»

«Quale?»

«Ricordi tre mesi fa quando mi hai proposto di fuggire? Mi hai detto che non mi avresti toccata fino al matrimonio. Il tipo sei...»

Scivolò sotto Luciano e lui tornò ad accarezzarle ogni centimetro di pelle. Poi, la fece di nuovo smarrire. Il seno divenne il cuscino di Luciano. Si svegliarono abbracciati a "cucchiaio", dieci ore dopo.

«Buon Natale amore,» le sussurrò con le labbra alla nuca.

«Merry Christmas. Oggi però è la vigilia. Che ore sono?»

Luciano dette uno sguardo all'orologio sul comodino. «Indovina.»

Vera guardò la finestra. Intravide una luce biancastra, segno che non c'era sole. Forse nevicava di nuovo. «Non ho idea.»

«La una e 40.»

Vera saltò dal letto. «Cosa?»

«Le due meno venti.»

«Mio Dio.»

«Guarda che non devi andare a lavorare.»

«Sono ventiquattr'ore che manco da casa. Devo farmi sentire. Telefono?»

«Telefona. Non avranno sbollito né rabbia né dolore, ma sanno che sei assieme a me. Quindi, i tuoi non sono in preda al panico, stanne certa. Se ti chiedono dove ci troviamo, sai cosa rispondere, no?»

«E me lo chiedi? A New York. Piuttosto, quando mi dirai cos'altro hai in mente, è sempre tardi.»

«La dote da Maciste ti comprai.»

«VERA, figghia mia!»

Da Bensonhurst le giunse l'urlo della madre, lacerante. Rimbombò e si disperse per una ventina di *blocchi*. Come se Rosina avesse ricevuto una pugnalata in pieno petto. «Che hai fatto figghia mia, che hai fatto! Tutto hai rovinato. La tua vita e la nostra. U Natali suttasupra ci hai fatto andare.»

E giù singhiozzi che si percepivano fino a Toronto. Vera, con la voce più naturale del mondo, rispose: «Mom, come stai? E papà? I miei fratelli, tutti bene?»

«Come state chiedi?»

«Dai, mà. Lo sai bene che ho sempre amato Luciano.»

Rocco fremeva. Avrebbe voluto strappare dalle mani della moglie il *telefunken*. Ci provò due volte, ma Rosina - dove aveva trovato la forza? - non mollò la presa e allora cominciò a fare gesti, le dita di una mano unite, come per chiedere "fatti dire dove si trovano, unni sunnu".

«U sacciu che gli vuoi bene, ma non è motivo per averci dato un immenso dolore. Una pazza sei stata, una pazza. La situazione dovevi ponderare. L'hai ponderata?»

Il marito le faceva sempre ballare davanti agli occhi la mano con le dita a imbuto. Continuava ad alzare e ad abbassare il braccio. Per non farsi sentire, bisbigliò la solita frase: «Fatti diri unni sunnu, santu diàvuluni.»

«Stai fermo, zzittuti, fammi parrari, se fai così non la sento.»

Quindi si rivolse a Vera: «Cos'hai detto? Che l'hai ponderata?»

«Sì, mamma.»

«Ma dove siete? Quando tornate a casa?»

«Siamo a New York City. In albergo. Tra poco, andremo al Rockefeller Center, dove c'è l'albero illuminato. Poi, a Radio City Music Hall per vedere le Rockettes nello spettacolo di Natale.»

«Quando tornate a casa?»

Rocco, in preda a una crisi nervosa, cominciò a grattarsi testa, panza e ascelle. Si muoveva disperato nella càmmara da pranzo. Inferocito.

«Quando tornerete?» tornò a gridare Rosina. «Non hai pentimenti?»

«No, mamma.»

Non avendo ottenuto risposte, Rocco, sempre più avvilito e furibondo, tentò per la terza volta di impadronirsi del *telefunken*. Non riuscendoci, cominciò a pigghiarisi a timpulati.

«Chi virgogna. Lo sai che dolore hai dato a tuo padre?»

«Appunto, ho telefonato per informarvi che sono felice.»

«Felice?» ripeté Rosina tra singhiozzi e lamenti. Voi giovani non sapete cosa sia la felicità.»

«Ma sì che lo so. Non sono più una ragazzina.»

«Per me, na picciridda sei. Ti avrei voluto preparare io al matrimonio. E spiegarti certe cose. Come sono fatti l'òmini, ad esempio. Cosa una sposa deve fare la prima notte. Volevo insegnarti come una donna si deve comportare.»

«Mamma, lo so come sono fatti gli uomini, lo so. E anche cosa avrei dovuto fare la prima notte.»

«La prima notte? Chi svirgugnata.»

«Ammesso che non l'avessi saputo, Luciano mi ha insegnato tutto. Sono felice mamma. Felice. Hai capito?»

Non finì di pronunciare la frase che Vera rintronò per un urlo più atroce del precedente. «Ma allora... allora la verginità hai perso. Madonna Santa. E di tutta la dote?, cosa ne facciamo della dote? Svinturata come me ti sei ridotta. Stesso destino infame e crudele. Le tue sorelle tutte quante in chiesa si sono sposate. Tutte con la grazia di Dio. E prima ancora di consumare il matrimonio. Tu invece fùiuta, a cchiù nica fùiuta. Fìgghia miaaa. E dire che ti abbiamo comprato la dote da *Maciste*. Lenzuola, coperte, suttane, trapunta. Un occhio ci sei costata.»

«Mamma, il corredo non me l'hai comprato da *Maciste*,» precisò gridando. Te l'ho ripetuto un centinaio di volte. "Mecis" devi dire, "Mecis". Se il nome è scritto "Macy's" non è un motivo per pronunciarlo *Maciste*. Due anni fa, ho pagato 20 dollari d'iscrizione alla scuola serale per i corsi d'inglese, proprio di fronte a casa, ma tu e papà li avete frequentati due o tre volte. Mi vuoi dire perché parlate ancora in questo modo? Me lo vuoi spiegare? Volete imparare una volta per tutte questa benedetta lingua? Sì o no? Volete uscire dall'ambiente in cui vivete? "Mecis" devi dire, no *Maciste*. "Mecis", hai capito? "Mecis, Mecis, Mecis". E visto che ci siamo, devi ricordare che la dote l'ho acquistata anche con il mio denaro. Vorrà dire che me la porterò in Italia,» concluse urlando.

«*All'Italia*? A me figghia pirdivu. Chi cruci, fùiuta è.»

Le urla erano disumane. «Mamma, calmati. L'abito bianco lo indosserò il giorno delle nozze. Me lo porterete a Villabella.»

«A Villabella, fùiuta a Villabella. Chi virgogna.»

Luciano, che aveva ascoltato tutto quanto da un altro telefono, per le risate sentì piegare le ginocchia e troncò di colpo la conversazione. Era curioso di sapere cosa stesse accadendo nella casa di Rocco, ma con tutta la buona volontà, e il senso dello humor, non avrebbe mai potuto accostarsi alla realtà. Nel teatrino di Brooklyn, era andata in scena la rappresentazione dell'assurdo, protagonisti Rocco e Rosina. La suocera, strillando, aveva annunciato a se stessa e al mondo la nefasta notizia. «Tuttu ficiru. Madonna addulurata, me figghia non è più vergine,» ripeteva a mani giunte girando per gli altarini della casa. Con i lumini e i ceri accesi, la camera da letto sembrava la cappella degli ex voto. Ricominciò a sgranare la corona del rosario con le dita di una mano. Con l'altra, o si tirava i capelli o si dava timpulati.

«Unni sunnu?, unni sunnu?» urlò Rocco inseguendola per la casa, la testa ci apro a quei due, come una cozza.»

«A Nuova Iorca.»

«A facci dû cazzu,» rispose il marito. «Ma in quale *otello* sunnu?»

«Non me l'ha detto. Ho dimenticato di chiederlo,» confessò con viso costernato.

«Ti scurdasti a ddumannariccillu? Chi ti suggerivo mentre pallavi? Chi dicevate o *telefunken*? Santu diavuluni, chi mìnchia ti cuntava?»

Cominciò a prendere a calci sedie, poltrone, caffettiera, fece volare quattro piatti, lanciò un vaso a una parete del living room, prese a carcagnati u attu che gli aveva ridotto la gamba a uno scempio, e tutti i figli lo inseguivano casa casa mentre Rosina continuava a gridare come un'ossessa e a fàrisi a cruci cu la manu manca perché dopo quarant'anni di matrimonio s'avia addunàtu chi so maritu assimigghiava ô diàvulu.

«Papà, carmati, i mura hanno aricchi e cocchi curnutu potrebbe riferire a Marchisanu i cazzi nostri,» esclamò Luigi. U curnutu era Pinu Squillante. Non rimaneva che telefonare a Joe e informarlo delle ultime novità.

Una cena a Saint Claire

LA MMERDA di so sòggiru era stato servito a dovere. Anche se, per non fare torti a Vera, si preoccupava di contenere ogni entusiasmo, Luciano era al settimo cielo. La vendetta contro il nemico, da consumare a freddo, era diventata negli ultimi mesi la sua ragione di vita. «È opportuno che telefoni anch'io a casa. Voglio parlare con mio padre e mia sorella. Mi hanno visto partire. Anche loro staranno in pensiero.»

«Fai pure. Io vado sotto la doccia. Hai qualche programma?»

«Organizzeremo insieme, fai presto.»

A Luciano premeva sentire i suoi, ma prima doveva parlare con uncle Joe. E con ogni cautela. Venne accolto da Angel con un «finalmente». Sperava di mettersi in contatto con i fuggiaschi. «Dove siete?»

«A Toronto.»

«Dunque al sicuro,» commentò. Una frase che lasciava intendere le rappresaglie che zio Rocky e i suoi figli stavano preparando.

«Tuo padre?»

«Ha atteso la telefonata tutta la mattina.»

«Mi dispiace, ci siamo svegliati proprio ora.»

«Complimenti,» replicò maliziosa. «Dad è dovuto andare a Brooklyn tre minuti fa. Dopo la vostra chiamata, è scoppiato l'inferno. Vera adesso dov'è?»

«Sotto la doccia. Non sa che stiamo parlando. Non sa niente di niente. Potrei interrompere da un momento all'altro.»

«Allora sbrighiamoci. Quando conti di partire per l'Italia?»

«Domani sera. E il 26 mattina saremo a Palermo. Hai detto a tuo padre delle piccole cucuzze di Villabella? Se avrò problemi?»

Si riferiva, oramai Angel lo sapeva, alle altre "cucuzze nane", cioè ai figli e agli altri congiunti di nome Verasca. Su ordine di Rocco avrebbero potuto mettere in atto rappresaglie e vendette nei suoi confronti.

Lo tranquillizzò. «Papà ha detto che "tutti i cani sciolti sono attaccati". Cosa significa lo sapete tu e lui. Mi chiedo cosa c'entrino i cani e che razza di lingua parlate.»

«C'è dell'altro?»

«Questo pomeriggio che fate?»

«Dobbiamo decidere.»

«Papà mi ha anche raccomandato che tu e Vera dovete recarvi a cena ai "Fratelli d'Italia", un ristorante sulla Saint Claire.»

«Perché?»

«Non so. Mi ha detto di dirti questo. Vuole conferma se hai capito nome e indirizzo.»

«Ok. "Fratelli d'Italia" a Saint Claire.»

«È la Little Italy di Toronto, come la Diciottesima Avenue a Brooklyn o la Mulberry Street a Manhattan.»

«Non capisco perché dobbiamo recarci lì, ma ho fiducia in tuo padre.»

«Sarà contento delle tue parole. Piuttosto, hai fatto il bravo con Vera?» aggiunse con un inconfondibile tono di voce.

«Bye bye Eingel, non posso parlare. Ciao.»

Staccò e provò subito a fare un numero.

«Hai chiamato?» chiese Vera uscendo dal bagno.

«Ho sbagliato due volte,» rispose tirando un sospiro di sollievo. Temeva che Vera lo avesse sentito parlare.

«Pronto. Ciao Luigina.»

«Luciano, finalmente. Aspettavamo che chiamaste ieri sera.»

«Non è stato possibile. Ti spiegherò.»

«Tutto bene?»

«Ok. Tranquillizza papà.»

«Vera dov'è?»

«Accanto a me. Stavamo per uscire. La vuoi salutare?»

«Certo, passamela.»

«Vera, come stai? È da tre anni e mezzo che non ci vediamo, ti rendi conto?»

«Il tempo passa e non te ne accorgi. Però, ho sempre chiesto di te, di Francesco, dei bambini e di papà Alfonso.»

«Luciano me lo ha detto.»

Cominciarono a parlare come due cognatine di tante cose, anche inutili. Dopo alcuni minuti, Vera chiese di suo suocero.

«Luciano vuole parlargli.»

«Provvederò a informare papà. È fuori, insieme con Francesco. Ha comprato tutto, ma ha dimenticato le sue sigarette. E se c'è un bar ancora aperto, acquisterà un'altra bottiglia di spumante. Ci sono i parenti di mio marito. Dopo cena, giocheremo a tombola coi bambini. Ce ne sono sette. Io ho finito di cucinare le spìncie.»

«Buone,» esclamò Vera.

«In America come le chiamate?»

«Come da noi, zeppole. Però non sono così buone come in Italia. In quanti sarete a tavola?»

«Una ventina. Mancate solo voi. Papà sarebbe stato felice.»

«Immagino. Dì a tuo padre che il ventisei, cioè dopodomani, alle 11 del mattino, saremo a Punta Raisi. È sempre Natale, no? Il Capodanno lo passeremo insieme. L'unico rammarico è di non essere con te in cucina, a darti una mano. Ti voglio bene.»

«Anch'io Vera. Questa sera piove e c'è umido. E da voi a New York?»

Rimase perplessa. Come? Non sapeva che chiamavano da Toronto?

«Qui fa venti gradi sotto lo zero e nevica.»

«Che bello, il Natale con la neve. Appena lo racconto, saranno tutti invidiosi. Ma è fantastico, siete fortunati.»

Luciano, che ascoltava da un altro telefono, fece cenno a Vera di tagliare.

«Adesso ti saluto Luigina, a dopodomani.»

«Ciao, chissà quanto vi è costata questa telefonata, un bacione, ciao.»

Riattaccò e guardò Luciano.

«Adesso mi faccio la doccia e scendiamo,» fece lui.

«Invece è giunto il momento di capirci qualcosa,» rispose. Strinse sul viso il cappuccio dell'accappatoio e attese la risposta.

«Che c'è da capire?»

«Cosa hai organizzato per questa fuitina.»

«Te l'ho detto, no? Siamo a Toronto per sfuggire alle ire di tuo padre, il quale ci avrebbe preso in aeroporto come due scemi. Domani partiremo.»

«Tua sorella non sapeva che siamo in Canada...»

«Potrebbe non saperlo. Vuoi che strombazzi i miei programmi? Papà invece conosce l'itinerario di viaggio.»

«Sarà. Ho avuto la sensazione che Luigina non sapesse nemmeno che siamo fuggiti.»

«Lo sa bene, eccome.»

«Sarà,» ripeté incredula.

«Non devi dire "sarà". Se ti dico così, mi devi credere.»

Erano davanti alla finestra e le cinse la spalla con il braccio. «Guarda, nevica sempre.»

«Cosa vuoi di più? Un bianco Natale, da soli.»

Le diede un bacio sulle labbra, casto casto questa volta. «Adesso posso fare la doccia anch'io?»

«Dai, sbrigati, così usciamo.»

«Prenderemo un'auto a noleggio,» le gridò dal bagno.

«Hai vinto alla Lotteria? Fammi camminare, voglio godermi il Natale sotto la neve. Ho qualcosa da comprare.»

«Con questo gelo?»

«Dai, sbrigati.»

«Vivi li voglio!»

MENTRE a un'ora d'aereo si scatenava la più clamorosa "caccia all'uomo" della storia di New York, Vera e Luciano, imbaccuccati, provarono a passeggiare per la Yonge Street, piena di luci e di addobbi. Resistettero cinque minuti, poi assalirono un tassista, il quale li condusse sulle rive dell'Ontario. Rimasero incuriositi dall'insegna di un ristorante.

«Guarda, si trova giusto sopra una battello.»

«Torneremo domani,» fece Luciano.

Notarono un vecchio tram sferragliare sui binari. Non riuscirono a capire se fosse la quintessenza di Toronto o una stonatura in una città moderna.

«Voglio salirci, non mi voglio perdere questa emozione,» fece Vera.

«Dopo. Prima cerchiamo un mall.»

A Brooklyn, intanto, il dispositivo dell'attacco era di ben altro spessore. Venti uomini stavano per recarsi a Newark e un'altra ventina al Kennedy.

L'ordine di Rocco era stato perentorio: «Vivi li voglio.»

E la minaccia non meno tragica: «Voglio aprire le loro teste come due cozze.»

Oramai quella frase sembrava uscire da un obsoleto 78 giri, per giunta lineato.

«E poi? Poi che farai?» chiese Joe «te le mangerai le noci e le cozze? Mi vuoi dire cos'hai in mente? Lascia che li troviamo e avranno la giusta punizione. Un'altra cosa: vuoi smetterla con queste bestemmie? È Natale. Magari, dopo avere offeso il Signore, domani andrai in chiesa a prendere l'ostia.»

«Non la prenderò l'ostia, fino a quando non vedrò quei due in ginocchio. Per me non è Natale.»

Era una belva ferita. E avrebbe ruggito tutta la sua collera un paio d'ore dopo nel sapere che di quei due disgraziati, non c'era traccia.

«Davanti al banco dello check-in, abbiamo visto in faccia uno per uno i passeggeri che si sono imbarcati sui voli in partenza dal Kennedy e da Newark per l'Italia. Niente. Si trovano ancora a New York.»

«E noi continueremo a cercarli,» sbottò Joe, il quale aveva ripreso grinta e incazzamento. E rivolgendosi a Rosina, chiese: «Dove ha detto che sarebbero andati?»

«Al Rockefeller e a Radio City per lo spettacolo di Natale.»

«Bene, intanto, andremo a vedere le Rockettes. Dovessi indossare anch'io il tutù, non ci sfuggiranno.»

«Ricordati, o frati, ddu *salamabic* cci pigghiò pû culu.»

«Siate sempre felici, come oggi»

VERA acquistò una sciarpa di lana per ripararsi la bocca dal vento gelido e un paio di stivali, ultimo grido, da profondo inverno. «Così sono a posto. Avevo i piedi assiderati. Non so cosa ne farò a Palermo, ma non resistevo più.»

Aveva smesso di nevicare. Dai rami cadevano pezzetti di ghiaccio che, per il vento, graffiavano il viso o si appiccicavano alle sopracciglia. Benché stravolta dal blizzard, e con il naso e le guance arrossate, era un incanto.

«Dobbiamo tapparci di nuovo in albergo?»

«Sul tram andremo domani. Avevo una mezza idea di andare a Niagara Falls, ma non è la stagione adatta.»

Gli occhi di Vera brillarono alla prospettiva di vedere per la prima volta le cascate e i casinò, ma convenne che con quella temperatura non avrebbero avuto modo né di passeggiare né di fermarsi un solo minuto ad ammirare le forme spettacolari dell'acqua trasformatasi in ghiaccio.

«Sono le cinque e trenta. È il momento di cenare. Tu hai appetito?»

«Fame. Una fame che mi acceca.»

«Che ne dici di andare in un ristorante italiano? Avrei voglia di un piatto di pasta.»

«Ottima idea. Sai dove?»

«Mi hanno parlato bene dei "Fratelli d'Italia". Si trova sulla Saint Claire. Dicono che si mangia da re. Proviamo?»

«Fai tu.»

Fecero cenno a un altro taxi di fermarsi.

A NEW YORK, intanto, una quarantina di giustizieri erano all'affannosa ricerca di Luciano. In assenza di Joe, toccò a Rocco pianificare l'attacco. «Voi andrete allo *Sheridan.*»

«Allo *Sheridan?* A Sheridan Place? Dove ci sono i gay?,» chiese Albert con gli occhi di fuori.

«Ma quali gay? All'*otello* dovete andare.»

«*Sheridan?* Forse volete dire allo Sheraton hotel.»

«Appunto, *O c'era ntonio,*» si corresse Rocky. «E anche negli altri *otelli* della *Settima vinuta* e di *Brodduei.*»

Albert si grattò la testa.

«Tu, Peter fatti u *Vuonderful Astoria*»

«*Vuonderful Astoria?* Volete dire Waldorf-Astoria,» corresse Albert stralunato.

«Sì al *vuonderful* e in tutti *l'otelli* della zona della *Parca.* Non potranno scapparci.»

«La *parca?* Intende Park Avenue?»

«Sì, a *Parca avinuta.*»

Ma sia Peter che Albert erano già stati "informati" da Joe, che la caccia a Luciano e a Vera oramai era da considerare una clamorosa pigghiata pû culu. Dovevano stare al gioco ancora un po', fare credere di essere talmente coinvolti nella ricerca di Moriga da averne fatta una questione personale. Dopo un'ora, tutti e due, e gli altri picciotti, se ne sarebbero potuti andare dalle loro famiglie, come era giusto la sera di Natale.

I TRAM con l'asta Luciano e Vera li trovarono anche sulla Saint Claire, una strada lunga e molto larga. L'atmosfera della Natività si respirava come a Brooklyn. Il taxi li scaricò all'angolo della Dufferin Street. A Luciano, il nome della via parve un prodotto medicinale. Risentirono parlare paisano, questa volta dagli italo-canadesi. Non erano di estrazione campana o siciliana. Dal suono delle parole, percepirono il dialetto ciociaro. «Buon Natale», «Merry Christmas», «un Santo Natale a voi e alla vostra famiglia,» ripetevano questi emigrati.

Tenendosi per mano, Luciano e Vera decisero di esplorare un pub. Sedettero su sgabelli altissimi e ordinarono due whiskey, convinti di potere riprendere calore. Dopo mezz'ora, chiesero al bartender dove si trovasse il "Fratelli d'Italia".

«Next block,» il prossimo isolato. Trovarono gente che aveva deciso di consumare fuori il cenone e turisti rassegnati a trascorrere il pomeriggio della vigilia in un ristorante. Un ambiente accogliente, caldo. Le tovaglie richiamavano i colori della festa, e anche dell'Italia, rossi o verdi. Un abete, tutto luci, faceva mostra di sé. C'era un pianoforte. E una ragazza suonava, molto bene, alcuni motivetti romantici. Nel dare uno sguardo al menu, ebbero una conferma: si trattava di un ristorante italiano doc. «Guarda,» osservò Luciano «scrivono il nome delle pietanze come a New York. Leggi nella colonnina dei secondi piatti: pollo caciatora, eggplant pamiggiana.»

«Non hai visto i primi piatti,» rispose Vera.

Sbottò a ridere. «Penne arrabiate, spagheti con gondole, linguini Alfredo.»

Fece una pausa: «Cosa sono le linguine Alfredo?»

«Pasta con burro e formaggio.»

«Perché Alfredo?»

«Le inventò un immigrato. Dicono che diventò ricco sfondato,» rivelò Vera.

«Ma va.»

Rimasero sorpresi nel vedere un gigantesco "Speciality today", i piatti del giorno. La tabella di plastica bianca faceva mostra di sé su una parete, al centro di una decina d'angioletti illuminati.

«Tottelini in brodo?» chiese il cameriere.

«No, spaghetti with mussels,» rispose Luciano.

«Anche per me,» aggiunse Vera.

Portarono sul tavolo una bottiglia di Pinot grigio, freddo al punto giusto Avvertirono un profumo di cibo freschissimo.

«Ascolta, amore.»

«Sì....»

«Visto che è stata Eingel a consegnarti passaporto e green card, devo dedurre che conosce i nostri piani.»

«Segreto.»

Gli mollò un calcione a uno stinco con la punta degli stivali da poco acquistati. Per il dolore, Luciano vide le stelle di Natale e la cometa.

«Né segreti né bugie. Lo hai promesso.»

«Mi hai fatto male.»

«Perdonami, honey, non volevo. E allora?»

«Sì, sa tutto.»

Vera ripeté il nome della cuginetta. «E brava Eingel! Era l'unica che avrebbe potuto darteli.»

«Le avevo chiesto di fare un salto a casa tua per sottrarti entrambi i documenti,» precisò Luciano. «Mi rispose che li aveva con sé, spiegandomi il motivo.»

«A questo punto, sono convinta che uncle Joe e aunt Sarah sanno della fuitina.»

Rispose "sì" alla palermitana, con un cenno del capo, e le raccomandò di tenere il segreto. «Ti prego, mai e poi mai devi fare il nome di tuo zio Joe.»

«Mai. Te lo giuro.»

Arrivarono gli spaghetti alla tarantina. L'odore delle cozze faceva svenire.

«Buon appetito.»

«Enjoy, my love.»

«Squisiti.»

«Guarda un po' cosa riescono a fare a Toronto,» commentò Vera.

Appena vuotarono i piatti, si avvicinò al tavolo un uomo di età indefinita, snello, ben vestito, occhiali Ray-Ban con lenti graduate colore giallo.

«Lei è la nipote di Joe Verasca? Si chiama Vera? E lei è mister Moriga. Sbaglio?»

Vera rimase senza fiato. Impallidì. Lasciò scivolare sul piatto le posate.

«Con chi ho il piacere di parlare?» chiese Luciano. Si era alzato non per sentire meglio la risposta, ma per rintuzzare l'attacco di qualche malintenzionato.

«Non vi preoccupate, e Lei segga. Sono Augusto, il proprietario del locale. Joe Verasca è mio fraterno amico. Molto lieto di conoscervi.»

Tirarono un sospiro di sollievo. Luciano gli strinse la mano e anche Vera, rasserenata, salutò l'uomo cordialmente, prima di chiedergli come mai sapeva della loro presenza nel ristorante.

«Intanto, Merry Christmas,» rispose mister Augusto con un largo sorriso. Fece cenno a due camerieri di avvicinarsi. Un giovane portò sul tavolo una torta bianca, una ragazza una bottiglia di champagne. A Luciano, in quell'istante, venne in mente il messaggio inviatogli da uncle Joe. Perché voleva che si recassero sulla Saint Claire?

«Non capisco la torta e lo champagne,» mormorò Vera.

«Suo zio Joe, vi augura un mondo di felicità. Tutto qui.»

A un altro cenno dell'uomo, la pianista cominciò a suonare la "Bridal March From Lohengrin", applaudita dai clienti, incuriositi dal fuori programma. Erano convinti di partecipare a un banchetto di nozze.

«Vostro zio,» continuò mister Augusto «mi ha chiesto di darvi qualcosa.»

La cameriera aprì il cover del menù e porse una busta bianca al suo boss. Questi la consegnò a Vera.

«Amore, ti giuro, ne so quanto te,» zittì Vera, di nuovo sulle spine.

«Ma è stato uncle Joe a suggerirti che dovevamo venire a mangiare qui?»

«No, Eingel.»

Vera aprì la busta e lesse un messaggio scritto su un cartoncino bianco, molto elegante. "Questo è il nostro regalo ai futuri sposi" diceva la frase in inglese "siate felici e voletevi bene tutta la vita. Buona fortuna da uncle Joe, da aunt Sarah e da tutti i vostri cugini. Fateci sapere la data delle nozze. Io e tua zia verremo in Italia."

In calce c'erano anche le firme di tutti i figli di Joe, da Gei Gei, a Angel.

Vera sbirciò nella busta e, nel tirare fuori un foglietto, cacciò un urlo di stupore. «Oh my God, oh my God,» esclamò portando una mano alla bocca. Luciano non riusciva a capire.

«Sai cos'è questo? Un money order, un money order da diecimila dollari. Denaro. Tutto cash. Diecimila dollari in contanti come regalo di nozze. Guarda cosa c'è scritto qui: "Sono necessari a due giovani per cominciare una vita felice". Ma è pazzesco, pazzesco, pazzesco.»

Le tremavano le mani. Portarono a tavola dell'acqua in una carraffa e Luciano ne versò un po' nel bicchiere. Vera bevve a piccoli sorsi, poi cominciò a piangere. Giusto in quel momento, echeggiarono gli applausi dei clienti e mister Augusto aprì la bottiglia di champagne. Luciano e Vera, una mano sull'altra, tagliarono la prima fetta di torta. Era enorme e ogni cliente ne ebbe una porzione. Le note di "That's Amore" inondarono il locale e, dopo avere brindato, i clienti cominciarono a cantare il popolare motivetto.

«Siete italiani?»

Risposero di sì, storditi dal regalone e dalla festa a sorpresa. Uncle Joe l'aveva organizzata per telefono? Era capace di tutto. E mister Augusto, su questo non c'erano dubbi, era un suo fraterno amico. Il giorno prima aveva prelevato in banca diecimila dollari per trasformarli in money order in attesa del bonifico da New York sul suo conto corrente.

Alle nove di sera, ricomparvero i camion spazzaneve per arginare con il sale una nuova tormenta. Un taxi prelevò Vera e Luciano al ristorante. Giunti in albergo, si tapparono nella loro caldissima suite. Il pranzo sul battello ancorato sulle rive dell'Ontario, l'eccitante esperienza sul vecchio tram e anche la messa della Natività, da lei invocata, erano andati a farsi benedire. «Torneremo in estate,» le promise. Guardarono ancora il money order di uncle Joe. Cominciarono a fare progetti, a bere champagne, a vuotare una coppa dietro l'altra, a ridere, a tirarsi cuscini in viso, a baciarsi. Vuotarono un'altra mezza bottiglia e trascorsero la notte santa a fare l'amore. Anche la mattina di Natale il mondo sembrava non esistere. Lasciarono la suite nel primo pomeriggio. Destinazione aeroporto. Ad attenderli c'era un mostro dell'Air Canada.

Capitolo XXII

E la statua di cera sorrise

GIORNO di Santo Stefano, ore 5:30 del pomeriggio. Da quasi sei ore, Vera e Luciano si trovavano a Villabella, in casa di Luigina e Francesco, dove gli altri figli di Rocco facevano festa grande ai due "sposini". Nello stesso momento, a New York - 11:30 del mattino del 26 dicembre - Joe e Sarah bussavano alla porta di Rocky, assieme a J.J., il figlio scienziato.

Trovarono Rosina che rigovernava. Aveva gli occhi senza più lacrime. I figli, da tre ore, erano a *faticare*. Sarah cercò di assolvere subito un compito improbo, dedicare le sue cure alla cognata. Doveva infonderle coraggio perché la vita continua, i figli prima o poi prendono la loro strada e i genitori non possono farci nulla. Soprattutto nelle questioni di cuore. Joe, al contrario, era atteso da un'altra rogna, il fratello. E siccome la casa era quella che era, nel senso che non c'era càmmara dove Rosina non potesse non ascoltare qualche frase, l'unica cosa da fare era condurre Rocco in auto dove nessuno avrebbe potuto sentire ciò che fratello e nipote avevano da dirgli.

Ma Rocky era distrutto. Dopo un'altra notte in bianco, aveva il viso irriconoscibile. Curvo sulle spalle, le palpebre arrossate, il viso non rasato, sembrava più vecchio di una quindicina d'anni. Si stava consumando, ora dopo ora, in silenzio. Nel vedere il lento spostamento verticale del suo volto, dalle tempie al mento, Sarah e "Gei Gei" ebbero la sensazione di assistere a un fenomeno di bradisismo umano.

«È su quella sedia da ieri sera. Non è venuto a letto. Come l'ho lasciato, così l'ho trovato,» si disperò Rosina mentre Sarah cercava di condurla in un'altra stanza.

Tanta era l'afflizione in cui Rocky si dibatteva, da non accorgersi della presenza di J.J. Era pallido, il volto senza espressione.

«Rocco, mi senti? C'è pure "Gei Gei". Dobbiamo parrari. Risciacquati la faccia, infilati le scarpe, indossa il cappotto, e scinnemu ô bbar. Un buon caffè è quello che ci vuole. Dopo, affronteremno un discorso che ti sta a cuore. Hai capito?» fece il fratello.

Il dottor Joe Junior Verasca, se ne stava in piedi a osservare lo zio. Gli tastò il polso, poi armeggiò per controllargli la pressione del sangue. «Immaginavo, è questione di testa,» diagnosticò. Non aveva notato alterazioni nel battito cardiaco.

Rocco, però, sembrava che non si fosse accorto di nulla. La testa sempre penzoloni, appena il nipote finì di auscultarlo, lasciò pencolare il braccio a bordo sedia, come se l'avesse imbottito di segatura.

«Hai visto chi c'è?» ripeté Joe, strantuliannu il fratello per la spalla.

Rocco sollevò il capo e mosse gli occhi in modo impercettibile. Stava per uscire da quella sorta di morte cerebrale, da encefalogramma piatto, in cui da ore si trovava. «"Gei Gei", chi fai a me casa?» chiese. L'osservò con un'espressione di stupore. «Cu tuttu u travagghiu che ti aspetta in ospedale e poi al centro di ricerche, hai tempo di vèniri ccà?» farfugliò.

«"Gei Gei" ti voli parrari,» riprovò Joe. «Ha una cosa importante da dirti. Vestiti e scinnemu iusu.»

Rocco guardò il nipote-medico ancora incredulo. «È un onore che sei a casa mia,» borbottò. Era la seconda frase pronunciata in un quarto d'ora.

«Ma zio, è un piacere. Ti vogliamo bene. Ora devo dirti qualcosa, e al più presto. Ho impegni di lavoro che non posso disattendere.»

Joe si chinò allora sul tavolo e cominciò a parlare al fratello con un filo di voce: «Ricordi il segreto che mi hai confidato tempo fa? Capisci di cosa parlo? Ebbene, lo sa pure "Gei Gei". Soltanto lui. È stato necessario informarlo, capirai il motivo. Ogni mia parola adesso è inutile. Valgono di più quelle che pruncerà tuo nipote.»

Rocco, nell'ascoltare Joe, provò la stessa sensazione di quando un santu cristianu si vede rovesciare addosso un barile di acqua gelata assieme a migliaia di cubetti di ghiaccio. Era sveglio per capire che avrebbe dovuto seguire Joe e "Gei Gei" in strada.

Si recarono al bar, dove ordinarono due caffè espressi.

«Uno è per te. Io faccio menzu e menzu cu me figghiu: comu sai, ne bevo solo due tazzine al giorno.»

Dieci minuti dopo, trovarono posto nella Cadillac. Joe Junior tirò dalla borsa una sorta di dossier e guardò fisso negli occhi lo zio.

«Se ti dico di leggere queste carte - e nel pronunciare la frase mostrò una quarantina di fogli - con il rispetto che nutro per te, non capiresti nulla. Sono i risultati di un esame iniziato tre mesi fa, e ripetuto in settembre su altri campioni per sgombrare ogni residuo dubbio. Si chiama Dna: in parole povere, stabilisce se due persone hanno qualcosa in comune nel sangue, serve per mandare in galera gente che ha ucciso o è responsabile di altri delitti, come lo stupro, o per salvare innocenti dalla condanna a morte o dal carcere a vita.»

Rocco osservò il nipote con gli occhi spalancati. «E a mia chi mi cunti?» mormorò menzu offisu e menzu scantatu.

«So bene che non è il tuo caso,» rispose J.J. sorridendo «ma sono venuto a trovarti assieme a mio padre per estirpare dalla tua mente ogni angoscia. Ebbene, nel tuo Dna e in quello di Luciano, non c'è traccia di parentela. Nessuna. Vera e Luciano, sul piano ematologico, sono due estranei. Capisci? Estranei. Se è questo che vuoi sapere, non sono fratello e sorella. E siccome nel loro sangue non c'è traccia alcuna di parentela, i loro figli, oltre che bellissimi, dovrebbero nascere soprattutto sani. Non te lo sta a dire tuo nipote, ma la scienza. Ti ricordo che l'indagine di paternità, mediante l'analisi del Dna, è un test completamente affidabile, non per nulla è utilizzato nelle indagini giudiziarie.»

Rocco, quasi floscio di morte, puntò lo sguardo vitreo sulla relazione tecnica, provvista tra l'altro di cromatogrammi, le applicazioni grafiche che spiegano in modo visivo l'eventuale trasmissione dei caratteri genetici dal presunto padre al figlio, ma non capiva, non poteva mai capire, quella serie incomprensibile di schizzi.

«Il test di paternità,» spiegò il nipote-scinziato «può essere effettuato da campioni biologici diversi dal tradizionale prelievo ematico. Nel vostro caso, parlo di te e di Luciano, dapprima è stato utilizzato un metodo non invasivo. Le analisi sono state compiute su cicche di sigarette fumate da te e dalla saliva lasciata da Luciano su un bicchiere, poche ore dopo il suo arrivo dall'Italia. È stato mio padre, sei mesi fa, a sollecitarmi questa ricerca, giusto nel momento in cui Luciano mise piede in America. E dovette spiegarmi il motivo di questo esame. Conclusione: ti ho detto, e ti ripeto, che non devi nutrire più timori. Luciano non è tuo figlio.»

«Ne sei sicuro?» mormorò Rocco balbettando.

«È la stessa domanda rivoltami da mio padre nel presentargli il primo carteggio. E siccome la formulò altre volte ancora, per fugare ogni residuo dubbio, suo, non certamente mio, ritenni opportuno lo scorso settembre ripetere il test di paternità con la tradizionale prova ematica utilizzando il tuo sangue, quando hai fatto l'ultimo check-up annuale e una parte di quello prelevato a Luciano la notte in cui venne ricoverato in ospedale. Una conferma rassicurante per mio padre, ma scontata per me.»

"Gei Gei", a questo punto, rimise le carte nella borsa, tirò fuori un ricettario e prescrisse allo zio delle pasticche. «Prendine una al mattino. Dopo quattro-cinque giorni, ti accorgerai che non ne avrai più bisogno. Piuttosto, stai tranquillo. La verità che hai conosciuto è la migliore medicina. Ti aiuterà a guarire da ogni malanno. Ora scusami, devo proprio andare.»

Rocco, ancora stordito, abbozzò un sorriso. Quindi, sollevò il braccio imbottito di segatura e strinse la mano del nipote-medico.

Rimase in auto con il fratello.

«Adesso, sei contento?»

Anziché rispondere, Rocco ripiombò nel suo silenzio. Era incredulo alle parole di "Gei Gei".

«Le tue paure adesso sono svanite. Devi solo ringraziare Dio chi finiu accussì,» incalzò Joe.

«Ma allora...»

«Allora, avevo ragione io ogni volta che ti ripetevo di non preoccuparti. Però hai una testa che è proprio cucuzza. Vera e Luciano sono due ragazzi come tanti altri, belli come il sole, innamorati l'uno dell'altro.»

Ma le parole di "Gei Gei" e di Joe non avevano fatto ancora uscire Rocco dal tunnel della disperazione. Aveva sopportato una tortura lunga anni. Un supplizio cupo, un martirio atroce, un tormento infinito. Il terrore di avere sulla coscienza una tragedia familiare, lo aveva fatto sragionare. I suoi erano stati momenti di sgomento: per anni, era vissuto nel panico che, dalla "love story" tra Luciano e Vera, sarebbe venuta a galla una terribile verità e anche una tragedia.

Il Rocco delle ultime ore, poi era uno strazio. Le conseguenze della fuitina stavano per mangiargli le carni. «Ho sofferto le pene dell'inferno, eppure, i miei dubbi erano fondati. Mi capisci o frati?»

Dubbi, rimorsi e adesso la stanchezza lo facevano vacillare, come se ignorasse ancora i risultati dei confronti genetici.

«Dubbi erano e tali sono rimasti.»

«Ma fondati,» precisò Rocco.

«Alcuni particolari di questa traggèdia,» proseguì con voce rauca «non li conosci ancora. Devi sapere che, ventotto anni fa, non ero l'amanti fissu di Caterina, la matri di Luciano.»

«Comu? Non era to *cummari*?»

«No. Un focu di pàgghia fu. Una carugnata. E m'affruntu di averla ngannata. Siamo stati nzèmmula soltanto una simana. Io avevo già tri figghi, Saru, Giuvanninu e Gianna. Appena lo seppe, troncò la relazione. Doppu chi mi lassò, partiu immediatamente per la Svizzera. Andò a trovare una zia, per dimenticare. E a Lugano, per grazia di Dio, incontrò Alfonso, il quale, alla morte di Ester, la prima moglie, aveva lasciato l'Italia. Quello tra Caterina e Alfonso fu un amore grande, e al tempo stesso tragico. Dopo neanche un mese, si sposarono. E dall'unione, come sai, dopo setti misi nacque Luciano. Caterina morì durante il parto. Così per 28 anni, mi sono dibattuto nel dubbio atroce che Luciano potesse essere figlio mio e non di Alfonso.»

Nel subcoscio, d'un tratto, qualcosa si spezzò. Con la testa china, gli occhi arrossati, Rocco trovò la forza di proseguire il racconto ripercorrendo i sentieri più oscuri e tenebrosi della sua angoscia. E Joe prese coscienza di ogni sfaccettatura di quel dramma. Fino a quel momento, il fratello gli aveva taciuto il fatto di essere stata Caterina a piantarlo appena saputo che era sposato con Rosina e aveva tre figli da campari. Anziché formulare domande, Joe preferì fare parlare Rocco, senza interromperlo: lo sfogo avrebbe potuto rivelarsi il toccasana per dimenticare il passato e guarire dal dolore provocato dalla fuitina.

«Tanti anni dopo,» riprese Rocco «destino volle che Vera e Luciano cominciassero a bbabbiari. Ora, immagina il mio stato d'animo. Joe, mettiti nei miei panni. Nel fondato timore che fussiro frati e soru, picchì si rrassimigghiavanu, e si rrassimigghianu, cosa avresti provato? E cosa avresti fatto?»

«Avrei avuto le tue stesse preoccupazioni, chi ti può dare torto?»

«Non so come avresti reagito, come ti saresti comportato. Forse in modo più intelligente, non lo metto in dubbio, ma quando ho visto che facevano sul serio, non sapevo con chi confidarmi, a chi chiedere aiuto. A Rosina? Cosa avrei dovuto dirle? Sai, tanti anni fa mi scupai Caterina Caronia e da questa scopata nàsciu Luciano. Avrei mandato all'aria il mio matrimonio e distrutto la famiglia: i me figghi, mi avrebbero sputato in faccia. E Vera, oltre a sputarmi in faccia, mi avrebbe odiato per tutta la vita. Un trauma avrebbe avuto a picciridda. E i Moriga? Avrei infangato il sacro ricordo che Alfonso ha di Caterina e avrei rovinato la vita di Luciano, il quale non ha conosciuto la madre, ma la ama come se fosse ancora viva. Così ho preferito il silenzio. Tu eri a 'Mierica. Quale aiuto avresti potuto darmi? Ero convinto che Luciano fosse figlio mio fino a quannu mi dasti sta nutizia, accussì bella da farmi rinasciri.»

«Visto? Hai detto tu stesso che sei rinato. Ora si volta pagina,» fece Joe.

Non finì la frase che vide Rocco scoppiare in lacrime.

«E ora che cosa hai, o' frati?»

Rocco gli fece cenno con una mano di lasciarlo perdere. Con l'altra, si coprì gli occhi con un gesto di disperazione.

«Ho sbagliato anche nei tuoi confronti. E ti chiedo scusa.»

«In che senso?»

«Se ti ho chiesto di richiamare me e la mia famiglia in America è perché volevo che Vera dimenticasse Luciano. Il vero motivo è questo, no u travàgghiu. Penso di essermi comportato con Luciano in modo ignobile. Se avessi saputo prima che non era figghiu miu. Ah, si l'avissi saputu prima,» continuò a ripetere con un lamento cupo. Non si rassegnava ad essere in pace solo a metà con la propria coscienza. I torti fatti a Luciano erano una piaga sanguinante. «Ho fatto di tutto per farlo stancare di Vera, per allontanarlo, per rendergli l'esistenza impossibile nella speranza che uscisse dalla vita di me figlia. Ero felice di esserci riuscito anche se gli voglio bene, credimi, come ai figli miei.»

«Ma è un grande amore, non avresti mai potuto.»

«Sono stato un meschino, un infame. E sai perché? Tra loro due, ho messo *Maicol* Murriali. Come potrò perdonarmelo?»

«Ma l'hai fatto perché convinto che fossero frati e soru.»

Rocco fece cenno di sì tra i singhiozzi. Un nodo alla gola gli impediva di respirare. «E ora? Gli ho rivolto anche un'offesa terribile, come potrò farmi perdonare? Se fossi al posto di Luciano, con tutte le angherie ricevute, non guarderei più in faccia mio suocero. È la punizione che merito.»

«Non ti creare nuovi problemi. Devi guardare al futuro... devi pinzari a risanari la situazione e goderti la felicità di tua figlia. Perché Vera adesso è felice, questo ricordalo.»

«Oltre "Gei Gei", chi conosce il mio peccato di gioventù?»

«Nessuno, te lo posso garantire. E "Gei Gei" una tomba è. Quella sera che Luciano si sentì male, l'ho fatto venire di notte in ospedale e ha avuto modo, con quel test sulla paternità eseguito con il sangue, e non più con la saliva, di rasserenare anche me.»

«Ma chi ha dato a Gei Gei il sangue di Luciano?» domandò Rocco.

Quella domanda stava a confermare che la nebbia che ottenebrava il suo cervello stava per diradarsi.

«Io!» replicò Joe, per non andare per le lunghe.

«E adesso dove sono?» si sentì chiedere.

«Come dove sei? Nel *carro*, nzèmmula a mia.»

«Ma no, pallo di Vera e di Luciano. Ancora a *Nuova Iorca* si trovano?»

«No. Non sai che hanno fatto quei due mascarati.»

«Che hanno fatto?»

«Non potevano prenotare per l'Italia perché non c'erano posti liberi, e per la fretta di lasciare New York, se ne sono andati a Toronto,» gli spiegò con la disinvoltura di un attore consumato. «E una volta a Toronto, acchianaru supra u primo ariupranu pi l'Italia; avògghia di cercarli al Kennedy o a New-ark. Mi hanno chiamato poco fa. E sono venuto subito assieme a Sarah e a "Gei Gei" a darti la notizia.»

«Sono ancora a Taranto?»

«Taranto? Quale Taranto? A Toronto se ne erano andati. In Canada, mi capisci Rocco?»

«In Canada sono?»

«Non più, oramai *all'Italia* si trovano. Te l'ho già detto. E non sai quanto sono felici. Hanno fatto buon viaggio.»

«Cosa devo fare per riacquistare la fiducia di Luciano?»

«Il bravo suocero, come saprai essere. Tra una paia di orate, chiamali. Se vuoi, mi faccio sentire per prima io, così li avvertirò della tua telefonata. Si trovano da Luigina e se lo vuoi sapere ci sono anche i tuoi figli.»

Gli consegnò un pezzetto di carta. «Non lo perdere, ti ho scritto u nummaru. Parra cu Vera e soprattuttu cu Lucianu,» lo esortò. «Digli di stare tranquillo, che non sei arrabbiato e che nella vita le cose prima o dopo si sistemano. Capisci?»

«Sì, frati miu.»

«Adesso vai da Rosina e portale contento la notizia.»

«Ma se mi vede contento, mi pigghia pi pazzu.»

«Ti considera già pazzu, piuttosto devi dimostrare che non lo sei...»

«E allura?»

«Allura, dille chi parrasti cu mia, che ho ragione, che oramai non si può porre rimedio, che avvelenarsi l'esistenza non ha senso e che ti interessa solo vedere tua figlia felice con il giovane che vuole bene... Il resto verrà da sé.»

«Qual è il resto?»

«Qual è, mi chiedi? A Vera dimostra tutto il tuo affetto. Poi, conosciuta la data in cui dovranno sposarsi, prenota due biglietti da Vincent D'Amico e, assieme a Rosina, vai ad assistere al matrimonio. Macari ne prenoto due pure io e verrò assieme a Sarah. Ecco, partiremo tutti e quattro. Sei contento? Appena Luciano ti vedrà in chiesa, davanti all'altare, non dico che dimenticherà di colpo ogni cosa, ma apprezzerà il tuo gesto e ti sarà riconoscente. Vuoi scommettere? Una volta rotto il ghiaccio, avrai modo di riscattarti con l'affetto che saprai trasmettere a tutti e due i picciotti. Ora acchianatinni e vai da to mugghieri. Però, promettimi una cosa,» aggiunse mentre Rocco varcava la soglia del giardinetto.

«Tutto quello che vuoi Joe.»

«A politica. *Forgherebari*. Dimenticala. Scordatilla. E per sempre. Non è cosa seria.»

«È questo che vuoi?»

«Yeah, *forgherebari*. È rrobba che a noi non interessa. A parte il fatto che bisogna avere almeno una laurea per andare a Roma, i Verasca, parlo di quelli della nostra età, non sono così istruiti da fare politica. Centinaia di pirsuna, oggi, vonnu candidarisi pi ddiputatu, ma non fannu autru chi curtigghiu. vedrai, altre centinaia di paisà saranno colpiti da questa frevi, ma nessuno sa, o immagina, quanti e quanti anni passeranno ancora prima chi u voto 'taliano all'estero diventirà liggi. Perora c'è solo cunfusioni e genti malata di protagonismo. Marchisanu? Vedrai affunnari iddu pi primu, nzèmmula alla sua presunzioni. Cchiuttostu, tu pensa alla dignità. I Verasca ne hanno da vìnniri. Ricorda: prima di tuttu vennu *giobba* e famiglia. Capisci?»

«Capivu, capivu,» tornò a ripetere Rocco. «Di comu parri, mi pari un re di *Nuova Iorca*.»

«Quali re? Sugnu sulu to frati. E ti voglio bene.»

Entrato in casa, Rocco scese nel *basamento* per risalire subito dopo con la gigantografia della Verasca-family. La riappese a una parete del living room. Era la *picciura* scattata da Luigi, con Luciano e Vera sorridenti e pazzi d'amore, una sera d'estate nel Long Island in occasione della festa di compleanno di Angel. Mesi prima, aveva dato alla figlia il permesso di appendere alla parete quel poster incorniciato, solo per farle un piacere.

Rosina, nel rivedere la gigantografia, ebbe la forza di singhiozzare e di cingere a sé il marito con le sue piccole braccia. Joe, invece, fece cenno a Sarah di andare via. In punta di piedi. Non volle spezzare, con parole inutili, la serenità e l'armonia che Rocco e Rosina avevano ritrovato. Prima di chiudere la porta, si preoccupò soltanto di riaccendere le luci dell'albero di Natale. Attorno, c'erano decine di regali. Ancora intatti.

FINE

IMPORTANTE

Forse qualche emigrato - chi non ha avuto una storia d'amore?, chi non ha sputato sangue nei suoi primi anni d'America? - scoprirà se stesso in qualche personaggio del racconto, ma tutta la storia è solo frutto di fantasia. Ed è doveroso precisare che nel libro non c'è nulla di autobiografico. Assolutamente nulla.

In altre parole, è un romanzo inventato. Dall'inizio alla fine. Dalla prima all'ultima parola. Ogni riferimento a fatti realmente accaduti e a persone esistenti è da considerare pertanto fortuito, del tutto accidentale.

Anche la borgata di Villabella appartiene all'inventiva dell'autore. In altre parole, solo un aspetto della storia d'amore dei due giovani - che tra l'altro, è anche pura fiction - è calato di peso nel contesto socio-culturale degli immigrati italiani in Nord America.

Glossario siciliano

A

a, la

â, alla

abbanniannu, gerundio di *abbanniari*

abbanniari, il modo di gridare dei venditori ambulanti, urlare per propagandare la merce da vendere, diffondere pubblicamente notizie private di qualcuno, sputtanare

abbivirasse, innaffiasse

abbivirari, innaffiare

abbivirava, innaffiava

abbiviru, innaffio

abbruçiari, bruciare,

abbruçiaru i cazzili, vedere sfumare qualcosa di importante

abbruçiarisi, bruciarsi

abburiusi, boriosi

abbuccari, cadere, inclinarsi, piegarsi

abbuccò, inclinò

abbuccu, piego, inclino

abbuttato, infastidito, scocciato

a-ccappeddu i parrinu, cappello di prete

a-ccazzu di cani, in modo non accurato

a-cchiummu, di piombo

a-ddiiunu, a digiuno

accatta, compra, acquista

accattamu, compriamo.

accattari, comprare, acquistare

accattatu, comprato

acchianamu, saliamo

acchiana, sali

acchianàri, salire

acchiànaru, salirono

acchianati, salite

acchianatinni, sali

accumpagnami, accompagnami

accura, attento. **Duna accura,** fai attenzione

accussì, così

acitu, aceto

àcitu, acido

acqua davanti e-vventu darreri, cattivo augurio rivolto a chi parte

adàçiu, adagio, piano

addabbanna, da quella parte

addina, gallina

addipinciri, dipingere

addiunu, digiuno

addritta, in piedi

addulurata-u, addolorata, addolorato

addunàrisi, accorgersi di qualcosa

addunàtu, accorto o accorta. Dal verbo accorgersi

addunò, accorse, passato remoto di accorgersi

addurmisciutu, addormentato

aducatu, educato

a far'u cucchjaru, se un bimbo o una bimba accenna a piangere

affènnu, offendo. Dall'infinito *affènniri*, offendere

affruntàta, vergognata. Dal verbo, *affruntàrisi*

affruntu, m'affruntu, mi vergogno

affunnari, affondare

agghiacciari, agghiacciare oppure accusare molto freddo

agghiurnari, albeggiare, fare giorno

aggiarniò, impallidì. Dall'infinito *aggiarniari*, impallidire

agginzìa, agenzia

aggiustannusi, aggiustandosi, sistemandosi, ritoccandosi, abbellendosi. Dall'infinito, *aggiustari*

agnuni, in un angolo

aiu, ho

allampanatu, magro, secco

all'appuntu, esattamente

allazzata, legata con il laccio

allisciatina, un tocco legero, una carezza

alluccutu, sbalordito. Al punto da assumere in viso le sembianze di uno scemo

allupatu, affamato. Come un lupo.

allura, allora

amma, gamba

ammanigghiatu, colui che ha vincoli di amicizie con personaggi importanti o di rispetto.

Tipo che può godere di raccomandazioni

e di favori

ammanittatu, ammanettato, tenere le panette ai polsi

àmmaruna, gamberoni

ammàtula, invano

ammazzu, ammazzo

ammi, gambe

ammaluccutu, sbalordito, stupito, sconcertato, stupefatto

ammazzatu, ammazzato

ammirari, *ammirare*

ammucciati, nascosti

ammucciuni, di nascosto

ammuttari, spingere

amuri, amore

anciluni, volare all'anciluni, alla maniera di un angelo

àncurata, ancorata

annacarisi, dondolarsi sulle gambe

annurvò, accecò. Dal verbo annurvari

antura, poco fa

anzignari, insegnare

appaciari, rappacificare

appattati, d'accordo

appiccicata, incollata

appiccicati, incollati

appiccicatu, incollato

appinnicaru, appisolarono. Dall'infinito *appinnicarisi,* assopirsi, addormentarsi.

appinnicatu, assopito

appizzatu, piantato oppure perduto

appizzava, perdeva.

Appizzava l'occhi, guardava una persona o una cosa di continuo

appizzò, piantò. Dall'infinito *appizzari*

appressu, dopo, accanto, confinante

arancini, pietanza palermitana. Crispelle di riso ripiene di burro o carne. Altra prelibatezza, oramai scomparsa dall'uso, l'arancina ripiena di cioccolato fondente cosparsa di zucchero.

àranciu, arancio

arcu, arco

arìcchi o arìcchia, orecchi, orecchio

arrapari, l'eccitazione sessuale

arrassu, lontano

ariupranu, aeroplano

arricògghiri, raccogliere, mettere da parte

arricriandosi, divertendosi. Dall'infinito arricriarisi

â rriversa, al contrario

arrisatari, saltare in aria per paura

arrisatò, saltò in aria di paura o per una sorpresa

arrisbigghiari, svegliare

arrispigghi, svegli

arrispigghiaru, svegliarono. Dall'infinito arrispigghiari, risvegliare

arrispigghiò, svegliò

arrispùnniu, rispose. Dall'infinito arrispùnniri

arrivamu, siamo arrivati

arrivammu, arrivammo

arrivavu, arrivai, arrivavo

arrivari, arrivare

arrivutari, rivoltare. Anche nel caso di un indumento

arrìzzari i carni, accaponare la pelle

arrubbatu, rubato. Dall'infinito arrubbari, rubare

arruffianàrisi, elogiare un individuo o fare con lui amicizia per ottenerne favori

arrunchiata, raggrinzita

arrunchiatu, raggrinzito

arrunzava, spingeva. Dall'infinito arrunzare. Lavoro fatto in modo superficiale

assabbenerica, modo ossequioso e umile di salutare gli anziani e le persone di massimo rispetto nella Sicilia di una volta. Vossignoria mi benedica.

assicutaru, rincorsero, Dall'infinito assicutari, rincorrere

assicuti, insegui. Dall'infinito assicutari, inseguire

assimigghianu, rassomigliano

assimigghiari, rassomigliare

assimigghiava, rassomigliava

assittata-u, seduta, seduto

assittannusi mpizzu, sedutosi sull'orlo

assittò, sedette

assumi, assume. Da **assumiri,** assumere

assuppata, inzuppata

astati, estate

astutàri, spegnere

astutàrisi, spegnersi, rifl.
astutàri a unu, uccidere qualcuno
astutò, spense
Ata, Agata
attìa, voce di richiamo te, ovvero, a te!
ehi tu!
attinzioni, attenzione
attisari, tendere
attisaru âricchi, tendere le orecchie
attisò, tese
attu, gatto
attupparisi, tapparsi
attuppatu, otturato, tappato
austu e rriustu è-ccapu di mmernu,
detto siciliano: agosto primi segni
dell'inverno
àutra, altra
àutri, altri
àutru, altro
avi, ha, deve
avia, aveva, doveva
avimmarìe, avemarie
aviri, avere
aviricci, averci
avissi, avesse
avviniri, avvenire
avògghia, molto, senz'altro, in
abbondanza
àvuta, alta
azzappari, zappare

B
Bba!, veramente, davvero!
bbabbà, dolce imbevuto di rhum
bbabbiari, scherzare, giocare, divertirsi,
distrarsi
bbabbiatu, scherzato
bbabbiava, scherzava, flirt poco
impegnativo. Dall'infinito bbabbiari
bbabbu, scemo
bbadda, palla
bbàçiu, bacio
bbacchittuni, bighellone, ingenuo
bbadàgghiari, sbadigliare
bbàgghiu, cortile
bbalata, lastra di marmo più o mano
pregiata
bbancuni, banco di vendita

bbannera, bandiera
bbar, bar
bbardàscia, un uomo inutile
bbarzilletti, barzellette
bbastardu, bastardo
bbattàgghia, battaglia
bbedda-u, bella, bello
bbeddamatri, implorazione alla
Madonna
bbiancu, bianco
bbibbia, Bibbia
bbidè, bidet
bbiliàrisi, fare bile
bbirra, birra
bbiunni, biondi
bbona, buona. Da riferire anche a
ragazza "bona", in carne, eccitante
bbonanotti, buonanotte
bbonasira, buonasera
bbona crianza, buona educazione
bbongiornu, buongiorno
bbonu, buono. Nel senso di guardare,
cioè talia bbonu, guarda bene
bbotta, botta, colpo
bbrava-u, brava, bravo
bbriçiuli, briciole
bbrìscula, briscola
bbudedda, budella
bbuffuniarimi, prendermi in giro
bbunazze, donne troppo bone, gnocche
bbuttana, puttana
bbuttani, puttane

C
ca, che
câ, con la
cacari, defecare
cacati, escrementi
caciu, cacio, formaggio
cafuddari, bastonare, dare botte alla
rinfusa. Cafuddari un muzzicuni,
mordere qualcuno o anche il pane se si è
affamati
cafuddannu, colpendo. Dall'infinito
cafuddari
cafuddò, colpì (anche in senso figurato)
càlia, ceci abbrustoliti
camina, cammina. Dall'infinito,

caminari, camminare

càmmara-e, stanza, camere

cammareri, cameriere

campari, vivere, dare da mangiare a una persona

campavu, vissi

camurrie, noie, fastidi

canciannu, cambiando. Dall'infinito **canciari**

canciari, cambiare

cani sciotu, cane sciolto, senza padrone, riferito anche a delinquente comune, fuori da una cosca mafiosa

cannarozza, gola, esofago

cannate, boccali

cannoli, dolci palermitani fritti con crema di ricotta

cantu, canto

canusci, conosce

cànusciri, conoscere

canùsciuta, conosciuta

canziarisi, scostarsi

carcagnata-i, calcione-i sferrato-i con il calcagno, come gli asini

cardiddu, cardellino

carmari, calmare

carmati, calmati

carrabbinera, carabinieri

carrabbineri, carabiniere

carriari, trasportare roba, come utensili e mobili da una casa a un'altra

carugnata, carognata

carzaratu, carcerato

casci, casse

casteddu, castello

casu, caso

catamiari, muovere

catu, secchio

càusi, calzoni

cazzate, stupidate

cazzilli, crocché. Specialità delle friggitorie palermitane prodotte a base di patate. Abbruçiari i cazzilli: un progetto, un'iniziativa o un programma andato a male.

cazzu, membro

ccà, qua

ccâ, con la

ccamadora, per ora

cchiù, più

cchiuttostu, piuttosto

cci, ci

cciàu, ciao

centru, centro

chetu chetu, quieto quieto

chi, chi, che cosa, quale, quanto

chì, perché, abbreviazione di picchì

chî, con i, con le

chiànciri, piangere.

chiantu, pianto

chiddu-i, quello-i

chiovu, chiodo

chissacciu, che so

chista, questa

chistu, questo

chiummu, piombo

ciaramiddaru, suonatore di cornamusa

cciàu, ciao

çiàuru, odore

cincu, cunque

cinquantinu, cinquantino, uomo di circa cinquant'anni

cinima, cinema

cippi, ceppi. Strumento con cui si serrano i piedi ai prigionieri.

circari, cercare

ciriveddu, cervello

ciuncu, claudicante, sciancatu, zoppicante

çiunnuna, graffi

çiura, fiori

cocchi, qualche

cocchicosa, qualcosa

cocchidunu, qualcuno

còcciu, coccio, una parte minuscola, piccola, esigua di qualcosa

còcciu a littra, persona istruita

cògghi, raccogli

cògghiri, cogliere, raccogliere

cògghiri acqua, asciugare l'acqua caduta per terra o raccoglierla in un recipiente

cogghirisilla, morire

comegghiè, come sia sia

communnisti, comunisti

comò, il cassettone con specchio della camera da letto

comu, come

comu veni si cunta, come accade si racconta. Con fatalismo: ciò che accade, accade

coppu, recipiente fatto di carta a forma di cono, cartoccio

cori, cuore

corpu, colpo e corpo

corsu, corso, una lunga strada

cosa duci, assortimento di dolci, di pasticcini, di dessert

cottimu, cottimo

cretinu, cretino

crianza, creanza

criatura, creatura, bambina

cruci, croce

crunista, cronista

cu, "con" oppure "chi" o "chiunque"

cû, col, con il

cucini, cugini

cuda, coda

cugghiuni, coglione, testicolo. Individuo inetto, incapace, buono a nulla, stupido

cugnata-u, cognata, cognato

cugnomi, cognome

cui, chi

culu, culo. Fàricci u culu a-ccappeddu i parrinu. Frase di minaccia: dilatare il culo fino a raggiungere la larghezza di un capello di prete

culuri, colore

criatura, bambina, fanciulla

cucchjaru, cucchiaio; **far'u cucchjaru,** fare il cucchiaio. La forma del mento di solito assunta da un bambino che si accinge a piangere dopo un rimprovero o un torto subito

cucini, cugini

cucinu, cugino

cucuzza, zucca, persona testarda, stupida

culu, culo

culuri, colore

cumannatu, comandato

cuminciammu, cominciammo. Passato del verbo cuminciari, cominciare

cuminciò, cominciò

cummari, comare

cùmprinzioni, comprensione

cumpurtarisi, comportarsi

cunfurtari, confortare

cunnùcennu, conducendo dal verbo **cunnùciri,**

cunnùciri, condurre

cunnucirisillu dappressu, condurlo dietro di sé

cunnùciu, condusse

cunsigghi, consigli. Singolare, **cunsigghiu**

cunsigghiera, consigliera, colei che dà consigli

cunsigghieri, consigliere

cunsuma, consuma

cuntami, raccontami. Dall'infinito **cuntari,** raccontare

cuntanu, raccontano. **cuntarisi,** raccontarsi

cuntari, contare

cuntarisi, raccontarsi

cuntentu, contento

cunti, racconti

cunzari, condire, riparare. **Cunzari a tavula,** apparecchiare. **Cunzari u pani,** imbottire il pane con qualsasi condimento. **Cunzari u lettu,** rifare il letto. **Cunzari u mortu,** vestire di solito con il suo abito migliore e sistemare il caro estinto sul letto o nella cassa di legno prima di onorarne la memoria e piangerlo.

cunzatu, participio passato di cunzari

cunzata, si riferisce anche cadavere di donna già ricomposto sul letto per la veglia

curnutu, cornuto

currìa, cintura, cinghia

cùrriri, correre

curuna, corona

cuscenza, coscienza

Cutò (arco), ciò che resta di una testimonianza architettonica della Palermo seicentesca e settecentesca sulla via Maqueda. Legata ai principi di Cutò, nell'ultimo secolo conobbe un degrado irreversibile

D

dâ, della e dalla

dacci, dagli!
daccussì, così
dda, quella
dappressu, andare dietro a qualcuno
darreri, dietro
ddà, là
diàvulu, diavolo
ddiamanti, diamante
ddibbusciatu, debosciato
ddilicenti, intelligente
ddiluzioni, deluzione
ddinniscanzi, Dio ne liberi
ddiputatu, deputato
ddivintati, diventati. Dall'infinito
ddivintari
ddìu, Dio
ddivanu, divano
ddoppu, dopo
ddu, quel, quello
deci, dieci
di, di
dî, dei, degli delle, dai, dagli dalle
diàvulu, diavolo o anche persona furba
diàvuluni, diavolone
dicennu, dicendo. Dall'infinmito **diri,**
dire
dicisti, dicesti, hai detto
dicivate, dicevate
dintra, dentro
diri, dire
disgràzzie, disgrazie
dispiàciri, dispiacere
ddoppu, dopo
ddu, quello
dducazioni, educazione
ddumanna, domanda. Anche
dall'infinito
ddumannari, domandare
ddumannariccillu, chiedere qualcosa
ddumannu, chiedo, domando
ddumari, accendere
doppumanciari, dopo mangiare, dopo
pranzo
dû, del, dello, dal, dallo
ducazzioni, educazione
duci, dolce-i
dui, due
dumani matina, domani mattina

dumanissira, domani sera
dumìnica, domenica
duna, da

E
ê, ai agli, alle
Ecce Homo, celebre statua del Cristo,
con corone di spine, all'ingresso della
Vucciria da parte della Via Roma. Luogo di
culto e di fede per alcuni palermitani
essiri, essere

F
facemu, facciamo
famigghia, famiglia
fammacia, farmacia
fammacìsta, farmacista
fannu, fanno
fari, fare
faricci, fargli
fari a niativa, rifiutare un favore
fari minnitta, fare a pezzi, distruggere
fàrisi, farsi
farimilla ô bbar, frequentare in modo
assiduo il bar
fari stari a unu comu na ficazzana,
bastonare fortemente qualcuno
fàriti, farti
fari u bbabbu, fare finta di non capire,
fare lo scemo
far'u cucchjaru, fare il cucchiaio.
Ovvero la forma del mento assunta da un
bambino che si accinge a piangere dopo un
rimprovero o un torto subito
fari u fissa, fare il fesso
favuri, favore
ffunciatu, imbronciato
ficatu, fegato
ficazzana, varietà del fico. Ma anche
pestare dui botte
fici, fece, l'ho fatto. Dall'infinito *fari,* fare
ficiru, fecero
figghi, figli
figghia, figlia
figghiava, figliava, partoriva.
Dall'infinito **figghiari,** figliare
figghiu, figlio
filìnia, ragnatela

272

fimmina, femmina
fini, fine
finiscinu, finiscono
finiu, finì. Dall'infinito **finiri,** finire
firriavanu, giravano
fissa, fesso, stupido. È anche un modo di chiamare l'organo genitale femminile
fissu, fisso
fitinzìa, schifezza
fitusu, sporco o nel senso figurato di cattivo carattere
fiura, figura
focu, fuoco
fora, fuori
forsi, forse
fràdici, bacate se si parla di un frutto
frati, fratello, fratelli
frevi, febbre
frigorìfaru, frigorifero
frischi, freschi
fròçiu, gay, travestito
frunti, fronte
fùiri, fuggire
fùirisissini, se ne sono fuggiti: due ragazzi innamorati che prendono il volo beffando la famiglia
fuièru, fuggirono
fuitina, fuga improvvisa di due innamorati che vedono impedire dalle rispettive famiglie il loro sogno d'amore e il matrimonio
fuìu, fuggì
fuiùta, fuggita
funcia, broncio
fuocu, fuoco
furtuna, fortuna
fussi, fosse; dal verbo *essere*
fusu, fuso
fùttiri, fottere, prendere in giro. Vale anche per l'atto sessuale
futtirisi, fottersi
futtutu, fottuto

G
ggenti, gente
ggergu, gergo
ggermogghiu, germoglio
ggiallu, giallo

ggìgghi o ggìgghia ciglia
(cu l'occhi e i ggìgghia) proteggere qualcuno che si ama più della vista dei propri occhi
Ggilusa-u, gelosa-o
ggiornali, giornale
ggiornalista, giornalista
ggiràniu, geranio
ggiùdici, giudice
ggiummu, fiocco, stupido patentato
Gheri Grentu, Gary Grant
giarna, pallida
gòdiri, godere
gòdu, godo
granni, grande
grannuzza, avanti negli anni
gràpiri, aprire
gratu, grato
gràzzi, grazie
Gregori Pecco, Gregory Peck
guàddara, il gonfiore dell'ernia inguinale e scrotale
guàddarusi, coloro che soffrono di ernia inguinale
gudevu, godevo
gudivu, ho goduto, godetti

I
i, i gli, le, di
iiamu, andiamo. Dall'infinito *iiri,* andare
iiamuninni, andiamocene
idda, lei
iddu, lui
iènnari, generi
iènnaru, genero
Iiddiu, Dio
iamu, andiamo
iidita, diti della mano, al plurale
iintisi, sentì
iiri, andare
iiricci, andarci
iittata, buttata, gettata. Dall'infito **iittari,** buttare
iitu-i, andato, andati
intricarisi, curiosare, non fa gli affari propri
iorna, giorni
iornu, giorno

iu, io
iurnata, giornata
iusu, giù, sotto, in basso

L

lagu dâ chiana, il lago di Piana
lampadari, lampadàri
lampu, lampo
lanzatu, vomitato; fari lanzari fare schifo
lanzu, vomito
lassa, lascia. Dall'infinito lassari
lassava, lasciava
lassò, lasciò
latu, lato
laùste, aragoste
lettu, letto
levacci manu, togliere le mani da qualcosa, dimissionarsi da un incarico, dimenticare
li, gli
libbra, libri
liccàvano, leccavano. Dall'infinito liccàri, leccare
liggi, legge, leggi
limosina, elemosina
lippu, muschio
littra, lettera. Unu cu còcciu a littra, persona che si distingue dalla mediocrità per via della sua istruzione. Che sa scrivere, che sa parlare
lliffari, lisciare per ottenere qualcosa, nel senso di adulare
lippu, sorta di muscio
loccu, imbecille, scimunito stupido
luneddì, lunedì
lunidia, lunedì
luntananza, lontananza

M

m'arrizzanu i carni, mi accapona la pelle
m'avia, mi avevo. Dal verbo aviri, avere
macari, anche, pure, magari
malafiura, brutta figura
malaguriusa, infausta, funesta, luttuosa
malaparti, offesa, sgarbo,, gesto o reazione scortese o villana

malatu, malato
mali, male
mamà, mamma
mammaluccu, sciocco, scimunito
manata, manata, colpo sferrato con la mano
manca, sinistra se si riferisce alla mano
mancia, mangia
manciaciumi, prurito, anche nel senso allegorico: ovvero, desiderio, voglia
manciapani, scarafaggi piccoli
manciari, mangiare
manciàrisi, mangiarsi
manciàti, mangiate
manciavamu, mangiavamo
mancu, nemmeno
manu, mano e mani
màrciu, marcio
maritata, sposata
mariti, mariti, si ti mariti, se ti sposi
maritu, marito
mascaratu-i, birbante, birbanti
masinnò, altrimenti
matina, mattina
matinata, mattinata
matri, madre
me, mio, mia
megghiu, meglio
menti, mente
menzannotti, mezzanotte
menziornu, mezzogiorno
mèttiri, mettere
mètticci, metti
méusa, milza. U pani c'a meusa è una pietanza tipica palermitana servita nella vastedda, cioè in una focaccia. Tale focaccia si chiama "maritata" (sposata) se vi si aggiunge ricotta fresca, "schietta" (nubile) se servita invece con caciocavallo tagliato a listarelle sottili
menzu o mezzu, mezzo, metà
mia, me
micciusi, cisposi
midudda, cervello
milli, mille
milanisi, milanese
miliuna, milioni
Mierica, America

mìnchia, membro, cazzo
minchiata, errore, cretinata, sciocchezza
minni, tette, seno
minnitta, fari minnitta distruggere, fare
a pezzettini, fare scempio
miricanu, americano
miricani, americane, americani
misata, mensile, fitto
mischina, poverina
misi, mese o mesi
misi, mise. Dall'infinito *mèttiri*, mettere
misiràbbili, miserabile
missa, messa
mittissi, metta, dal verbo *mèttiri*, mettere
miu, mio
Mmanueli, Emanuele
mmenzu, in mezzo
mmerda, merda
mmernu, inverno
mmintariari, fare l'inventario
mmiscari, mischiare, mescolare
mmiscava, mescolava
mmiscavanu, mischiavano, mescolavano
mommu, guardone
mortu, morto
mòvi, muove. Dall'infinito **mòviri,**
muovere
mpaiatu, il mulo o il bue attaccato
all'aratro. Ma è un termine che si adatta a
un uomo o a una donna (in tal caso
mpaiata) che si combinano nel vestiario in
un modo quanto meno singolare se non
bizzarro; dal verbo infinito **mpaiari.** Altro
esempio: **mpaiàrisi unu pri davanti,**
maltrattare, strapazzare nel senso di
tremenda cazziata ovvero di un rimprovero
molto aspro.
mpappinàrisi, confondersi
mpappinò (si), si confuse
mparaddisu, in paradiso
mpastata, impastata
mpastatu, impastato
mpazziri, impazzire
mpiccicati, appiccicati
mpìnciri, inciampare, fermarsi per un
attimo in un posto
mpìnciu, si fermò

mpizzu, sull'orlo
mprissioni, impressione
mpupàrisi, vestirsi in modo appariscente
mpupatu, vestito in modo elegante e
anche appariscente. Tanto da sembra e un
pupo
mpurtanti, importante
muddica, mollica
mugghieri, moglie
multirrazionali, multinazionali
mulu, mulo
munciuniarla, accarezzarla in modo
lascivo
mungiuta, accarezzata in modo lascivo,
pomiciata.
munita, moneta
muntata, salita
mura, muri
murìu, morì
murtidda, frutti di mirtillo
muschi, mosche
mutu, muto, senza parola
mutu mutu, quatto quatto, zitto zitto
muzzicuni, morso, morsi

N

na, una
nâ, "nella", oppure "fra la", sulla
nanna, nonna
nanni, nonni
nannu, nonno
nàsciri, nascere
nascisti, sei nato
nàsciu, nacque
natali, natale
natari, nuotare
natata, nuotata
nàutra, un'altra
ncazzàtu, incazzato
nchiùdda, molto graziosa, tenera, di una
bellezza eccitante
nciùria, soprannome spesso
dispregiativo, ingiuria
ncoddu, sul collo, in braccio, sulle spalle
ncudduriati, attorcigliati
ncutti, molto vicini
ndirizzu, indirizzo
nduvinari, indovinare

nègghie, cianfrusaglie
nenti, niente
nfami, infame
nfurmata, informata
ngannata, ingannata
nguantera, vassoio di cosa duci
nguttumata, afflitta, affranta,
addolorata, rattristata
ngrasciati, sporchi
niativa, rifiuto
nica, piccola
nichi nichi, piccoli piccoli
nicu nicu, piccolo piccolo
nicissària, necessaria
niputedda, nipotina
niputi, nipote, niputi
nirvati, nerbate. Colpi con il nerbo
nirvusu, nervoso
nìura, nera
nìuru, nero
nnàisi, bello, piacente
nnamurarisi, innamorarsi
nnamurasti, ti sei innamorato-a
nni, ne è, ne sono
nnimicu, nemico
nnomu, nome
nnuccenti, innocente, casta
nova, nuova
nsanguliata, insanguinata
nta l'ària, in aria
ntamatu, addummisciutu, stupido
nterra, a terra
ntisi, senti, udì
nto, nel
nton vìdiri e svìdiri, in un attimo
nuddu, nessuno
nummaru, numero
nun, non
nuttata. nottata
nvicchiannu, invecchiando
nvìdiari, invidiare
nzalata, insalata
nzèmmula, insieme
nzignari, insegnare o anche imparare
nzignarmi, insegnarmi
nzirtari, indovinare
nzivata, unta
nzivatu, unto, sporco, oleoso

nzunnacchiate-u-i, assonnate-o-i,
insonnolite-o-i
nzurtatu, insultato
nzultarlo, insultarlo

O
ô, preposizione articolata al o allo
occhiu, occhio
offisu, offeso
ogghiu, olio
Ollivùd, Hollywood
òmini, uomini
onurevuli, onorevole
onuri, onore
opirai, operai
oppuru, oppure
orariu, orario
orìcchia, orecchio
oru, oro
orvi, ciechi
orvu, orbo, cieco
ossupizziddu, malleolo
ottu, otto
ovu-a, uovo, uove

P
pâ, per la
pacchiu, vulva
pacenzia, pazienza
pagghia, paglia
paisani, paesani
pallare, parlare
pallo, parlo
pàmpini, foglie
panelle, specialità delle friggitorie
palermitane prodotte a base
di farina di ceci
pani, pane
panza, pancia
pàrevanu, sembravano. Da pàriri,
sembrare
para, paia
parmi, palmi
parra, parla
parri, parli
parranu, parlano
parrari, parlare
parràrinni, parlarne. Mancu a

parràrinni, nemmeno a parlarne
parrasti, hai parlato
parrusciani, clienti
pàrti, parte, da *pàrtiri,* partire
partìu, partì. Dall'infinito **pàrtiri**
Partuallu, Portogallo
passaporta, passaporti.
passaportu, passaporto
passiari, passeggiare
pasticciottu, dolce a fette da dessert, con burro o panna, o al forno con ricotta
patri, padre
patruni, padrone
pèrdiri, perdere
pazzu, pazzo
pezzu, pezzo
pi, per
picca, poco. A **picca a picca,** a poco a poco
picchì, perché
picciriddi, bambini, fanciulli
picculu, piccolo
piddaveru, per davvero
pignata, pentola
pila, peli
ppi-cchistu, per questo
picciotta-u, ragazza-o, giovane
picciotti, ragazzi, giovani
picciuli, denaro, soldi
picciridda-u, bambina-u, fanciulla-o
picciriddi, bambini, fanciulli
piddaveru, veramente, per davvero
pigghia, prende
pigghianu, pigliano
pigghiari, prendere, pigliare, acchiappare
pigghiarisi, prendersi
pigghiata, presa
pigghiati, presi
pignata, pentola
pinitenza, penitenza
pinna di ficatu, livàrisi una pinna di ficatu, togliersi una penna di fegato. Ovvero, la grossa e dolorosa rinuncia che di solito è costretto a fare un avaro.
pinzari, pensare
pinzata, pensata
pinzò, pensò
pira, pere

pirdivu, ho perso, persi
pirsuna, persone
pisanti, pesante
picciriddi, bambini, fanciulli
pisciari, fare la pipì
pisciari fora du rrinali, andare oltre il lecito, il consentito, esagerare
pisciata, la pipì
pisciò, fece la pipì
pitittu, appetito, fame
pittari, dipingere
pittata pittata, dipinta
pittiddi, cordiandoli
pizzudda, pezzetti, pezzettini
pottiru, poterono. Dall'infinito *putiri,* potere
ppi-chistu, per questo
prescia, fretta, premura
prestu, presto, prematuro
priata priata, contenta contenta
priàti, contenti
priàtu, contento.
primu, primo
prioccupazioni, preoccupazione-i
prisèpiu, presepio
processioni, processione
prucissioni, processione
prufissioni, professione
pû, per il
pulitica, politica
pulizzìa, pulizia, pulisci
pulla, puttana
pullanche, pannocchie di mais
puma, mele
purmuni, polmone
purtari, portare
puru, pure
pusa, polsi
pusari, posare
pusata, posata (come cucchiaio, coltello o forchetta) oppure **misa** (dal verbo **mèttiri,** mettere)
pusavu, posai, mi fermai

Q

quagghiari, realizzare una determinata cosa, giungere al dunque
quannè, quando è

quannu, quando
quantu, quanto
quaranati, caldane
quarumaro, venditore di frattaglie
quatrari, quadrare
quattrucentu, quattrocento
quìnnici, quindici
quistioni, questione

R

risaccari, digerire, scuotere
ritrattu, fotografia, disegno di un viso
rittu rittu, dritto dritto
rosoliu, liquore
rraccumannari, raccomandare
rraccumannate, raccomandate
rraccumannatu, raccomandato
rraccumannava, raccomandava
rraccumannazzioni, raccomandazione
rracina, uva
rraccògghiri, raccogliere
rragiunamu, ragioniamo
rraggiuni, ragione
rràncitu, rancido
rrassimigghianu, rassomigliano
rrassimigghiari, essere somigliante,
paragonare
rrassimigghiavanu, rassomigliavano
rretré, tazza di cesso
rribbuccatu, torto, piegato su se stesso,
rimboccato
rricchiuni, gay
rricchizza, ricchezza
rriccu, ricco
rriddicularìa, ridicolaggine
rriddìculu, ridicolo
rrimunnari, potare
rrinali, vaso da notte
rrinèsciri, riuscire, il buon esisto di un
desiderio, di un traguardo anche nella vita e
nella carriera
rripusati, riposati
rriputazioni, reputazione
rrispùnni, risponde e corrisponde
rrispùnniri, rispondere
rrobba, roba
rrobbi vècchi, robe vecchie, indumenti
logori

rrose e çiuri, rose e fiori
rròsoliu, rosolio, liquore
rruffianàrisi, arruffianarsi
rrussicari, arrossire

S

sàbatu, sabato
sacchetta, tasca
sacciu, io so, lo so
s'addunò, si accorse. Dall'infinito
addunari
sagrifizi, sacrifici
sannu, sangue
santiannu, bestemmiando
santiari, bestemmiare
santu, santo
sapi, sa. Dall'infinito *sapiri,* sapere
sapia, seppe
sarbàri, conservare, risparmiare
s'assittavano, si sedevano. Dal verbo
assittarisi
s'assittò, si sedette. Dal verbo **assittarisi**
s'astutò, si spense. Dall'infinito **astutàri**
satò, saltò. Dall'infinito satari
satò nta l'ària, saltare in aria, svegliarsi
di soprassalto
sbarazzari, sbarazzare, liberarsi di
qualcosa o di qualcuno
sbìdiri, non accorgersi di una cosa o
vederla per altra
sbintata, sfiatata se il termine è riferito a
una bottiglia contenente una bevanda
gassata, come la birra o la soda, da tempo
aperta, dunque senza più pressione interna.
Emettere dunque aria. La testa svintata
indica un giovane o una giovane in piena
cotta, dunque gasatissima, caricata a mille.
sbintuliannu, sventolando. Dall'infinito
sbintuliari, sventolare
sbirri, spioni, poliziotti soprattutto nel
caso in cui lavorano in boghese
sbirticchìarisi, aprirsi alla gioia in modo
smoderato
scafazzari, schiacciare
scafazzò, schiacciare, svolgere un lavoro
nel peggiore dei modi. Dall'infinito
scafazzari
scantatu, spaventato, impaurito

scantazzu, spavento
scassi, rompi
sceccu, asino
Sceri Grentu, Gay Grant
schinfignusa, schifiltosa, schizzinosa, difficile, incontentabile
schitìcchiu, mangiata, cena tra amici
schitta o **schittu,** senza condimento, senza companatico
sciapitu, insipido
scannaliari, scandalizzare
scannaliatu, scandalizzato, smaliziato
scannaruzzatu, ingrediente del pane con la milza. Pietanza bollita ed essiccàta. Da *cannarozzu*, gola. .
scantata, impaurita, spaventata, terrorizzata
scantati, impauriti
scantazzu, un colpo di paura. Da *scàntarisi*, spaventarsi
scantu, paura
schetta, nubile
sceccu, asino
schifu, schifo
schinfignusa, schifiltosa, schizzinosa, incontentabile
schitìcchiu, cena tra amici
schitta schitta, semplice semplice
scialàrisi, divertirsi molto
sciancatu, sciancato, claudicante, zoppo
sciarriàrimi, azzuffarmi, litigare
scimunito, scemo
scimunita, scema
scinni, scende-i
scìnniri, scendere
scìnniti, scendete
scìnnemmu, scendemmo. Passato dell'infinito scinniri
scìnniri u duci, scendere il dolce ovvero il primo orgasmo durante l'adolescenza
scinziatu, scenziato
sciotu, sciolto, slegato; **cani sciotu,** cane senza collare, senza padrone
scippari, scippare, strappare, togliere
scippu, strappo, tolgo. Dall'infinito **scippari**
sciruppàrisi, ascoltare controvoglia un discorso fastidioso

sciucamanu, asciugamani
sciù, dolce palermitano con crema gialla o ricotta, conosciuto come piccolo sciù
scordatillu, dimenticalo, dimenticatelo
scravàggheddi, scarafaggi piccoli
scravàgghi, scarafaggi
scravàragghiazzu, scarafaggio grande
scravàgghiu, scarafaggio
scunzari, disfare, sparecchiare
scupa, scopa
scupai, scopai anche nel senso di fare sesso dall'infinito *scupari,* scopare
scupetta, fucile da caccia
scupittati, fucilate
scupuni, scopone
scupittata, colpo di fucile
scurdàri, dimenticare
scurdasti, hai dimenticato
scutta, scotta o pagamento rateale di debito
secunnu, secondo
sempri, sempre.
sèntiri, sentire
sèntinu, sentono
seppi, seppe, dall'infinito *sapiri,* sapere
setticentu, settecento
sfarda, straccia dall'infinito *sfardari*
sfilittiò, andò via rapidamente. Dall'infinito *sfilittiare*
sfirniciatu, penare e ripensare. Da *sfirniciarisi,* scervellarsi, arrovellarsi
sfirniciava, pensava e ripensava, arrovellava il cervello, dall'infinito *sfirniciari*
sfirniciu, arrovello
sgarru, errore, sbaglio; **di sgarru,** di nascosto
si, si, se, sei
sicchi, secchi; di occhi, inariditi
siccu, secco, smilzo, magro
siddiatu, annoiato, seccato
Signuri, il Signore
sgarru, errore; di sgarru, di nascosto
s'intisi, intese. Dall'infinito *sèntiri*
simana, settimana, plurale **simani**
simana chi trasi, settimana dopo
simenza, semenza secca che si mangia torrefatta
simili, simile

sipurtura, sepoltura

sira, sera

sistimata, sistemata, riordinata

sittanta, settanta

sivu, unto

so, suo

sòggira, suocera

sòggiru, suocero

soru, sorella

sonnu, sonno

sosizza, salsiccia

spaddi, spalle

sparaceddi, broccoletti

sparri, sparli

spavintatu, spaventato

specchiu, specchio

spiari, pedinare, sorvegliare, tenere d'occhio. In talune forme significa anche domandare, chiedere

spicari, spigare, quando un ragazzo o una ragazza cresce

spiccicata, identica

spincia, frittella ricoperta di zucchero

spìncionello, pietanza tipica palermitana, concorrente della pizza a taglio, di forma quadrata. Vedi spìnciuni

spinciuni, altra pietanza tipica palermitana, "concorrente" della pizza a taglio. Ingradienti principali: pasta lievitata, salsa di pomodoro, molte cipolle, caciocavallo

spiramu, speriamo. Dall'infinito spirari, sperare

spirciava, si prendeva la briga, internarsi. Dall'infinito spirciari

spitali, ospedale

spugghiàrisi, spogliarsi

sputazzata, sputo pieno di saliva o con una sostanziale porzione di catarro; scatarrare in faccia a qualcuno

squara, scopre, dall'infinito squarari, scoprire

squararisi, scoprire qualcosa, un tranello ad esempio, o qualcosa di illecito

sta, questa.

stacci, stai

stamatina, questa mattina

stari, stare

stari a-ddiiunu, stare o rimanere a digiuno

statti, stai. Dall'infinito stari, stare

stetti, rimase. Dall'infinito stari

stigghiole, pietanza palermitana. Budello di capretto o di agnello attorcigliato e arrostito in piccoli spiedi

stinnicchiarsi, sdraiarsi, distendersi

stinnicchiatu, disteso, sdraiato

stissi, stesse

stoccati, spezzati, rompiti. Dall'infinito stuccari, rompere

strafalària, donna trasandata, chiassosa, poco pulita e con istinti puttaneschi

strantuliannulu, strattonandolo

strantuliata, scrollata, strattone

strantuliari, scuotere

strata, strada

strati, strade

studiari, studiare

stunò, rimase di sale, di stucco, sbigottito, pietrificato. Dal verbo stunari. L'aggettivo stunatu sta invece per stonato, il tale che non conosce la musica e invece di cantare raglia

stuppò, sturò. O tolse il tappo. Dal verbo sturare

successi, successe, accadde, dall'infinito succèdiri

sucu o succu, succo, sugo

suggizzioni, soggezione

sugnu, io sono. Dall'infinito, essere

sulerzia, solerzia, sollecitudine

sulu-a, solo, sola

sulu sulu, solo solo

sunati, sonati, compiuti

sunnu, sono

sunnu doi, sono due

suppurtari, sopportare

supra, sopra

surdu, sordo

susirisi, alzarsi

susiti, alzati. Dall'infinito susiri, alzare

susutu-a alzato-a. Dal letto o dalla sedia.

sutta, sotto

suttasupra, sottosopra

svèniri, svenire

svintura, sventura

svinturata, infelice, sventurata, sfortunata

svirgugnata, svergognata

T

tacitu, tacito

taddarita, pipistrello; **fari comu na taddarita,** gridare e, al tempo stesso, dimenarsi

t'affrunti, ti vergogni. Dall'infinito **affruntari**

talìa, guarda

talialli, guardarli

talliallu, guardarlo

taliari, guardare

taliarono, guardarono

taliava, guardava

taliavanu, guardavano

taliassi, guardi

taliò, guardò

tampasiari, vagare anche per perdere o prendere tempo

tanticchia, un poco, un po'

tantu, tanto

tardu tardu, tardi tardi

tastuniò, assaggiò (controvoglia, senza appetito) dal verbo **tastuniari**

tempu u nenti, in poco tempo

terzu, terzo

testa di vancu, testa di banco, cioè di legno

testa sbintata, testa fuori dal normale

tìa, te

tiempu, tempo

tignusu, calvo

tilivisioni, televisione

tilivisuri, televisore

timpulata, schiaffo, ceffone

timpulati, schiaffi, ceffoni

tinnirumi, tralci di zucche

tistardu, testardo comu un mulu piddaveru era.

tistiari, muovere il capo verso il basso in segno di disapprovazione o di dubbio

to, tuo, tua

tòllaru-i, dollaro, dollari

tortu, torto

tracchìggiu, traffico o commercio di

attività o cose illecite

traggèdia, tragedia

tramutò, impallidì. Dall'infinito *tramutari*

tramutatu, impallidito

trasi, entra. Come un'esortazione. Dall'infinito, *tràsiri*, entrare

tràsiri, entrare

trasuta, entrata

travagghi, lavori

travagghia, lavora.

travagghiari, lavorare

travagghiu, lavoro

traversu, in senso obliquo

travirsata, traversata

tri, tre

Trimagghia, Tremaglia Mirko, uomo politico

trissetti, tre sette, gioco di carte

tronu-a, tuono-i

trovanu, trovano

truniari, rombi di tuoni

truvari, trovare

truvaru, trovarono. Dall'infinito *truvari*

ttia, te

tunnina, la carne fresca del tonno da poco pescato

tuppu, si dice dei capelli che una donna raccoglie alla nuca

tuppuliata, bussata

tuppuliava, bussava. Infinito: **tuppuliari**

tuttu, tutto

U

u, può essere vocale, quindi "u" o articolo determinativo come "il" o "lo"

unni, dove

unnici, undici

unu, uno

urata, urate, lo spazio di ore, una, due, tre...

urati, orate

urtima, ultima

u versu , l'abitudine

V

valìggie, valige

vara, bara ma di santi. Vi trova posto il santo patrono di una città o di un paese durante le processioni

varba, barba

varbieri, barbiere

varca, barca

vasarisilla, baciarsela, baciarla

vasata, bacio

vastasa-u, ineducata-o

vastedda, focaccia

vastiddaru, colui che condisce la vastedda

vastuniatu, bastonato

vatinni, vattene

veni, vieni

vèniri, venire, arrivare, giungere

vennerdì, venerdì

versu, verso, abitudine, all'incirca

vaàggiu, viaggio

vicchiàia, vecchiaia

vìdi, vedi. Come una esortazione

vìdiri, vedere

vìdiri e sbìdiri, vedere in un attimo, cogliendo l'attimo fuggente, con qualche possibilità di ingannarsi

viletta, velo, velo

vini, vene del corpo umano

vinni, venne oppure vende. Dall'infinito *vèniri* oppure *vìnniri*

vinisti, sei venuto, dall'infinito *vèniri*

vìnniri, vendere

vinti, venti

vinùta, orgasmo del ragazzo palermitano

vinutu, venuto

virdi, verde

virgini, vergine

virgogna, vergogna

vistitu, vestito, come abito

vistu, visto

vistuti, vestiti, con abiti addosso

vistutu, vestito, che indossa un capo di abbigliamento

viteddu, vitello

Vittoriu, Vittorio

vizziusu, vizioso

voli, vuole. Dall'infinito *vuliri*, volere

vottiru, vollero

vrigogna, vergogna

vrùocculi, broccoli

vucca, bocca

Vucciria, famoso mercato popolare di Palermo immortalato, nel periodo di maggiore splendore, da Renato Guttuso. Oggi è alquanto decaduto. Molte celebri bancarelle sono scomparse

vuccuni, boccone

vudedda, budella

vusca, guadagna

vuscari, guadagnare

vutti, botte

Z

zorbi, frutti siciliani

zzii, zii

zzita-e, fidanzata-e

zzitu-i, fidanzato-i

zzèppuli, la versione americana della spìncia, la frittella ricoperta di zucchero

zzittu, zitto

zzittuti, stai zitto

zzòccula, zoccola, ratto di chiavica, puttana